JUSTICIA AUXILIAR

JUSTICIA AUXILIAR

ANN **L**ECKIE

Traducción de Victoria Morera

GRUPO ZETA

Barcelona • Madrid • Bogotá • Buenos Aires • Caracas • México D.F. • Miami • Montevideo • Santiago de Chile

Título original: *Ancillary Justice*
Traducción: Victoria Morera
1.ª edición: mayo, 2015

© 2013 by Ann Leckie
© Ediciones B, S. A., 2015
   Consell de Cent, 425-427 - 08009 Barcelona (España)
   www.edicionesb.com

Printed in Spain
ISBN: 978-84-666-5688-7
DL B 9358-2015

Impreso por QP Print

Presentación

En los años veinte del pasado siglo, el sociólogo estadounidense William Fielding Ogburn (1886-1959) ya expresó su clásica visión del llamado determinismo tecnológico. La idea central era que la tecnología venía a ser el principal motor del progreso humano y Ogburn estudió como la tecnociencia cambiaba nuestras vidas con gran facilidad y rapidez.

Más tarde, en 1970, fue el ensayista, también estadounidense, Alvin Toffler quien popularizó el concepto en su famoso y popular libro El shock del futuro (Future Shock, 1970). La idea seguía siendo sencilla: por efecto de la ciencia y la tecnología, el futuro que nos aguarda ya no va a ser como ha sido el pasado y ni siquiera como es el presente. El cambio preside nuestras vidas de una manera incluso «chocante» por la sorpresa que nos puede causar vivir de manera distinta de como lo hemos hecho hasta un determinado momento.

No me negarán que los ordenadores, los teléfonos móviles inteligentes y su intervención en las redes sociales son un buen ejemplo de todo ello. Como también lo son las ecografías, las resonancias magnéticas, los TAC como herramientas de diagnóstico médico o los nuevos sistemas de intervención quirúrgica no invasivos. Por poner solo algunos ejemplos.

En este sentido, la ciencia ficción, que Isaac Asimov consideraba como «la literatura que trata de la respuesta humana a los cambios en el nivel de la ciencia y la tecnología», parecía haber quedado sumamente afectada por esta consciencia, hoy general, *de que la tecnociencia es capaz de cambiar con suma rapidez el mundo y, con él, nuestra manera de vivir.*

Pero, al mismo tiempo, esa potencia transformadora de la ciencia y la tecnología ha llevado (y me he quejado muchas veces de ello en los últimos años) a que la ciencia ficción reduzca en demasía su ámbito especulativo. Temiendo los cambios que pueden deparar la ciencia y la tecnología en nuestra manera de vivir en el futuro, muchos autores recientes de ciencia ficción, para no quedar en ridículo con el paso del tiempo, se han limitado a especulaciones en el llamado futuro cercano (near future), al no saber lo que nos puede deparar la tecnociencia en las próximas décadas. En este sentido, muchas de las novelas de ciencia ficción de los últimos años se confunden con el thriller tecnológico basado sobre todo en nuevos desarrollos (inventados o incluso sumamente predecibles) de las biotecnologías o las infotecnologías.

Sin embargo, para mi satisfacción (y, tal vez, para llevarme un poco la contraria...) hay algunas sorpresas que también «chocan» con esas expectativas respecto de la ciencia ficción de nuestros días. Algunas novelas vuelven al sentido original de la mejor ciencia ficción de la historia y se atreven con especulaciones brillantes, no centradas en el futuro cercano. Y esa es una noticia a celebrar.

En este caso se trata de una novela impresionante, Justicia auxiliar, *de la debutante Ann Leckie, que, como era de esperar, ha batido todos los récords. Publicada en 2013, hasta el presente ya se ha hecho con todos los premios mayores de la ciencia ficción mundial en justo reconocimiento a su valía. Primero obtuvo el premio Nebula, después fue considerada por los lectores de la influyente revista* Locus *como la mejor primera novela del año. Con ese bagaje no es extraño que obtuviera también el premio Hugo y, por el momento, también el premio Arthur C. Clarke y el premio BSFA de la ciencia ficción británica. Y les aseguro que no serán los únicos. La novela es tan buena, y sugiere tantas cosas, que va a merecer muchos más. Hugo, Nebula, Locus, Arthur C. Clarke y BSFA componen un bagaje inicial impresionante. Y lo más importante: sumamente merecido.*

Y las primeras preguntas que vienen a la mente resultan evi-

dentes: ¿quién es Ann Leckie? Y ¿qué tiene Justicia auxiliar *para merecer todo este despliegue de premios?*
Vayamos por partes.

Cuando leí la novela no tenía la menor idea de quién era Ann Leckie. Pero eso también me ocurrió con el autor de El marciano, *Andy Weir. Señal que los tiempos están cambiando y que todavía existe la posibilidad de maravillosas y gratas sorpresas en la ciencia ficción. Casi siempre de la mano de autores nuevos. El género sigue vivo pese a sus muchos enterradores...*

Ahora, tras intentar averiguar algo sobre Leckie, me he enterado de que ha escrito y publicado algunos relatos cortos y, sobre todo, que ha asistido al taller de trabajo literario Clarion West Writers Workshop. *Y eso ya me sitúa un poco más.*

El Clarion *es el curso más famoso y de mayor prestigio de entre los varios que enseñan a escribir ciencia ficción y/o ficción especulativa. Nació en 1968 en el* Clarion College *de la Universidad de Pensilvania, organizado por Robin Scott Wilson. Se repite anualmente y se le sigue llamando* Clarion *aunque a veces cambie de localización geográfica. El primer año, el curso fue una extensión de un ciclo de verano en el que se contó con la colaboración de famosos autores y estudiosos del género (como Damon Knight y Kate Wilhelm) para dirigir los talleres creativos de una semana de duración.*

El Clarion West *es la versión que se hace en Seattle (Washington, Estados Unidos) desde 1971, cuando fue fundado por Vonda N. McIntyre. Hoy es un curso de verano de seis semanas de duración. Tal como se anuncia, el taller de trabajo* Clarion West *está* «orientado a ayudar a los estudiantes a prepararse para una carrera profesional como escritores de ficción especulativa. Cada clase está limitada a 18 alumnos, y cada semana cuenta con un autor muy respetado o editor diferentes que ofrecen una perspectiva única sobre el campo. El taller de trabajo *Clarion West* es uno de los más respetados entre los talleres de ciencia ficción y fantasía en el mundo». *Y lo cierto es que algunos de los mejores autores de la actualidad han asistido a alguno de estos cursos.*

En Estados Unidos, varios de los más famosos autores de ciencia ficción suelen intervenir en estos cursos y también en multitud de conferencias sobre el género, su temática y sus obras. El precedente data de 1956, cuando James Blish, Damon Knight y Judith Merril convocaron a una treintena de autores a la ya histórica Milford Conference, en Pensilvania, en el marco de la convención mundial que aquel año se convocó en la vecina Nueva York. De una reunión basada en los intercambios de opinión, se transformó, con el tiempo, en los «talleres de trabajo» que están en el origen de los muchos cursos actuales de «escritura creativa». En dichos cursos, como en la primitiva conferencia de Milford, generalmente cada asistente somete uno o varios manuscritos a la atención, crítica y discusión del resto.

Por eso, Leckie, en los agradecimientos al final de esta novela, explicita que «no sería la escritora que soy sin los beneficios del *Clarion West Writers Workshop* y mis compañeros de curso».

En mi lectura de los efectos de ese taller de trabajo, acude inmediatamente a mi mente la idea de un intento por aprender a narrar historias con una sobresaliente calidad literaria. De ahí que NPR Books *haya definido* Justicia auxiliar *como una novela* «segura, fascinante y con estilo». Ahí es nada para una debutante...

Diré también que Leckie asistió al Clarion West Writers Worshop en 2005 y tuvo como tutora nada más y nada menos que a Octavia Butler (1947-2006), una de las mejores escritoras del género y, a su vez, asistente como estudiante al Clarion en 1971. Tras asistir al Clarion, Leckie retomó un viejo borrador y dedicó seis años a escribir Justicia auxiliar, cuyos derechos vendió en 2012 y se publicó, como ya he dicho, en 2013. Luego vinieron los premios...

Y lo bueno en este caso es que Justicia auxiliar es solo el primer libro de una trilogía que va a ser completada por Ancillary Sword (2014) y Ancillary Mercy (2015) y que espero podamos ofrecerles en un futuro, esta vez sí, cercano. Si Justicia auxiliar puede verse, también (más abajo hablo de ello), como una peculiar space opera *con sus batallas y la parafernalia habitual (aun-*

que haya mucho más que eso en la novela...), la continuación, Ancillary Sword, *pasa a un registro más íntimo y personal, siempre en torno al mismo personaje. Pero de todo ello ya tendremos tiempo para hacer el comentario pertinente, cuando vayamos publicando esos títulos, para mí ya imprescindibles en la ciencia ficción moderna.*

Y llegamos (¡por fin!) a la novela que ahora nos ocupa: Justicia auxiliar. *Como he dicho, se trata de una verdadera sorpresa que finaliza, además, con una explosión creativa y literaria muy sugerente de la que, evidentemente, no les puedo hablar aquí.*

Sin embargo, sí les hablaré de ese futuro inventado por Ann Leckie, ese imperio galáctico del Radch, en el que las inteligencias artificiales (IA) dominan y usan a los humanos como simples extensiones dotadas de movimiento pero pertenecientes a la IA de la que forman parte.

Ese es un tema muy propio de la ciencia ficción y que preside las mejores novelas de un autor como Vernor Vinge en la que ha dado en llamarse la serie de la Zona de Pensamiento (Thought Zone), *integrada por* Un fuego sobre el abismo *(A Fire Upon the Deep, 1992),* Un abismo en el cielo *(A Deepness in the Sky, 1999) y* The Children of the Sky *(2011).*

Pero la idea central ya la expresó el mismo Vernor Vinge en 1992 en una comunicación en un congreso patrocinado por la NASA. Allí, Vinge habló por primera vez de la llamada «singularidad tecnológica», lo que ocurriría cuando haya realmente inteligencias artificiales y el futuro sea construido no solo por humanos, sino por estos y aquellas. Al no saber cuáles serán los objetivos de esas IA, lo cierto es que ese momento se ha de ver como una singularidad (en sentido matemático: un punto en el tiempo, como el momento del big bang, del que no se puede decir nada...), ya que la incorporación de IA como agentes de la historia del futuro es totalmente imprevisible en lo que a sus consecuencias se refiere.

De ese tema trata, en el fondo, Justicia auxiliar. *El (o la) protagonista es el humano Breq, alias Esk Una, alias la nave*

Justicia de Toren. *Leckie, brillante creadora de mundos imaginados, nos ofrece una compleja visión de un futuro lejano donde la presencia de IA ha alterado radicalmente el papel de los humanos en la historia futura. Una especulación inesperada, arriesgada y sumamente sugerente.*

Con un efecto añadido en el que, imagino, la mano de la tutora de Ann Leckie en Clarion, Octavia Butler, *tal vez no sea del todo ajena. Y es el papel del género (masculino/femenino) en la novela. Como extensiones de las IA, los humanos en realidad vienen a ser seres neutros y por eso es imposible considerar que Breq es un «él» o una «ella». En el fondo sería un «lo».*

Estos «juegos» con el género son posibles en inglés con una relativa facilidad. Pero hay problemas al verterlos al castellano, una lengua que tiene género de manera mucho más explícita que el inglés original de la novela.

Un problema parecido lo tuvimos, hace ya años, con la publicación en NOVA de Serpiente de Sueño *(1978), de Vonda N. McIntyre. En esa novela, una sanadora que usa serpientes y su veneno como elemento curativo, recorre un planeta devastado buscando una serpiente de sueño capaz de reemplazar a la que se le ha muerto, dejándola sin la posibilidad de ejercer su labor. En su periplo, y al menos por un par de veces, la autora hace que, al llegar a una población, la sanadora pueda hablar con quien ejerce la alcaldía, o quien lleva la gestión de la farmacia, etc. Solo al cabo de unas páginas, cuando todos (llevados por lo que suele ser habitual en nuestro mundo cotidiano) pensamos en la figura de un alcalde (masculino), un farmacéutico (también masculino...), etc., la autora incluye el «she» como característico de ese personaje, enseñándonos que nuestra suposición era un prejuicio. Lo más duro es cuando eso pasa por segunda vez en la lectura de la novela... Uno se da cuenta de sus propios prejuicios y eso resulta sumamente didáctico.*

Yo no sé si la voluntad de Ann Leckie en Justicia auxiliar *es didáctica (que debe de serlo...), pero sí veo muy claro que en un futuro dominado por las IA y en el que los humanos son meras extensiones de las mismas, no parece que el género (como constructo social y no meramente como sexo, como decía Simone de*

Beauvoir) tenga excesivo sentido. No obstante, ello no elimina la dificultad de la traducción de una novela como esta. Seguro que la traductora ha hecho un buen trabajo.

En cuanto a la trama de la novela, la idea es que una nave, Justicia de Toren, se ha convertido, tras millares de años, en una especie de mezcla entre humano y un borg (sí, recordemos aquí Star Trek) y está compuesta de diversas partes intercambiables.

Años atrás, un soldado llamado Breq era una parte de esa nave espacial cuya inteligencia artificial (IA) coordina y dirige miles de soldados de cadáveres que sirven al imperio Radch. Ahora, un acto de traición ha dejado a Breq con un único y frágil cuerpo humano y un deseo insaciable de venganza contra la Lord del Radch, una inteligencia multicuerpo conocida como Anaander Mianaai.

Ese Breq (que es también Esk Una y, en el fondo, la propia nave Justicia de Toren), justo en los confines del vasto imperio Radch, acaba violando la primera norma de esa peculiar cultura radchaai. Una regla que viene a decir que supuestamente los humanoides auxiliares no han de disparar a sus amos, no importa lo malos que estos sean.

Y hasta aquí puedo llegar... El final es una verdadera traca literaria y temática que abre el camino a los otros libros de la trilogía y completa una espectacular primera novela que, al menos a mí, me ha reconciliado con la ciencia ficción moderna a la que, con ejemplos como el de Weir o Leckie (sin olvidar a los hoy ya clásicos Stephenson, Simmons, Willis, etc.), veo claramente capaz de emular a los viejos maestros.

No les digo aquello habitual de «que ustedes la disfruten», porque sé de su inteligencia y de las bondades de esta novela. Es seguro que la disfrutarán.

MIQUEL BARCELÓ

*Para mis padres, Mary P. y David N. Dietz-
ler, quienes no llegaron a ver este libro publicado, pero siempre tuvieron la certeza de que
se publicaría.*

Agradecimientos

Es común afirmar que escribir es un arte solitario. Y es verdad que el acto concreto de escribir las palabras es algo que la escritora tiene que hacer por sí misma. Aun así, ocurren muchas cosas antes de escribir esas palabras y también después, al intentar darle la mejor forma posible a la obra.

No sería la escritora que soy sin las enseñanzas del taller Clarion West y mis compañeras de clase. También he recibido la generosa y perspicaz ayuda de muchos amigos: Charlie Allery, S. Hutson Blount, Carolyn Ives Gilman, Anna Schwind, Kurt Schwind, Mike Swirsky, Rachel Swirsky, Dave Thompson y Sarah Vickers. Todos ellos me han ayudado mucho y me han animado, y este libro no sería lo que es sin ellos. De todos modos, cualquier error es totalmente mío.

También quiero dar las gracias a Pudd'nhead Books, de Saint Louis; a la biblioteca de la Universidad Webster; a la biblioteca comarcal de Saint Louis y al consorcio municipal de bibliotecas del condado de Saint Louis. Las bibliotecas constituyen un recurso vasto y valioso y creo que nunca serán demasiadas.

Gracias, también, a mis magníficos editores, a Tom Bouman y a Jenni Hill, cuyos agudos comentarios ayudaron a que este libro sea lo que es. De nuevo, cualquier error es totalmente mío. Y gracias a mi fabulosa agente, Seth Fishman.

Por último, pero no por eso menos importante, debo reconocer que ni siquiera habría empezado a escribir este libro sin el amor y el apoyo de mi marido Dave y de mis hijos Aidan y Gawain.

1

El cuerpo estaba desnudo y boca abajo. Su piel era de un color gris cadavérico y había salpicaduras de sangre a su alrededor, sobre la nieve. La temperatura era de quince grados bajo cero y se había producido una tormenta apenas unas horas antes. A la tenue luz del amanecer, la capa de nieve se extendía, uniforme, en todas las direcciones y solo unas pocas huellas conducían a un edificio de hielo cercano. Se trataba de una taberna; o lo que en aquella ciudad se consideraba una taberna.

Había algo intrigante y familiar en aquel brazo extendido, en el contorno que iba del hombro hasta la cadera. Pero era casi imposible que conociera a aquella persona porque no conocía a nadie en aquel lugar. Estaba en el extremo helado de un planeta frío y aislado que estaba tan lejos del mundo civilizado, según la concepción radchaai, como se podía estar. Había viajado hasta allí, a aquel planeta, a aquella ciudad, solo porque tenía asuntos propios y urgentes que resolver. Los cuerpos tendidos en la calle no eran asunto mío.

A veces, no sé por qué hago lo que hago. Incluso después de tanto tiempo, no saberlo, no tener órdenes que cumplir segundo a segundo todavía me parece algo nuevo, así que no puedo explicar por qué me detuve y con un pie levanté el hombro desnudo de aquella persona para verle la cara.

A pesar de lo helada, amoratada y ensangrentada que estaba, la reconocí. Se llamaba Seivarden Vendaai y, mucho tiempo atrás, había sido una de mis oficiales, una teniente joven a quien, con el tiempo, ascendieron y le asignaron el mando de otra nave. Creía que hacía mil años que había muerto, pero, indudablemente, allí estaba. Me agaché y comprobé si tenía pulso, o el más leve de los alientos.

Estaba viva.

Seivarden Vendaai ya no era de mi incumbencia, no era responsabilidad mía. Además, nunca había sido una de mis oficiales favoritas. Yo había obedecido sus órdenes, por supuesto, y ella nunca había maltratado a ninguna auxiliar, nunca había dañado a ninguno de mis segmentos como hacía, ocasionalmente, alguna oficial. No tenía ninguna razón para pensar mal de ella, sino todo lo contrario, porque sus modales eran los de una persona bien educada y de una buena familia. Claro que ella nunca empleó sus buenos modales conmigo, desde luego, porque yo no era una persona, sino una pieza de un equipo, una parte de la nave. En cualquier caso, nunca me había preocupado por ella especialmente.

Me levanté y entré en la taberna. El local era oscuro y el blanco de las paredes de hielo hacía tiempo que estaba cubierto de suciedad o cosas peores. El aire olía a alcohol y a vómito. Detrás de la barra había una camarera de pie. Se trataba de una nativa, baja y gorda, de piel pálida y expresión ingenua. Tres clientas estaban repantingadas en sillas alrededor de una mesa sucia. A pesar del frío, no llevaban más que pantalón y camisa acolchada. En aquel hemisferio de Nilt era primavera y disfrutaban de la cálida temporada. Fingieron no notar mi presencia, aunque sin duda ya me habían visto en la calle y sabían qué me había empujado a entrar. Probablemente, una o varias de ellas habían estado implicadas en lo sucedido, porque Seivarden no llevaba mucho tiempo allí fuera; si no, ya estaría muerta.

—Quiero alquilar un trineo —anuncié—. Y comprar un equipo de hipotermia.

Detrás de mí, una de las clientas se rio y exclamó en tono burlón:

—¡Vaya, una niña dura!

Me volví para mirarla, para estudiar su cara. Era más alta que la mayoría de las nilteranas, pero gorda y pálida como todas ellas. Era más corpulenta que yo, pero yo era más alta y también considerablemente más fuerte de lo que parecía. No se dio cuenta de con qué estaba jugando. A juzgar por el contorno anguloso del acolchado de su camisa, debía de tratarse de un hombre, aunque no estaba completamente segura. Si estuviéramos en el espacio del Radch, eso no tendría importancia. Para las radchaais no es relevante ser hombre o mujer y el idioma que hablan, que es el mío, no indica, de ninguna forma, la distinción entre sexos. Sin embargo, el idioma que estaba hablando en aquel momento sí que hacía esa distinción y, si utilizaba el género equivocado, podía meterme en un lío. Tampoco ayudaba el hecho de que las pistas que identificaban el sexo cambiaran de un lugar a otro, a veces radicalmente; y casi nunca tenían mucho sentido para mí.

Decidí no responder. Al cabo de un par de segundos, sin causa aparente, la clienta descubrió algo interesante en la superficie de la mesa. Podría haberla matado allí mismo sin mucho esfuerzo y la verdad es que la idea me pareció atractiva, pero, en aquel momento, Seivarden era mi prioridad. Me volví de nuevo hacia la camarera, quien relajó los hombros con actitud despreocupada y dijo, como si no nos hubieran interrumpido:

—¿Qué tipo de lugar crees que es este?

—El tipo de lugar donde me alquilarán un trineo y me venderán un equipo de hipotermia —contesté. De momento, me mantenía en un territorio lingüístico seguro, donde no necesitaba hablar en masculino o en femenino—. ¿Cuánto me va a costar?

—Doscientos shenes. —La cifra debía de ser, como mínimo, el doble del precio habitual. De eso estaba segura—. Eso por el trineo. Está en la parte de atrás. Tendrás que ir a buscarlo tú misma. Y otros cien por el equipo.

—Tiene que estar completo —advertí—. Y nuevo.

De detrás de la barra extrajo uno cuyo sello parecía intacto y dijo:

—Tu colega de ahí fuera tiene una cuenta pendiente.

Quizá se tratara de una mentira. Quizá no. En cualquier caso, el importe sería pura ficción.

—¿Cuánto?

—Trescientos cincuenta.

Podía encontrar la manera de seguir evitando referirme al sexo de la camarera. O podía intentar adivinarlo. En última instancia, se trataba de una posibilidad de error del cincuenta por ciento.

—Eres muy confiado —afirmé suponiendo que era un hombre— al permitir que un indigente —sabía que Seivarden era un hombre, ese era fácil— acumule semejante deuda.

La camarera no dijo nada.

—¿Seiscientos cincuenta lo cubre todo?

—Sí —contestó la camarera—. Casi todo.

—No, absolutamente todo. Llegaremos a un acuerdo ahora mismo. Y si alguien va en mi busca más tarde y me reclama más dinero o intenta robarme, morirá.

Silencio. Entonces oí que alguien, detrás de mí, escupía.

—¡Escoria radchaai!

—Yo no soy radchaai.

Lo que era cierto, porque tienes que ser humana para ser radchaai.

—Él sí que lo es —afirmó la camarera moviendo levemente un hombro en dirección a la puerta—. No tienes el acento, pero apestas a radchaai.

—El olor es de la bazofia que sirves a tus clientes.

Las clientas que había detrás de mí se rieron. Metí la mano en un bolsillo, saqué un puñado de billetes y los eché sobre la barra.

—Quédate con el cambio. —Me volví para marcharme.

—Será mejor que tu dinero sea bueno.

—Será mejor que tu trineo esté en la parte de atrás como me has dicho. —Y salí de la taberna.

Primero el equipo de hipotermia. Volví cara arriba a Seivarden. Rompí el sello del equipo, desprendí el sensor interno de la tarjeta y lo introduje en la sangrienta y medio congelada boca de Seivarden. Cuando el indicador de la tarjeta se puso en verde, desplegué el delgado envoltorio, me aseguré de que la carga fuera la adecuada, envolví a Seivarden con él y lo encendí. Entonces me dirigí a la parte trasera de la taberna en busca del trineo.

Nadie estaba esperándome, lo que fue una suerte, porque no quería dejar cadáveres a mi paso, todavía no. No había viajado hasta allí para causar problemas. Tiré del trineo hasta la parte delantera del edificio, monté en él a Seivarden y barajé la posibilidad de quitarme el abrigo exterior y cubrirla con él, pero al final decidí que eso no incrementaría significativamente el efecto del envoltorio de hipotermia. Puse en marcha el trineo y me largué.

Alquilé una habitación en las afueras de la ciudad. Se trataba de uno de los doce cubículos del edificio; eran cubos mugrientos de plástico prefabricado, de un color gris verdoso y de dos metros de lado. No había cama y las mantas se pagaban aparte, igual que la calefacción. Pagué lo que me pidieron, al fin y al cabo ya me había gastado una cantidad exorbitante para sacar a Seivarden de la nieve.

Le limpié la sangre lo mejor que pude, comprobé el pulso, que todavía latía, y la temperatura, que iba en aumento. Antes, habría sabido cuál era la temperatura corporal sin siquiera detenerme a pensar en ello, y también el ritmo cardíaco, la concentración de oxígeno en la sangre y la de hormonas. Solo con desearlo, habría percibido todas sus heridas. Pero ahora era como si estuviera ciega. Era evidente que la habían golpeado; tenía la cara hinchada y el torso amoratado.

El equipo de hipotermia tenía un correctivo muy básico, solo uno, y adecuado únicamente para primeros auxilios. Seivarden podía sufrir heridas internas y una conmoción cerebral grave, y yo solo podía curar cortes y esguinces. Con un poco de suerte, la hipotermia y las moraduras serían lo único a lo que me enfrentaba, porque no tenía muchos conocimientos médicos. Ya no. Cualquier diagnóstico que hiciera sería elemental.

Le introduje otro sensor interno en la garganta y realicé otro chequeo. Tenía la piel tan fría como cabía esperar dadas las circunstancias y no estaba sudorosa. Su color, aún teniendo en cuenta los morados, recuperaba un tono moreno normal. Llevé a la habitación un recipiente con nieve para que se fundiera, lo dejé en una esquina, donde esperaba que ella no lo volcara si se levantaba, y me fui echando la llave al salir.

El sol estaba más alto, pero la luz apenas era más intensa que antes. Había más huellas interrumpiendo la uniformidad de la capa de nieve formada por la tormenta de la noche anterior y por la calle caminaban un par de nilteranas. Llevé el trineo de vuelta a la taberna y lo aparqué en la parte de atrás. Nadie me importunó y no oí ningún ruido procedente de la oscura entrada del local. Me dirigí al centro de la ciudad.

Las ciudadanas iban de un lado a otro, ocupadas en sus asuntos. Unas niñas gordas, pálidas y vestidas con pantalones y camisas acolchadas se lanzaban nieve unas a otras a patadas. Cuando me vieron, se detuvieron y me contemplaron con sorpresa y con los ojos muy abiertos. Las adultas me ignoraban, pero cuando se cruzaban conmigo, me miraban. Entré en una tienda y pasé de lo que en aquel planeta se consideraba luz diurna a la penumbra y a una temperatura que apenas era cinco grados superior a la del exterior.

En el interior de la tienda, una docena de personas charlaban unas con otras, pero, cuando entré, de repente se hizo el silencio. Me di cuenta de que mi cara era inexpresiva y adapté los músculos faciales a una expresión agradable que no resultara comprometedora.

—¿Qué quieres? —gruñó la tendera.

—Me parece que ellos van delante de mí. —Mientras hablaba, deseé que se tratara de un grupo mixto, como indicaban mis palabras. Solo obtuve silencio como respuesta—. Quiero cuatro barras de pan y un pedazo de grasa. Y también dos equipos de hipotermia y dos correctivos de uso general, si es que tienen.

—Tengo de diez, veinte y treinta.

—De treinta, por favor.

La tendera apiló mis compras en el mostrador.

—Trescientos setenta y cinco.

Detrás de mí, alguien tosió. Volvían a cobrarme más de la cuenta.

Pagué y me fui. Las niñas seguían divirtiéndose en la calle y las personas adultas siguieron cruzándose conmigo como si no existiera. Realicé otra parada. Seivarden necesitaría ropa. Después regresé a la habitación.

Seivarden seguía inconsciente, pero, por lo que vi, no mostraba signos de padecer un shock. Buena parte de la nieve del recipiente se había derretido, así que introduje en él media barra de aquel pan duro como una piedra para que se reblandeciera.

Las alternativas que entrañaban mayor peligro consistían en que padeciera daños cerebrales o de algún otro órgano interno. Abrí el envoltorio de los dos correctivos que acababa de comprar, levanté la manta y le apliqué uno en el abdomen. Contemplé cómo se licuaba, se extendía y, luego, se endurecía y se convertía en una especie de caparazón transparente. Después apliqué el otro correctivo en el lado de la cara que tenía más amoratado. Cuando se endureció, me quité el abrigo exterior, me tumbé y me dormí.

Algo más de siete horas y media más tarde, Seivarden se movió y yo me desperté.

—¿Estás despierta? —le pregunté.

El correctivo que le había aplicado en la cara le mantenía un ojo y la mitad de la boca cerrados, pero las moraduras y la hinchazón se habían reducido considerablemente. Reflexioné, durante un instante, sobre cuál sería la expresión facial adecuada y la adopté.

—Te encontré en la nieve, delante de una taberna. Me pareció que necesitabas ayuda.

Seivarden exhaló de una forma leve y ronca, pero no volvió la cara hacia mí.

—¿Tienes hambre? —No obtuve ninguna respuesta, solo una mirada vacía—. ¿Has recibido algún golpe en la cabeza?

—No —contestó ella en voz baja, con las facciones relajadas y fláccidas.

—¿Tienes hambre?

—No.

—¿Cuándo comiste por última vez?

—No lo sé.

Su voz sonó calmada y monocorde.

La incorporé y la apoyé con cuidado contra la pared gris verdosa; no quería causarle más daños ni que se desplomara y se golpeara contra el suelo, pero ella se mantuvo erguida. Entonces le introduje, lentamente, un poco de pasta de pan y agua en la boca, más allá del extremo del correctivo.

—Traga —le indiqué, y ella me obedeció.

Le di, de esta manera, la mitad de lo que había en el recipiente. Luego me comí lo que quedaba y volví a llenar el recipiente de nieve.

Ella me contempló mientras yo sumergía otra media barra de pan en la nieve, pero no dijo nada, y la expresión de su cara siguió siendo apacible.

—¿Cómo te llamas? —le pregunté.

Ninguna respuesta.

Supuse que había tomado kef. Casi todo el mundo te dirá que el kef suprime las emociones y es cierto, pero ese no es su único efecto. Hubo un tiempo en el que podría haber explicado, exactamente, los efectos que provoca y cómo lo hace, pero ya no soy lo que era.

Por lo que yo sabía, la gente tomaba kef para dejar de sentir algo. O porque creían que la supresión de las emociones los conduciría a una racionalidad superior, a una lógica absoluta y, en última instancia, a la verdadera iluminación. Pero no es así como funciona.

Sacar a Seivarden de la nieve me había costado un tiempo y un dinero de los que no podía desprenderme así como así. ¿Y para qué? Si la abandonaba a su suerte, se tomaría otra dosis de kef, o tres, se dirigiría a un lugar parecido a aquella sucia taberna y acabaría muerta. Si era eso lo que quería, yo no tenía ningún derecho a impedírselo, pero, si quería morir, ¿por qué no lo había hecho limpiamente?, ¿por qué no había registrado su intención y había acudido a un médico como haría cualquiera? No lo comprendía.

Había muchas cosas que no comprendía, y diecinueve años fingiendo ser humana no me habían enseñado tanto como esperaba.

2

Diecinueve años, tres meses y una semana antes de que encontrara a Seivarden en la nieve, yo era una crucero de batalla que orbitaba alrededor del planeta Shis'urna. Las cruceros de batalla son las naves radchaais de más envergadura, con dieciséis cubiertas, una encima de la otra: cubierta de mando, administrativa, médica, de cultivos hidropónicos, de ingeniería, de acceso a la unidad central y una para cada decuria, y zonas de trabajo y viviendas para mis oficiales. Yo era consciente incluso de la más leve de sus respiraciones o del menor temblor de cualquiera de sus músculos.

Las cruceros de batalla no suelen moverse. En aquella época, yo estaba en órbita estable, como llevaba haciéndolo durante la mayor parte de mis dos mil años de existencia en uno u otro sistema, mientras percibía el frío glacial del vacío en el exterior del casco. Desde mi posición, la superficie del planeta Shis'urna parecía hecha de cristal blanco y azul. Su estación orbital giraba a su alrededor mientras un flujo continuo de naves llegaban y se acoplaban a ella o se desacoplaban para dirigirse a uno u otro de los portales espaciales señalizados con faros y balizas. Desde mi órbita, las fronteras entre las naciones y territorios de Shis'urna no eran perceptibles, aunque, en su lado nocturno, las ciudades brillaban aquí y allá, y también las redes de carreteras que las entrelazaban y que habían sido restauradas desde la anexión.

Sentía y oía, aunque no siempre veía, mis naves colegas, las espadas y las misericordias, que eran más pequeñas y rápidas, y las justicias, que eran cruceros de batalla como yo y que, en aquella época, eran las más numerosas. La más vieja de nosotras tenía casi tres mil años. Nos conocíamos desde hacía mucho tiempo y, por aquel entonces, teníamos poco que decirnos que no nos hubiéramos dicho ya muchas veces. En general, y sin contar las comunicaciones rutinarias, había entre nosotras un silencio amigable.

Como en aquella época yo todavía tenía auxiliares, podía estar en más de un lugar a la vez. También estaba destacada en la ciudad de Ors, en el propio planeta Shis'urna, a las órdenes de la teniente Awn, quien estaba al mando de la Decuria Esk.

La mitad de la ciudad de Ors estaba asentada en territorio anegado, y la otra mitad, sobre un lago pantanoso. La mitad del lago estaba construida sobre plataformas cuyos cimientos se hundían en lo más profundo del lago. Un limo verde crecía en los canales, en las juntas de las plataformas, en los extremos inferiores de las columnas estructurales y en cualquier elemento fijo al alcance del agua, lo que variaba según la estación. El hedor constante a ácido sulfhídrico solo se disipaba ocasionalmente, cuando las tormentas de verano hacían que la mitad de la ciudad que estaba asentada sobre el lago temblara y se balanceara, y que el agua, que procedía del otro lado de las barreras de contención, cubriera los puentes hasta las rodillas. Eso solo ocurría de vez en cuando, porque, en general, las tormentas hacían que el hedor empeorara; temporalmente provocaban que el aire fuera más fresco, pero el alivio no solía durar más que unos pocos días y, después, el tiempo volvía a ser húmedo y caluroso.

Desde mi órbita, no veía Ors, más un pueblo que una ciudad, aunque, en otra época, había estado asentada en la desembocadura de un río y había sido la capital de un país que se extendía a lo largo de la costa. El comercio se desarrollaba a lo largo del río, y numerosas embarcaciones de fondo plano surcaban las marismas y transportaban a las personas de una ciudad a otra. Con el paso de los siglos, el río se había ido retirando y ahora Ors estaba medio en ruinas. Lo que antiguamente habían sido kilómetros de plataformas rectangulares en una red de canales, se había convertido en un espacio mucho más reducido, rodeado y salpicado de plataformas resquebrajadas y medio hundidas. Algunas todavía conservaban el techo y columnas que emergían de la lodosa agua verde durante la estación seca. Había sido el hogar de millones de personas, pero cuando, cinco años antes, las fuerzas radchaais anexionaron Shis'urna al imperio, en Ors solo vivían seis mil trescientas dieciocho personas y, lógicamente, la anexión todavía redujo más ese número. Sin embargo, en Ors la aniquilación fue menor que en otros lugares porque, cuando llegamos, yo con mi Decuria Esk y mis tenientes, y nos alineamos en las calles de la ciudad con las armas preparadas y las armaduras activadas, la suma sacerdotisa de Ikkt se acercó a la oficial presente de mayor rango, que, como ya he dicho, era la teniente Awn, y le ofreció la rendición inmediata. La suma sacerdotisa informó a sus seguidoras de lo que tenían que hacer para sobrevivir a la anexión y, ciertamente, la mayoría de ellas sobrevivieron; lo cual no era tan común como cabría esperar. Nosotras siempre dejábamos claro, desde el principio, que incluso el más leve de los problemas causado durante la anexión podía significar la muerte y, desde el primer momento, demostrábamos sin titubeos lo que eso significaba, aunque siempre había alguien que no podía resistirse y nos ponía a prueba.

Aun así, la influencia de la suma sacerdotisa demostró ser admirable. En cierto sentido, el pequeño tamaño de la ciudad era engañoso, porque, durante la temporada de la peregrinación, cientos de miles de visitantes circulaban por la plaza situada delante del templo y acampaban en las plataformas de las zonas abandonadas. Para las adoradoras de Ikkt, aquel era el segundo lugar más sagrado del planeta y la suma sacerdotisa constituía una presencia divina.

Normalmente, cuando una anexión finalizaba oficialmente, lo que, con frecuencia, requería cincuenta años o más, se había establecido una policía civil en el lugar anexionado, pero aquella anexión fue diferente: se había concedido la ciudadanía a las shis'urnas sobrevivientes mucho antes de lo normal y ninguna funcionaria de la Administración radchaai confiaba en que las civiles locales trabajaran tan pronto en el ámbito de la seguridad, de modo que la presencia militar todavía era bastante importante. Por lo tanto, cuando la anexión de Shis'urna ya era oficial, la mayoría de las justicias de Toren Esk regresaron a la nave, pero la teniente Awn se quedó, y yo, la Unidad Justicia de Toren Esk Una, que constaba de veinte auxiliares, me quedé con ella.

La suma sacerdotisa vivía en una casa cercana al templo, en uno de los pocos edificios que habían permanecido intactos desde los días en que Ors era una gran ciudad. La casa constaba de cuatro plantas, tenía un tejado de una sola vertiente y estaba abierta por todos los lados, aunque había unas pantallas divisorias que las ocupantes podían desplegar si deseaban privacidad y también era posible bajar las persianas exteriores cuando había tormenta.

La suma sacerdotisa recibió a la teniente Awn en un compartimento de unos cinco metros cuadrados. La luz se filtraba por encima de las oscuras pantallas divisorias.

—¿Servir en Ors no le resulta penoso? —le preguntó la sacerdotisa.

Se trataba de una persona mayor, de cabello gris y barba canosa bien recortada.

Ella y la teniente Awn se habían acomodado en sendos cojines que estaban húmedos, como todo en Ors, y olían a moho. La sacerdotisa llevaba una tela amarilla alrededor de la cintura y los hombros tatuados con formas, algunas curvas y otras angulares, que cambiaban conforme al significado litúrgico del día. Como deferencia a las convenciones radchaais, llevaba guantes.

—¡En absoluto! —contestó la teniente Awn con voz agradable, aunque yo percibí que no era totalmente sincera.

La teniente tenía los ojos de color marrón oscuro y el cabello negro y corto. Su piel era lo bastante morena para que no se la considerara pálida, pero no lo bastante para resultar moderna. Podría habérsela cambiado, y también los ojos y el cabello, pero nunca lo hizo. En lugar del uniforme, que consistía en un abrigo marrón largo adornado con insignias enjoyadas, camisa, pantalones, botas y guantes, iba vestida con el mismo tipo de falda que llevaba la sacerdotisa, una camisa ligera y unos guantes sumamente finos. Aun así, estaba sudando. Yo permanecía de pie en la entrada, erguida y en silencio. Una sacerdotisa subordinada dejó tazas y cuencos entre la teniente Awn y la Divina.

Yo estaba a unos cuarenta metros de allí, en el templo, que constituía un espacio atípicamente cerrado de cuarenta y tres metros y medio de altura, sesenta y cinco con siete de longitud y veintinueve con nueve de anchura. En uno de los extremos, había unas puertas casi tan altas como el techo y, en el otro, elevándose por encima de las fieles, una representación de la vertiente, casi vertical, de una montaña de Shis'urna elaborada con extremo detalle. En la base había una tarima cuyos amplios escalones conducían al suelo de piedra gris y verde de la sala. La luz entraba por docenas de tragaluces verdes y se proyectaba en las paredes, que estaban pintadas con escenas de la vida de las santas que conformaban el culto a Ikkt. Aquel edificio era totalmente diferente de cualquier otro en Ors. Su arquitectura, como el mismo culto a Ikkt, se había importado de algún otro lugar de Shis'urna. Durante la temporada de peregrinación, la sala estaba atestada de fieles. Había otros lugares sagrados en Shis'urna, pero si una orsiana hablaba de peregrinación, se refería a la que se realizaba anualmente a aquel templo. Pero todavía faltaban unas cuantas semanas para eso; de momento, en el templo solo se oían las oraciones que una docena de devotas susurraban en una esquina.

La suma sacerdotisa se rio.

—Es usted muy diplomática, teniente Awn.

—Soy una soldado, Divina —respondió la teniente. Se comunicaban en el idioma radchaai, y la teniente habló despacio y con meticulosidad, poniendo cuidado en su acento—. Y no considero que mi deber sea penoso.

La suma sacerdotisa no respondió con una sonrisa. Durante el breve silencio que se produjo, la sacerdotisa subordinada dejó junto a ellas una jarra con lo que las shis'urnas llamaban té, pero que en realidad consistía en un líquido espeso, tibio y dulce que apenas tenía algo que ver con el té de verdad.

Yo también estaba frente a la entrada del templo, en la plaza manchada de cianobacterias, desde donde contemplaba a las personas que pasaban por allí. La mayoría de ellas iban vestidas con la misma falda sencilla y de vistosos colores que llevaba la suma sacerdotisa, aunque solo las niñas muy pequeñas y las personas muy devotas lucían tatuajes, y solo unas pocas usaban guantes. Algunas de las viandantes eran trasladadas, es decir, radchaais asignadas a empleos o a quienes se les habían otorgado propiedades en Ors después de la anexión. Muchas habían adoptado la sencilla falda y, como la teniente Awn, habían incorporado una camisa ligera y holgada a su forma de vestir. Otras se aferraban con obstinación a los pantalones y la chaqueta, y sudaban copiosamente mientras cruzaban la plaza. Todas lucían joyas que pocas radchaais renunciarían a exhibir y que constituían regalos de amigas o amantes, insignias conmemorativas de la muerte de seres queridos o distintivos familiares o de asociaciones de clientelismo.

Hacia el norte, al otro lado de un tramo rectangular de agua al que llamaban Templo de Proa por el barrio que había existido allí, el terreno se elevaba ligeramente y, durante la estación seca, aquella zona, a la que se referían con deferencia como Ciudad Alta, quedaba asentada sobre tierra firme. Yo también estaba patrullando por allí y, cuando caminaba por la orilla del canal, me veía a mí misma de guardia en la plaza.

Las embarcaciones, impulsadas con pértigas, avanzaban lentamente por el pantanoso lago y por los canales que separaban los grupos de plataformas. El agua estaba turbia por la abundancia de algas y, aquí y allá, los extremos de las plantas acuáticas profundas agitaban la superficie. Lejos de la ciudad, al este y al oeste, unas boyas señalizaban zonas del lago prohibidas y, dentro de sus confines, las alas iridiscentes de las moscas de los pantanos titilaban sobre las masas enmarañadas de algas que flotaban en la superficie. Alrededor de las boyas, había embarcaciones de mayor tamaño y, entre ellas, los grandes dragadores, que aunque ahora permanecían quietos y silenciosos, antes de la anexión extraían el pestilente lodo del fondo.

La vista hacia el sur era similar, salvo por una estrecha franja de mar en el horizonte, más allá del empapado banco de arena que delimitaba el lago. Yo, como estaba en varios lugares cerca del templo y recorría las calles de la ciudad, lo veía todo. La temperatura era de veintisiete grados y el ambiente, húmedo, como siempre.

Esa era la situación de casi la mitad de mis veinte cuerpos. El resto dormía o trabajaba en la casa en la que vivía la teniente Awn, que tenía tres plantas, era espaciosa y, antiguamente, había alojado a una extensa familia y un negocio de alquiler de barcos. Por un lado daba a un canal ancho, verde y lodoso, y por el otro, a la calle más importante de la ciudad.

En la casa, tres de mis segmentos estaban despiertos. Montaban guardia o realizaban tareas administrativas. Yo estaba sentada en una alfombrilla sobre una tarima baja, en el centro de la primera planta, y escuchaba a una orsiana que se quejaba sobre la adjudicación de los derechos de pesca.

—Debería usted trasladar su queja al juez del distrito, ciudadana —le sugerí en el dialecto local.

Yo conocía a todo el mundo en Ors y sabía que aquella persona era mujer y abuela, y debía tener en cuenta ambos aspectos si quería hablarle de forma que fuera no solo gramaticalmente correcta, sino también educada.

—¡Pero yo no conozco al juez del distrito! —protestó ella indignada.

La jueza vivía en una ciudad grande y muy poblada situada río arriba, a muchos kilómetros de Ors y cerca de Kould Ves. La ciudad estaba lo bastante río arriba para que el aire fuera, a menudo, fresco y seco, y las cosas no olieran permanentemente a moho.

—¿Qué sabe el juez del distrito de Ors? ¡En lo que a mí respecta, el juez del distrito no existe!

A continuación me contó la larga historia de la relación que había mantenido su casa con el área delimitada por las boyas, que se correspondía con la zona prohibida y estaría cerrada a la pesca durante los tres años siguientes.

Mientras tanto, como siempre, en el fondo de mi mente era consciente de estar en órbita allá arriba.

—Vamos, teniente —dijo la suma sacerdotisa—. A nadie le gusta Ors, salvo a las desafortunadas que hemos nacido aquí. La mayoría de las shis'urnas, por no hablar de las radchaais, preferirían vivir en una gran ciudad, sobre tierra seca y con verdaderas estaciones climáticas aparte de la lluviosa y la no lluviosa.

La teniente Awn, que seguía sudando, aceptó una taza de aquello que llamaban té y bebió un trago sin realizar una mueca de asco, lo que era una cuestión de práctica y determinación.

—Mis superiores me piden que regrese.

En el relativamente seco extremo norte de la ciudad, dos soldados con uniforme marrón que circulaban con un vehículo abierto me vieron y me saludaron con la mano. Levanté brevemente la mía.

—¡Esk Una! —exclamó una de ellas.

Eran simples soldados de la Unidad Justicia de Ente Issa Siete y estaban a las órdenes de la teniente Skaaiat. Patrullaban la franja de tierra que había entre Ors y el extremo suroeste de Kould Ves, la ciudad que había crecido alrededor de la nueva desembocadura del río. Las justicias de la Ente Issa Siete eran humanas y sabían que yo no lo era, de modo que siempre me trataban con una simpatía ligeramente contenida.

—Yo preferiría que se quedara —le dijo la suma sacerdotisa a la teniente Awn.

Pero la teniente ya lo sabía porque, si la Divina no hubiera solicitado insistentemente que nos quedáramos, ya haría dos años que estaríamos de vuelta en la *Justicia de Toren*.

—Como comprenderá —repuso la teniente Awn—, preferirían reemplazar a Esk Una por una unidad humana. Las auxiliares pueden quedarse en suspensión indefinidamente, mientras que las humanas... —Dejó la taza de té y tomó un pedazo de pastel plano y de color amarillo marrón—. Las humanas tienen familias con las que quieren volver. Tienen sus vidas; y no pueden permanecer congeladas durante siglos como ocurre, a veces, con las auxiliares. No tiene sentido tener auxiliares realizando trabajos fuera de los tanques de suspensión cuando hay soldados humanas que podrían hacerlos.

Aunque la teniente Awn llevaba en Ors cinco años y se reunía con la suma sacerdotisa de forma habitual, era la primera vez que abordaban aquella cuestión directamente. La teniente frunció el ceño y los cambios en su respiración y en la concentración de hormonas me indicaron que había pensado en algo que la había consternado.

—No ha tenido problemas con Justicia de Ente Issa Siete, ¿no?

—No —contestó la suma sacerdotisa, y miró a la teniente mientras torcía la boca con ironía—. A usted la conozco. Y a Esk Una también. Pero manden a quien manden, no la conoceré, y mis feligresas tampoco.

—Las anexiones siempre son desagradables —declaró la teniente Awn.

Al oír la palabra *anexión*, la suma sacerdotisa realizó una leve mueca y pensé que la teniente Awn se había dado cuenta, pero continuó:

—Issa Siete no vino aquí por eso. Las tropas Justicia de Ente Issa no hicieron nada durante la anexión que Esk Una no hiciera.

—No, teniente. —La sacerdotisa dejó su taza. Parecía trastornada, pero yo no tenía acceso a sus datos internos, de modo que no podía estar segura—. Justicia de Ente Issa hizo muchas cosas que Esk Una no hizo. Es verdad, Esk Una mató a tantas personas como las soldados de Justicia de Ente Issa. Probablemente a más. —Me miró mientras yo permanecía en silencio junto a la entrada de la habitación—. No te ofendas, pero creo que mataste a más.

—No me ofendo, Divina —repuse yo. La suma sacerdotisa con frecuencia se dirigía a mí como si yo fuera una persona—. Y tiene usted razón.

—Divina —intervino la teniente con voz claramente preocupada—, si las soldados Justicia de Ente Issa Siete o cualquier otra persona han maltratado a alguna ciudadana...

—¡No, no! —exclamó la suma sacerdotisa con resentimiento—. ¡Las radchaais son muy cuidadosas en el trato a las ciudadanas!

La teniente se puso roja. Su angustia y enojo me resultaron evidentes. No podía leer su mente, pero sí que percibía cualquier movimiento de cualquiera de sus músculos, de modo que sus emociones me resultaban tan transparentes como el cristal.

—Discúlpeme —se excusó la suma sacerdotisa a pesar de que la expresión de la teniente no había cambiado y su piel era demasiado oscura para que se notara su acaloramiento y el enojo que sentía—. Como las radchaais nos han concedido la ciudadanía... —Se interrumpió y pareció arrepentirse de sus palabras—. Desde su llegada, Issa Siete no me ha dado ningún motivo de queja, pero he visto lo que sus tropas humanas hicieron durante lo que ustedes llaman la anexión. La ciudadanía que nos han otorgado pueden volver a quitárnosla fácilmente y...

—Nosotras nunca... —protestó la teniente Awn.

La suma sacerdotisa levantó la mano y la interrumpió.

—Sé lo que Issa Siete, o al menos las que son como ellas, les hacen a las personas que encuentran al otro lado de una línea divisoria. Cinco años atrás las consideraban no ciudadanas, pero ¿qué les harán en el futuro? Quién sabe. ¿Quizá declararlas no lo bastante ciudadanas? —Sacudió una mano en señal de rendición—. En realidad, eso es lo de menos, porque esas líneas divisorias son muy fáciles de establecer.

—No puedo culparla por pensar eso —adujo la teniente Awn—. Eran tiempos difíciles.

—Y yo no puedo evitar considerarla a usted inexplicable y sorprendentemente ingenua —continuó la suma sacerdotisa—. Si usted se lo ordenara, Esk Una me mataría. Sin titubear. Pero Esk Una nunca me pegaría, me humillaría o me violaría simplemente para demostrar su poder sobre mí o por pura y perversa diversión. —Me miró—. ¿Lo harías?

—No, Divina —respondí.

—Las soldados Justicia de Ente Issa hicieron todas esas cosas. No a mí, eso es cierto, y no a las ciudadanas de Ors en concreto, pero las hicieron. ¿La anexión de Ors habría sido diferente si en lugar de Esk Una la hubiera realizado Issa Siete?

La teniente Awn, incapaz de responder, permaneció inmóvil, consternada y con la mirada fija en el poco apetitoso té.

—Resulta extraño —continuó la suma sacerdotisa—. Una oye hablar de las auxiliares y le parece la cosa más horrible, más visceralmente repulsiva que las radchaais hayan hecho. Garsedd..., bueno, sí, Garsedd también, pero eso fue hace mil años. Pero esto..., invadir y tomar ¿qué, la mitad de la población adulta? y convertirla en cadáveres vivientes, en esclavas de las IA de sus naves y volverlas en contra de su propia gente. Si me hubiera preguntado mi opinión antes de... anexionarnos, le habría dicho que se trata de un destino peor que la muerte. —Se volvió hacia mí—. ¿No es así?

—Ninguno de mis cuerpos está muerto, Divina —le contesté—. Y su cálculo sobre el porcentaje de población anexionada y convertida en auxiliares es exagerado.

—Antes me horrorizabas —me explicó la suma sacerdotisa—. La sola idea de que estuvieras cerca de mí me aterrorizaba. Tus caras muertas, tus voces inexpresivas... Pero, ahora mismo, me horroriza más la idea de una unidad de seres humanos que sirven al imperio voluntariamente. Porque no creo que pueda confiar en ellos.

—Divina —intervino la teniente Awn con los labios apretados—, yo sirvo voluntariamente al imperio. No tengo ninguna excusa para ello.

—Estoy convencida de que, a pesar de eso, es usted una buena persona, teniente Awn.

Cogió la taza de té y bebió, tranquilamente, un sorbo, como si no hubiera dicho lo que había dicho.

La garganta de la teniente se puso tensa, y sus labios también. Se le había ocurrido una idea y quería expresarla, pero no estaba segura de que debiera hacerlo. Aunque seguía sintiéndose tensa y ofendida, se decidió a hablar:

—Supongo que ha oído hablar de Ime.

La suma sacerdotisa respondió con ironía e incredulidad:

—¿Se supone que lo que ocurrió en Ime ha de inspirar confianza en la Administración del Radch?

Esto es lo que ocurrió: la estación Ime, y también las lunas y otras estaciones menores del sistema, estaban lo más lejos que se podía estar de cualquiera de los palacios provinciales de Anaander Mianaai sin cruzar los límites del espacio radchaai. Durante años, la gobernadora de Ime utilizó esa distancia en su propio beneficio: realizó desfalcos, cobró sobornos y derechos de protección, vendió nombramientos... Miles de ciudadanas fueron injustamente ejecutadas o, lo que en esencia es lo mismo, fueron obligadas a servir como cuerpos auxiliares a pesar de que la producción de auxiliares ya no era legal. La gobernadora controlaba todas las comunicaciones y los permisos de entrada y salida del sistema. En condiciones normales, una estación de IA hubiera informado de tales procedimientos a las autoridades, pero, de algún modo, a la estación Ime le habían impedido hacerlo y la corrupción creció y se extendió sin freno. Hasta el día en que una nave entró en el sistema a través de un portal espacial que se encontraba a escasos cientos de kilómetros de la nave patrulla *Misericordia de Sarrse*. La nave no respondió a los requerimientos de identificación y, cuando la abordaron algunos miembros de la tripulación de la *Misericordia de Sarrse*, encontraron en su interior docenas de humanas y varias alienígenas rrrrr. La capitana de la *Misericordia de Sarrse* les ordenó a sus soldados que apresaran a todas las humanas que pudieran ser utilizadas como auxiliares y que mataran al resto, y también a todas las alienígenas que hubiera a bordo. La nave se le entregaría a la gobernadora del sistema.

La *Misericordia de Sarrse* no era la única nave de combate con tripulantes humanas del sistema. Hasta entonces, se había mantenido a raya a las soldados humanas destinadas allí gracias a un programa de sobornos y tratos de favor, y, cuando estos fallaban, con amenazas e incluso ejecuciones. Todo muy eficaz, hasta que la soldado Amaat Una Una de la *Misericordia de Sarrse* decidió que no quería matar a aquellas personas ni a las rrrrr y convenció al resto de su unidad para que se uniera a ella. Eso había sucedido cinco años atrás y todavía había consecuencias de ello.

La teniente Awn se agitó en su cojín.

—Toda aquella corrupción salió a la luz porque una única soldado humana se negó a cumplir una orden, lo cual condujo a un motín. De no ser por ella..., en fin. Pero las auxiliares nunca harían algo así. No pueden.

—La corrupción se destapó porque en la nave que la soldado humana abordó junto con su unidad, viajaban alienígenas.

Las radchaais tienen pocos escrúpulos a la hora de matar seres humanos, sobre todo humanas que no hayan sido declaradas ciudadanas, pero son muy cautelosas a la hora de provocar un conflicto con las alienígenas.

Era así porque tales conflictos podían contravenir los términos del tratado firmado con las alienígenas presger; y violar dicho tratado podía tener consecuencias extremadamente graves. Aun así, muchas radchaais de posición social elevada estaban en contra del tratado. Percibí que la teniente Awn deseaba discutir esta cuestión, pero en lugar de hacerlo dijo:

—La gobernadora de Ime tomó una decisión precipitada y, a no ser por aquella soldado humana, habría estallado una guerra.

—¿Ya han ejecutado a la soldado? —preguntó la suma sacerdotisa con ironía.

Este era el destino inmediato de cualquier soldado que rehusara cumplir una orden, por no hablar de liderar un motín.

—Las últimas noticias que tengo —informó la teniente Awn mientras respiraba con agitación y cada vez más superficialmente— indican que las rrrrrr accedieron a entregarla a las autoridades del Radch. —Tragó saliva—. No sé qué pasará.

Como es lógico, fuera lo que fuera, probablemente ya había sucedido, porque las noticias procedentes de un lugar tan lejano como Ime podían tardar un año o más en llegar a Shis'urna.

Durante unos instantes, la suma sacerdotisa no respondió. Sirvió más té y puso pasta de pescado en un cuenco pequeño.

—¿Mi insistencia en solicitar que usted siga aquí le supone algún tipo de problema?

—No —contestó la teniente—. De hecho, las otras tenientes Esk sienten cierta envidia; al permanecer en la *Justicia de Toren* no tienen posibilidades de entrar en acción. —Cogió la taza con una calma forzada, ya que interiormente seguía enojada e inquieta. Hablar de las novedades de Ime había aumentado su incomodidad—. Y entrar en acción implica hacer méritos y, posiblemente, conseguir promociones.

Además, la anexión de Shis'urna era la última que se realizaría y, por lo tanto, la última oportunidad que tenía una oficial de hacer prosperar su casa a través de conexiones con nuevas ciudadanas o incluso por medio de nombramientos directos.

—Otra razón por la que la prefiero a usted —afirmó la suma sacerdotisa.

Seguí a la teniente Awn hasta su casa. Y también observé el interior del templo y contemplé a las personas que, como de costumbre, se cruzaban en la plaza. Y las vi esquivar a las niñas que jugaban a kau en el centro de la plaza, pateando la pelota entre risas y gritos. Una adolescente de la Ciudad Alta estaba sentada en la orilla del canal Templo de Proa con actitud triste y apática. Contemplaba a media docena de niñas que saltaban de una piedra a otra y cantaban:

> *Uno, dos, mi tía me dijo:*
> *tres, cuatro, la soldado cadáver;*
> *cinco, seis, te disparará al ojo;*
> *siete, ocho, te matará;*
> *nueve, diez, despedázala y vuélvela a montar.*

Mientras recorría las calles, la gente me saludaba y yo les devolvía el saludo. La teniente Awn estaba tensa y enfadada, y solo saludaba con un gesto distraído de la cabeza a la gente con la que se cruzaba.

La persona que reclamaba los derechos de pesca se fue insatisfecha. Cuando se marchó, dos niñas sortearon la pantalla divisoria y se sentaron, con las piernas cruzadas, en el cojín que la persona anterior había dejado vacío. Las dos iban vestidas con una tela alrededor de la cintura que, aunque limpia, estaba desteñida, y no llevaban guantes. La mayor tendría unos nueve años; los símbolos tatuados en el pecho y los hombros de la más pequeña, que estaban ligeramente emborronados, indicaban que no tenía más de seis. Me miró con el ceño fruncido.

En el idioma orsiano, dirigirse a las niñas con corrección era más fácil que a las adultas, porque se empleaba un tratamiento sin género.

—Hola, ciudadanas —saludé en el dialecto local.

Las reconocí a las dos. Vivían en el extremo sur de Ors y había hablado con ellas a menudo, pero era la primera vez que acudían a la casa.

—¿Cómo puedo ayudarlas?

—Tú no eres Esk Una —dijo la niña más pequeña.

La mayor realizó un gesto de contención, como si quisiera hacerla callar.

—Sí que lo soy —contesté yo señalando la insignia que lucía en la chaqueta del uniforme—. ¿Lo ve? Lo que pasa es que soy mi segmento número catorce.

—Te lo había dicho —dijo la niña mayor.

La más pequeña reflexionó durante un instante y anunció:

—Sé una canción.

Yo aguardé en silencio. Ella inspiró hondo, como si fuera a empezar a cantar, pero se detuvo con expresión de perplejidad.

—¿Quieres oírla? —me preguntó. Probablemente, todavía dudaba de mi identidad.

—Sí, ciudadana —le contesté.

Yo, es decir, yo Esk Una, canté por primera vez para entretener a una de mis tenientes, cuando la *Justicia de Toren* apenas llevaba cien años de servicio. A la teniente le gustaba la música y viajaba con un instrumento como parte de su cupo de equipaje. Nunca logró que las otras oficiales mostraran interés en su afición, de modo que me enseñó las letras de las canciones que tocaba. Yo las archivé y memoricé otras para complacerla. Cuando la nombraron capitana de su propia nave, yo ya había recopilado una amplia selección de música vocal. Nadie me daría nunca un instrumento, pero podía cantar cuando quisiera. El hecho de que a la *Justicia de Toren* le gustara cantar dio pie a rumores y a alguna que otra sonrisa indulgente, pero yo, yo *Justicia de Toren*, no tenía interés en cantar, solo toleraba este hábito porque resultaba inocuo y era posible que alguna de mis futuras capitanas lo apreciara. De no ser así, lo habría evitado.

Si aquellas niñas me hubieran abordado en la calle, no habrían titubeado, pero allí, en la casa, y sentadas como si fueran a escuchar una conferencia formal, era distinto. Yo sospechaba que aquella era una visita de tanteo y que la niña más pequeña en algún momento me pediría servir en el templo provisional de la casa. El prestigio que suponía ser designada portadora de flores a Amaat no estaba a su alcance en aquel lugar, el bastión de Ikkt, pero la tradicional ofrenda de fruta y ropa que se realizaba al final de la temporada sí que lo estaba. Además, su mejor amiga era una portadora de flores, lo que, sin duda, constituía un atractivo extra para ella.

Ninguna orsiana realizaría esa solicitud enseguida o directamente, así que la niña debía de haber elegido aquella aproximación indirecta sin darse cuenta y había convertido un encuentro informal en algo formal e intimidante. Metí la mano en el bolsillo de la chaqueta, saqué un puñado de dulces y los dejé en el suelo, entre ellas y yo.

La niña pequeña realizó un gesto afirmativo, como si yo acabara de resolver todas sus dudas. Entonces inspiró hondo y empezó:

> *Mi corazón es un pez*
> *escondido entre las algas*
> *en el verde, en el verde.*

La melodía era una extraña mezcla de una canción radchaai que se retransmitía de vez en cuando y una orsiana que yo ya conocía. La letra no me resultaba familiar. La niña cantó cuatro estrofas con una voz clara, aunque ligeramente temblorosa, y parecía dispuesta a cantar la quinta cuando los pasos de la teniente Awn sonaron al otro lado de la pantalla divisoria; la niña se calló en seco. Entonces se inclinó hacia delante y recogió su recompensa.

Las dos niñas, todavía medio sentadas, hicieron una reverencia y después se levantaron, atravesaron corriendo la abertura que las separaba del resto de la casa y pasaron a toda velocidad por el lado de la teniente Awn y de mí, que caminaba detrás de ella.

—Gracias por vuestra visita, ciudadanas —dijo la teniente en dirección a las espaldas de las niñas.

Se sobresaltaron y consiguieron hacer una leve reverencia

a la teniente y, al mismo tiempo, seguir corriendo hacia la calle.

—¿Alguna canción nueva? —me preguntó la teniente Awn, aunque, en realidad, la música no le interesaba mucho. Al menos no más que a la mayoría de las personas.

—Más o menos —contesté yo.

Calle abajo, vi a las dos niñas que, sin dejar de correr, giraron por la esquina de una casa. Se detuvieron mientras respiraban entrecortadamente. La niña pequeña abrió la mano y le enseñó a la mayor el puñado de dulces. Por raro que parezca, a pesar de lo pequeña que era su mano y de lo deprisa que habían corrido, no se le había caído ninguno. La niña mayor cogió uno y se lo puso en la boca.

Cinco años atrás, antes de que empezaran las reparaciones de las infraestructuras del planeta y cuando las provisiones eran escasas, les habría ofrecido algo más nutritivo. Ahora, todas las ciudadanas tenían garantizado lo suficiente para comer, aunque las raciones no eran muy generosas y, la mitad de las veces, nada apetitosas.

En el interior del templo, todo era silencio y luz verde. La suma sacerdotisa no abandonó sus dependencias en el templo, pero las sacerdotisas subordinadas sí que fueron entrando y saliendo. La teniente Awn subió a la segunda planta de su casa y, después de quitarse la camisa y aislada de la calle por las persianas, se sentó a reflexionar en uno de los cojines típicos de Ors. Rechazó el té, genuino, que le llevé. Yo le transmití, y también a la *Justicia de Toren*, una serie de informaciones; todo normal, todo rutinario.

—Debería acudir a la jueza del distrito —sugirió la teniente, algo molesta, refiriéndose a la ciudadana que se había quejado respecto a la zona de pesca. Tenía los ojos cerrados y los informes de la tarde aparecían en su visión—. Nosotras no tenemos jurisdicción en este asunto.

Yo no respondí. No se requería ninguna respuesta ni se esperaba que yo contestara. La teniente aprobó, con una rápida sacudida de los dedos, el mensaje que yo había redactado para la jueza del distrito y, a continuación, leyó el último mensaje de su hermana pequeña. La teniente Awn enviaba una parte de sus ganancias a sus progenitoras, quienes utilizaban aquel dinero para pagarle clases de poesía a la hija pequeña. La poesía constituía una habilidad valiosa y civilizada. Yo no podía juzgar si la hermana de la teniente Awn tenía un talento especial para la poesía, claro que no muchas personas lo tenían, ni siquiera entre las familias de posición elevada, pero sus obras y sus comunicaciones complacían a la teniente y, en aquel momento, calmaron su estado de ánimo.

Las niñas de la plaza corrieron a sus casas entre risas. La adolescente suspiró profundamente, como suelen hacer las adolescentes, lanzó una piedra al agua y contempló las ondas que provocó en la superficie.

Las unidades auxiliares que solo se activaban para las anexiones a menudo no llevaban más vestimenta que una armadura generada por un implante colocado en el cuerpo. Filas y filas de soldados inexpresivas que podrían estar elaboradas con mercurio. Pero yo siempre estaba en activo y, ahora que los combates habían terminado, llevaba puesto el mismo uniforme que las soldados humanas. Mis cuerpos sudaban debajo de las chaquetas del uniforme y, aburrida, abrí tres de mis bocas, que estaban cerca unas de otras, en la plaza del templo. Y con aquellas tres voces canté: «Mi corazón es un pez. Escondido entre las plantas acuáticas...» Una persona que pasaba por allí me miró sorprendida, pero todas las demás me ignoraron. A aquellas alturas, estaban acostumbradas a mí.

3

Por la mañana, los correctivos se habían soltado y los morados de la cara de Seivarden habían perdido intensidad. Ella parecía sentirse a gusto, claro que todavía estaba colocada, de modo que no era de extrañar.

Deshice el paquete de ropa que le había comprado: ropa interior aislante, camisa y pantalones acolchados, abrigo interior, abrigo exterior con capucha y guantes. Lo extendí todo en el suelo. Luego le cogí la barbilla y le volví la cara hacia mí.

—¿Me oyes?

—Sí.

Sus ojos marrón oscuro se clavaron en un punto distante, más allá de mi hombro izquierdo.

—Levántate.

Tiré de su brazo. Ella parpadeó lánguidamente y, antes de que el impulso la abandonara, logró sentarse. Yo conseguí vestirla a trompicones. Luego guardé las prendas que no había utilizado, me colgué la bolsa al hombro, agarré a Seivarden del brazo y salimos de la habitación.

En el límite de la ciudad había un establecimiento donde alquilaban vehículos, aunque preveía que la propietaria no me alquilaría ninguno a menos que depositara una fianza que doblara el importe anunciado. Le dije que quería viajar al noroeste para visitar un campamento ganadero; era una mentira absoluta y, probablemente, ella lo sabía.

—Eres de otro planeta —me dijo— y no sabes cómo es esto

fuera de las ciudades. Los forasteros siempre queréis visitar los campamentos ganaderos y acabáis perdiéndoos. Algunas veces, os encontramos, pero otras, no. —Yo no repliqué—. Perderás mi vehículo y ¿como acabaré yo? En la nieve mientras mis hijas se mueren de hambre; así es cómo acabaré.

Seivarden, que estaba a mi lado, tenía la mirada perdida.

Me vi obligada a entregarle a la propietaria el depósito que me pedía con la viva sospecha de que no volvería a verlo. Luego me exigió una cantidad extra porque yo no tenía carnet local de piloto, algo que yo sabía que no era necesario. Si lo hubiera sido, me habría hecho uno falso antes de ir allí.

En cualquier caso, al final me alquiló un aerodeslizador. Comprobé el motor, que parecía estar limpio y en buen estado, y que tenía combustible. Cuando me pareció que todo estaba bien, dejé la bolsa en el interior, senté a Seivarden y subí al asiento de la piloto.

Dos días después de la tormenta, los musgos de la nieve volvían a aparecer: franjas de color verde claro salpicadas de hebras más oscuras. Después de dos horas de viaje, sobrevolamos una sierra de colinas, en la que los tonos verdes de los musgos, con surcos y vetas irregulares, tenían un tono drásticamente más oscuro, como si se tratara de campos de malaquita. En algunos lugares, el musgo estaba arañado y pisoteado por las criaturas que se alimentaban de él: manadas de bovinos de pelo largo que, conforme la primavera avanzaba, se dirigían al sur. En los bordes de aquellas rutas, aquí y allá, los demonios del hielo permanecían ocultos en sus guaridas excavadas en el hielo y allí esperaban a que uno de los animales pisara el lugar adecuado para arrastrarlo al interior de sus túneles. No percibí ningún rastro de aquellas criaturas, pero ni siquiera los ganaderos que seguían a las manadas de bovinos eran capaces de detectarlos siempre que estaban cerca.

El viaje transcurrió sin problemas. Durante todo el trayecto Seivarden permaneció medio tumbada y en silencio a mi lado. ¿Cómo podía seguir viva? ¿Y cómo había acabado allí? Resultaba de lo más improbable. Pero las cosas improbables ocurrían. Casi mil años antes de que la teniente Awn hubiera nacido siquiera, Seivarden había capitaneado una nave propia, la *Espada de Nathtas*, y la había perdido. La mayoría de la tripulación humana, incluida Seivarden, había conseguido escapar en cápsulas de emergencia, pero la de Seivarden desapareció. Al menos, eso había oído yo. Sin embargo, ahí estaba ella. Alguien debía de haberla encontrado recientemente. Tenía suerte de estar viva.

Cuando Seivarden perdió su nave, yo estaba a seis billones de kilómetros de distancia. Patrullaba una ciudad de cristal y piedra roja pulida que estaba en silencio salvo por el sonido de mis pasos, la conversación de mis tenientes y, ocasionalmente, mis voces cuando las probaba en las resonantes plazas pentagonales. Cascadas de flores rojas, azules y amarillas tapizaban las paredes que rodeaban las casas formando patios de cinco lados. Las flores estaban marchitándose. Nadie se atrevía a circular por las calles salvo mis oficiales y yo, porque todo el mundo sabía cuál era el destino que con más probabilidad le aguardaba a quien fuera arrestada. Así que todas las habitantes de la ciudad permanecían en sus casas, a la espera de lo que ocurriera a continuación, y cuando oían la risa de una teniente o me oían cantar a mí, se encogían o temblaban.

Mis tenientes y yo solo nos habíamos encontrado con problemas aislados. La resistencia de las garseddais había sido mínima. Las tropas de las cruceros de batalla habían desembarcado y las espadas y misericordias montaban guardia alrededor del sistema. En nombre de las distintas lunas, planetas y estaciones del sistema garseddai, se habían rendido los representantes de las cinco zonas de cada una de las cinco regiones, veinticinco en total, y estaban camino de la *Espada de Amaat* para reunirse con Anaander Mianaai, Lord del Radch, y suplicarle por la vida de su gente. De ahí que la ciudad estuviera asustada y en silencio.

En un parque pequeño en forma de diamante, cerca de un monumento de granito negro en el que estaban grabadas las Cinco Acciones Correctas y el nombre de la matrona garseddai que había deseado inculcarlas en las residentes locales, una de mis tenientes se cruzó con otra y se quejó de que aquella anexión había sido decepcionantemente aburrida. Tres segundos después, recibí un mensaje de *Espada de Nathtas*, la nave capitaneada por Seivarden.

Las tres representantes garseddais que transportaba habían matado a dos de sus tenientes y a doce segmentos auxiliares de la *Espada de Nathtas*. También habían dañado la nave: habían seccionado conductos y abierto brechas en el casco. Además del mensaje, la *Espada de Nathtas* incluía una grabación. En ella aparecía un arma que un segmento auxiliar había visto con toda seguridad, pero que, según otros sensores de la *Espada de Nathtas*, no existía. Una representante garseddai que, inconcebiblemente, estaba envuelta en el resplandor plateado de una armadura como la de las radchaais, de la que solo se percató la segmento auxiliar, disparó el arma. La bala atravesó la armadura de la segmento auxiliar y la mató, de modo que, al perder la visión, el arma y la armadura de la representante garseddai volvieron a desaparecer.

Las representantes habían sido registradas antes de subir a bordo y la *Espada de Nathtas* debería haber detectado cualquier arma, unidad generadora de armadura o implante que hubieran subido. Además, aunque las armaduras como la de las radchaais habían sido de uso corriente en las regiones situadas alrededor del Radch, aquellas regiones habían sido anexionadas mil años antes. Las garseddais no tenían armaduras de aquel tipo, no sabían cómo fabricarlas ni tampoco activarlas, y, aunque lo hubieran sabido, la presencia en la nave de aquella arma y su bala era absolutamente inconcebible.

Tres personas pertrechadas con semejante arma y con armaduras podían causar daños graves a una nave como la *Espada de Nathtas*. Sobre todo si una de esas personas conseguía acceder a la sala de máquinas con el arma y destruía el escudo térmico protector. Los motores de las naves de batalla radchaai tenían una potencia de calor semejante a la de una estrella, y la pérdida del escudo térmico implicaba la pulverización instantánea de la nave; una nave entera desintegrada en una breve y cegadora explosión de luz.

Pero yo no podía hacer nada. Nadie pudo hacer nada. El mensaje se había enviado cuatro horas antes: una señal del pasado, un fantasma. El desenlace había tenido lugar antes de que yo recibiera el comunicado de la *Espada de Nathtas*.

Oí un sonido grave y una luz azul parpadeó en el panel que tenía delante, al lado del indicador del combustible. Un segundo antes, el indicador estaba en la posición de casi lleno, pero ahora indicaba que el depósito estaba vacío. El motor se apagaría en cuestión de minutos. Seivarden estaba a mi lado, despatarrada en el asiento, relajada y silenciosa.

Tomé tierra.

El indicador del combustible había sido manipulado de tal forma que yo no lo había detectado. Parecía que el depósito tuviera tres cuartas partes de su capacidad, pero no era así, y habían desconectado la alarma que debería haber sonado al quedar la mitad del combustible con el que empecé.

Pensé en la fianza doble que había pagado y que, sin duda, no volvería a ver, y en lo preocupada que parecía estar la propietaria ante la posibilidad de perder su valioso vehículo. Tanto si activaba el transmisor de emergencia como si no, el aerodeslizador debía de contar con un transmisor automático. Seguro que la propietaria quería dejarme tirada en medio de aquella llanura de nieve veteada de musgo pero no quería perderlo. Podía llamar pidiendo ayuda porque, aunque había anulado mis implantes de comunicación, tenía un comunicador de mano. Sin embargo, estábamos muy muy lejos de cualquier persona que estuviera dispuesta a enviarnos ayuda y, aunque llegara alguien y lo hiciera antes que la propietaria, que estaba claro que no me deseaba ningún bien, no conseguiría llegar a mi destino, lo cual era de suma importancia para mí.

La temperatura ambiental era de dieciocho grados bajo cero y el viento, que soplaba del sur a una velocidad aproximada de ocho kilómetros por hora, indicaba que no tardaría en nevar.

Nada serio, si la predicción meteorológica matutina era de fiar.

Mi aterrizaje había dejado un rastro blanco en el suelo cubierto de musgo que resultaba fácilmente visible desde el aire y, aunque las colinas que habíamos sobrevolado ya no estaban a la vista, el terreno era ligeramente ondulado.

Si se hubiera tratado de una situación de emergencia corriente, mi mejor opción habría consistido en permanecer en el interior del aerodeslizador y esperar a que llegara la ayuda, pero aquella no era una situación de emergencia corriente y no esperaba recibir ninguna ayuda.

Cuando la propietaria se enterara, gracias al transmisor automático, de que habíamos aterrizado, acudiría con sus compinches dispuesta a matarnos. O quizás esperaría. El establecimiento disponía de otros vehículos y, probablemente, a la propietaria no le supondría ningún problema esperar aunque fuera varias semanas para ir a recoger el aerodeslizador. Además, como ella misma había dicho, a nadie le sorprendería que una forastera se perdiera en la nieve.

Tenía dos opciones. Una consistía en esperar allí, tenderle una emboscada a quien acudiera con la intención de asesinarme y robarme, y apoderarme de su transporte; claro que esa opción sería inútil si decidían esperar a que el frío y el hambre hicieran su trabajo. La otra opción consistía en sacar a Seivarden del aerodeslizador, coger la bolsa y caminar. Mi objetivo estaba a unos sesenta kilómetros en dirección sudeste. Yo podía recorrer esa distancia en un día, siempre que el terreno, el clima y los demonios del hielo no me lo impidieran, pero tendría suerte si Seivarden podía recorrerla en el doble de tiempo. Claro que esta línea de acción sería inútil si la propietaria decidía no esperar y recuperar el aerodeslizador lo antes posible. Nuestras huellas se verían con claridad en la nieve estriada de musgo. Solo tendrían que seguirlas y acabar con nosotras, y yo habría perdido la ventaja que el factor sorpresa me habría proporcionado si me hubiera escondido cerca del aerodeslizador.

Por otro lado, tendría suerte si, al llegar a mi destino, encontraba lo que buscaba. Me había pasado los últimos diecinueve años siguiendo el más leve de los rastros. Había buscado o esperado durante semanas y meses salpicados de momentos como aquel en los que el éxito e incluso mi vida habían pendido de un hilo. Había tenido suerte de llegar tan lejos y la lógica me decía que no podía esperar nada más.

Una radchaai habría lanzado una moneda para decidir; o, para ser más exacta, un puñado de ellas, una docena de discos, cada uno con su significado y trascendencia, y el patrón de la tirada habría configurado el mapa del universo que Amaat deseaba. Las cosas suceden como suceden porque el mundo es como es. O, como expresaría una radchaai, el universo tiene la forma que las diosas desean. Amaat concibió la luz y, al hacerlo, forzosamente concibió la no luz, y la luz y la oscuridad se extendieron. Esta era la primera emanación, EtrepaBo, luz/oscuridad. Las otras tres, implicadas y requeridas por la primera, son EskVar, principio/fin; IssaInu, movimiento/quietud y VahnItr, existencia/no existencia. Las Cuatro Emanaciones se dividieron y se recombinaron de distintas maneras para crear el universo. Todo lo que es emana de Amaat.

El suceso más pequeño, el hecho aparentemente más insignificante forma parte de un todo intrincado, y comprender por qué una mota de polvo específica cae en un lugar concreto y determinado es comprender la voluntad de Amaat. No existen lo que se denominan coincidencias. Nada ocurre por casualidad, sino conforme a la voluntad de la Diosa.

Al menos esto es lo que enseña la ortodoxia radchaai. Yo nunca he entendido muy bien el sentido de la religión. Nunca se me exigió que lo hiciera y aunque me habían hecho las radchaais, yo no era una de ellas. No conocía ni me importaba la voluntad de las diosas. Lo único que sabía era que acabaría donde yo misma determinara al lanzar la moneda de mis decisiones.

Cogí la bolsa, la abrí, saqué un cargador de repuesto y lo guardé en el interior del abrigo, cerca de mi arma. Me colgué la bolsa al hombro, rodeé el aerodeslizador hasta el otro lado y abrí la puerta.

—Seivarden —la llamé.

Ella no se movió, solo murmuró «mmm...». La agarré del brazo y tiré de ella, que bajó del aerodeslizador medio resbalando.

Había llegado hasta allí dando un paso tras otro. Me volví de espaldas al noreste, tiré de Seivarden y caminé.

Yo confiaba en que la dirección que había tomado me condujera a la casa de la doctora Arilesperas Strigan. En otra época, la doctora había tenido una consulta privada de medicina en la estación Dras Annia, que consistía en una aglomeración de, al menos, cinco estaciones distintas, construidas una encima de la otra, y que estaba situada en la intersección de dos docenas de rutas diferentes, lejos de territorio del Radch. Con el tiempo, cualquier cosa podía acabar allí y, gracias a su trabajo, la doctora había conocido personas muy distintas con una amplia variedad de pasados. Le habían pagado en efectivo, con favores, con antigüedades, con prácticamente cualquier cosa que se pudiera considerar que tenía valor.

Yo había estado allí, había visto la estación y sus intrincadas y entrelazadas secciones. Había visto dónde había vivido y trabajado Strigan y había visto las cosas que había dejado atrás cuando, un día, sin ninguna razón aparente, compró pasaje en cinco naves diferentes y desapareció. Vi una caja llena de instrumentos de cuerda de los cuales yo solo conocía el nombre de tres. Vi cinco estanterías llenas de iconos: un despliegue apabullante de diosas y santas talladas en madera, oro o nácar. Vi una docena de armas, todas escrupulosamente identificadas con el número de licencia de su correspondiente estación. Todas estas cosas constituían colecciones que habían empezado con objetos únicos que la doctora había recibido como pago por sus servicios y habían despertado su interés. La doctora había pagado el alquiler completo de ciento cincuenta años y, en consecuencia, las autoridades de la estación no habían tocado su apartamento.

Gracias a un soborno, yo había conseguido entrar y ver la colección que me interesaba: unos cuantos azulejos pentagonales de colores, que después de mil años todavía relucían; un cuenco bajo en cuyo dorado borde tenía un texto inscrito en una lengua que era imposible que Strigan conociera; un rectángulo plano de plástico, que yo sabía que era una grabadora de voz. Al tocarla, reproducía risas y voces que hablaban en aquella misma lengua muerta.

Aunque se trataba de una colección pequeña, no debía de haber resultado fácil reunirla. Los artículos garseddais eran escasos, porque cuando Anaander Mianaai se dio cuenta de que las garseddais poseían los medios para destruir las naves y atravesar las armaduras radchaais, ordenó la destrucción total de Garsedd y su gente. Aquellas plazas pentagonales, las flores, toda forma de vida de todos los planetas, lunas y estaciones del sistema fueron aniquiladas. Nadie podría vivir allí nunca más. Nadie podría olvidar nunca lo que suponía desafiar al Radch.

Pensé que quizás una de sus pacientes le había regalado el cuenco y eso la había empujado a buscar más información sobre aquella cultura desaparecida. Y si un objeto garseddai había ido a parar allí, ¿qué otra cosa podía haberlo hecho? Quizás algo que una paciente le había dado como pago, quizá sin saber de qué se trataba, o sabiéndolo y deseando, desesperadamente, librarse de ello. Quizás algo que había empujado a Strigan a escapar, a desaparecer, dejando atrás casi todas sus pertenencias. Algo peligroso, algo que no se atrevía a destruir, a deshacerse de ello de la forma más eficiente posible.

Algo que yo deseaba con todas mis fuerzas.

Quería alejarme de allí tanto como pudiera y tan deprisa como Seivarden y yo pudiéramos, de modo que caminamos durante horas y solo nos detuvimos brevemente y cuando fue imprescindible. Aunque el día era claro y tan luminoso como podía serlo en Nilt, me sentía ciega de una forma que, a aquellas alturas, creía haber aprendido a ignorar. En otro tiempo, había tenido veinte cuerpos, veinte pares de ojos y cientos de otros a los que podía acceder si lo necesitaba o lo deseaba. Pero ahora solo podía ver en una dirección; es decir que para ver la vasta extensión que tenía detrás tenía que volver la cabeza y, entonces, dejaba de mirar lo que tenía delante. Por lo general, para resolver este problema, evitaba los espacios demasiado abiertos y me aseguraba de que lo que tenía a la espalda era de fiar, pero allí era imposible.

A pesar de la suave brisa, la cara me ardía, y después se me volvió insensible. Al principio, las manos y los pies me dolían; no había comprado guantes y botas adecuados porque no era mi intención caminar sesenta kilómetros en aquel clima tan frío, pero después las extremidades se me volvieron pesadas y se entumecieron. Tenía suerte de que no fuera invierno, cuando las temperaturas eran mucho más bajas.

Seivarden debía de tener tanto frío como yo, pero caminaba a un ritmo constante y daba un paso apático tras otro mientras yo tiraba de ella. Arrastraba los pies por la musgosa nieve, con la mirada baja, sin quejarse ni decir nada. Cuando el sol casi había alcanzado el horizonte, movió levemente los hombros y levantó la cabeza.

—Conozco esa canción —afirmó.

—¿Qué?

—La canción que estás tarareando.

Volvió la cabeza hacia mí con parsimonia. Su cara no mostraba el menor signo de ansiedad o perplejidad. Me pregunté si había realizado algún esfuerzo para disimular su acento. Probablemente no, porque estando, como estaba, bajo los efectos del kef, no debía de importarle. En los territorios del Radch, su acento la identificaba como miembro de una casa influyente y adinerada; alguien a quien, después de superar las pruebas de aptitud a los quince años, le habrían asignado un puesto de prestigio. Pero fuera de esos territorios, en infinidad de obras de entretenimiento, su acento constituía un indicio de que se trataba de una persona rica, malvada, corrupta y cruel.

El lejano sonido de una aeronave llegó hasta nosotras. Me volví hacia atrás sin detener la marcha, oteé el horizonte y la vi, pequeña y distante. Volaba bajo y despacio y parecía seguir nuestro rastro. Yo estaba segura de que no venía en misión de rescate. Mi moneda había caído del lado equivocado y ahora estábamos indefensas y al descubierto.

Seguimos avanzando mientras el ruido de la aeronave se acercaba cada vez más. Seivarden había empezado a dar traspiés y, aunque se controlaba, era evidente que estaba al límite de sus fuerzas. En cualquier caso, nunca podríamos haber dejado atrás la aeronave que nos seguía. Sí que es cierto que Seivarden estaba más despierta y había hablado por iniciativa propia, pero su cuerpo se debilitaba. Me detuve, solté su brazo y ella se paró junto a mí.

La aeronave nos sobrevoló, giró y aterrizó delante de nosotras, a una distancia aproximada de treinta metros. O no disponían de medios para matarnos desde el aire o no querían hacerlo. Solté la bolsa y me desabroché el abrigo para poder alcanzar mejor el arma.

Cuatro personas bajaron de la aeronave: la propietaria que me había alquilado el aerodeslizador, dos personas que no reconocí y la clienta del bar que me había llamado «niña dura» y a quien yo había querido matar, aunque al final me había contenido. Metí la mano bajo el abrigo y cogí mi arma. No podía hacer mucho.

—¿No tienes sentido común? —me preguntó la propietaria del aerodeslizador cuando estuvieron a quince metros de distancia. Las cuatro se detuvieron—. Cuando un vehículo se avería, uno se queda junto a él para que puedan encontrarlo.

Miré a la persona del bar, vi que me reconocía y que se había dado cuenta de que yo la había reconocido.

—En el bar les advertí que cualquiera que intentara robarme moriría —le recordé.

Ella sonrió con suficiencia.

Una de las personas que no conocía sacó un arma de algún lugar de su persona.

—No solo vamos a intentarlo —me amenazó.

Desenfundé mi arma, disparé y le di en la cara. Ella se desplomó en la nieve. Antes de que las demás pudieran reaccionar, disparé a la del bar, quien también se desplomó, y, después, a quien estaba a su lado. Les disparé a las tres en una sucesión rápida, en menos de un segundo.

La propietaria del aerodeslizador soltó una maldición, se volvió e intentó escapar. Le disparé en la espalda, y ella dio tres pasos y cayó al suelo.

—Tengo frío —declaró Seivarden a mi lado, con actitud tranquila e inconsciente.

Las cuatro habían bajado de la aeronave para atacarme y la habían dejado sola. ¡Menuda estupidez! Toda la operación había constituido una auténtica chapuza y parecía que la habían emprendido si ningún tipo de planificación. Lo único que tuve que hacer fue cargar la bolsa y a Seivarden en la aeronave y largarme.

La residencia de Arilesperas Strigan apenas resultaba visible desde el aire. Solo se percibía un círculo cuyo diámetro era ligeramente superior a treinta y cinco metros y en cuyo interior el musgo níveo era claramente más escaso y ligero. Aterricé fuera del círculo y esperé unos instantes para evaluar la situación. Desde donde yo estaba, era evidente que había edificios, dos en concreto, que tenían el aspecto de dos montículos cubiertos de nieve. Podría haberse tratado de un campamento ganadero abandonado, pero si me fiaba de mis fuentes de información, no lo era. No percibí ningún escudo o defensa, pero no cometería el error de realizar suposiciones en relación con su sistema de seguridad.

Reflexioné un momento, abrí la puerta de la aeronave, salí y tiré de Seivarden. Nos aproximamos, lentamente, a la línea que delimitaba la zona en la que la nieve cambiaba. Seivarden se detenía cada vez que lo hacía yo y en todo momento se mostró indiferente mientras mantenía la mirada fija al frente.

Yo no había planeado nada más allá de aquel punto.

—¡Strigan! —grité.

Esperé, pero no obtuve ninguna respuesta. Dejé a Seivarden donde estaba y recorrí la circunferencia del círculo. Las entradas a los dos habitáculos cubiertos de nieve estaban extrañamente oscuras. Me detuve y volví a observarlas.

Las dos estaban abiertas y, al otro lado, solo se percibía oscuridad. Los edificios como aquellos solían tener dos puertas consecutivas y entre ellas había un compartimento estanco que mantenía caliente el aire del interior. Resultaba extraño que alguien hubiera dejado cualquiera de esas puertas abierta de par en par. Strigan quizá disponía de un sistema de seguridad, de todos modos, crucé la línea divisoria y entré en el círculo. No ocurrió nada.

Las puertas, tanto la interior como la exterior, estaban abiertas y las luces, apagadas. En uno de los edificios hacía tanto frío dentro como fuera. Supuse que, cuando encontrara la luz, descubriría que se utilizaba de almacén y que estaba lleno de utensilios y paquetes sellados de comida y combustible. La temperatura en el interior del otro edificio era de dos grados centígrados y deduje que alguien lo había mantenido caliente hasta hacía poco. Era evidente que se trataba de una vivienda.

—¡Strigan! —llamé hacia la oscuridad, pero por la forma en que mi voz retumbó en el interior supuse que el habitáculo estaba vacío.

Salí de nuevo y encontré las huellas que indicaban el lugar donde había estado su vehículo. Deduje que la doctora se había ido y que las puertas abiertas y la oscuridad eran un mensaje para quien acudiera a su casa; para mí. No disponía de medios para averiguar adónde había ido. Levanté la vista hacia el cielo vacío y volví a bajarla hacia las huellas del vehículo de la doctora. Me quedé allí un rato, contemplando el espacio vacío.

Cuando regresé junto a Seivarden, la encontré tumbada y dormida sobre la verdosa nieve.

En la parte trasera de la aeronave encontré una linterna, un hornillo, una tienda de campaña y ropa de cama. Tomé la linterna, entré en el edificio que suponía que era una vivienda y la encendí.

El suelo estaba cubierto con alfombras de colores claros y las paredes con tapices de colores azules, naranjas y un verde sumamente chillón. A lo largo de las paredes había unos bancos bajos, con cojines y sin respaldo. Aparte de los bancos y los llamativos tapices había poca cosa más: un juego de mesa con sus correspondientes fichas, pero no reconocí el patrón de los agujeros del tablero ni comprendí la distribución de las fichas. Me preguntaba con quién jugaba Strigan. Quizás el tablero era meramente decorativo; estaba finamente tallado y las fichas eran de vivos colores.

En la esquina, encima de una mesa, había un instrumento de madera largo y ovalado. La parte superior estaba tallada y perforada y tres cuerdas tensas la recorrían de un extremo al otro. La madera, que era de un color dorado claro, tenía vetas curvas y onduladas y los agujeros del tablero superior eran tan intrincados e irregulares como las vetas. Se trataba de un objeto bonito. Punteé una cuerda y produjo un sonido suave.

Había varias puertas, que conducían a una cocina, un lavabo, los dormitorios y lo que, evidentemente, constituía una pequeña enfermería. Abrí un armario y encontré un montón de correctivos bien apilados. Todos los cajones que abrí contenían instrumentos médicos y medicamentos. Quizá la doctora se había trasladado a un campamento ganadero para atender una urgencia, aunque el hecho de que las luces y el sistema de calefacción estuvieran apagados y las puertas abiertas indicaban algo distinto.

Si no ocurría un milagro, aquello era el final de diecinueve años de planificación y esfuerzos.

Confeccioné un camastro con mantas que encontré en el dormitorio de Strigan; luego desnudé a Seivarden, la tumbé en él y la tapé con más mantas. Ella ni siquiera se despertó y yo me dediqué a inspeccionar la casa más a fondo.

Los armarios estaban llenos de comida y en una encimera había una taza que tenía una capa fina de un líquido verdoso en el fondo. Junto a ella, un sencillo cuenco blanco contenía los restos de un pedazo de pan duro medio reblandecido en agua helada. Parecía que Strigan se hubiera ido después de comer, sin lavar los platos y dejándolo todo atrás: comida, suministros médicos... Registré el dormitorio y encontré ropa de abrigo en buen estado. Strigan se había ido precipitadamente y se había llevado pocas cosas.

Ella sabía lo que tenía. Por supuesto. Por eso se había ido a toda prisa. Si no era estúpida, y yo estaba convencida de que no lo era, debió de irse cuando se dio cuenta de qué era yo; y seguiría huyendo hasta que estuviera lo más lejos que pudiera de mí.

¿Pero qué lugar era aquel? Si yo representaba el poder del Radch y la había encontrado incluso allí, en aquel lugar tan distante del espacio dominado por el Radch y de su propio hogar, ¿qué lugar era lo bastante seguro para que las soldados del Radch no la encontraran? Seguramente, ella era consciente de que ese lugar no existía, pero ¿qué alternativa tenía salvo la de seguir huyendo?

Seguro que no era tan insensata como para regresar.

Mientras tanto, pensé que Seivarden pronto se encontraría realmente mal. A menos que le consiguiera kef, y yo tenía la menor intención de hacerlo. Además, allí había comida y calefacción, y puede que encontrara algo, algún indicio, alguna pista sobre lo que Strigan había decidido hacer cuando creyó que el Radch la había encontrado. Algo que me indicara adónde había ido.

4

Por las noches, en Ors, paseaba por las calles y contemplaba la apestosa agua que, salvo por las escasas luces de la ciudad y el parpadeo de las balizas que rodeaban las zonas prohibidas, se veía negra y en calma. Yo también dormía, y también aguardaba, sentada y despierta, en la planta baja de la casa, por si alguien me necesitaba, aunque en aquellos días, eso no solía pasar. También terminaba las tareas diurnas que no se habían completado y velaba a la teniente Awn mientras dormía.

Por las mañanas, llevaba agua para el baño de la teniente y la vestía, aunque ponerse la vestimenta local requería un esfuerzo mucho menor que el uniforme; además, hacía ya dos años que había dejado de utilizar cosméticos, porque con el calor no duraban mucho.

Después, la teniente rezaba a sus iconos. La diosa Amaat, con sus cuatro brazos y una Emanación en cada mano, estaba en un pequeño altar en la planta inferior, pero las otras (Toren, a quien rezaban todas las oficiales de la *Justicia de Toren*, y unas cuantas deidades propias de la familia de la teniente) estaban cerca de donde dormía, en la planta superior, y a ellas dedicaba las oraciones matutinas. «La flor de la justicia es la paz», era el principio de la oración que las soldados radchaais recitaban al despertarse durante toda su vida militar. «La flor de la corrección es la belleza en pensamiento y acción.» El resto de mis oficiales, que permanecían en la *Justicia de Toren*, seguían un horario distinto. Su hora de levantarse raramente coincidía con la de la teniente, así que esta casi siempre rezaba sola, mientras que las otras oficiales, cuando rezaban, lo hacían en coro y sin ella. «La flor del beneficio es Amaat entera y al completo. Yo soy la espada de la justicia...» La oración era una antífona, pero contaba, solo, con cuatro versos. A veces, todavía la oigo, cuando estoy despierta, como una voz distante situada en algún lugar a mi espalda.

Todas las mañanas, en todos los templos oficiales del espacio radchaai, una sacerdotisa que además se encarga del registro de los nacimientos y las muertes y de los contratos de todo tipo, presenta los augurios del día. A veces, las ciudadanas, individualmente o en familia, realizan sus propias predicciones, porque no es obligatorio asistir a la interpretación oficial de los augurios, aunque constituye una excusa tan buena como cualquier otra para ser vistas en público, charlar con las amigas y las vecinas, y enterarse de los cotilleos.

En Ors todavía no tenían un templo oficial. Los que había estaban dedicados principalmente a Amaat, por lo que cualquier otra deidad ocupaba un lugar secundario en el templo. De momento, la suma sacerdotisa de Ikkt no había encontrado la manera de degradar a su diosa en su propio templo o de asociar Ikkt con Amaat tan estrechamente como para incorporar los ritos radchaais a los de su diosa, así que los rezos a Amaat se realizaban en la casa de la teniente Awn. Todas las mañanas, las portadoras de flores del templo provisional retiraban las flores marchitas que rodeaban la figura de Amaat y las reemplazaban por flores frescas. Solían ser unas pequeñas flores silvestres de tres pétalos y color rosa intenso; crecían en la tierra que se amontonaba en las esquinas de los edificios y en las grietas de las paredes exteriores, y podían considerarse malas hierbas, pero a las niñas les encantaban; pero también llevaban unos pequeños lirios blancos con el cáliz azul que habían empezado a florecer en el lago, sobre todo cerca de las zonas prohibidas delimitadas por las balizas.

Después, la teniente Awn extendía la tela sobre la que iba a realizar la predicción y lanzaba las monedas adivinatorias, que eran un puñado de pesados discos metálicos. Estos, como los iconos, eran pertenencias personales de la teniente Awn, regalos que le hicieron sus progenitoras cuando pasó las aptitudes y le asignaron un puesto.

Algunas veces solo la teniente Awn y las ayudantes del día acudían al ritual matutino, aunque, por lo general, también asistía más gente, como la médico de la ciudad, unas cuantas radchaais a las que les habían otorgado propiedades en la zona y otras niñas orsianas obstinadas en no asistir al colegio o a las que no les importaba llegar tarde a clase con tal de disfrutar del brillo y del tintineo que producían los discos al caer. A veces, incluso la suma sacerdotisa de Ikkt asistía al ritual, porque su diosa, como Amaat, no exigía que sus seguidoras solo la adoraran a ella.

Cuando las monedas adivinatorias caían sobre la tela o, como temían algunas de las asistentes, rodaban fuera de ella a algún lugar que dificultaba la interpretación, la sacerdotisa oficiante debía identificar el patrón, asociarlo al correspondiente pasaje de las escrituras y recitárselo a las personas presentes. La teniente Awn no siempre era capaz de hacerlo y, en ese caso, ella lanzaba las monedas, yo observaba el patrón y luego le transmitía las palabras adecuadas. Al fin y al cabo, la nave *Justicia de Toren* tenía casi dos mil años y había presenciado casi todas las configuraciones posibles.

Cuando el ritual concluía, la teniente desayunaba; normalmente, una rebanada de pan elaborado con algún tipo de cereal local y un té de los de verdad. Después, se sentaba en la esterilla, encima de la tarima, y atendía a los ruegos y quejas del día.

—Jen Shinnan la ha invitado a cenar esta noche —le comuniqué por la mañana.

Yo también desayuné; además, limpié las armas, patrullé las calles y saludé a quienes se dirigían a mí.

Jen Shinnan vivía en la Ciudad Alta y, antes de la anexión, era la persona más rica de Ors y una de las más influyentes, ya que por delante solo estaba la suma sacerdotisa de Ikkt. A la teniente Awn, no le caía bien.

—Supongo que no tengo ninguna buena excusa para rechazar la invitación.

—Ninguna que yo sepa —le contesté.

Monté guardia en la calle, en el perímetro de la casa. Una orsiana se acercó, me vio y caminó más despacio. Se detuvo a unos ocho metros de distancia y fingió mirar a otro lado, por encima de mí.

—¿Algo más? —me preguntó la teniente Awn.

—La jueza del distrito ratifica la política oficial respecto a las reservas de pesca del lago de Ors...

La teniente suspiró.

—Sí, claro que la ratifica.

—¿Puedo ayudarla, ciudadana? —le pregunté a la persona que seguía titubeando en la calle.

Todavía no había anunciado a sus vecinas el nacimiento inminente de su primera nieta, así que fingí que yo tampoco lo sabía y utilicé el simple tratamiento de cortesía indicado para las personas de sexo masculino.

—Me gustaría que la jueza se instalara aquí e intentara sobrevivir con pan duro y esas desagradables hortalizas encurtidas que nos mandan. Entonces veríamos cómo le sentaría que le prohibieran pescar justo donde están los peces.

La orsiana de la calle se sobresaltó y, durante unos segundos, tuve la impresión de que iba a dar media vuelta y a marcharse, pero cambió de idea.

—Buenos días, radchaai —me saludó en voz baja, y se acercó más—. Y lo mismo le deseo a la teniente Awn.

Las orsianas, cuando les interesa, son muy directas, pero otras veces se muestran extrañamente reticentes, lo que resulta frustrante.

—Sé que hay una razón para la prohibición y que la jueza tiene razón —me confesó la teniente—, pero aun así... —Volvió a suspirar—. ¿Alguna otra cosa?

—Denz Ay está aquí y desea hablar con usted.

Mientras hablaba invité a Denz Ay a entrar en la casa.

—¿Sobre qué?

—No ha querido comentármelo.

La teniente realizó un gesto de comprensión y yo conduje a Denz Ay al otro lado de la pantalla divisoria. Ella hizo una reverencia y se sentó en la estera que había delante de la teniente Awn.

—Buenos días, ciudadana —le saludó la teniente.

Yo traduje sus palabras.

—Buenos días, teniente.

Denz Ay fue evolucionando de forma lenta y cuidadosamente progresiva con sus preguntas. Empezó con un comentario acerca del calor que hacía y lo despejado que estaba el cielo, pasó a preguntas sobre la salud de la teniente, luego a cotilleos locales sin importancia y, finalmente, abordó la razón de su visita.

—Yo... Yo tengo una amiga, teniente. —Se interrumpió.

—¿Ah, sí?

—Ayer por la tarde, mi amiga estaba pescando. —Volvió a detenerse.

La teniente esperó tres segundos y, al ver que Denz Ay no continuaba, le preguntó:

—¿Pescó mucho su amiga?

Cuando las orsianas no están de humor, por muchas preguntas directas que se les formulen o por mucho que se les suplique que sean concretas, es inútil.

—N... no mucho —contestó Denz Ay. Durante un segundo, su cara reflejó enojo—. La mejor pesca, como usted ya sabe, está cerca de las zonas de cría y esas están todas prohibidas.

—Lo sé —corroboró la teniente—. Y estoy convencida de que su amiga nunca pescaría ilegalmente.

—¡No, no, por supuesto que no! —protestó Denz Ay—. Claro que... No quiero causarle problemas a mi amiga..., pero puede que, a veces, escarbe el fondo en busca de tubérculos..., cerca de las zonas prohibidas.

La verdad es que no quedaban plantas que produjeran tubérculos comestibles cerca de las zonas prohibidas. Se habían extraído todas meses atrás, si no antes. Por otro lado, las recolectoras furtivas eran muy cuidadosas en el interior de las zonas prohibidas porque, si el número de plantas decrecía notablemente o alguna especie se extinguía, nos veríamos obligadas a averiguar quién las había recolectado y a vigilar la zona más estrictamente. La teniente Awn lo sabía. Todo el mundo en la Ciudad Baja lo sabía.

La teniente esperó a que Denz Ay continuara con el resto de la historia. La tendencia de las orsianas a abordar las cuestiones tangencialmente la irritaba, pero consiguió que casi no se le notara.

—He oído decir que esos tubérculos son muy sabrosos —comentó.

—¡Oh, sí! —confirmó Denz Ay—. ¡Y cuando saben mejor es recién extraídos del lodo!

La teniente Awn contuvo una mueca de asco.

—Pero también se pueden cortar y cocinar a la plancha... —Denz Ay se interrumpió y lanzó una mirada significativa a la teniente—. Quizá mi amiga pueda conseguirle algunos.

Percibí el descontento de la teniente con las raciones de comida que le asignaban y su momentáneo deseo de responder, «¡Sí, por favor!», pero se contuvo y dijo:

—Gracias, pero no es necesario. ¿Decía usted...?

—¿Qué decía?

—Su... amiga. —Mientras hablaba, la teniente Awn me formulaba preguntas por medio de leves movimientos de los dedos—. Su amiga desenterraba tubérculos cerca de una zona prohibida. ¿Y...?

Le enseñé a la teniente el lugar más probable en el que aquella persona había excavado. Yo patrullaba por toda Ors. Veía atracar y desatracar las barcas, veía adónde se dirigían incluso de noche, cuando las pescadoras apagaban las luces y creían que no las veía.

—Y encontraron algo —terminó Denz Ay.

«¿Ha desaparecido alguien?», me preguntó la teniente Awn en silencio y alarmada. Yo le respondí negativamente.

—¿Y qué encontraron? —le preguntó la teniente a Denz Ay en voz alta.

—Armas —contestó Denz Ay en voz tan baja que la teniente casi no la oyó—. Una docena de armas de las de antes.

Denz Ay se refería a antes de la anexión. A todas las soldados de Shis'urna les habían requisado las armas. Nadie en el planeta debería tener armas de las que no tuviéramos noticia. La información era tan sorprendente que, durante dos segundos, la teniente Awn no reaccionó. A continuación, se sintió intrigada, alarmada y confundida. «¿Por qué me cuenta esto?», me preguntó en silencio.

—Ha habido ciertos rumores, teniente —añadió Denz Ay—. Quizás hayan llegado a sus oídos.

—Siempre hay rumores —reconoció la teniente. Su respuesta constituía un formulismo, de modo que la expresó en el dialecto local y no tuve que traducirla—. ¿Cómo si no va a pasar el tiempo la gente?

Denz Ay asintió con un gesto confirmando el lugar común. La teniente perdió la paciencia y abordó el tema directamente:

—Quizá las dejaron allí antes de la anexión.

—El mes pasado no estaban —negó Denz Ay realizando un gesto negativo con la mano izquierda.

«¿Alguien ha encontrado un alijo de armas anterior a la anexión y lo ha escondido allí?», me preguntó la teniente en silencio. Y añadió en voz alta:

—¿Hay algo en los rumores que explique la aparición de una docena de armas en una zona prohibida del lago?

—Esas armas no son eficaces contra ustedes.

Denz Ay se refería a nuestra armadura. La armadura radchaai es, en esencia, un escudo de fuerza impenetrable. Yo podía activar la mía cuando lo deseara solo con pensarlo. El mecanismo que la activaba estaba implantado en todos mis segmentos. La teniente Awn también tenía una, aunque la suya era externa. No nos volvía totalmente invulnerables, por eso a veces en los combates nos poníamos debajo de ella partes articuladas de armaduras confeccionadas con materiales sólidos pero ligeros; con ellas nos cubríamos la cabeza, las extremidades y el torso, pero incluso sin esas piezas, unas cuantas armas no podían causarnos mucho daño.

—¿Entonces, cuál sería el objetivo de esas armas? —preguntó la teniente Awn.

Denz Ay reflexionó con el ceño fruncido, se mordió el labio y respondió.

—Las tanminds son más parecidas a las radchaais que nosotras.

—Ciudadana —dijo la teniente poniendo un marcado y deliberado énfasis en esa palabra, que originariamente era lo que significaba el nombre *radchaai*—, si quisiéramos matar a alguien, ya lo habríamos hecho. —En realidad, ya lo habíamos hecho—. No necesitaríamos esconder alijos de armas para hacerlo.

—Por eso he acudido a usted —replicó Denz Ay enfáticamente, como si estuviera explicando algo de una forma muy simple, para una niña—. Cuando ustedes matan a una persona, explican la razón y lo hacen sin buscar excusas. Así es como son las radchaais. Pero en la Ciudad Alta, antes de que ustedes llegaran, cuando disparaban a una orsiana, siempre buscaban una excusa —le explicó a la teniente, que parecía atónita y horrorizada—. Si querían matar a alguien, no decían: «Nos causas problemas y queremos que desaparezcas» y le disparaban, sino que decían: «Solo estamos defendiéndonos», y cuando la persona estaba muerta, registraban el cadáver o su casa y encontraban armas o mensajes incriminatorios.

Lo que Denz Ay quería decir estaba claro: los mensajes no eran auténticos.

—¿Entonces en qué nos parecemos?

—Sus diosas y las de ustedes son las mismas. —No lo eran, al menos explícitamente, pero las radchaais fomentaban esta idea falsa, en la Ciudad Alta y en todas partes—. Ustedes viven en el espacio y van completamente tapadas con ropa. Ustedes son ricas y las tanminds también. Si alguien de la Ciudad Alta —sospeché que se refería a alguien en concreto— alega que una orsiana la ha amenazado, la mayoría de las radchaais la creerán a ella y no a la orsiana, de quien pensarán que miente para proteger a sus congéneres.

Esta era la razón de que hubiera acudido a la teniente Awn, para que, pasara lo que pasara y en el caso de que se produjera una acusación, las autoridades radchaais tuvieran la certeza de que ni ella ni, por extensión, todas las demás ciudadanas de la

Ciudad Baja, habían tenido nada que ver con el alijo de armas.

—Esas distinciones —declaró la teniente—: orsianas, tan-minds, mohas... ya no significan nada. Eso forma parte del pasado. Aquí todas somos radchaais.

—Lo que usted diga, teniente —repuso Denz Ay con un tono de voz bajo y casi inexpresivo.

La teniente Awn llevaba en Ors el tiempo suficiente para saber cuándo alguien, a pesar de no estar de acuerdo con algo, no lo manifestaba, de modo que intentó otro enfoque.

—Nadie va a matar a nadie.

—Por supuesto que no, teniente —confirmó Denz Ay, aunque utilizó el mismo tono de voz de antes.

Era lo bastante mayor para saber, sin necesidad de intermediarias, que nosotras habíamos matado a gente en otros tiempos. No se la podía culpar por temer que volviéramos a hacerlo en el futuro.

Cuando Denz Ay se marchó, la teniente Awn se quedó reflexionando. Nadie la interrumpió; el día fue tranquilo. En el interior del templo iluminado con luz verde, la suma sacerdotisa se volvió hacia mí y dijo:

—Antes había dos coros. Cada uno de ellos constaba de cien voces. Te habría gustado.

Yo había visto grabaciones. A veces, las niñas me llevaban canciones que eran reflejos lejanos de aquella música que hacía más de quinientos años que había desaparecido.

—Ya no somos lo que éramos —confesó la suma sacerdotisa—. A la larga, todo desaparece.

Asentí.

—Esta noche toma una barca —me ordenó la teniente Awn cuando, finalmente, se movió—. Busca algo que indique la procedencia de las armas. Decidiré qué hacer cuando tenga una idea más clara de lo que ocurre.

—Sí, teniente —le respondí.

Jen Shinnan vivía en la Ciudad Alta, al otro lado del canal Templo de Proa. La mayoría de las orsianas que vivían allí eran criadas. Las casas de aquella zona se habían construido conforme a unos planos ligeramente diferentes a los de la Ciudad Baja. Tenían tejados a cuatro aguas y la parte central de cada planta estaba cerrada con paredes, aunque, en las noches templadas, las ventanas y las puertas se dejaban abiertas. La Ciudad Alta se había levantado sobre viejas ruinas y, por tanto, era mucho más reciente que la Ciudad Baja. La construcción se había realizado durante los últimos cincuenta años, más o menos, y se había hecho un uso mucho más exhaustivo de los sistemas de control del clima. Muchas residentes vestían pantalones, camisas e incluso chaquetas. Las radchaais que vivían allí solían utilizar ropa convencional y la teniente Awn, cuando iba allí de visita, se ponía el uniforme sin que le resultara muy incómodo.

De todos modos, la teniente Awn nunca se sentía cómoda cuando visitaba a Jen Shinnan. No le caía bien y aunque, por supuesto, ninguna de las dos lo había insinuado siquiera, a Jen Shinnan tampoco le caía muy bien la teniente Awn. Aquella invitación solo respondía a una necesidad social, ya que la teniente Awn era una representante local de la autoridad radchaai. Aquella noche, las comensales eran inusualmente pocas, solo Jen Shinnan, una prima suya, la teniente Awn y la teniente Skaaiat. Esta última era la comandante de Justicia de Ente Issa Siete; administraba el territorio situado entre Ors y Kould Ves, que estaba formado, principalmente, por terreno agrícola y era donde Jen Shinnan y su prima tenían sus propiedades. La teniente Skaaiat y sus tropas nos ayudaban durante la temporada de peregrinación, así que era casi tan conocida en Ors como la teniente Awn.

—Me han confiscado toda la cosecha.

Quien había hablado era la prima de Jen Shinnan, que poseía varios huertos de tamarindos no lejos de la Ciudad Alta. Dio unos golpecitos de énfasis en su plato con su utensilio de mesa.

—¡Toda la cosecha! —repitió.

En el centro de la mesa había múltiples fuentes y cuencos llenos de huevos, pescado (no del lago pantanoso, sino del mar que había más allá), pollo con especias, pan, hortalizas estofadas y media docena de salsas de distintos tipos.

—¿Acaso no le han pagado, ciudadana? —le preguntó la teniente Awn hablando despacio y con cuidado, como hacía siempre que le preocupaba que se le notara el acento.

Tanto Jen Shinnan como su prima hablaban radchaai, así que no era necesario que actuara de intérprete ni que me preocupara por el sexo, la condición social ni ninguno de los otros aspectos que se reflejaban en los idiomas tanmind y orsiano.

—¡Bueno, sí, pero seguro que habría obtenido más beneficio si la hubiera vendido yo misma en Kould Ves!

En otra época, a una propietaria como ella la habríamos matado al principio para que a la protegida de alguien se le adjudicara su plantación. La verdad es que más de unas cuantas shis'urnas habían muerto en las etapas iniciales de la anexión simplemente porque estaban en medio; y *en medio* podía significar un montón de cosas. La teniente Awn le respondió:

—Sin duda comprende, ciudadana, que la distribución de alimentos constituye un problema que todavía no hemos acabado de resolver y todas tenemos que sufrir algunas privaciones hasta que lo consigamos.

Cuando estaba incómoda, sus frases se volvían formales hasta el extermo y, a veces, peligrosamente enrevesadas.

Jen Shinnan señaló una fuente confeccionada con frágil cristal de color rosa pálido.

—¿Otro huevo relleno, teniente Awn?

La teniente Awn levantó una mano enguantada.

—Son deliciosos, pero no, gracias, ciudadana.

La prima había tomado una dirección y, a pesar del diplomático intento de Jen Shinnan para desviarla de aquella ruta, se resistió a abandonarla.

—No se puede decir que la fruta sea una necesidad. ¡Y, encima, los tamarindos! Tampoco se puede decir que la gente se esté muriendo de hambre.

—¡Desde luego que no! —exclamó la teniente Skaaiat con ímpetu.

Esbozó una luminosa sonrisa en dirección a la teniente Awn.

La teniente Skaaiat tenía la piel oscura, los ojos de color ámbar y, a diferencia de la teniente Awn, era de origen aristocrático. Una de sus Issa Siete estaba a mi lado, junto a la puerta del comedor, tan erguida y quieta como yo.

A la teniente Awn le gustaba mucho la teniente Skaaiat y, aunque agradeció su comentario, no consiguió sonreír.

—No, este año nadie se muere de hambre —declaró la teniente Awn.

—Tu negocio funciona mejor que el mío, prima —intervino Jen Shinnan en un tono apaciguador.

Ella también poseía explotaciones agrícolas cerca de la Ciudad Alta, pero, además, era la propietaria de los dragadores que permanecían, quietos y silenciosos, en el lago pantanoso.

—Pero supongo que no puedo lamentarme mucho, porque las labores de dragado me acarreaban muchos problemas y muy poco dinero.

La teniente Awn abrió la boca para hablar, pero volvió a cerrarla. La teniente Skaaiat se dio cuenta y, utilizando con naturalidad las vocales abiertas típicas del hablar refinado, dijo:

—¿Cuánto falta? ¿Otros tres años para que acaben las prohibiciones de pesca, teniente?

—Así es —contestó la teniente Awn.

—¡Es ridículo! —exclamó Jen Shinnan—. Bien intencionado, pero ridículo. Ya vieron cómo estaban las cosas cuando llegaron. Nada más levantar la prohibición, las orsianas acabarán con toda la pesca. Puede que fueran un gran pueblo en el pasado, pero ya no son como sus antepasadas. No tienen ambición, no les interesa nada aparte de los beneficios que puedan obtener a corto plazo. Si se les enseña quién manda, pueden ser muy obedientes, como estoy convencida de que ya debe de haber comprobado, teniente Awn, pero en su estado natural son, con pocas excepciones, holgazanas y supersticiosas. Aunque supongo que esto es lo que se consigue al vivir en el inframundo. —Sonrió por su propio chiste y su prima se rio abiertamente.

Las naciones shis'urnas que vivían en el espacio dividían el universo en tres sectores. El del medio era el entorno natural de los seres humanos: estaciones espaciales, naves, hábitats artificiales... Más allá de esta zona, hacia el exterior, estaba el sector negro: el cielo, el hogar de Dios y de todo lo que era sagrado. Por último, sometido a la fuerza de gravedad del planeta Shis'urna o, en realidad, de cualquier planeta, estaba el inframundo, el hogar de los muertos, del que la humanidad había tenido que escapar para liberarse por completo de su demoníaca influencia. Eso demuestra que la concepción radchaai de que el universo es Dios se parece al concepto tanmind del Negro y quizá también explica por qué a las radchaais les resultaba un poco raro que alguien que creía que los hábitats con gravedad eran el hogar de los muertos llamara supersticiosas a otras personas por adorar a una diosa con forma de lagarto.

La teniente Awn consiguió esbozar una sonrisa educada y la teniente Skaaiat dijo:

—Sin embargo, ustedes también viven aquí.

—Yo no confundo los conceptos filosóficos abstractos con la realidad —replicó Jen Shinnan.

Pero eso también sonaba raro a oídos de las radchaais que sabían lo que significaba para una tanmind de una estación espacial descender al inframundo y regresar.

—En serio, tengo una teoría —añadió Jen Shinnan.

La teniente Awn, que había oído varias teorías tanminds acerca de las orsianas, consiguió poner una expresión neutra e incluso casi curiosa y comentó con un tono de voz indefinido:

—¿Ah, sí?

—¡Explíquenosla! —pidió la teniente Skaaiat.

La prima, que acababa de tomar un bocado de pollo con especias, realizó un gesto de ánimo con su utensilio de mesa.

—Es por su forma de vivir, así, totalmente expuestas, sin nada más que un tejado —explicó Jen Shinnan—. No tienen ningún tipo de privacidad, ninguna noción de sí mismas como individuos reales, ya me entienden, ninguna percepción de algún tipo de identidad diferenciada.

—Por no hablar de la propiedad privada —añadió Jen Taa, que ya había tragado el pollo—. Se creen que pueden entrar en cualquier lugar y llevarse lo que deseen sin más ni más.

En realidad, había normas, aunque no explícitas, sobre el derecho a entrar en una casa ajena sin invitación y el robo apenas constituía un problema en la Ciudad Baja. Solo se producían robos ocasionalmente, durante la temporada de peregrinación, pero aparte de esa época, casi nunca.

Jen Shinnan realizó un gesto de asentimiento.

—Además, aquí nunca nadie se ha muerto de hambre, teniente. Nadie tiene que trabajar. Ellas se limitan a pescar en el lago o a desplumar a las visitantes durante la temporada de peregrinación. No tienen la posibilidad de desarrollar ninguna ambición ni el deseo de mejorar en ningún aspecto. Y no desarrollan, ni pueden desarrollar, ningún tipo de sofisticación, ningún tipo de...

El tono de su voz fue apagándose mientras buscaba la palabra correcta.

—¿Interioridad? —sugirió la teniente Skaaiat, que disfrutaba de aquel juego mucho más que la teniente Awn.

—¡Exacto! —confirmó Jen Shinnan—; sí, interioridad.

—Entonces, su teoría consiste en que en realidad las orsianas no son personas —interpeló la teniente Awn con un tono de voz peligrosamente uniforme.

—Bueno, yo diría que no son individuos. —Jen Shinnan pareció percibir, aunque por encima, que había dicho algo que había hecho enojar a la teniente Awn, pero no estaba del todo segura—. Al menos, no como tales.

—Y, claro —intervino Jen Taa ajena a lo que ocurría—, ven lo que nosotras tenemos y no comprenden que hay que trabajar para disfrutar de este tipo de vida. Sienten envidia y resentimiento y nos culpan por no permitirles disfrutar de lo que tenemos cuando, de hecho, solo con que trabajaran...

—Donan todo el dinero que llega a sus manos para la reconstrucción de ese templo medio derruido y después se quejan de que son pobres —explicó Jen Shinnan—. Acaban con los recursos pesqueros de los pantanos y luego nos culpan a nosotras; y también las culparán a ustedes, teniente, cuando levanten la prohibición sobre las zonas de pesca.

—¿El hecho de que ustedes dragaran el lodo sin ningún tipo

de control para venderlo como fertilizante no tuvo nada que ver con la escasez de peces? —preguntó la teniente Awn con voz tensa.

De hecho, el fertilizante había sido un subproducto del negocio principal, que consistía en vender el lodo a las tanminds que vivían en las estaciones espaciales con fines religiosos.

—¿La escasez de peces se debía a las prácticas de pesca irresponsables de las orsianas?

—Bueno, claro que el dragado produjo algún efecto —intervino Jen Taa—, pero si ellas hubieran gestionado adecuadamente sus recursos...

—Exacto —corroboró Jen Shinnan—. Ustedes me culpan de haber arruinado los recursos pesqueros, pero yo le di trabajo a aquella gente. Les ofrecí oportunidades para mejorar su vida.

La teniente Skaaiat debió de percibir que la teniente Awn estaba llegando a un punto peligroso.

—Mantener la seguridad en un planeta es muy distinto a mantenerla en una estación —afirmó la teniente Skaaiat con voz animada—. En un planeta siempre se produce algún que otro... desliz. Hay cosas que pasan desapercibidas.

—Sí, pero nos tienen a todas controladas y siempre saben dónde estamos —protestó Jen Shinnan.

—Así es —confirmó la teniente Skaaiat—, pero no siempre estamos vigilando. Supongo que se podría fabricar una IA lo bastante grande para que vigilara un planeta entero, pero no creo que nadie lo haya intentado. Sin embargo, una estación...

Vi que la teniente Awn se dio cuenta de que la teniente Skaaiat había activado la trampa en la que Jen Shinnan había caído momentos antes e intervino:

—En una estación la IA lo ve todo.

—Y, por tanto, las estaciones son mucho más fáciles de manejar —corroboró la teniente Skaaiat con satisfacción—. Casi no se necesita seguridad.

Eso no era cierto del todo, pero no era el momento de mencionarlo. Jen Taa dejó su utensilio de mesa y aventuró:

—Supongo que la IA no lo ve absolutamente todo. —Ninguna de las tenientes dijo nada—. ¿Incluso cuando están...?

—Todo —contestó la teniente Awn—. Se lo aseguro, ciudadana.

Se produjo un silencio que duró un par de segundos. A mi lado, la guardia Issa Siete de la teniente Skaaiat movió la boca; podía ser una reacción a un picor o algún tipo de espasmo muscular espontáneo, pero yo sospeché que era la manifestación exterior de que aquello le había resultado divertido. Las naves militares, igual que las estaciones, tenían una IA y las soldados radchaais vivían sin la menor privacidad.

La teniente Skaaiat rompió el silencio:

—Su sobrina, ciudadana, pasará las aptitudes este año, ¿no?

La prima respondió afirmativamente con un gesto. Mientras su explotación agrícola le proporcionara ingresos, ella no necesitaría que le asignaran ningún puesto, y su heredera tampoco, al menos tantas herederas como su explotación pudiera mantener. La sobrina, sin embargo, había perdido a sus progenitoras durante la anexión.

—¿Ustedes pasaron las aptitudes, tenientes? —preguntó Jen Shinnan.

Las dos respondieron afirmativamente. Las aptitudes constituían la única forma de acceder al cuerpo militar y a cualquier otro puesto gubernamental, aunque no abarcaban todos los puestos disponibles.

—Seguro que esas pruebas son adecuadas para ustedes —comentó Jen Shinnan—, pero me pregunto si también lo son para nosotras, las shis'urnas.

—¿Por qué lo dice? —preguntó la teniente Skaaiat mientras fruncía levemente el ceño con actitud divertida.

—¿Ha habido algún problema? —preguntó la teniente Awn, todavía tensa y enojada con Jen Shinnan.

—Bueno. —Jen Shinnan cogió una servilleta de tela suave y luminosamente blanqueada y se enjugó la boca—. Según dicen, el mes pasado en Kould Ves todas las candidatas a los puestos de la Administración pública eran de raza orsiana.

La teniente Awn, confusa, parpadeó repetidas veces, y la teniente Skaaiat sonrió.

—Lo que quiere decir —apuntó la teniente Skaaiat mirando

a Jen Shinnan pero dirigiéndose, en realidad, a la teniente Awn— es que cree que las pruebas no son imparciales.

Jen Shinnan dobló la servilleta y la dejó sobre la mesa, al lado de su cuenco.

—¡Vamos, teniente, seamos sinceras! Había tan pocas orsianas en tales puestos antes de que ustedes llegaran por alguna razón. De vez en cuando, surge una excepción: la Divina es una persona sumamente respetable, no tengo la menor duda; pero ella es la excepción, así que cuando veo que han asignado puestos de la Administración pública a veinte orsianas y a ninguna tanmind, no puedo evitar pensar que la prueba es defectuosa o que... Bueno, no puedo evitar recordar que, cuando ustedes llegaron, las orsianas fueron las primeras en rendirse. No las culpo por tener este hecho en cuenta, por querer... recompensárselo, aunque constituye un error.

La teniente Awn no dijo nada, pero la teniente Skaaiat preguntó:

—Suponiendo que lo que usted dice sea cierto, ¿por qué constituiría un error?

—Porque, como ya he dicho, ellas no son adecuadas para puestos de autoridad. Hay excepciones, sí, pero... —Sacudió una de sus enguantadas manos—. Además, como la falta de imparcialidad en la asignación de puestos es tan obvia, la gente no confiará en las pruebas.

La teniente Skaaiat amplió su sonrisa en proporción al silencio y la indignación que irradiaba la teniente Awn.

—¿Su sobrina está nerviosa?

—Un poco —reconoció la prima.

—Es comprensible —comentó la teniente Skaaiat alargando las palabras—. Se trata de un acontecimiento trascendental en la vida de cualquier ciudadana. Pero no tiene nada que temer.

Jen Shinnan se rio sarcástica.

—¿Que no tiene nada que temer? Las orsianas tienen celos de nosotras, siempre los han tenido, y ahora no podemos formalizar ningún contrato legal sin tener que desplazarnos a Kould Ves o cruzar la Ciudad Baja hasta su casa, teniente.

Cualquier contrato con validez legal debía formalizarse en

el templo de Amaat. Aunque, según una concesión reciente y extremadamente controvertida, si una de las partes era monoteísta exclusiva, el contrato podía cerrarse en los escalones de la entrada del templo.

—Además, durante la dichosa peregrinación, eso es prácticamente imposible. O perdemos un día entero para trasladarnos a Kould Ves o corremos peligro.

Jen Shinnan se desplazaba a Kould Ves con bastante frecuencia. A menudo, simplemente para visitar a alguna amiga o para ir de compras. Todas las tanminds de la Ciudad Alta lo hacían incluso antes de la anexión.

—¿Se ha producido algún incidente del que no tengamos noticia? —preguntó la teniente Awn tensa y enfadada, aunque con un tono de voz sumamente cortés.

—Bueno —contestó Jen Taa—. De hecho, teniente, tenía intención de comentárselo. Llevamos aquí unos cuantos días y mi sobrina ha tenido algunos problemillas en la Ciudad Baja. Le advertí que era mejor que no se acercara por allí, pero ya sabe usted cómo reaccionan las adolescentes cuando les dices que no hagan algo.

—¿Qué tipo de problemas? —preguntó la teniente Awn.

—¡Oh, ya sabe! —exclamó Jen Shinnan—. Palabras ofensivas, amenazas..., sin consecuencias, desde luego, y por supuesto nada comparado con cómo serán las cosas dentro de una o dos semanas, pero la niña se quedó muy impresionada.

La niña en cuestión había pasado las dos tardes anteriores contemplando el canal Templo de Proa y suspirando. Yo hablé con ella en una ocasión y ella volvió la cabeza a otro lado sin contestarme. Después de eso, la dejé tranquila. Nadie la había molestado.

—Ningún problema que yo haya percibido —le comuniqué a la teniente Awn.

—No la perderé de vista —aseguró la teniente Awn mientras acusaba recibo de mi información con un movimiento leve de los dedos.

—Gracias, teniente —dijo Jen Shinnan—. Sé que podemos contar con usted.

—Así que lo encuentras divertido.

La teniente Awn intentó relajar la mandíbula. Percibí la creciente tensión de sus músculos faciales y pensé que, si no se producía algún tipo de intervención, pronto sufriría dolor de cabeza. La teniente Skaaiat, que caminaba a su lado, se rio abiertamente.

—¡Es pura comedia! Perdóname, querida, pero cuanto más te enfadas, más formal hablas y más se equivoca Jen Shinnan contigo.

—No me lo creo. Seguro que se ha informado respecto a mí.

—Sigues enfadada y, lo que es peor, estás enfadada conmigo —le dijo la teniente Skaaiat mientras enlazaba su brazo con el de la teniente Awn—. Lo siento; y sí que se ha informado respecto a ti. Aunque de una forma muy indirecta, como si se interesara por ti sin más; con todo respeto, por supuesto.

—Y supongo que tú contestaste sus preguntas de una forma tan indirecta como ella formuló sus preguntas —aventuró la teniente Awn.

Yo caminaba detrás de ellas, al lado de la Issa Siete que había esperado conmigo en la entrada del comedor de Jen Shinnan. Al frente, al final de la calle y al otro lado del canal Templo de Proa, me vi a mí misma montando guardia en la plaza.

—No le dije nada que no fuera cierto —aclaró la teniente Skaaiat—. Le conté que las tenientes que están al mando de naves con tropas auxiliares suelen proceder de familias antiguas que disponen de una posición social elevada y montones de dinero y clientas. Puede que sus contactos en Kould Ves le hayan contado algo más, pero no mucho. Por un lado, como tú no encajas en ese patrón, tienen motivos para tener celos de ti; por el otro, estás al mando de auxiliares y no de vulgares tropas humanas. Las personas anticuadas como ellas reprueban tanto la utilización de tropas humanas como el hecho de que las descendientes de casas sin prestigio sean nombradas oficiales. Si bien aprueban que tengas auxiliares, desaprueban tus orígenes. Jen Shinnan tiene una imagen ambivalente de ti.

A pesar de que las casas junto a las que pasábamos estaban cerradas y las plantas inferiores a oscuras, la teniente habló en voz baja, de modo que solo pudiera oírla alguien que estuviera muy cerca de ella. La Ciudad Alta era muy diferente de la Ciudad Baja, donde incluso a altas horas de la noche la gente permanecía sentada prácticamente en la calle, y no solo las personas adultas, sino también las niñas pequeñas.

—Además —continuó la teniente Skaaiat—, Jen Shinnan tiene razón. No en esas ideas absurdas que ha comentado acerca de las orsianas, no, sino en sus sospechas acerca de las aptitudes. Como bien sabes, las pruebas son susceptibles de manipulación.

Al oír las palabras de la teniente Skaaiat, la teniente Awn sintió una franca e intensa indignación, pero no dijo nada y la teniente Skaaiat continuó:

—Durante siglos, solo las personas adineradas y con buenos contactos superaban las pruebas y podían acceder a determinados puestos como, por ejemplo, los de oficialas militares. Pero en los últimos, ¿qué, cincuenta, setenta y cinco años?, no ha sido así. ¿Acaso las casas inferiores de repente cuentan con candidatas aptas para los puestos de oficiales y antes no?

—No me gusta adónde te diriges con ese argumento —le recriminó la teniente Awn mientras intentaba soltarse del brazo de la teniente Skaaiat—. No me lo esperaba de ti.

—¡No, no! —protestó la teniente Skaaiat, y no permitió que la teniente Awn se soltara, sino que la acercó más a ella—. La pregunta es la correcta y la respuesta también. La respuesta es que no, desde luego. ¿Pero eso qué significa, que las pruebas estaban amañadas antes o que lo están ahora?

—¿Y tú qué opinas?

—Que estaban amañadas antes y lo están ahora. Pero nuestra amiga Jen Shinnan no se plantea qué es lo que ha cambiado. Lo único que se plantea es que, si quieres tener éxito, tienes que tener los contactos adecuados y sabe que las aptitudes forman parte del proceso. Por otro lado, no tiene vergüenza; ya la has oído insinuar que estábamos recompensando a las orsianas por haber colaborado, y a continuación da a entender que su gente podía ser incluso mejor colaboradora. Ya te habrás fijado en que ni ella ni su prima presentan a sus hijas a las pruebas de aptitud;

solo envían a esa sobrina huérfana. A pesar de todo, les preocupa que las supere. Si le hubiéramos pedido un soborno para asegurar que las superaba, no habría dudado en pagárnoslo. De hecho, me sorprende que no nos lo ofreciera.

—¡No serías capaz! —protestó la teniente Awn—. No lo aceptarías. Además, no podrías cumplir con tu parte.

—No será necesario. La muchacha responderá bien a las pruebas y, probablemente, la enviarán a la capital regional para que se forme y ocupe un bonito puesto en la Administración. Si quieres saber mi opinión, a las orsianas las están, efectivamente, recompensando por haber colaborado, pero en este sistema son una minoría. Ahora que el inevitable y desagradable proceso de la anexión ha terminado, queremos que la gente empiece a darse cuenta de que ser radchaai la beneficia y castigar a casas locales por no haberse rendido con la suficiente rapidez no nos ayuda en nada.

Caminaron en silencio durante un rato y se detuvieron junto al canal con los brazos todavía entrelazados.

—¿Te acompaño a casa? —preguntó la teniente Skaaiat.

La teniente Awn no contestó y miró a lo lejos por encima del agua. Todavía estaba enfadada. Las claraboyas verdes del tejado inclinado del templo estaban iluminadas y, a través de las puertas abiertas, la luz se proyectaba en la plaza y se reflejaba en el agua. Era época de vigilias. Esbozó una media sonrisa de disculpa y dijo:

—Te he disgustado. Deja que te compense.

—Está bien —contestó la teniente Awn, y exhaló un leve suspiro.

Nunca lograba resistirse a la teniente Skaaiat y la verdad es que no había ninguna razón real para que lo hiciera. Se volvieron y caminaron por la orilla del canal.

—¿Qué diferencia crees que hay entre las ciudadanas y las no ciudadanas? —preguntó la teniente Awn en voz tan baja que casi no rompió el silencio.

—Las primeras son civilizadas y las otras, no —contestó la teniente Skaaiat riéndose.

La broma solo tiene sentido en radchaai, porque, en ese

idioma, la misma palabra significa «ciudadana» y «civilizada». Ser radchaai es ser civilizada.

—¿Entonces, cuando la Lord de Mianaai les concedió la ciudadanía a las shis'urnas, en ese mismo instante se volvieron civilizadas?

La frase era capicúa. Resulta difícil formular esa pregunta en idioma radchaai.

—O sea, que tus Issa pueden matar a la gente por no dirigirse a nosotras con el suficiente respeto, y no me digas que no sucedió porque sé que sucedió, y también cosas peores, pero no pasa nada porque esas personas no son radchaais, no son civilizadas, y cualquier medida está justificada en nombre de la civilización.

La teniente Awn había cambiado, momentáneamente, al escaso orsiano local que sabía, porque el idioma radchaai le impedía expresar lo que quería decir.

—Bueno, tienes que admitir que fue efectivo —contestó la teniente Skaaiat—. Ahora todo el mundo se dirige a nosotras respetuosamente.

La teniente Awn guardó silencio. Estaba seria.

—¿Qué te ha hecho pensar en esta cuestión? —le preguntó la teniente Skaaiat.

La teniente Awn le contó la conversación que había mantenido con la suma sacerdotisa el día anterior.

—Ya, bueno, pero en aquel momento tú no protestaste.

—¿Qué habría conseguido protestando?

—Absolutamente nada —respondió la teniente Skaaiat—. Pero eso no es motivo suficiente para que no lo hicieras. Además, aunque las auxiliares no maltraten a las personas, no acepten sobornos ni violen ni maten a la gente por despecho..., hace cien años, a las personas a las que las tropas humanas mataron las habrían mantenido en animación suspendida para utilizarlas más adelante como segmentos auxiliares. ¿Sabes cuántas tenemos todavía en reserva? Las bodegas de la *Justicia de Toren* seguirán llenas de auxiliares durante el próximo millón de años, si no más. Esas personas están realmente muertas, así que ¿qué diferencia hay? Y sé que no te gusta que lo diga, pero la verdad es que el lujo siempre existe a costa de alguien. Una de las múltiples ventajas de la civilización es que, en general, no hay que ver esa realidad si no se quiere. Se puede disfrutar de sus beneficios sin perturbar la propia conciencia.

—¿La tuya no se perturba?

La teniente Skaaiat se rio alegremente, como si estuvieran hablando de algo diferente por completo, de un divertido juego de mesa o de una bonita tienda de té.

—Cuando creces sabiendo que te mereces estar en lo más alto y que las casas inferiores existen para servir al glorioso destino de la tuya, das esas cosas por sentado. Naces dando por supuesto que el coste de tu vida lo pagan otras personas. Así son las cosas. Lo que ocurre durante una anexión es solo una diferencia cuantitativa, no cualitativa.

—A mí no me lo parece —contestó la teniente Awn seca y con amargura.

—No, claro que no —repuso la teniente Skaaiat con voz más amable.

Estoy convencida de que a la teniente Skaaiat, la teniente Awn le gustaba de verdad. Sé que a la teniente Awn sí que le gustaba la teniente Skaaiat a pesar de que, a veces, dijera cosas que la disgustaran, como había ocurrido aquella noche.

—Tu familia ha pagado parte de ese coste, por pequeño que haya sido —añadió la teniente Skaaiat—. Quizás esto sea la causa de que te resulte fácil simpatizar con quien esté pagando por ti. Y estoy convencida de que cuesta no pensar en lo que tus antepasadas tuvieron que sufrir cuando fueron anexionadas.

—Pero tus antepasadas nunca fueron anexionadas —comentó la teniente Awn, cortante.

—Bueno, probablemente algunas sí que lo fueron —admitió la teniente Skaaiat—, pero no figuran en la genealogía oficial. —Se detuvo y tiró de la teniente Awn para que se detuviera a su lado—. Awn, mi buena amiga, no te tortures con cosas que no puedes cambiar. Las cosas son como son. No tienes nada que reprocharte.

—Acabas de decir que todas tenemos algo que reprocharnos.

—Yo no he dicho eso —replicó la teniente Skaaiat con voz

suave—, pero, en cualquier caso, tú lo interpretarás así, ¿no? Escúchame, la vida en este planeta será mejor porque nosotras estamos aquí. De hecho, ya lo es, y no solo para las personas de este planeta, sino también para las que fueron trasladadas a él. Incluso para Jen Shinnan, a pesar de que, ahora mismo, en lo único que piensa es en el resentimiento que siente por haber dejado de ser la autoridad principal en Ors. Pero, con el tiempo, lo comprenderá. Todas lo harán.

—¿Y las muertas?

—Las muertas están muertas. No tiene sentido preocuparse por ellas.

5

Cuando Seivarden se despertó estaba inquieta e irritable. Me preguntó dos veces quién era yo y en tres ocasiones se quejó de que mi respuesta, que en cualquier caso era mentira, no le daba información significativa para ella.

—No conozco a nadie llamada Breq y no te había visto en toda mi vida. ¿Dónde estoy?

En ningún lugar.

—Estás en Nilt.

Se cubrió los hombros desnudos con una manta y, después, volvió a quitársela con malhumor y cruzó los brazos sobre el pecho.

—Nunca había oído hablar de Nilt. ¿Cómo he acabado aquí?

—No tengo ni idea.

Dejé el plato de comida que sostenía en el suelo, delante de ella.

Seivarden agarró la manta otra vez.

—No quiero comer.

Hice un gesto de indiferencia. Mientras ella dormía, yo había comido y descansado.

—¿Te ocurre a menudo?

—¿El qué?

—Despertarte y descubrir que no sabes dónde estás, con quién ni cómo has llegado ahí.

Ella se cubrió con la manta, volvió a quitársela y se frotó los brazos y las muñecas.

—Me ha ocurrido un par de veces.

—Me llamo Breq y procedo del Gerentate. —Ya se lo había contado, pero sabía que volvería a preguntármelo—. Te encontré hace dos días delante de una taberna. No sé cómo llegaste allí. Si no te hubiera ayudado, habrías muerto. Si era eso lo que querías, lo siento.

Por alguna razón, mis palabras la enojaron.

—¡Qué encantadora eres, Breq del Gerentate!

Lo dijo con un tono de voz despectivo. Era irracional y chocante oírla hablar con aquel tono de voz tal y como estaba: sin el uniforme, desnuda y despeinada.

Su actitud me hizo enfadar. Yo sabía por qué me enfadaba, pero también sabía que, si osaba explicárselo, ella, sin duda, me contestaría con más desprecio, y eso todavía me enojaría más. Mantuve la expresión facial neutra, aunque ligeramente amable, que había empleado con ella desde que se despertó y repetí el gesto de indiferencia que había hecho momentos antes.

Yo había sido la primera nave en la que Seivarden sirvió. Cuando llegó, acababa de terminar su formación, tenía diecisiete años y se encontró de lleno en la recta final de una anexión. Le ordenaron que vigilara una hilera de prisioneras. Eran diecinueve, y, a la espera de ser evaluadas, aguardaban, temblando y agachadas, en un frío túnel excavado en la piedra marrón rojiza que había debajo de la superficie de una pequeña luna.

En realidad, era yo quien montaba guardia; siete yos repartidas a lo largo del túnel y con las armas preparadas. En aquella época, la extremadamente joven Seivarden también era delgada y tenía el cabello oscuro, la piel morena y unos ojos marrones corrientes, que contrastaban con sus aristocráticas facciones, de las que destacaba la nariz sin acabar de desarrollarse. Estaba nerviosa, sí, porque la habían puesto al mando de aquella zona a los pocos días de llegar, pero también se sentía orgullosa de sí misma y de su repentina aunque limitada autoridad. Se sentía orgullosa de la chaqueta de color marrón oscuro del uniforme, de los pantalones, de los guantes y de la insignia de teniente.

Deduje que también estaba un poco demasiado nerviosa al tener entre sus manos un arma de verdad y por el hecho de que aquella era una situación real y no un ejercicio de entrenamiento.

Una de las personas del túnel, una prisionera musculosa y de espaldas anchas que sostenía su brazo roto contra el pecho, sollozaba ruidosamente: gemía al espirar y jadeaba al inspirar. Como el resto de las prisioneras de la fila, sabía que la privarían de su identidad y que su cuerpo, convertido en un apéndice de una nave de guerra radchaai, sería almacenado para utilizarlo como auxiliar en el futuro, como era el caso de las auxiliares que montaban guardia en el túnel, o que la eliminarían definitivamente.

Seivarden paseaba de un extremo al otro de la fila con aires de suficiencia, pero los sollozos convulsivos de la lastimera cautiva iban irritándola más y más hasta que, finalmente, se detuvo delante de ella.

—¡Por las tetas de Aatr! ¡Cállate de una vez!

Un pequeño temblor en la musculatura del brazo de Seivarden me indicó que estaba a punto de levantar el arma. A nadie le habría importado si hubiera golpeado a la prisionera con la culata y la hubiera dejado sin sentido. A nadie le habría importado si le hubiera pegado un tiro en la cabeza siempre que no dañara ningún otro órgano vital. La verdad es que los cuerpos humanos destinados a auxiliares no eran escasos. Me puse delante de ella y anuncié con voz plana y átona:

—Teniente, el té que había solicitado ya está preparado.

—En realidad, hacía cinco minutos que estaba preparado, pero yo no se lo había comunicado y me había reservado esa información.

Al leer los parámetros de aquella terriblemente joven teniente Seivarden, percibí sobresalto, frustración, enfado, irritación.

—Te lo pedí hace quince minutos —soltó ella.

Yo no respondí. Detrás de mí, la prisionera seguía gimiendo y sollozando.

—¿No puedes hacerla callar? —me preguntó la teniente Seivarden.

—Haré lo que pueda, teniente —le contesté, aunque sabía

que solo había una manera de conseguirlo, que solo una cosa acabaría con el sufrimiento de la prisionera.

La recién nombrada teniente parecía no ser consciente de ello.

Veintiún años después de llegar a la *Justicia de Toren*, poco más de mil años antes de que la encontrara en la nieve, Seivarden era la teniente al mando de la Decuria Esk. Tenía treinta y ocho años y, según los patrones radchaais, todavía era bastante joven, porque una ciudadana podía vivir unos doscientos años.

Era su último día y Seivarden bebía té sentada en la litera de su habitación, que medía tres metros de largo por dos de ancho y dos de alto. Las paredes eran blancas y estaba sumamente ordenada. Su aristocrática nariz ya se había desarrollado del todo y ella también. Ya no era torpe e insegura.

A su lado, en la pulcra cama, también estaba sentada la teniente más novata de la Decuria Esk. Había llegado apenas unas semanas antes y era una especie de prima de Seivarden, aunque de otra casa. Era más alta de lo que lo era Seivarden a su edad, más ancha de espaldas y un poco más elegante; en líneas generales. El hecho de que la hubieran convocado a una reunión privada con la teniente en jefe, fuera o no su prima, la había puesto nerviosa, pero lo disimulaba.

—Deberías vigilar a quién concedes tus favores, teniente —le advirtió la teniente Seivarden.

Al darse cuenta de qué iba aquello, la jovencísima teniente, avergonzada, frunció el ceño.

—Ya sabes a quién me refiero —continuó Seivarden.

Yo también lo sabía. Una de las otras tenientes Esk se había fijado en la jovencísima teniente cuando subió a bordo de la nave y, progresiva y discretamente, le había planteado la posibilidad de que le correspondiera. Pero no tan discretamente como para que Seivarden no se diera cuenta. De hecho, todas las oficiales de la sección Decuria Esk se habían dado cuenta y también habían percibido la ingenua respuesta de la jovencísima teniente.

—Sé a qué se refiere, teniente, pero no veo por qué...

—¡Ah!, ¿crees que se trata de diversión pura e inofensiva? —la interrumpió la teniente Seivarden con voz seca y autoritaria—. Pues sí, probablemente te resultaría divertido, pero no sería inofensivo. —La misma Seivarden se había acostado con la teniente en cuestión y, por tanto, sabía de lo que hablaba—. Se trata de una oficial competente, pero su casa es muy provinciana. Si no fuera de un rango superior al tuyo, no habría ningún problema.

La casa de la joven teniente no era, ni mucho menos, provinciana y, aunque era muy ingenua, supo enseguida a qué se refería Seivarden. Estaba lo bastante enfadada por ello como para hablarle de una forma mucho menos formal de lo que exigía la corrección.

—¡Por las tetas de Aatr, prima, nadie ha dicho nada de clientelismo! Es imposible, porque nadie puede formalizar ese tipo de contratos hasta después de haberse retirado.

El clientelismo era un tipo de relación jerárquica establecida por la gente rica. Una patrona prometía cierto tipo de ayuda, tanto económica como social, a su clienta, la cual le proporcionaba apoyo y servicios a su patrona. Estos compromisos podían prolongarse durante generaciones; por ejemplo, en las casas más antiguas y prestigiosas, las sirvientas eran, casi todas, descendientes de clientas y muchos negocios de casas acomodadas tenían como empleadas a descendientes de clientas que procedían de casas inferiores.

—Las casas de las provincias como la de ella son ambiciosas —explicó Seivarden con voz ligeramente condescendiente—. Y también inteligentes, si no, no habrían llegado a donde han llegado. Ella tiene más antigüedad que tú y las dos tenéis por delante muchos años de servicio todavía. Si en esas condiciones accedes y dejas que la relación continúe, ten por seguro que cualquier día te propondrá ser tu cliente cuando deberías ser tú quien se lo ofreciera. No creo que tu madre te agradeciera que expusieras vuestra casa a semejante insulto.

La teniente se puso roja de rabia y decepción, porque el brillo de su primer romance como adulta se había esfumado de golpe y se había convertido en algo sórdido y calculado.

Seivarden se inclinó hacia delante y alargó el brazo para tomar su taza de té, pero se detuvo y, de repente, se molestó. Me advirtió, en silencio y con movimientos de los dedos de la mano izquierda: «Este puño lleva roto tres días.»

Yo le contesté directamente en el oído:

—Lo siento, teniente.

Debería haberme ofrecido a coserlo de inmediato y haber ordenado a un segmento de Esk Una que se llevara la controvertida camisa. De hecho, debería haberlo cosido tres días antes; y tampoco debería haber vestido a la teniente Seivarden con aquella camisa aquel día.

Se produjo un silencio en el pequeño compartimento. La joven teniente seguía frustrada e inquieta. Al oído le dije a Seivarden:

—Teniente, la comandante de la decuria la recibirá tan pronto como usted pueda.

Yo sabía que su ascenso era inminente e incluso había experimentado una satisfacción mezquina al saber que, aunque me ordenara que le arreglara la camisa en aquel momento, no tendría tiempo de hacerlo. Cuando salió de sus dependencias, empecé a hacerle el equipaje y tres horas después ella estaba de camino hacia su nuevo destino, pues la habían nombrado capitana de la *Espada de Nathtas*. Yo no me sentí especialmente apenada por su partida.

Se trata de detalles sin importancia. No fue culpa de Seivarden reaccionar mal en una situación que pocas personas de diecisiete años habrían sabido manejar con aplomo, si es que alguien habría sabido hacerlo. No era de extrañar que fuera tan petulante dada la educación que había recibido. No era culpa suya que a lo largo de los mil años de existencia que yo tenía en aquella época, hubiera aprendido que la habilidad era mejor que la buena cuna y que hubiera visto más de una casa muy provinciana prosperar hasta el punto de que dejaran de considerarla como tal y produjera sus propias versiones de Seivarden.

Los años que transcurrieron entre la joven teniente Seivarden y la capitana Seivarden estaban hechos de momentos efímeros. Detalles insignificantes. Yo nunca la odié; simplemente, nunca me cayó demasiado bien, pero ahora no podía verla sin pensar en otra persona.

La semana siguiente, en casa de Strigan, fue desagradable. Seivarden necesitaba cuidados constantes y que la limpiara con frecuencia. Comía muy poco, lo que, en algunos aspectos, era una suerte, pero yo tenía que estar pendiente de que no se deshidratara. Hacia el final de la semana, seguía comiendo poco y dormía intermitentemente. Su sueño era ligero y, mientras dormía, se agitaba, se volvía a uno y otro lado y, a menudo, temblaba, respiraba con pesadez y se despertaba de repente. Cuando estaba despierta y no lloraba, se quejaba de que todo era demasiado duro, áspero, fuerte, brillante...

Pocos días después, creyendo que yo estaba dormida, se acercó a la puerta exterior, observó la nieve, se puso los guantes y un abrigo, se dirigió dando traspiés al edificio anexo y, luego, a la nave. Intentó ponerla en marcha, pero yo le había extraído una pieza esencial y la llevaba siempre encima. Cuando regresó a la casa, al menos tuvo el sentido común de cerrar las dos puertas antes de dejar un rastro de nieve en la sala principal, que era donde yo estaba en aquel momento, sentada en uno de los bancos, con el instrumento de cuerda de Strigan en las manos. Ella me miró fijamente, incapaz de ocultar su sorpresa. Seguía temblando un poco, y se sentía inquieta e incómoda con aquel pesado abrigo.

—Quiero irme —anunció entre acobardada y arrogante, y en el tono típicamente autoritario de las radchaais.

—Nos iremos cuando esté preparada —le contesté, y toqué unas cuantas notas con el instrumento.

Sus sentimientos eran demasiado intensos para que pudiera ocultarlos, y su rabia y desesperación se reflejaron claramente en su cara.

—Estás donde estás como resultado de tus decisiones —le dije con voz inexpresiva.

Ella enderezó la espalda y echó los hombros hacia atrás.

—Tú no sabes nada de mí ni de las decisiones que he tomado o he dejado de tomar.

Aquello fue suficiente para hacerme enfadar otra vez. Yo sabía algo acerca de tomar decisiones o dejar de tomarlas.

—¡Ah, me olvidaba, todo sucede conforme a la voluntad de Amaat! Nada es culpa tuya —exclamé.

Seivarden abrió mucho los ojos. Después abrió la boca para hablar y cogió aire, pero luego lo soltó de una forma repentina y temblorosa. Se volvió de espaldas, aparentemente para quitarse el abrigo y lo echó encima de un banco cercano a ella.

—No lo comprendes porque no eres radchaai —me dijo con desdén, aunque su voz tembló con lágrimas contenidas.

No era civilizada.

—¿Empezaste a tomar kef antes o después de salir del Radch?

Se suponía que no era posible conseguir kef en el espacio radchaai, pero siempre había alguna estación menor dedicada al contrabando y las autoridades hacían la vista gorda.

Seivarden se dejó caer en el banco en el que había dejado el abrigo.

—Quiero un té.

—Aquí no hay té. —Dejé el instrumento a un lado—. Pero sí que hay leche.

Concretamente, había leche de bovino fermentada. La gente de aquel lugar la aclaraba con agua y se la bebía templada. El olor y el sabor hacían pensar en unas botas sudadas. Si Seivarden tomaba demasiada, seguro que la hacía vomitar.

—¿En qué tipo de lugar no tienen té? —se quejó. Se inclinó hacia delante y apoyó los codos en las rodillas y la frente en los pulpejos de las manos, con las palmas hacia arriba y los dedos extendidos.

—En este tipo de lugar —le contesté—. ¿Por qué empezaste a tomar kef?

—No lo entenderías. —Sobre su regazo cayeron unas lágrimas.

—Ponme a prueba.

Tomé de nuevo el instrumento y empecé a tocar una melodía. Después de llorar silenciosamente durante seis segundos, Seivarden empezó a contarme la historia:

—Me dijo que todo me resultaría más claro.

—¿Si tomabas kef? —Ninguna respuesta—. ¿Qué es lo que te resultaría más claro?

—Conozco esa canción —comentó ella sin levantar la frente de las manos.

Me di cuenta de que, seguramente, era la única manera en que podía reconocerme y decidí tocar otra canción. En una región de Valskaay, cantar constituía un pasatiempo refinado y las asociaciones de canto coral eran el centro de la actividad social. Aquella anexión me había proporcionado mucha de la música que más me gustaba cuando tenía más de una voz. Elegí una de aquellas canciones. Seivarden no la conocería, porque la anexión de Valskaay había ocurrido antes y después de su época.

—Me dijo que las emociones nublaban la percepción —siguió contando Seivarden mientras levantaba la cara de las manos—. Me dijo que la percepción más clara procedía de la razón pura y que los sentimientos la distorsionaban.

—Eso no es cierto.

Yo había tenido el instrumento a mi disposición durante una semana y pocas cosas más que hacer, de modo que conseguí tocar dos voces al mismo tiempo.

—Al principio, me pareció que tenía razón. ¡Fue maravilloso! Todo el sufrimiento desapareció. Pero luego el efecto empezó a desvanecerse y todo volvió a ser como antes. Pero peor. Al cabo de un tiempo, tuve la sensación de que no sentir no era bueno. No sé. No puedo describirlo, pero descubrí que, si tomaba más kef, esa sensación también desaparecía.

—Y la bajada resultaba cada vez más insoportable. —Había oído la historia unas cuantas veces durante los últimos veinte años.

—¡Oh, por la gracia de Amaat! ¡Quiero morirme! —gimió Seivarden.

—¿Por qué no lo haces?

Toqué otra canción: «Mi corazón es un pez. Escondido entre las algas. En el verde, en el verde...» Me miró como si fuera una roca que acabara de hablar.

—Perdiste tu nave —seguí yo—. Estuviste congelada durante mil años y, cuando te despertaste, descubriste que el Radch había cambiado. Se han acabado las invasiones, se ha firmado un tratado humillante con las presgeres y tu casa ha perdido posición social y económica. Nadie te conoce ni te recuerda, y a nadie le preocupa si estás viva o muerta. No estabas acostumbrada a nada de eso y no esperabas que tu vida acabara así, ¿no es cierto? —Transcurrieron tres segundos antes de que asimilara mis palabras.

—Tú sabes quién soy.

—¡Claro que lo sé! Tú me lo contaste —le mentí yo.

Parpadeó. Tenía los ojos llorosos y supuse que intentaba recordar si me lo había contado o no, pero sus recuerdos eran, por supuesto, incompletos.

—Será mejor que te acuestes —le aconsejé, y posé los dedos en las cuerdas para silenciarlas.

—Quiero irme —protestó ella sin moverse. Todavía estaba sentada en el banco, con los codos apoyados en las rodillas y en actitud abatida—. ¿Por qué no puedo irme?

—Tengo negocios aquí —le contesté.

Hizo una mueca de mofa con la boca. Tenía razón, por supuesto, porque esperar allí resultaba ridículo. Después de tantos años y de tanta planificación y esfuerzos, había fracasado. De momento.

—Vuelve a la cama.

La cama era el camastro que yo había montado con cojines y mantas junto al banco en el que ella estaba sentada. Me miró, todavía con una expresión burlona y despectiva en la cara, se deslizó hasta el camastro y se tapó con una manta. Yo estaba convencida de que le costaría dormirse. Intentaría pensar en cómo podía irse de allí, en cómo podía reducirme o convencerme para que hiciera lo que ella quería. Pero, como es lógico, ningún plan que elaborara le serviría de nada hasta que supiera qué quería hacer realmente, pero eso no se lo dije.

Al cabo de una hora, sus músculos se relajaron y su respiración se volvió más lenta. Si todavía fuera mi teniente, habría sabido con certeza en qué momento se había dormido, en qué fase del sueño estaba y si estaba o no soñando. Pero ahora solo podía percibir los signos externos.

Me senté en el suelo con cautela, me recliné en otro banco y me tapé las piernas con una manta. Como había hecho todas las veces que había dormido en aquel lugar, me desabroché el abrigo interior, apoyé una mano en el arma, me puse cómoda y cerré los ojos.

Dos horas más tarde me despertó un leve sonido. Me quedé quieta, sin separar la mano del arma. El sonido se repitió; esta vez ligeramente más fuerte. La segunda puerta se cerró. Abrí los ojos apenas una rendija. Seivarden estaba demasiado quieta en su camastro y deduje que también había oído el ruido.

A través de las pestañas, vi a una persona vestida con ropa de exterior. Debía de medir casi dos metros de altura. Parecía delgada, quitando el volumen de los dos abrigos, y tenía la piel de un color gris hierro. Cuando se echó para atrás la capucha, vi que el cabello era de ese mismo tono de gris. Sin duda, no se trataba de una nilterana.

Nos observó a mí y a Seivarden durante siete segundos y se acercó silenciosamente a mí. Se inclinó y tiró de mi bolsa con una mano. En la otra sostenía un arma con la que me apuntaba a pesar de que no parecía haberse dado cuenta de que yo estaba despierta. Intentó abrir la cerradura de la bolsa sin éxito durante unos segundos. Luego sacó una herramienta del bolsillo y la utilizó para abrirla. Lo consiguió algo más deprisa de lo que yo esperaba. Seguía apuntándome con el arma y, de vez en cuando, lanzaba una mirada a Seivarden, que seguía inmóvil. Vació la bolsa.

Mudas de ropa. Munición, pero ningún arma, lo que debió de indicarle o le hizo sospechar que yo tenía un arma. Tres paquetes de raciones concentradas de comida envueltos en papel de aluminio. Utensilios para comer y una botella de agua. Le intrigó un disco de oro de cinco centímetros de diámetro y uno y medio de grosor. Lo examinó con el ceño fruncido y lo dejó a un lado. Abrió una caja en cuyo interior encontró dinero. Cuando se dio cuenta de cuánto había, resopló y me miró. Yo no me moví. No sé qué esperaba encontrar, pero, fuera lo que fuera, parecía que no lo había encontrado.

Tomó el disco que le intrigaba y se sentó en un banco desde el que tenía una visión directa tanto de mí como de Seivarden. Le dio la vuelta al disco y encontró el sensor que lo accionaba. Los laterales del disco se desplegaron y se abrieron como una flor. El disco proyectó un icono que consistía en la imagen de una persona prácticamente desnuda, salvo por unos pantalones cortos y unas flores diminutas elaboradas con joyas y esmalte. La imagen sonreía con serenidad. Tenía cuatro brazos; uno estaba cubierto con una coraza cilíndrica, en una mano sostenía una pelota, en otra sostenía un cuchillo y en la cuarta, una cabeza cortada de la que goteaba sangre salpicada de joyas hasta sus pies desnudos. La cabeza esbozaba la misma sonrisa de calma angelical que la imagen.

Strigan, porque tenía que tratarse de Strigan, frunció el ceño. El icono le había sorprendido y había despertado su curiosidad todavía más. Abrí los ojos y ella asió el arma con más firmeza. Ahora que tenía los ojos bien abiertos y podía volver la cabeza hacia ella, escudriñé atentamente el arma. Alargó la mano en la que sostenía el icono y arqueó una ceja grisácea.

—¿Es familia tuya? —me preguntó en radchaai.

—No exactamente —respondí en su idioma con expresión neutra y amable.

Tras un largo silencio, dijo:

—Cuando llegaste, creí saber lo que eras. —Afortunadamente, había cambiado al idioma que yo había utilizado—. Creí saber a qué habías venido, pero ahora tengo mis dudas. —Lanzó una ojeada a Seivarden, a quien parecía que nuestra charla no había despertado—. Creo que sé quién es él, pero ¿quién eres tú? ¿Qué eres tú? Y no me digas que Breq del Gerentate. Tú eres tan radchaai como él.

Realizó un leve gesto en dirección a Seivarden con el codo.

—He venido para comprar una cosa —le expliqué, dispuesta a dejar de mirar fijamente el arma con la que me apuntaba—. Él es un imprevisto.

Como no estábamos hablando en radchaai, tenía que tener

en cuenta el género, ya que en el idioma de Strigan se diferenciaba. Al mismo tiempo, la sociedad en la que vivía creía que el
sexo de las personas no tenía importancia. Los hombres y las
mujeres se vestían, hablaban y actuaban indistintamente. Aun
así, ninguna de las personas que había conocido en aquella sociedad había titubeado nunca ni se había equivocado al referir-
se al sexo de una de sus congéneres, pero todas se sentían ofendidas cuando yo titubeaba o me equivocaba. No había conseguido
pillarle el truco. Había estado en el apartamento de Strigan y
había visto sus pertenencias, pero, aun así, no estaba segura de
qué género utilizar al hablar de ella.

—¿Un imprevisto? —preguntó Strigan con incredulidad.

No podía culparla. Yo tampoco me habría creído, pero era la
verdad. Strigan no dijo nada más. Probablemente era consciente de que, si yo era lo que ella temía que era, hablar demasiado
constituía una locura.

—Una coincidencia —puntualicé.

Al menos en aquella ocasión me alegré de que no estuviéramos hablando en radchaai, porque en ese idioma la palabra *coincidencia* implicaba que era algo relevante.

—Cuando lo encontré, estaba inconsciente. Si lo hubiera dejado donde estaba, habría muerto. —Por la mirada que me lanzó, tampoco se creyó mi explicación—. ¿Qué hace usted aquí?
—le pregunté.

Ella soltó una risa breve y amarga, pero no pude deducir si
se reía porque yo había utilizado el género equivocado o por
alguna otra razón.

—Creo que soy yo quien debería preguntártelo. —Al menos no me había corregido la gramática.

—He venido para hablar con usted. Para comprar algo. Seivarden se encontraba mal y usted no estaba, pero, por supuesto,
le pagaré lo que hemos comido. —Por alguna razón, lo que dije
pareció hacerle gracia.

—¿Qué haces aquí? —me preguntó.

—No ha venido nadie conmigo —aclaré contestando a su
pregunta no formulada—. Salvo él, claro.

Señalé a Seivarden con la cabeza. Mi mano seguía apoyada en

el arma y, seguramente, Strigan sabía por qué mantenía la mano tan quieta debajo del abrigo. Seivarden seguía fingiendo que estaba dormida. Strigan sacudió la cabeza ligeramente con incredulidad.

—Habría jurado que eras un soldado cadáver. —Se refería a una auxiliar—. Cuando llegaste, no tenía ninguna duda de que lo eras.

Lo que significaba que había permanecido escondida cerca y que había estado vigilando la zona mientras esperaba que nos fuéramos. Debía de confiar mucho en su escondrijo, porque si yo hubiera sido lo que ella temía, quedarse por allí habría constituido una auténtica locura, ya que yo la habría encontrado.

—Pero cuando viste que no había nadie en la casa, lloraste. Y él...

Se encogió de hombros mientras miraba a Seivarden, que seguía tumbada, inmóvil y desmadejada en el camastro.

—Incorpórate, ciudadana —le dije a Seivarden en radchaai—. No engañas a nadie.

—¡Que te den! —exclamó ella, y se cubrió la cabeza con la manta.

Enseguida la apartó de nuevo, se levantó medio tambaleándose, entró en el lavabo y cerró la puerta.

Yo volví a centrar la atención en Strigan.

—El asunto del aerodeslizador de alquiler... ¿fue cosa suya?

Ella encogió los hombros con expresión de arrepentimiento.

—Él me informó de que un par de radchaais se dirigían hacia aquí. O te subestimó terriblemente o eres incluso más temible de lo que yo creía.

La segunda opción haría de mí una persona extremadamente peligrosa.

—Estoy acostumbrada a que me subestimen. Pero usted no le contó a ella... a él por qué creía que yo venía.

La mano con la que sostenía el arma no flaqueó.

—¿A qué has venido?

—Usted ya lo sabe. —Se produjo un cambio instintivo en su expresión que ella reprimió de inmediato. Yo continué—: No he venido a matarla. Matarla haría fracasar mi objetivo.

Ella arqueó una ceja y ladeó levemente la cabeza.

—¿Ah, sí?

Los amagos y las evasivas me frustraban.

—Quiero el arma.

—¿Qué arma?

Strigan no era tan estúpida como para admitir que aquel objeto existía y que sabía a qué arma me refería, pero su fingida ignorancia no me convenció. Ella lo sabía. Si tenía lo que yo creía que tenía, aquello que yo había apostado la vida a que estaba en su poder, no hacía falta ser más concreta. Ella lo sabía. Si iba a dármelo o no, era otra cuestión.

—Le pagaré por ella.

—No sé de qué me hablas.

—Los garseddais lo hacían todo en múltiplos de cinco. Cinco acciones correctas, cinco pecados capitales, cinco zonas multiplicadas por cinco regiones. Veinticinco representantes rindiéndose a la Lord del Radch.

Durante tres segundos, Strigan se quedó completamente quieta. Incluso su respiración pareció detenerse. Luego habló:

—¿Así que Garsedd? ¿Qué tiene eso que ver conmigo?

—Yo nunca lo habría adivinado si usted se hubiera quedado donde estaba.

—Garsedd existió hace mil años y estaba muy pero que muy lejos de aquí.

—Veinticinco representantes rendidos ante la Lord del Radch —repetí yo—. Pero solo se recuperaron o localizaron veinticuatro armas.

Ella parpadeó y cogió aire.

—¿Quién eres?

—Alguien escapó. Alguien huyó del sistema antes de que los radchaais llegaran. Quizá temía que las armas no funcionaran como les habían prometido. Quizá sabía que, aunque las utilizaran, sería inútil.

—Al contrario, ¿no? ¿No fue eso lo que intentaron? Pero nadie desafía a Anaander Mianaai y sigue con vida —señaló con amargura.

Yo no dije nada.

Strigan siguió sosteniendo el arma con firmeza. Aun así, si yo decidía atacarla, corría peligro, y pensé que ella lo sospechaba.

—No sé por qué crees que tengo el arma de la que hablas. ¿Por qué habría de tenerla?

—Usted coleccionaba antigüedades, curiosidades. Ya tenía una pequeña colección de objetos garseddais que, de alguna manera, habían llegado hasta la estación Dras Annia. Y podían llegar más. Un día usted desapareció y se encargó de que nadie la siguiera.

—Es una base poco consistente para una presunción tan importante.

—¿A qué se debe todo esto entonces? —Señalé con cautela a mi alrededor con la mano libre mientras mantenía la otra sujetando el arma—. Usted tenía un cómodo puesto en Dras Annia, pacientes, mucho dinero, relaciones y buena reputación, y ahora vive en medio de la nada helada y ofrece primeros auxilios a pastores de vacas.

—Una crisis personal —contestó ella pronunciando las palabras con cuidado y deliberadamente.

—Por supuesto. No consiguió reunir el valor para destruirla o entregársela a alguien que quizá no tuviera el sentido común de darse cuenta del peligro que representaba. Cuando se dio cuenta de lo que tenía, supo que si alguna vez las autoridades Radch imaginaban, siquiera, que la tenía, le seguirían el rastro y la matarían a usted y a cualquiera que pudiera haber visto el arma.

El Radch quería que todas las personas recordaran lo que les había sucedido a las garseddais, pero también querían que nadie supiera cómo habían conseguido hacer lo que habían hecho, lo que nadie había conseguido hacer durante mil años antes y otros mil años después: destruir una nave radchaai. Casi nadie que estuviera vivo lo recordaba, pero yo sí, y cualquier nave que hubiera estado allí y todavía existiera también. Y, por supuesto, Anaander Mianaai lo sabía. Y también Seivarden, que había presenciado lo que la Lord del Radch quería que nadie creyera que era posible: la existencia de aquella armadura y aquella arma invisibles y la de aquellas balas que traspasaron fácilmente las armaduras radchaais y el escudo térmico de la nave de Seivarden.

—Quiero el arma —le dije a Strigan—. Y le pagaré por ella.

—Si, supongamos, ese objeto estuviera en mi poder, y he dicho supongamos, es probable que no hubiera cantidad suficiente de dinero para conseguirlo.

—Es probable.

—Tú eres radchaai. Y eres militar.

—Lo era —corregí yo. Ella realizó un gesto de burla y yo añadí—: Si todavía lo fuera, no estaría aquí. O usted ya me habría proporcionado la información que yo quiero y estaría muerta.

—Sal de aquí —ordenó Strigan con voz serena pero vehemente—. Y llévate al imprevisto contigo.

—No me iré hasta que consiga lo que he venido a buscar.

—No tenía sentido que lo hiciera—. Tendrá que dármela o matarme con ella.

Lo que era tanto como admitir que todavía tenía mi armadura y que era, precisamente, lo que ella temía, una agente radchaai que había ido a matarla y a llevarse el arma.

A pesar del miedo que yo debía de causarle, no pudo evitar sentir curiosidad.

—¿Por qué la quieres con tanto afán?

—La quiero para matar a Anaander Mianaai —le contesté.

—¡¿Qué?!

El arma que sostenía en la mano tembló y se desplazó ligeramente a un lado, pero volvió a asirla con firmeza. Se inclinó hacia delante unos tres milímetros y ladeó la cabeza como si creyera que no me había oído bien.

—Quiero matar a Anaander Mianaai —repetí.

—Anaander Mianaai tiene miles de cuerpos y está en muchos sitios a la vez —me informó ella con amargura—. Es imposible matarlo. Y, mucho menos, con una sola arma.

—De todos modos, quiero intentarlo.

—Desvarías; aunque ¿es eso posible? ¿A los radchaais no os hacen un lavado de cerebro?

Se trataba de un error común.

—Solo los criminales y las personas que no funcionan bien son reeducados. A nadie le importa lo que alguien piense siempre que haga lo que tiene que hacer.

Ella me miró con reserva.

—¿Cómo defines no funcionar bien?

Hice un gesto indefinido con la mano libre que quería decir «no es mi problema»; aunque quizá sí que era mi problema. Quizás esa cuestión sí que me afectaba ahora que, probablemente, afectaría a Seivarden.

—Voy a sacar la mano del abrigo y me echaré a dormir —anuncié.

Strigan no dijo nada, solo arqueó una ceja canosa.

—Si yo la he encontrado, seguro que Anaander Mianaai también puede hacerlo —le advertí. Estábamos hablando en el idioma de Strigan. ¿Qué género le habría asignado a la Lord del Radch?—. Posiblemente, él todavía no lo ha hecho porque está ocupado en otros asuntos y, por razones que usted debería tener claras, no quiere delegar esta misión en nadie.

—Entonces estoy a salvo.

Su voz sonó más convencida de lo que podía estarlo.

Seivarden salió ruidosamente del lavabo y volvió a tumbarse en el camastro. Las manos le temblaban y respiraba deprisa y superficialmente.

—Ahora voy a sacar la mano del abrigo —repetí.

A continuación, la saqué. Despacio. Vacía. Strigan suspiró y bajó el arma.

—Probablemente, tampoco yo podría haberte matado —dijo, porque estaba convencida de que yo era una soldado radchaai y, por tanto, tenía una armadura.

Claro que, si podía pillarme desprevenida o dispararme antes de que activara la armadura, podía matarme. Y, además, tenía aquella arma, aunque era probable que no la tuviera a mano.

—¿Me devuelve mi icono?

Frunció el ceño y entonces se acordó de que todavía lo tenía en la mano.

—¡Tu icono, claro!

—Me pertenece —le aclaré.

—Se parece mucho a ti —dijo volviendo a mirarlo—. ¿De dónde procede?

—De muy lejos.

Alargué el brazo y me lo entregó. Con la misma mano con la que lo cogí, rocé el accionador. Entonces la imagen se replegó y la base se cerró adoptando la forma de un disco de oro.

Strigan miró a Seivarden atentamente y frunció el ceño.

—Tu imprevisto padece ansiedad.

—Así es.

Strigan sacudió la cabeza con frustración o exasperación y entró en la enfermería. Cuando regresó, se dirigió a donde estaba sentada Seivarden, se inclinó y alargó el brazo hacia ella.

Seivarden se sobresaltó, se levantó, retrocedió bruscamente y agarró la muñeca de Strigan con la intención de rompérsela. Pero Seivarden ya no era lo que había sido. La vida disipada y, por lo que deduje, la malnutrición, habían hecho mella. Strigan dejó el brazo muerto y, con la otra mano, pegó una lámina en la frente de Seivarden.

—No siento lástima por ti —le dijo en radchaai—. Simplemente, soy médico.

Seivarden la miró con una inexplicable expresión de horror.

—Suéltame —le ordenó Strigan.

—Seivarden, suéltala y túmbate —le ordené yo con severidad.

Ella miró fijamente a Strigan durante un par de segundos más y luego nos obedeció.

—No pienso adoptarlo como paciente —me explicó Strigan mientras la respiración de Seivarden se volvía más lenta y sus músculos se relajaban—. Le he aplicado primeros auxilios solo porque no quiero que sufra un ataque de pánico y rompa todas mis cosas.

—Ahora me acostaré —anuncié yo—. Podemos seguir hablando por la mañana.

—Ya es por la mañana —replicó ella, pero no puso más objeciones.

No sería tan estúpida como para registrarme mientras dormía. Ya debía de saber lo peligroso que sería eso. Y tampoco me dispararía, aunque sería una forma simple y efectiva de librarse de mí. Dormida sería un blanco fácil para una bala, a menos que activara mi armadura antes de acostarme y durmiera con ella en activo; pero no era necesario. Strigan no me mataría, al menos hasta que obtuviera respuestas a sus muchas preguntas; incluso entonces, seguramente no lo haría. Yo era un enigma demasiado intrigante para ella.

Cuando me desperté, Strigan no estaba en la habitación principal, pero la puerta del dormitorio estaba cerrada y deduje que o dormía o quería estar sola. Seivarden estaba despierta y me miraba fijamente. Se la veía inquieta y se frotaba los brazos y los hombros. Una semana antes, yo había tenido que impedir que se rascara los brazos hasta dejárselos en carne viva. Había mejorado mucho.

La caja del dinero estaba donde Strigan la había dejado. Lo conté. No faltaba nada. Lo guardé y cerré el cerrojo de la bolsa mientras reflexionaba sobre cuál sería mi siguiente paso.

—Ciudadana, el desayuno —le indiqué a Seivarden con brusquedad y en tono autoritario.

—¿Qué?

Se quedó tan sorprendida que incluso dejó de moverse durante un instante. Yo torcí la boca levemente.

—¿Le pido a la doctora que compruebe cómo estás del oído?

El instrumento de cuerda estaba a mi lado, donde lo había dejado la noche anterior. Lo tomé y toqué una quinta.

—El desayuno —repetí.

—No soy tu sirvienta —protestó ella indignada.

Puse un tono de voz ligeramente más despectivo.

—¿Entonces, qué eres?

Se quedó paralizada. Su expresión reflejaba visiblemente la rabia que sentía. A continuación, de una forma todavía más patente, se debatió por dentro mientras intentaba encontrar la mejor forma de contestarme, pero, en aquel momento, le resultaba demasiado difícil responder a mi pregunta. Por lo visto, su confianza en su superioridad estaba demasiado magullada para pensar en ello y no fue capaz de encontrar una respuesta.

Me incliné sobre el instrumento y empecé a puntear una melodía. Supuse que Seivarden se sentaría donde estaba con actitud huraña hasta que el hambre la obligara a prepararse su propio desayuno; o hasta que con efecto retardado encontrara una respuesta. Me di cuenta de que yo medio esperaba que me contestara bruscamente para poder contraatacarla, pero quizá todavía estaba bajo los efectos de lo que Strigan le había aplicado por la noche, porque no lo hizo.

La puerta del dormitorio de Strigan se abrió y salió a la habitación principal. Se detuvo, cruzó los brazos y arqueó una ceja. Seivarden la ignoró. Ninguna de las tres dijo nada y, al cabo de cinco segundos, Strigan se volvió, se dirigió con pasos largos a la cocina y abrió un armario.

Estaba vacío, como yo ya sabía desde la tarde del día anterior.

—Habéis acabado con todo, Breq del Gerentate —comentó Strigan sin rencor, casi como si lo encontrara divertido.

No corríamos peligro de morirnos de hambre. En aquel lugar, incluso en verano, el exterior funcionaba como un enorme congelador y el edificio del almacén, que carecía de calefacción, estaba lleno de provisiones. Solo teníamos que ir a buscar lo necesario y descongelarlo.

—Seivarden, trae algo de comida del cobertizo —le ordené con el tono de voz desdeñoso que le había oído utilizar en otros tiempos.

Ella permaneció inmóvil pero, al final, parpadeó y reaccionó.

—¿Quién mierda te crees que eres?

—Vigila esa lengua, ciudadana —le reprendí—. Yo podría formularte la misma pregunta.

—Tú... Tú, miserable ignorante. —La repentina intensidad de su rabia provocó que estuviera a punto de echarse a llorar—. ¿Crees que eres mejor que yo? ¡Si ni siquiera puedes considerarte humana!

No lo dijo porque yo fuera una auxiliar. Estaba prácticamente segura de que todavía no se había dado cuenta. Lo dijo porque yo no era una radchaai y, quizá, porque podía tener implantes que eran habituales en algunos lugares fuera del espacio del

Radch y eso, a los ojos radchaai, ponía en tela de juicio mi humanidad.

—A mí no me criaron para ser tu sirviente —añadió Seivarden.

Yo puedo moverme muy muy deprisa. Antes de darme cuenta de que quería moverme, me había puesto de pie y había llevado el brazo hacia atrás. Durante una brevísima fracción de segundo pude haberme controlado, pero ya no estaba para eso y lancé el puño contra la cara de Seivarden a tal velocidad que ni siquiera tuvo tiempo de sorprenderse.

Cayó de espaldas sobre el camastro mientras la sangre brotaba de su nariz y se quedó inmóvil.

—¿Está muerto? —preguntó Strigan con cierta curiosidad desde la cocina.

Yo hice un gesto ambiguo.

—La doctora es usted.

Se acercó a observar a Seivarden, que estaba inconsciente y sangraba.

—No está muerto —anunció—. Aunque me gustaría asegurarme de que el golpe no le ha producido lesiones mayores.

Yo me encogí de hombros con resignación.

—Sea lo que sea, será la voluntad de Amaat —afirmé.

Me puse el abrigo y salí a buscar comida.

6

En Shis'urna, en Ors, la Justicia de Ente Issa Siete que había acompañado a la teniente Skaaiat a la casa de Jen Shinnan estaba sentada conmigo en la planta inferior de la casa de la teniente Awn. Además de la designación de su función, tenía un nombre por el que yo nunca la había llamado, si bien lo conocía. Incluso la teniente Skaaiat se dirigía a veces a las soldados humanas que estaban bajo su mando como Issa Siete o por el número de su segmento.

Saqué un tablero y las correspondientes fichas y jugamos, en silencio, dos partidas.

—¿Puedes dejarme ganar alguna vez? —me preguntó cuando terminamos la segunda.

Antes de que pudiera responderle, oímos un golpe violento en la planta superior y ella sonrió abiertamente.

—¡Vaya, por lo visto, la teniente Rígida puede soltarse!

Me lanzó una mirada de complicidad. Su broma se debía al contraste entre la habitual y meticulosa formalidad de la teniente Awn y lo que, obviamente, estaba ocurriendo entre ella y la teniente Skaaiat; pero enseguida borró la sonrisa.

—Lo siento, no pretendía ofender a nadie, es solo que, nosotras...

—Lo sé —repuse—. No me has ofendido.

Issa Siete frunció el ceño y realizó un gesto torpe y dubitativo con su enguantada mano izquierda, la misma con la que sujetaba media docena de fichas.

—Las naves tenéis sentimientos —afirmó.

—Sí, por supuesto, pero ya te he dicho que no me has ofendido.

Sin sentimientos, incluso las decisiones más insignificantes se convierten en terribles intentos de comparar una interminable serie de alternativas sin consecuencia. Resulta mucho más fácil valorarlas con la ayuda de las emociones.

Issa Siete contempló el tablero y dejó caer las fichas en uno de los huecos. Se quedó mirándolas durante un instante y luego levantó la vista.

—Se oyen rumores acerca de las naves y las personas por las que sienten simpatía. Juraría que tu cara siempre es inexpresiva, pero...

Ajusté los músculos de la cara a fin de esbozar una sonrisa, una expresión que había visto muchas veces.

Issa Siete se estremeció.

—¡No hagas eso! —exclamó indignada pero en susurros para que las tenientes no la oyeran.

No es que la sonrisa me hubiera salido mal. Yo sabía que no. Lo que les inquietaba a algunas de las Issa Siete era el repentino cambio de mi habitual inexpresividad a algo humano. Borré la sonrisa de mi cara.

—¡Por las tetas de Aatr! —juró Issa Siete—. Cuando haces eso es como si estuvieras poseída o algo así. —Sacudió la cabeza, recogió las fichas y las distribuyó en el tablero—. Está bien, ya veo que no quieres hablar de ello. Juguemos otra partida.

La noche siguió avanzando. Las conversaciones de las vecinas se fueron volviendo insulsas y apagadas y, a medida que la gente tomaba en brazos a las niñas dormidas y las llevaba a la cama, se apagaban definitivamente.

Denz Ay llegó cuatro horas antes del amanecer. Subí a su barca sin decir una palabra. Ella no me saludó ni tampoco su hija, que estaba sentada en popa. Poco a poco y casi sin producir el menor ruido, nos deslizamos por el agua y nos alejamos de la casa.

En el templo continuaba la vigilia y las oraciones de las sacerdotisas se oían en la plaza en forma de murmullos intermitentes. Las calles, las de arriba y las de abajo, estaban silenciosas. Solo se oían los sonidos de mis pasos y del agua. La ciudad estaba a oscuras salvo por las estrellas que brillaban en el cielo, las luces intermitentes de las balizas que delimitaban las zonas prohibidas y la luz que procedía del templo de Ikkt. La Issa Siete que nos había acompañado a la casa de la teniente Awn dormía en un camastro sobre el suelo. La teniente Awn y la teniente Skaaiat estaban juntas en la planta superior, tumbadas y a punto de dormirse.

No había nadie más en el lago aparte de nosotras. En el fondo de la barca vi un cabo, redes, respiradores y una cesta redonda con tapa atada a un ancla. La hija me vio y empujó la cesta debajo de su asiento con el pie, como si no le importara. Aparté la vista y miré hacia las parpadeantes balizas sin decir nada. El hecho de que creyeran, erróneamente, que podían ocultar o manipular la información de sus rastreadores era útil, aunque nadie se lo creyera.

Nada más cruzar el límite de las balizas, la hija de Denz Ay se puso un respirador en la boca y se deslizó por la borda con un cabo en la mano. El lago no era especialmente profundo y menos en aquella época del año. Momentos después, emergió, subió a bordo y tiramos del cajón, lo que constituyó una tarea relativamente fácil hasta que alcanzó la superficie; entre las tres conseguimos subirlo a la barca sin que entrara en ella demasiada agua.

Limpié el barro de la tapa. El cajón era de fabricación radchaai, aunque esto, en sí mismo, no era especialmente alarmante. Encontré el cierre y lo abrí. Las armas que contenía eran largas, de líneas elegantes y aspecto mortífero; del tipo que utilizaban las tropas tanminds antes de la anexión. Yo sabía que todas tendrían un número identificativo y los números de todas las armas que habíamos confiscado estaban registrados, de modo que podía consultar el inventario y determinar, con bastante celeridad, si aquellas eran armas confiscadas o habían escapado a nuestro control. Si eran confiscadas, aquella situación se volvería mucho más complicada de lo que parecía; y de entrada ya era complicada.

La teniente Awn estaba en la fase uno del sueño paradójico y parecía que la teniente Skaaiat también. Podía consultar el inventario de las armas por mi cuenta. Sin duda, eso era lo que debería hacer. Pero no lo hice; en parte porque, justo el día anterior, me acordé de las autoridades corruptas de Ime, del mal uso que hicieron de los códigos de acceso a la IA de la estación, del abuso de poder más espantoso, algo que cualquier ciudadana habría considerado imposible. Aquel simple recuerdo fue suficiente para volverme cautelosa. Además, como Denz Ay había informado a la teniente Awn de que antes las habitantes de la Ciudad Alta colocaban pruebas falsas, y dado que en la cena en la casa de Jen Shinnan se había puesto de manifiesto el rencor que sentían en la Ciudad Alta por las habitantes de la Ciudad Baja, yo era consciente de que algo no iba bien. Si consultaba información sobre las armas confiscadas, nadie de la Ciudad Alta se enteraría, pero ¿y si había alguien más implicado?, ¿alguien que hubiera establecido alarmas para controlar si se formulaban ciertas preguntas en determinados lugares? Denz Ay y su hija estaban sentadas en la barca, en silencio, aparentemente despreocupadas, sin mostrar un interés especial por estar en otra parte o hacer otra cosa.

Al cabo de unos instantes, contaba con la atención de la *Justicia de Toren*. Yo, no yo Esk Una, sino yo *Justicia de Toren*, cuyas tropas de miles de auxiliares habían estado en el planeta durante la anexión, había visto muchas de aquellas armas confiscadas. Si no podía consultar un inventario oficial sin alertar a las autoridades sobre el hecho de que había encontrado aquel alijo, al menos podía consultar mi memoria para averiguar si alguna de aquellas armas había pasado por delante de mi vista. Y sí que lo habían hecho.

Entré en la habitación donde la teniente Awn dormía y apoyé una mano en su hombro desnudo.

—Teniente —la llamé suavemente.

En la barca, cerré la caja con un golpe sordo y dije:

—Volvamos a la ciudad.

La teniente Awn se despertó sobresaltada.

—No estoy durmiendo —señaló con voz somnolienta.

En la barca, Denz Ay y su hija tomaron los remos y emprendieron el regreso.

—Las armas habían sido confiscadas —le informé a la teniente Awn mientras seguía hablándole en voz baja. No quería despertar a la teniente Skaaiat ni que nadie más me oyera—. He reconocido los números de serie —añadí.

La teniente Awn me miró durante unos instantes con expresión aturdida y sin comprender. Luego vi que lo comprendía.

—Pero... —Se despertó del todo y se volvió hacia la teniente Skaaiat—. Despierta, Skaaiat. Tengo un problema.

Llevé las armas a la planta superior de la casa de la teniente Awn. La Issa Siete ni siquiera se movió cuando pasé por su lado.

—¿Estás segura? —me preguntó la teniente Skaaiat mientras se arrodillaba junto al cajón.

Estaba desnuda salvo por los guantes y sostenía un tazón de té en la mano.

—Las confisqué yo misma —respondí—. Me acuerdo de ellas.

Todas hablábamos en voz muy baja para que nadie del exterior nos oyera.

—Entonces las habríamos destruido —arguyó la teniente Skaaiat.

—Es obvio que no las destruimos —señaló la teniente Awn. Y después de un breve silencio añadió—: ¡Mierda! Esto no es bueno.

Yo la reprendí, en silencio: «¡Esa boca, teniente!»

La teniente Skaaiat soltó una breve y silenciosa risa que no reflejaba diversión.

—Eso por decirlo suavemente. —Frunció el ceño—. Pero ¿por qué? ¿Por qué alguien haría algo así?

—¿Y cómo? —preguntó la teniente Awn. Parecía haber olvidado su té, que estaba en un tazón en el suelo, junto a ella—. Las escondieron allí sin que las viéramos.

Yo había consultado los registros de los últimos treinta días y no había descubierto nada que no supiera. Estaba segura de que absolutamente nadie había ido a aquella zona del lago aparte de

Denz Ay y su hija, quienes solo lo habían hecho treinta días antes y la noche que descubrieron el alijo.

—Si cuentas con los códigos de acceso adecuados, el cómo es la parte fácil —reflexionó la teniente Skaaiat—. Lo cual nos indica algo. No se trata de alguien que disponga de accesos de alto nivel a la nave *Justicia de Toren*, si no se habría asegurado de que la *Justicia de Toren* no se acordara de las armas. O de que, al menos, no pudiera decir que se acordaba de ellas.

—O puede que esa persona no pensara en ese detalle —sugirió la teniente Awn. Estaba intrigada y empezaba a estar asustada—. O quizás eso forme parte del plan. Pero entonces volvemos al porqué, ¿no? En realidad, el cómo no importa mucho, al menos en este momento.

La teniente Skaaiat me miró.

—Háblame del problema que tuvo la sobrina de Jen Taa en la Ciudad Baja.

La teniente Awn la miró con el ceño fruncido.

—Pero...

La teniente Skaaiat le indicó que guardara silencio con un gesto.

—No hubo ningún problema —contesté yo—. Estuvo sentada sola mientras lanzaba piedras al canal Templo de Proa. Compró té en una tienda que había detrás del templo, pero aparte de eso nadie habló con ella.

—¿Estás segura? —me preguntó la teniente Awn.

—Estuvo en mi visión durante todo el tiempo.

Y me encargaría de que lo estuviera en las futuras visitas que realizara a la Ciudad Baja, pero eso no era necesario decirlo.

Las dos tenientes guardaron silencio durante un instante. La teniente Awn cerró los ojos y respiró hondo. Ahora estaba asustada de verdad.

—Nos han mentido —declaró sin abrir los ojos—. Buscan una excusa para acusar a alguien de la Ciudad Baja.

—Sedición —anunció la teniente Skaaiat. Se acordó del té y bebió un sorbo—. Y son arrogantes. Eso es evidente.

—Sí, ya lo he notado —confirmó la teniente Awn. Se le había escapado su acento vulgar y no se había dado cuenta—. Pero

¿por qué demonios querría ayudarlas alguien que cuenta con el tipo de accesos necesarios para esto? —preguntó mientras señalaba el cajón de las armas.

—Yo diría que esa es la cuestión —contestó la teniente Skaaiat.

Guardaron silencio durante varios segundos.

—¿Qué vas a hacer? —preguntó la teniente Skaaiat.

La pregunta alteró a la teniente Awn que seguro que se preguntaba lo mismo. Levantó la mirada hacia mí.

—Me pregunto si hay más armas.

—Puedo pedirle a Denz Ay que me lleve allí otra vez —contesté.

La teniente Awn realizó un gesto afirmativo.

—Escribiré el informe, pero todavía no lo enviaré. Esperaré hasta realizar nuevas investigaciones.

Todo lo que la teniente Awn dijo e hizo fue observado y registrado, pero como ocurría con los rastreadores que llevaban las habitantes de Ors, no siempre había alguien prestándoles atención.

La teniente Skaaiat soltó un leve silbido.

—Alguien podría estar tendiéndote una trampa, querida. —La teniente Awn la miró sin entender—. Como, por ejemplo, Jen Shinnan —continuó la teniente Skaaiat—. Quizá la he subestimado. O... ¿confías en Denz Ay?

—Si alguien quiere que me vaya, sin duda se trata de alguien de la Ciudad Alta —explicó la teniente Awn.

Yo estuve de acuerdo, pero no lo dije.

—En cualquier caso, esta no puede ser la causa —continuó la teniente Awn—. Si alguien que quisiera que me fuera pudiera hacer esto —señaló el cajón de las armas—, lo único que tendría que hacer es dar la orden. Y eso está fuera del alcance de Jen Shinnan.

El recuerdo no expresado de las últimas noticias de Ime, el hecho de que la persona que había revelado la corrupción estaba condenada a muerte y que probablemente ya había sido ejecutada, estaba detrás de cada palabra de la teniente Awn.

—Ninguna ciudadana de Ors puede haber hecho algo así —continuó la teniente Awn—. No sin...

«No sin la ayuda de alguien de un rango muy elevado», habría dicho, pero dejó que la frase se desvaneciera antes de terminarla.

—Es verdad —reflexionó la teniente Skaaiat. Comprendía el razonamiento de la teniente Awn—. Así que se trata de alguien de alto nivel. ¿Quién podría salir beneficiada?

—La sobrina —dijo la teniente Awn angustiada.

—¿La sobrina de Jen Taa saldría beneficiada? —preguntó intrigada la teniente Skaaiat.

—No, no. Lo que digo es que ellas denuncian que a la sobrina la han insultado o agredido, pero yo no hago nada al respecto. Yo digo que no le ha sucedido nada.

—Porque no le sucedió nada —apostilló la teniente Skaaiat.

Parecía que una idea empezaba a tomar forma en su mente, pero seguía intrigada.

—No pueden obtener justicia de mí, así que vienen a la Ciudad Baja para hacer justicia ellas mismas. Es lo que ocurría antes de que llegáramos.

—Y después encuentran las armas —continuó la teniente Skaaiat—. O incluso durante el ataque. O... —Sacudió la cabeza—. No todo encaja. Supongamos que tienes razón, pero, aun así, ¿quién sale beneficiada? Si causan problemas, las tanminds no saldrían beneficiadas. Pueden acusar a las orsianas de lo que quieran, pero, aunque encontraran las armas en el lago, si hubieran provocado disturbios, serían enviadas a reeducación.

La teniente Awn hizo un gesto dubitativo.

—La persona que ha podido esconder las armas en el lago sin que la hayamos visto también será capaz de mantener a salvo a las tanminds o de convencerlas de que podrá.

—¡Ya! —La teniente Skaaiat lo comprendió enseguida—. Esa persona podría alegar circunstancias atenuantes y conseguir que les impusieran una simple multa. Sí, es posible. Tiene que ser alguien de rango superior. La situación es muy peligrosa. Pero ¿por qué?

La teniente Awn me miró.

—Ve a ver a la suma sacerdotisa y pídele un favor. Dile de mi parte que, aunque no sea la estación de las lluvias, emplace a alguien junto a la alarma de tormenta.

La alarma, que consistía en una sirena atronadora, estaba situada encima de las dependencias de la suma sacerdotisa en el templo. Si se disparaba, activaría las persianas que tenían la mayoría de los edificios de la Ciudad Baja como protección frente a las tormentas y sin duda despertaría a las habitantes de los que no tuvieran esa protección automatizada.

—Y pídele que esté preparada para dispararla cuando yo se lo indique —añadió la teniente Awn.

—Excelente —dijo la teniente Skaaiat—. Al menos así las turbas tendrán que esforzarse para acceder al interior de las casas. Y después, ¿qué?

—Quizá no pase nada —comentó la teniente Awn—. Ocurra lo que ocurra, tendremos que actuar sobre la marcha.

A la mañana siguiente recibimos la noticia de que Anaander Mianaai, Lord del Radch, nos visitaría en algún momento durante los próximos días.

Anaander Mianaai había gobernado de forma absolutista el espacio radchaai durante tres mil años. Residía en los trece palacios provinciales del imperio y estaba presente en todas las anexiones. Podía hacerlo porque contaba con miles de cuerpos, todos genéticamente idénticos, todos conectados unos con otros. Todavía estaba en el sistema de Shis'urna, una parte de ella en la *Espada de Amaat*, la nave insignia de aquella anexión, y otra, en la estación Shis'urna. Era ella quien dictaba las leyes radchaais y quien decidía sobre las excepciones a dichas leyes. Era la comandante en jefe de las militares, la cabeza de la Iglesia de Amaat, la persona de la que, en última instancia, eran clientes todas las casas radchaais.

Y se presentaría en Ors, en un momento indeterminado de los días siguientes. En realidad, resultaba un poco extraño que no hubiera visitado Ors antes. Aunque se trataba de una ciudad pequeña y las orsianas habían perdido su anterior gloria, la peregrinación anual hacía que aquella ciudad fuera un lugar relativamente importante. Lo bastante para que las oficiales procedentes de familias de posición e influencia más elevadas que la de la teniente Awn hubieran deseado su puesto y hubieran intentado arrebatárselo, insistentemente, a pesar de la pertinaz resistencia de la Divina de Ikkt.

Por lo tanto, la visita de Anaander Mianaai no era, en sí misma, inesperada, aunque el momento resultaba extraño. Faltaban dos semanas para el inicio de la peregrinación, cuando cientos de miles de orsianas y turistas visitarían la ciudad. Durante la peregrinación, la presencia de Anaander Mianaai resultaría extremadamente visible y constituiría una oportunidad para impresionar a muchas adoradoras de Ikkt. Sin embargo, Anaander Mianaai se presentaba justo antes de esa fecha. Y, por supuesto, resultaba imposible no darse cuenta de la curiosa coincidencia entre su llegada y el descubrimiento de las armas.

Quien hubiera escondido las armas actuaba o a favor o en contra de los intereses de la Lord del Radch. Ella era, lógicamente, la persona idónea para desvelarlo y pedirle instrucciones, y el hecho de que acudiera a Ors en persona resultaba sumamente conveniente: representaba la oportunidad de explicarle la situación sin que nadie pudiera interceptar el mensaje, lo que podría malograr la trama que se suponía que la beneficiaría o bien podía alertar a la posible conspiradora de que su plan había sido descubierto, lo que dificultaría su arresto. Solo por eso, y a pesar de que durante los días siguientes y mientras Anaander Mianaai estuviera en la ciudad tendría que vestir el uniforme, la teniente Awn se sintió aliviada al oír la noticia de su visita.

Mientras tanto, yo prestaba más atención a las conversaciones que se mantenían en la Ciudad Alta, lo que resultaba más difícil que en la baja, porque allí las casas tenían paredes y, lógicamente, cualquier tanmind que estuviera implicada en la trama mantendría la boca cerrada si sabía que yo estaba cerca. Además, nadie sería tan insensata como para mantener la conversación que yo pretendía oír de otro modo que no fuera en persona y en privado. Asimismo vigilaba a la sobrina de Jen Taa, al menos tan bien como podía porque después de la cena no volvió a salir de la casa de Jen Shinnan, aunque yo podía ver los datos de su rastreador.

Fui al lago dos noches más con Denz Ay y su hija y encontramos otros dos cajones de armas, pero tampoco pude determinar quién los había dejado allí o cuándo. Sin embargo, las informaciones indirectas de Denz Ay, que tenía buen cuidado de no implicar a las pescadoras, de las que yo sabía que solían pescar en aquella zona, indicaban que debían de haberlas escondido allí en algún momento durante el último o los dos últimos meses.

—Me alegraré cuando llegue Anaander Mianaai —me confesó la teniente Awn en voz baja una noche a altas horas—. No creo que deba ser yo quien se encargue de este asunto.

Durante aquellos días, me fijé en que nadie, salvo Denz Ay, salió a pescar de noche y en la Ciudad Baja nadie se sentó o se tumbó debajo de las persianas a pesar de que unos sensores las detenían si alguien estaba debajo. Esta precaución constituía un hábito durante la estación de las lluvias, pero no durante la seca.

La Lord del Radch llegó al medio día, a pie, una sola de ellas. Atravesó la Ciudad Alta y se dirigió directamente al templo de Ikkt. No dejó ningún rastro en los registros de los rastreadores. Era vieja, de pelo canoso, hombros anchos y ligeramente encorvados, y la piel casi negra de su cara estaba surcada de arrugas, lo que explicaba que fuera sin escolta. La pérdida de un cuerpo que estaba más o menos cercano a la muerte no era gran cosa. Utilizar cuerpos viejos permitía a la Lord del Radch desplazarse sin protección, sin guardias, sin asumir, por ello, un gran riesgo. No iba vestida con la chaqueta enjoyada y los pantalones de las radchaais, ni tampoco con el mono o los pantalones y la camisa que solían vestir las tanminds de Shis'urna, sino con un pareo y el torso desnudo, como las orsianas.

En cuanto la vi, le mandé un mensaje a la teniente Awn, quien acudió al templo tan pronto como pudo. Llegó cuando la suma sacerdotisa se postraba delante de la Lord del Radch, en la plaza. La teniente Awn titubeó. La mayoría de las radchaais nunca llegaban a ver en persona a Anaander Mianaai. Ella, por supuesto, siempre estaba presente durante las anexiones, pero la proporción entre el número de tropas y el número de cuerpos de la Lord del Radch que enviaba hacía que fuera poco probable tropezarse con ella por casualidad. Cualquier ciudadana puede viajar a uno de los palacios provinciales y pedir una audiencia para presentar una solicitud, apelar una sentencia en un caso legal o cualquier otra razón, pero, en tales casos, a una ciudadana corriente se la instruye de antemano sobre cómo comportarse. Quizás alguien como la teniente Skaaiat sabía cómo llamar la atención de Anaander Mianaai sin quebrantar el protocolo, pero la teniente Awn no lo sabía.

—Milord —dijo la teniente Awn con el corazón acelerado a causa del miedo y se arrodilló. Anaander Mianaai se volvió hacia ella y arqueó una ceja—. Suplico el perdón de milord —continuó la teniente Awn. Estaba un poco mareada, quizá por el peso del uniforme y el calor o por los nervios—. Debo hablaros.

La ceja de Anaander Mianaai se arqueó todavía más.

—Usted es la teniente Awn, ¿no?

—Sí, milord.

—Esta noche asistiré a la vigilia en el templo de Ikkt. Hablaré con usted por la mañana.

La teniente Awn tardó unos segundos en asimilar la respuesta.

—Os pido solo un segundo, milord. No creo que dejarlo para mañana sea buena idea.

La Lord del Radch ladeó la cabeza de forma inquisitiva.

—Creía que tenía usted esta zona bajo control.

—Sí, milord, es solo que... —La teniente Awn se interrumpió. Era presa del pánico y, durante un instante, se quedó sin habla—. En estos momentos las relaciones entre la Ciudad Alta y la Ciudad Baja... —Volvió a quedarse sin habla.

—Ocúpese usted de su trabajo y yo me ocuparé del mío —replicó Anaander Mianaai.

A continuación, le dio la espalda a la teniente Awn, lo que constituyó un desaire público. De hecho, se trató de un desaire inexplicable, porque no había ninguna razón por la que la Lord del Radch no pudiera hablar durante unos segundos con la oficial que estaba al mando de la seguridad local. Además, la teniente Awn no había hecho nada para merecer semejante desprecio.

Al principio, pensé que esta era la única causa del nerviosismo que leía en los datos de la teniente Awn. En realidad, daba lo mismo que le comunicara el hallazgo de las armas en aquel momento o por la mañana y no parecía haber ningún otro problema. Sin embargo, a medida que la Lord del Radch recorría la Ciudad Alta, la noticia de su presencia se extendió, como era lógico, y las residentes de la Ciudad Alta empezaron a reunirse en la orilla norte del canal Templo de Proa. Desde allí, contemplaron el encuentro, frente al templo de Ikkt, de la Divina con la Lord del Radch, que iba vestida como una orsiana. Oí los murmullos de las tanminds y me di cuenta de que, en aquel momento, las armas eran, solo, una cuestión secundaria.

Las residentes tanminds de la Ciudad Alta eran ricas, estaban bien alimentadas y eran las propietarias de tiendas, granjas y huertos de tamarindos. Incluso durante los precarios meses siguientes a la anexión, cuando los suministros eran escasos y la comida cara, habían podido alimentar bien a sus familias. Cuando, unos días antes, Jen Shinnan dijo que nadie se había muerto de hambre, es posible que creyera que era verdad. Ni ella ni ninguna de las personas de su círculo más próximo había pasado hambre porque todas eran tanminds adineradas. Por mucho que se quejaran, habían superado la anexión con una comodidad relativa, sus hijas obtuvieron buenos resultados en las aptitudes y, como había dicho la teniente Skaaiat, seguirían obteniéndolos.

Sin embargo, cuando esas mismas personas vieron a la Lord del Radch atravesar la Ciudad Alta para dirigirse, directamente, al templo de Ikkt, consideraron que ese gesto de respeto hacia las orsianas constituía un insulto calculado hacia ellas. Se reflejaba claramente en sus caras y en sus exclamaciones de indignación. Yo no lo había previsto. Quizá la Lord del Radch no lo había previsto. Pero la teniente Awn cuando vio a la Divina postrada frente a la Lord del Radch, se dio cuenta de lo que podía ocurrir.

Abandoné la plaza y algunas de las calles de la Ciudad Alta y me dirigí, media docena de yos, al lugar donde las tanminds se habían congregado. No saqué ningún arma ni proferí ninguna amenaza, simplemente, susurré a quienes estaban cerca:

—Volved a casa, ciudadanas.

La mayoría de ellas se marcharon y, aunque la expresión de sus caras no era exactamente amable, no presentaron objeciones. Otras tardaron más en irse, quizá para poner a prueba mi autoridad, aunque tampoco tardaron mucho tiempo. Todas las personas que habrían tenido el valor de enfrentarse a mí habían muerto durante los cinco años anteriores o habían aprendido a controlar esos impulsos suicidas.

La Divina se levantó para acompañar a Anaander Mianaai al interior del templo y lanzó una mirada inescrutable a la teniente Awn, que seguía arrodillada en las losas de la plaza. La Lord del Radch ni siquiera la miró.

7

—Y, además, está el tratado con los presgeres —alegó Strigan mientras comíamos y al final de una larga lista de quejas contra los radchaais.

Seivarden estaba tumbada e inmóvil, tenía los ojos cerrados y respiraba acompasadamente. La parte delantera de su abrigo estaba salpicada de sangre y la que tenía en el labio y la barbilla se había secado. Un correctivo le cubría la nariz y la frente.

—¿Está en contra del tratado? —le pregunté a Strigan—. ¿Preferiría que los presgeres fueran libres de hacer lo que quisieran como han hecho siempre?

A las presgeres no les importaba si una especie era sensible, consciente o inteligente. La palabra que utilizaban como referente, o en realidad el concepto porque, según tenía entendido, no hablaban con palabras, en general se traducía por *relevancia*; y solo las presgeres eran relevantes. El resto de los seres eran de su propiedad, sus presas y juguetes legítimos. En general, ignoraban a los seres humanos, pero a algunas les divertía detener naves y hacerlas pedazos; las naves y todo lo que viajaba en ellas.

—Preferiría que el Radch no hiciera promesas vinculantes en nombre de toda la humanidad —respondió Strigan—. Preferiría que no estableciera políticas para todos los gobiernos humanos y, a continuación, nos dijera que debemos estarle agradecidos.

—Los presgeres no hacen distinciones; era o todo el mundo o nadie.

—Lo único que ha hecho el Radch es desarrollar otra manera de ejercer el control; esta le resulta más fácil y barata que la conquista directa.

—Quizá le sorprendería saber que a algunos radchaais de elevado rango les disgusta el tratado tanto como a usted.

Strigan arqueó una ceja y dejó sobre la mesa la taza de apestosa leche fermentada.

—Dudo que simpatizara con alguno de esos radchaais de alto rango —comentó con un tono de voz amargo y ligeramente sarcástico.

—No, no creo que le cayeran muy bien —respondí yo—. Seguramente, no le serían útiles.

Ella parpadeó repetidas veces y me miró fijamente, como si intentara leer algo en mi expresión. Luego sacudió la cabeza e hizo un ademán desdeñoso.

—¡Seguro que no!

—Cuando se es responsable del orden y la civilización en el universo no hay que rebajarse a negociar; sobre todo con seres no humanos. —Lo que incluía bastantes personas que se consideraban humanas, pero esa era una cuestión que sería mejor no tratar en aquel momento—. ¿Por qué firmar un tratado con un enemigo tan implacable? Sería mejor destruirlo y acabar con el problema.

—¿Tú podrías hacer algo así? —me preguntó Strigan con incredulidad—. ¿Podrías haber destruido a los presgeres?

—No.

Ella cruzó los brazos y se reclinó en el asiento.

—¿Entonces para qué discutir?

—Creía que era obvio —respondí yo—. A algunas personas les cuesta admitir que el Radch pueda equivocarse o que su poder tenga límites.

Strigan miró hacia Seivarden.

—Esto no conduce a nada. ¿Para qué discutir? No hay debate posible.

—Claro, usted es la experta —afirmé yo.

—¡Oh, oh! —exclamó ella enderezándose—. Te he hecho enfadar.

Yo estaba convencida de que no había cambiado la expresión de mi cara.

—No creo que usted haya estado alguna vez en el Radch. No creo que conozca a muchos radchaais personalmente o que los conozca bien. Usted lo analiza todo desde el exterior y lo único que ve es conformismo y lavados de cerebro. Filas y filas de soldados idénticos con armaduras plateadas, sin voluntad ni mente propias. Es verdad que incluso el radchaai más humilde se considera infinitamente superior a cualquier no ciudadano. Lo que las personas como Seivarden piensan de ellas mismas es insoportable. —Strigan resopló sarcástica—. Pero son personas y tienen opiniones diferentes sobre las distintas cuestiones.

—Sí, pero sus opiniones no tienen valor. Anaander Mianaai establece cómo tienen que ser las cosas y así es como son.

Yo estaba convencida de que esta cuestión era más complicada de lo que ella creía.

—Sí, pero esto no hace más que aumentar la frustración que sienten. ¡Imagíneselo! Imagínese lo que es que el propósito de su vida sea conquistar otros mundos y expandir el espacio radchaai. Lo único que usted percibe es muerte y destrucción a una escala inimaginable, pero lo que ven los radchaais es la expansión de la civilización, la expansión de la justicia y la corrección y un beneficio para todo el universo. La muerte y la destrucción son los efectos secundarios e inevitables de este bien único y supremo.

—La verdad es que no estoy muy de acuerdo con ese punto de vista.

—Y yo no le pido que lo haga. Solo le pido que se detenga y observe durante un instante. Imagínese que no solo su vida, sino también las vidas de todos los de su casa y las de sus antepasados durante mil años o más han servido a ese fin, a esa idea. Es la voluntad de Amaat. Dios lo desea. El universo mismo lo desea. Entonces, un día, alguien le dice que estaba equivocada y, a partir de entonces, su vida nunca vuelve a ser como la había imaginado.

—Esto le sucede a la gente continuamente —repuso Strigan mientras se levantaba de la silla—. Con la diferencia de que la mayoría de nosotros no nos engañamos diciéndonos que nuestro destino es extraordinario.

—Esa diferencia es significativa —señalé yo.

—¿Y tú? —Strigan estaba detrás de la silla y sostenía la taza y el cuenco en las manos—. Estoy convencida de que eres radchaai. Cuando hablas radchaai, lo haces con acento del Gerentate. —Seguíamos hablando en su idioma nativo—. Pero ahora mismo, hablas prácticamente sin acento. Puede que se te den bien los idiomas; incluso diría que se te dan bien hasta un extremo inhumano. —Se interrumpió—. Sin embargo, la cuestión del género te delata. Solo un radchaai confundiría el género de las personas como tú lo haces.

Me había equivocado al deducir su género.

—No puedo ver debajo de su ropa. Y, aunque pudiera, eso no siempre es un indicador fiable.

Ella parpadeó y titubeó durante unos instantes, como si lo que yo acababa de decir no tuviera sentido para ella.

—Yo solía preguntarme cómo se reproducen los radchaais, dado que todos son del mismo género.

—No lo son. Y se reproducen como todo el mundo. —Strigan arqueó una ceja con escepticismo—. Van al médico para que les desactiven los implantes anticonceptivos —continué yo—. O utilizan una cubeta. O se operan para poder quedarse embarazados. O buscan una madre de alquiler.

Nada de esto era muy diferente de lo que solían hacer otros seres humanos, pero Strigan parecía un poco escandalizada.

—Es indudable que eres radchaai. Y también resulta evidente que estás muy familiarizada con el capitán Seivarden, pero no eres como él. Desde el principio me he preguntado si eras un auxiliar, pero no veo que tengas implantes. ¿Quién eres?

Tendría que observarme mucho más de cerca para encontrar pruebas de lo que era. A los ojos de un observador que no prestara mucha atención, yo tenía uno o dos implantes ópticos y de comunicación, el tipo de implantes que millones de personas llevaban por norma, ya fueran radchaai o no. Además, durante los últimos veinte años había descubierto formas de ocultar los indicios de mis implantes.

Recogí mis platos y me levanté.

—Yo soy Breq del Gerentate.

Strigan resopló con incredulidad.

Había adoptado esta identidad porque el Gerentate estaba lo bastante lejos de donde yo había estado durante los últimos diecinueve años como para que nadie se diera cuenta de los pequeños errores que pudiera cometer.

—Así que solo viajas por turismo —comentó Strigan con un tono de voz que dejaba claro que no me creía en absoluto.

—Exacto —corroboré.

—¿Entonces, qué interés tienes en...? —Señaló a Seivarden, que seguía dormida y respiraba lenta y regularmente—. ¿Para ti es solo un animal perdido que necesitaba que lo salvaran?

Yo no respondí. La verdad es que no conocía la respuesta.

—He conocido gente que recoge animales perdidos, pero no creo que tú seas de ese tipo. Hay algo..., algo frío en ti. Algo amenazante. Se te ve mucho más impasible que cualquier turista que haya conocido.

Además, le desconcertaba que supiera que ella tenía el arma cuya existencia se suponía que solo ella y Anaander Mianaai conocían. Pero no podía decirlo sin admitir que la tenía.

—Es absolutamente imposible que seas del Gerentate y viajes por turismo. ¿Qué eres en realidad?

—Si se lo dijera, le estropearía la diversión —contesté.

Strigan abrió la boca para decir algo, posiblemente y a juzgar por su expresión, algo no muy divertido, pero entonces sonó una alarma y anunció:

—Visitas.

Nos pusimos los abrigos y atravesamos las dos puertas. Vimos que un vehículo oruga había dejado un rastro blanco e irregular en la nieve cubierta de musgo y, finalmente, había derrapado hasta detenerse a escasos centímetros de mi nave.

La puerta se abrió y apareció una nilterana más baja que la mayoría de las que yo había visto hasta entonces. Iba envuelta en un abrigo escarlata con bordados de un color azul brillante y un amarillo estridente. El abrigo estaba cubierto de manchas oscuras de musgo y sangre. Se detuvo un instante y nos vio junto a la entrada de la casa.

—¡Doctor! —gritó—. ¡Ayúdeme!

Antes de que hubiera acabado de hablar, Strigan ya se dirigía, con pasos largos, hacia ella. Yo la seguí.

Al examinarla más de cerca, vi que se trataba de una niña de apenas catorce años. En el asiento del copiloto había una adulta despatarrada, inconsciente y con la ropa hecha jirones, hasta el punto de que en algunas partes la piel quedaba al descubierto. La ropa y el asiento estaban empapados de sangre. Le faltaba la pierna derecha por debajo de la rodilla y el pie izquierdo.

Entre las tres la trasladamos al interior de la casa y de allí a la enfermería.

—¿Qué ha ocurrido? —preguntó Strigan mientras separaba los fragmentos del abrigo empapados de sangre.

—Un demonio del hielo —respondió la niña—. ¡No lo vimos!

Los ojos se le llenaron de lágrimas, pero no las derramó. Tragó saliva con esfuerzo.

Strigan alabó los torniquetes provisionales que la niña había aplicado.

—Has hecho todo lo que has podido —le dijo, y señaló la puerta que daba al salón con la cabeza—. Ahora me encargo yo.

Salimos de la enfermería. Parecía que la niña ni siquiera era consciente de mi presencia ni de la de Seivarden, que seguía tumbada en el camastro. Permaneció en mitad de la habitación durante unos segundos, titubeante y casi paralizada. Luego se dejó caer en un banco.

Le llevé una taza de leche fermentada y ella se sobresaltó, como si yo hubiera surgido repentinamente de la nada.

—¿Estás herida? —le pregunté.

En esta ocasión, no me equivoqué de género, porque había oído a Strigan utilizar el pronombre femenino.

—Yo... —Se interrumpió y miró la taza de leche como si fuera a morderle—. No, no... Un poco.

Parecía estar a punto de desmayarse. Era posible que lo hiciera. Según los patrones radchaais, todavía era una niña, pero había visto a aquella adulta herida —¿una de sus progenitoras, una prima, una vecina?—, y había tenido la presencia de ánimo de prestarle primeros auxilios, subirla al vehículo oruga y llevarla hasta allí. No era de extrañar que estuviera a punto de derrumbarse.

—¿Qué le ha pasado al demonio del hielo? —le pregunté.

—No lo sé. —Miró la taza de leche, que todavía no había cogido de mi mano, y luego a mí—. Le di una patada. Lo apuñalé con mi cuchillo y se fue. No sé qué ha sido de él.

Tardé unos minutos en conseguir que me explicara todo lo ocurrido. Había dejado mensajes en el campamento de su familia, pero nadie estaba lo bastante cerca para ayudarlas o para llegar a tiempo. Mientras hablábamos, se fue recuperando, al menos un poco, lo suficiente para coger la taza de leche y bebérsela.

Al cabo de unos instantes, estaba sudando; se quitó los dos abrigos y los dejó en el banco. Después se sentó, callada e inquieta. A mí no se me ocurrió nada que pudiera tranquilizarla.

—¿Tú cantas? —le pregunté.

Ella se sobresaltó y parpadeó repetidas veces.

—No soy cantante —precisó.

El malentendido podía deberse a una cuestión cultural. No había prestado mucha atención a las costumbres de aquel mundo, pero estaba casi segura de que no había una división entre las canciones que cualquiera podía cantar y las que solo cantaban las profesionales, normalmente por razones religiosas. Al menos en las ciudades cercanas al ecuador. Pero quizás era diferente en aquella zona lejana del sur.

—Discúlpame —le dije—. Debo de haber utilizado la palabra equivocada. ¿Cómo llamas a lo que haces mientras trabajas, juegas o intentas dormir a un bebé? O solo...

—¡Ah! —Al comprenderme se le animó la expresión de la cara, pero solo durante un segundo—. ¡Te refieres a simples canciones!

Yo sonreí para alentarla, pero ella volvió a hundirse en el silencio.

—Intenta no preocuparte demasiado —la animé—. El doctor es muy bueno en lo que hace. Y, a veces, hay que dejar las cosas en manos de los dioses.

Se mordió el labio inferior.

—Yo no creo en los dioses —afirmó con vehemencia.

—Aun así, lo que tenga que ser, será.

Ella realizó un gesto mecánico de confirmación.

—¿Sabes jugar con fichas? —le pregunté.

Quizá podía enseñarme cómo funcionaba el juego del tablero de Strigan, aunque dudaba que fuera de Nilt.

—No.

Yo había agotado los pocos recursos que tenía para distraerla o divertirla. Después de diez minutos de silencio, dijo:

—Tengo un tiktik.

—¿Qué es un tiktik?

Abrió desmesuradamente los ojos en su redonda y pálida cara.

—¿Cómo puede ser que no sepas lo que es el tiktik? ¡Debes de proceder de un lugar muy lejano!

Afirmé, y ella respondió:

—Es un juego. En realidad, es un juego para niños.

El tono de su voz implicaba que ella no era una niña, pero preferí no preguntarle por qué llevaba consigo un juego de niños.

—¿En serio que nunca has jugado al tiktik?

—Nunca. En el lugar del que procedo, normalmente jugamos a las fichas, las cartas y los dados. Pero incluso estos juegos son diferentes en uno u otro lugar.

Pensó en mi respuesta durante unos segundos.

—Puedo enseñarte —propuso finalmente—. Es fácil.

Dos horas después, mientras tiraba un puñado de dados elaborados con diminutos huesos de vaca, la alarma sonó. La niña levantó la vista con sobresalto.

—Alguien viene —dije.

La puerta de la enfermería no se abrió. Strigan debía de estar ocupada.

—Quizás es mamá —aventuró la niña con voz ligeramente temblorosa por el alivio y la esperanza.

—Ojalá. Espero que no se trate de otro paciente. —Enseguida me di cuenta de que no debería haber apuntado esta posibilidad—. Iré a ver quién es.

Se trataba, indudablemente, de la madre de la niña, que bajó a toda prisa del aerodeslizador en el que había llegado y corrió hacia la casa a una velocidad que nunca creí posible en aquel terreno nevado. Pasó por mi lado sin dar señales de haberse percatado de mi existencia. Para ser nilterana era alta y, como siempre iban envueltas en abrigos, también parecía gorda. Sus facciones mostraban, claramente, la relación que tenía con la niña. Entró y yo la seguí. Al ver a la niña, que estaba de pie junto al tablero abandonado de tiktik, preguntó:

—Bueno, ¿qué ha pasado?

Una madre radchaai habría abrazado y besado a su hija y le habría dicho lo aliviada que se sentía al ver que estaba bien; quizás incluso habría llorado. Algunas radchaais habrían pensado que aquella madre era fría y poco afectuosa, pero yo estaba convencida de que se habrían equivocado. Madre e hija se sentaron en un banco, pegadas la una a la otra, mientras la niña le explicaba el ataque del demonio del hielo y lo que sabía del estado de la paciente. Cuando terminó, su madre le dio dos palmaditas rápidas y enérgicas en la rodilla. De repente, fue como si la niña, gracias a la imponente y reconfortante presencia de su madre y también a su aprobación, fuera diferente, más alta, más fuerte.

Les llevé dos tazas de leche fermentada y entonces la madre se fijó en mí, aunque pensé que no lo hacía porque yo le interesara especialmente.

—Usted no es el médico —afirmó.

Me di cuenta de que su hija seguía siendo el centro de su atención y de que su interés por mí solo consistía en determinar si era una ayuda o una amenaza.

—Yo estoy de visita —le expliqué—, pero el doctor está ocupado y he pensado que querrían tomar algo.

Ella desvió la mirada hacia Seivarden, que dormía como había hecho durante las últimas horas. El negro correctivo se agitaba en su frente y todavía tenía restos de moraduras alrededor de la boca y la nariz.

—Viene de muy lejos —explicó la niña—. ¡No sabía jugar al tiktik!

La vista de la madre se deslizó por los componentes del juego, que estaban en el suelo: los dados de hueso, el tablero y las fichas planas de piedra pintada que estaban situadas a medio camino del final de la partida. No dijo nada, pero su expresión cambió, aunque solo levemente. Asintió de forma casi imperceptible y tomó la leche que yo le ofrecía.

Veinte minutos después, Seivarden se despertó. Se quitó el correctivo negro de la frente, se frotó con fastidio el labio superior y se arrancó las costras medio despegadas de sangre seca. Contempló a las dos nilteranas que estaban sentadas, juntas y en silencio, en un banco cercano y que hacían ver que nos ignoraban a ella y a mí. Ni la madre ni la hija parecieron extrañarse de que no me acercara a Seivarden ni le dijera nada. Yo no sabía si ella se acordaba de la razón por la que le había pegado o siquiera de que lo hubiera hecho. A veces, un golpe en la cabeza afecta a la memoria de los instantes previos a él, pero ella debía de acordarse de algo o sospecharlo, porque en ningún momento me miró. Después de estar inquieta durante un rato, se levantó, fue a la cocina y abrió un armario. Contempló el interior durante treinta segundos y, luego, tomó un cuenco, un pedazo de pan duro y agua y se quedó de pie, mirándolo fijamente, mientras esperaba a que el pan se reblandeciera; sin decir nada ni mirar a nadie.

8

Al principio, las personas a las que les había ordenado que se alejaran del canal Templo de Proa se quedaron susurrando en pequeños grupos en la calle, pero después, cuando me vieron acercarme durante el transcurso de mis rondas habituales, se dispersaron. Al cabo de un rato, todo el mundo había desaparecido en el interior de las casas. Durante las horas siguientes, la Ciudad Alta permaneció extraña e inquietantemente silenciosa y no me ayudaba que la teniente Awn no dejara de preguntarme cómo iba todo por allí.

La teniente Awn estaba convencida de que aumentar mi presencia en la Ciudad Alta solo empeoraría la situación, de modo que me ordenó quedarme cerca de la plaza. Si sucedía algo, yo estaría allí, entre la Ciudad Alta y la Ciudad Baja. En gran parte por eso todavía pude funcionar con bastante eficacia cuando todo se vino abajo.

Durante horas, no sucedió nada. La Lord del Radch rezó con las sacerdotisas de Ikkt. Yo corrí la voz, en la Ciudad Baja, de que sería una buena idea que nadie saliera aquella noche. En consecuencia, nadie se quedó a conversar en las calles y las vecinas no se reunieron en la planta baja de una u otra casa para disfrutar de un entretenimiento. Cuando oscureció, casi todas las orsianas se habían retirado a las plantas superiores de las casas y charlaban en voz baja o miraban por encima de las barandillas sin decir nada.

Cuatro horas antes del amanecer, todo se hizo añicos. O, para ser más exacta, yo me hice añicos. El flujo de datos de los rastreadores que monitorizaba se interrumpió y, de repente, mis veinte yos se quedaron ciegas, sordas, paralizadas. Cada uno de mis segmentos solo podía ver a través de un par de ojos, oír a través de un par de oídos y mover solo su cuerpo. Mis segmentos se quedaron desconcertados y el pánico los dominó durante varios segundos, hasta que se dieron cuenta de que cada uno de ellos estaba desconectado de los demás, que cada yo estaba sola en un solo cuerpo. Y, lo que era peor, en aquel mismo instante, todos los datos que percibía de la teniente Awn se esfumaron.

A partir de entonces, me convertí en veinte personas diferentes, con veinte series distintas de datos y recuerdos y solo puedo recordar lo que sucedió si reúno todas aquellas experiencias individuales. Cuando se produjo el apagón, mis veinte segmentos, sin siquiera detenerse a pensarlo, activaron inmediatamente la armadura. Los que estaban vestidos ni siquiera intentaron ajustársela para que cubriera los uniformes. En la casa, ocho segmentos que estaban durmiendo se despertaron al instante y, cuando recobré la calma, corrieron a donde estaba la teniente Awn intentando conciliar el sueño. Dos de aquellos segmentos, Diecisiete y Cuatro, después de comprobar que la teniente Awn y otros segmentos que estaban con ella se encontraban bien, se dirigieron a la consola de la casa para comprobar el estado de las comunicaciones. La consola no funcionaba.

—Se han cortado las comunicaciones —informó Diecisiete con la voz distorsionada por la delgada armadura plateada.

—Es imposible —replicó Cuatro.

Diecisiete no respondió porque tal como estaban las cosas no se requería ninguna respuesta.

Algunos de los segmentos que estaban en la Ciudad Alta se dirigieron al canal Templo de Proa, pero enseguida se dieron cuenta de que lo mejor que podían hacer era quedarse donde estaban. Los segmentos de la plaza y el templo se volvieron hacia la casa. Uno de ellos echó a correr hacia allí para asegurarse de que la teniente Awn estaba bien y otros dos de mis yos exclamaron al unísono: «¡La Ciudad Alta!» Otros dos gritaron: «¡La alarma de tormenta!» Durante dos confusos segundos, mis yos intentaron decidir qué hacer a continuación. Nueve entró corriendo en la residencia del templo, despertó a la sacerdotisa que dormía junto a la alarma y ella la activó.

Justo antes de que la alarma sonara, Jen Shinnan salió corriendo de su casa, en la Ciudad Alta, y gritó: «¡Asesinato! ¡Asesinato!» Las luces de las casas que había alrededor de la de ella se encendieron, pero el estruendo de la sirena ahogó todo sonido posterior. El segmento que se encontraba más cerca de allí estaba a cuatro calles de distancia.

Las persianas de protección de la Ciudad Baja se activaron. Las sacerdotisas del templo interrumpieron sus oraciones y la suma sacerdotisa me miró, pero yo no tenía ninguna información para ella y realicé un gesto de impotencia.

—Mis comunicaciones están cortadas, Divina —explicó aquel segmento.

La suma sacerdotisa parpadeó con extrañeza. Hablar era inútil mientras la alarma sonaba.

Cuando me fragmenté, a pesar de que la Lord del Radch estaba conectada al resto de sí misma de forma similar a como lo estaba yo con mis otras yos, no reaccionó. Su aparente falta de sorpresa fue lo bastante extraña para que mi segmento más cercano a ella lo notara. Claro que podía tratarse, simplemente, de autodominio. Cuando sonó la alarma, su única reacción consistió en levantar la vista y arquear una ceja. Luego se puso de pie y salió a la plaza.

Fue la tercera cosa más espantosa que me ha sucedido nunca. Había perdido cualquier tipo de percepción de la *Justicia de Toren*, que seguía desplazándose por su órbita, cualquier tipo de percepción de mí misma. Me había dividido en veinte segmentos que apenas podían comunicarse entre sí.

Justo antes de que la alarma sonara, la teniente Awn había enviado un segmento al templo con la orden de activarla. El segmento entró corriendo en la plaza y se quedó allí, titubeando, mientras contemplaba al resto de sí misma que tenía a la vista pero que, conforme al sentido de mí misma que yo tenía, no estaba allí.

La alarma se detuvo. La Ciudad Baja se había quedado en silencio. Los únicos ruidos que se oían eran los de mis pasos y los de mis voces amortiguadas por las armaduras mientras intentaban hablar conmigo misma y organizarse para que, al menos, pudiera funcionar mínimamente.

La Lord del Radch arqueó una de sus canosas cejas.

—¿Dónde está la teniente Awn?

Esta era, por supuesto, la pregunta más acuciante que se formulaban todos los segmentos que no lo sabían, pero entonces mi yo que había llegado con la orden de la teniente Awn supo lo que podía hacer.

—La teniente Awn está en camino, milord —informó.

Diez segundos más tarde, la teniente Awn y la mayoría de mis yos que estaban en la casa llegaron corriendo a la plaza.

—Creía que tenía usted esta zona bajo control.

Anaander Mianaai no miró a la teniente Awn mientras hablaba, pero estaba claro a quién había dirigido sus palabras.

—Yo también. —Entonces la teniente Awn recordó dónde estaba y con quién estaba hablando—. Milord. Le pido disculpas.

Todas mis yos tuvieron que controlar el impulso de volverse hacia la teniente Awn para comprobar que estaba allí, porque yo no tenía otra forma de saberlo. Decidimos, en susurros, qué segmentos permanecerían cerca de ella y el resto tendría que confiar en los demás.

Mi segmento Diez rodeó el tramo de agua Templo de Proa a toda velocidad.

—¡Problemas en la Ciudad Alta! —gritó, y se detuvo delante de la teniente Awn mientras yo me apartaba para dejarme espacio—. Las ciudadanas están agrupándose en la casa de Jen Shinnan. Están enfadadas. Hablan de asesinato y de hacer justicia.

—Asesinato. ¡Joder!

Todos los segmentos que estaban cerca de la teniente Awn exclamaron al unísono:

—¡Esa boca, teniente!

Anaander Mianaai me miró con incredulidad, pero no dijo nada.

—¡Joder! —repitió la teniente Awn.

—¿Va usted a hacer algo aparte de soltar tacos? —preguntó Anaander Mianaai con voz tranquila y firme.

La teniente Awn se quedó paralizada durante medio segundo. Luego miró alrededor: al otro lado del canal, hacia la Ciudad Baja y el templo.

—¿Cuántas estáis aquí? ¡Cuéntate!

Cuando acabamos de contarnos, añadió:

—De Uno a Siete quedaros aquí. El resto venid conmigo.

Yo la seguí al interior del templo y dejamos a Anaander Mianaai en la plaza.

Las sacerdotisas estaban junto a la tarima y nos observaron mientras nos acercábamos a ellas.

—Divina —saludó la teniente Awn.

—Teniente —contestó la suma sacerdotisa.

—Una muchedumbre violenta se dirige hacia aquí procedente de la Ciudad Alta. Calculo que disponemos de cinco minutos. Como las persianas están bajadas, no pueden causar mucho daño. Mi intención es conducirlas hasta aquí y evitar que hagan algo grave.

—Conducirlas hasta aquí —repitió la suma sacerdotisa sin convicción.

—Los demás edificios están cerrados y a oscuras, pero los portones del templo están abiertos. Es lógico pensar que se dirigirán hacia aquí. Cuando la mayor parte de la gente haya entrado, cerraremos los portones y Esk Una las rodeará. Podríamos cerrar los portones del templo y dejar que intenten entrar en las casas, pero la verdad es que no deseo averiguar lo resistentes que son las persianas.

Y añadió cuando vio que Anaander Mianaai, con paso tranquilo, como si nada inusual estuviera ocurriendo, entraba en el templo:

—... Si milord lo permite.

La Lord del Radch realizó un gesto silencioso de asentimiento.

Era evidente que a la suma sacerdotisa no le agradaba la propuesta, pero accedió. En aquel momento, aquellos de mis segmentos que estaban en la plaza empezaron a ver luces intermitentes en las calles más próximas de la Ciudad Alta.

La teniente Awn me emplazó detrás de los portones del templo y me ordenó que estuviera preparada para cerrarlos cuando recibiera su señal. Luego distribuyó a unos cuantos de mis yos por las calles cercanas a la plaza para que ayudáramos a conducir a las tanminds hacia el templo. El resto de mí se colocó en las sombras del perímetro interior del templo y las sacerdotisas retomaron sus oraciones de espaldas a la amplia y atrayente entrada.

Más de cien tanminds llegaron procedentes de la Ciudad Alta. La mayoría hicieron, exactamente, lo que deseábamos y entraron como una masa agitada y exacerbada en el templo. Salvo veintitrés personas, doce de las cuales se desviaron hacia una calle oscura y vacía. Las otras once, que habían llegado detrás del grupo más numeroso, vieron a uno de mis segmentos montando guardia y se lo pensaron mejor. Se detuvieron, murmuraron entre ellas un instante y después contemplaron cómo entraba la multitud en el templo. También vieron a las otras tanminds correr y gritar calle abajo, y vieron que algunos de mis segmentos, sin uniforme y cubiertos solo con las armaduras plateadas y autogeneradas, cerraban los portones del templo. Y quizá se acordaron de la anexión. Varias de ellas maldijeron y regresaron corriendo a la Ciudad Alta.

Ochenta y tres tanminds habían entrado en el templo. Sus enojadas voces sonaron y resonaron, magnificadas por el eco. Al oír que los portones se cerraban, se volvieron e intentaron salir por donde habían entrado, pero yo las había rodeado, había desenfundado las armas y apuntaba a las que tenía más cerca.

—¡Ciudadanas! —gritó la teniente Awn, pero no consiguió hacerse oír.

—¡Ciudadanas! —gritaron mis segmentos.

Mis voces rebotaron en las paredes y, después, se desvanecieron. Entre la multitud estaba Jen Shinnan, Jen Taa y unas cuantas personas más que yo sabía que eran amigas o familiares de ellas. Susurraron a las tanminds que tenían cerca que se tranquilizaran y que tuvieran en cuenta que la Lord del Radch en persona estaba allí y que podrían hablar con ella directamente.

—¡Ciudadanas! —volvió a gritar la teniente Awn—. ¿Habéis perdido la cabeza? ¿Qué pretendéis?

—¡Asesinato! —gritó Jen Shinnan desde el frente de la multitud y por encima de mi cabeza en dirección a la teniente Awn, la Lord del Radch y la Divina, que estaban detrás de mí.

Las sacerdotisas subordinadas estaban apiñadas y parecían paralizadas. Las voces de las tanminds gruñeron en apoyo de Jen Shinnan.

—¡Como no obtenemos justicia de ustedes, la administraremos nosotras! —gritó Jen Shinnan.

Los murmullos de descontento de la multitud recorrieron las paredes de piedra del templo.

—¡Explíquese, ciudadana! —exigió Anaander Mianaai con voz aguda para que la oyeran por encima de las quejas.

Las tanminds se hicieron callar unas a otras durante unos segundos.

—Milord —dijo entonces Jen Shinnan. El tono respetuoso de su voz sonó casi sincero—. Mi joven sobrina lleva viviendo en mi casa una semana. Cuando vino a la Ciudad Baja, las orsianas la acosaron y la amenazaron. Yo lo denuncié a la teniente Awn, pero no se tomaron medidas. ¡Esta noche he encontrado su dormitorio vacío, con la ventana rota y sangre por todas partes! ¿Qué conclusión debo sacar? ¡Las orsianas siempre nos han despreciado! Ahora quieren matarnos a todas. ¿Le extraña que nos defendamos?

Anaander Mianaai se volvió hacia la teniente Awn.

—¿Usted tenía conocimiento de los hechos?

—Sí, milord —contestó la teniente Awn—. Investigué y averigüé que Justicia de Toren Esk Una nunca perdió de vista a la joven en cuestión. Además, me informó de que mientras estuvo en la Ciudad Baja la joven siempre estuvo sola. Las únicas palabras que intercambió fueron para realizar transacciones comerciales rutinarias. En ningún momento fue acosada o amenazada.

—¿Lo ve? —gritó Jen Shinnan—. ¿Ve por qué nos vemos obligadas a tomarnos la justicia por la mano?

—¿Y qué le hace pensar que sus vidas corren peligro? —le preguntó Anaander Mianaai.

—Milord —contestó Jen Shinnan—, la teniente Awn intentará convencerla de que todas las ciudadanas de la Ciudad Baja son leales y respetuosas con la ley, pero nosotras sabemos, por experiencia, que las orsianas no son un dechado de virtudes. Las pescadoras salen a pescar a escondidas por la noche. Fuentes...

Titubeó durante un segundo, no puedo decir si a causa del arma que la apuntaba, por la persistente impasividad de Anaander Mianaai o por algún otro motivo. Tuve la impresión de que algo le resultaba divertido. Entonces recobró la compostura.

—Fuentes que prefiero no revelar han visto a barqueras de la Ciudad Baja depositando cajones de armas en el fondo del lago. ¿Para qué habrían de quererlas si no es para vengarse de nosotras, a quienes acusan de haberlas maltratado desde siempre? ¿Y cómo pueden haber llegado aquí esas armas si no es con la connivencia de la teniente Awn?

Anaander Mianaai volvió su morena cara hacia la teniente y arqueó una ceja.

—¿Tiene usted una respuesta para esto, teniente Awn?

Algo en la pregunta o en la forma de plantearla perturbó a todos los segmentos que la oyeron y Jen Shinnan incluso sonrió. Esperaba conseguir que la Lord del Radch se volviera en contra de la teniente Awn y le complació ver que lo había conseguido.

—Sí que tengo una respuesta, milord —repuso la teniente Awn—. Hace unas noches, una pescadora local me informó de que había encontrado un cajón de armas en el lago. Las saqué de allí y las llevé a mi casa. Seguí registrando el lago y encontré dos cajones más que también llevé a mi casa. Tenía la intención de seguir buscando esta misma noche, pero, como puede comprobar, las circunstancias me lo han impedido. Mi informe está redactado, pero todavía no lo he enviado porque yo también me pregunto cómo han podido llegar allí las armas sin mi conocimiento.

Quizá fue por la sonrisa de Jen Shinnan o quizá por las preguntas, extrañamente acusadoras, de Anaander Mianaai, que se sumaban al desprecio con que la había tratado antes en la plaza, pero la cuestión es que, en el ambiente cargado del templo, el eco de las palabras de la teniente sonó acusador.

—También me he preguntado por qué la joven en cuestión acusa falsamente a las residentes de la Ciudad Baja de acosarla, ya que, con toda seguridad, no fue así —añadió la teniente cuando el eco de sus palabras se desvaneció—. Estoy convencida de que nadie de la Ciudad Baja le ha causado ningún daño.

—¡Alguien se lo ha hecho! —gritó una voz entre la multitud. Los murmullos de asentimiento crecieron y resonaron en el vasto espacio de piedra.

—¿Cuándo fue la última vez que vio a su sobrina? —preguntó la teniente Awn.

—Hace tres horas —contestó Jen Shinnan—. Nos deseó buenas noches y subió a su habitación.

La teniente Awn se dirigió al segmento de mí que estaba más cerca de ella.

—Esk Una, ¿alguien ha cruzado de la Ciudad Baja a la Ciudad Alta durante las últimas tres horas?

El segmento que respondió, Trece, sabía que yo tenía que ser muy cuidadosa con mi respuesta y que, inevitablemente, todo el mundo la oiría.

—No, nadie ha cruzado en ninguno de los dos sentidos. Aunque no puedo asegurarlo en relación con los últimos quince minutos.

—Alguien podría haber cruzado antes —señaló Jen Shinnan.

—En ese caso, esas personas todavía están en la Ciudad Alta y es allí donde deberían buscarlas —repuso la teniente Awn.

—Las armas... —empezó Jen Shinnan.

—Las armas no suponen ningún peligro para ustedes. Están bajo llave en la planta superior de mi casa y, a estas alturas, Esk Una ya habrá inutilizado la mayoría.

Jen Shinnan lanzó una mirada extraña y suplicante a Anaander Mianaai, quien había permanecido silenciosa e impasible durante la conversación.

—Pero...

—Teniente Awn, quiero hablar con usted a solas —ordenó la Lord del Radch.

Hizo un gesto y la teniente la siguió a un rincón situado a unos quince metros de distancia. Uno de mis segmentos las siguió y Mianaai lo ignoró.

—Teniente —ordenó Mianaai en voz baja—, cuénteme qué cree que está sucediendo.

La teniente Awn tragó saliva y cogió aire.

—Milord, estoy segura de que nadie de la Ciudad Baja ha hecho daño a la joven en cuestión. También estoy convencida de que las armas no fueron robadas por nadie de la Ciudad Baja. Todas ellas fueron confiscadas durante la anexión. La conspiración solo puede proceder de un nivel muy elevado. Esa es la razón de que todavía no haya enviado el informe; esperaba poder hablar con usted en persona cuando llegara, pero no he tenido la oportunidad de hacerlo.

—Tenía usted miedo de que, si lo enviaba por los canales regulares, quienquiera que haya tramado esto se daría cuenta de que había sido descubierta y cubriría su rastro.

—Sí, milord. Cuando me enteré de que usted venía, milord, decidí hablar con usted inmediatamente.

—*Justicia de Toren* —la Lord del Radch se dirigió a mi segmento sin mirarme—, ¿es eso verdad?

—Absolutamente, milord —le contesté.

Las sacerdotisas seguían apiñadas. La suma sacerdotisa estaba separada de ellas y miraba a la teniente Awn y a la Lord del Radch con una expresión facial que no pude interpretar.

—¿Entonces cuál es su valoración de la situación? —preguntó Anaander Mianaai.

La teniente Awn parpadeó varias veces con asombro.

—Yo... Yo soy de la opinión de que Jen Shinnan está implicada en la trama de las armas. Si no, ¿cómo sabe que existen?

—¿Y la joven asesinada?

—Si es cierto que la han asesinado, no ha sido nadie de la Ciudad Baja. Claro que..., ¿es posible que la hayan matado ellas para tener una excusa y así...?

La teniente Awn se interrumpió, horrorizada.

—Así tener una excusa para venir a la Ciudad Baja y asesinar a ciudadanas inocentes mientras duermen; y, después, utilizar el hallazgo del alijo de armas para respaldar su argumento de que solo actuaban en defensa propia porque usted no había cumplido con su deber y no las había protegido. —Mianaai lanzó una mirada a las tanminds que estaban rodeadas por mis segmentos armados y protegidos con las armaduras plateadas—. Bueno, ya nos ocuparemos de los detalles más tarde. Ahora tenemos que solucionar lo de estas personas.

—Sí, milord —asintió la teniente Awn mientras realizaba una leve reverencia.

—Mátelas.

Para las no ciudadanas que solo habían visto a las radchaais en obras de entretenimiento y que lo único que sabían del Radch era que tenía auxiliares y que realizaban anexiones y lo que ellas llamaban lavados de cerebro, esta orden podía parecerles atroz, pero no sorprendente. Sin embargo, la idea de matar a ciudadanas era, de hecho, extremadamente impactante e insólita incluso para las radchaais. Al fin y al cabo, ¿qué sentido tenía la civilización sino conseguir el bienestar de las ciudadanas? Y aquellas personas eran ciudadanas.

Durante unos segundos, la teniente Awn se quedó paralizada.

—Mi..., ¿milord?

La voz de Anaander Mianaai, que había sonado impasible, aunque ligeramente seca, se volvió fría y dura:

—¿Rehúsa usted cumplir una orden, teniente?

—No, milord, es solo que..., son ciudadanas. Y estamos en un templo. Además, las tenemos bajo control y he enviado a Justicia de Toren Esk Una a pedir refuerzos a la división más cercana. Justicia de Ente Issa Siete estará aquí antes de una hora, quizá dos. Y, como usted está aquí, podemos arrestar a las tanminds y enviarlas a reeducación fácilmente.

—¿Rehúsa usted cumplir una orden? —repitió Anaander Mianaai con voz lenta y clara.

El segmento mío que escuchaba la conversación encontró

una explicación a las sonrisas de Jen Shinnan, a su interés e incluso sus ansias por hablar con la Lord del Radch. Alguien de rango muy elevado había permitido el acceso a aquellas armas; alguien que, además, sabía cómo interrumpir las comunicaciones; y nadie tenía un rango más elevado que Anaander Mianaai, pero esto no tenía sentido. El móvil de Jen Shinnan era obvio, pero ¿en qué beneficiaba todo aquello a la Lord del Radch?

Probablemente la teniente Awn estaba pensando lo mismo. Pude leer su angustia en la tensión de la mandíbula y la rigidez de los hombros; aun así, me dominaba una sensación de irrealidad, porque lo único que podía percibir eran los signos externos.

—No rehúso cumplir su orden, milord, pero ¿puedo manifestar mi desacuerdo? —preguntó la teniente al cabo de cinco segundos.

—Creo que ya lo ha hecho —contestó Anaander Mianaai con frialdad—. Ahora mátelas.

La teniente Awn se volvió. Mientras se dirigía hacia las acorraladas tanminds, me pareció que temblaba ligeramente.

—*Justicia de Toren* —llamó Mianaai, y el segmento mío que se disponía a seguir a la teniente Awn se detuvo—, ¿cuándo fue la última vez que te visité?

Yo me acordaba con exactitud de la última vez que la Lord del Radch había subido a bordo de la *Justicia de Toren*. Se trató de una visita inusual, no anunciada. Acudieron cuatro cuerpos viejos y sin escolta. Prácticamente, no salió de sus dependencias, donde estuvo hablando conmigo, con yo *Justicia de Toren*, no con yo Esk Una, aunque le pidió a Esk Una que cantara para ella. Yo le canté una canción valskaayana. Esto ocurrió noventa y cuatro años, dos meses, dos semanas y seis días antes, poco después de la anexión de Valskaay. Abrí la boca para contárselo, pero, en lugar de hacerlo, me oí decir:

—Hace doscientos tres años, cuatro meses, una semana y un día, milord.

—Mmm... —murmuró Anaander Mianaai, pero no dijo nada más.

La teniente Awn se acercó a mí, que rodeaba a las tanminds,

y, durante tres segundos y medio, se quedó allí de pie, detrás de uno de mis segmentos, sin decir nada.

Yo no fui la única que percibió su angustia. Jen Shinnan la vio allí, inmóvil, callada y seria y sonrió. Casi triunfalmente.

—¿Y bien? —preguntó.

—Esk Una... —empezó la teniente Awn.

Era evidente que temía terminar la frase. La sonrisa de Jen Shinnan se hizo un poco más amplia. Sin duda esperaba que la teniente enviara a las tanminds de regreso a sus casas y que, con el tiempo, fuera destituida y la influencia de la Ciudad Baja disminuyera.

—Yo no quería esto —le dijo la teniente Awn en voz baja—, pero he recibido una orden directa. —Entonces levantó la voz—. ¡Esk Una, mátalas!

La sonrisa de Jen Shinnan desapareció. La reemplazó una expresión de horror y creo que también tenía cara de sentirse traicionada mientras miraba directamente y sin tapujos a Anaander Mianaai, que permanecía impasible. Las otras tanminds profirieron gritos de miedo y de protesta.

Todos mis segmentos titubearon. La orden no tenía sentido. Fuera lo que fuera lo que hubieran hecho, las tanminds eran ciudadanas y yo las tenía bajo control. Pero la teniente Awn gritó con voz alta y fuerte:

—¡Fuego!

Yo la obedecí. Al cabo de tres segundos, todas las tanminds estaban muertas.

Ninguna de las personas que había en el templo en aquel momento era lo bastante joven para que le sorprendiera lo que había sucedido, aunque el hecho de que hubieran transcurrido varios años desde la última vez que ejecuté a alguien, quizás había provocado que los recuerdos se diluyeran en la distancia y se extendiera la confianza de que la ciudadanía había puesto fin a tales prácticas. Las sacerdotisas seguían apiñadas en el mismo lugar que al principio, sin moverse ni decir nada, y la suma sacerdotisa lloraba abiertamente, aunque sin hacer ruido.

—Creo que las tanminds ya no causarán más problemas

—dijo Anaander Mianaai en el sobrecogedor silencio que se produjo cuando el eco de los disparos se desvaneció.

La boca y la garganta de la teniente Awn se movieron levemente, como si fuera a decir algo, pero no lo hizo. En lugar de hablar, avanzó entre los cadáveres, tocó a cuatro de mis segmentos en el hombro y les indicó que la siguieran. Me di cuenta de que no podía hablar; o quizá tenía miedo de lo que hubiera salido de su boca si lo hacía. Disponer solo de datos visuales de la teniente me resultaba frustrante.

—¿Adónde va, teniente? —preguntó la Lord del Radch.

La teniente, que estaba de espaldas a Mianaai, abrió la boca, pero volvió a cerrarla. Entonces cerró los ojos y respiro hondo.

—Con el permiso de milord, quiero averiguar qué ha interrumpido las comunicaciones.

Anaander Mianaai no contestó y la teniente Awn se volvió hacia el segmento más cercano a ella.

—Registraré la casa de Jen Shinnan —dijo el segmento, porque era evidente que la teniente Awn todavía estaba emocionalmente alterada—. Y también buscaré a la joven desaparecida.

Justo antes del amanecer, encontré el dispositivo en la casa de Jen Shinnan. Nada más desactivarlo, volví a ser yo misma; salvo por un segmento que había desaparecido. Vi las calles silenciosas y casi en penumbra de la Ciudad Alta y de la Ciudad Baja, y también vi el templo, que estaba vacío salvo por mi presencia, y ochenta y tres cadáveres silenciosos y de mirada fija. Con una mezcla de alivio e inquietud, de repente percibí con claridad la aflicción, el dolor y la vergüenza de la teniente Awn. Con solo desearlo, los datos de los rastreadores de todas las habitantes de Ors aparecieron en mi visión, incluidos los de las que habían muerto y seguían tumbadas en el suelo del templo. Mi segmento desaparecido estaba en una calle de la Ciudad Alta, con el cuello roto, y la sobrina de Jen Shinnan estaba tendida en el lodo, en la orilla norte del canal Templo de Proa.

9

Strigan salió de la enfermería. Su camisa estaba ensangrentada. La niña y la madre, que habían estado hablando en voz baja y en un idioma que yo no entendía, se callaron y miraron a la doctora con expectación.

—He hecho lo que he podido —dijo Strigan sin preámbulos—. Está fuera de peligro. Tendréis que llevarlo a Therrod para que le regeneren las extremidades, pero he realizado las labores preliminares y creo que le crecerán sin problemas.

—En un plazo de dos semanas —especificó la mujer nilterana con voz impasible, como si no fuera la primera vez que ocurría algo así.

—No se puede evitar —comentó Strigan como respuesta a algo que yo no había oído o entendido—. Quizás alguien disponga de unas manos extras de las que pueda prescindir.

—Llamaré a alguno de nuestros primos.

—Sí, hazlo —respondió Strigan—. Si queréis, podéis verlo ahora, pero está dormido.

—¿Cuándo podremos trasladarlo? —preguntó la mujer.

—Ahora mismo —contestó Strigan—. Supongo que, cuanto antes, mejor.

La mujer realizó un gesto afirmativo y, sin decir nada más, ella y la niña se levantaron y entraron en la enfermería.

Poco después, llevamos a la persona herida al aerodeslizador, nos despedimos de ellas, regresamos a la casa y nos quitamos los abrigos. Seivarden había regresado a su camastro y estaba sentada. Tenía las piernas dobladas y se las apretaba contra el pecho con los brazos, como si tuviera que realizar un esfuerzo para mantenerlas en esa posición.

Strigan me miró con una expresión extraña que no pude interpretar.

—Es una buena chica —comentó con relación a la niña que acababa de irse.

—Sí.

—Se hará un buen nombre, respaldado por una buena historia.

Yo había aprendido la lengua vehicular que consideré que me resultaría más útil en aquel planeta y había indagado sobre los aspectos básicos que había que conocer antes de viajar por lugares desconocidos, pero apenas sabía nada de la gente que pastoreaba ganado en aquella parte del planeta.

—¿Se trata de un ritual para entrar en la edad adulta? —le pregunté.

—Sí, más o menos.

Se dirigió a un armario y sacó una taza y un cuenco. Sus movimientos fueron rápidos y firmes, pero, por alguna razón, tuve la sensación de que estaba exhausta. Quizá lo deduje de la posición de sus hombros.

—No creí que te interesaran mucho los niños..., aparte de matarlos, claro.

Me negué a picar el anzuelo.

—Me dejó claro que ya no era una niña. Y eso que tenía un tiktik.

Strigan se sentó a la pequeña mesa.

—Habéis jugado dos horas seguidas.

—No había mucho más que hacer.

Strigan soltó una risa breve y amarga. Luego señaló a Seivarden, que parecía ignorarnos. De todos modos, no podía entendernos, porque no estábamos hablando en radchaai.

—No me da lástima, simplemente, soy médico.

—Eso ya lo había dicho.

—Y creo que a ti tampoco te da lástima.

—No.

—No haces que nada resulte fácil, ¿no? —comentó Strigan con un tono de voz medio enfadado; de exasperación, incluso.

—Depende.

Sacudió levemente la cabeza, como si no me hubiera oído con claridad.

—Los he visto en peor estado, pero necesita atención médica.

—Y usted no tiene la intención de prestársela —afirmé más que pregunté.

—Todavía estoy intentando averiguar quién eres —siguió Strigan como si su afirmación estuviera relacionada con la mía, aunque yo estaba segura de que no lo estaba—. Estoy pensando si darle algo más para que siga tranquilo.

Yo no dije nada.

—Lo desapruebas. —No lo lanzó como si me lo preguntara, sino como una afirmación—. No siento lástima por él.

—No para de decirlo.

—Perdió su nave —comentó ella.

Probablemente, su interés en los objetos garseddais la habían empujado a averiguar todo lo posible acerca de los acontecimientos que condujeron a la destrucción de Garsedd.

—Eso, en sí mismo, ya es bastante terrible —continuó Strigan—, pero, además, las naves radchaais no son, simplemente, naves, ¿no? Y también perdió a su tripulación. Para nosotros eso ocurrió hace mil años, pero para él...: un día todo es como debería ser y al siguiente todo ha desaparecido. —Hizo un gesto ambivalente de frustración con una mano—. Necesita atención médica.

—Si no hubiera huido del Radch, la habría recibido.

Strigan arqueó una de sus canosas cejas y se sentó en un banco.

—Actúa de intérprete para nosotros. Mi radchaai no es lo bastante bueno.

Un día, una auxiliar empujó al interior de un tanque de animación suspendida a Seivarden, que se despertó helada, ahogándose y con los fluidos del tanque saliéndole por la boca y la nariz. Cuando acabó de expulsarlos, Seivarden vio que estaba en la enfermería de una nave patrulla. A medida que la describía, percibí en ella una rabia y una agitación apenas disimuladas.

—Se trataba de una miserable e insignificante misericordia y su capitana era despreciable y provinciana.

—Tu expresión es casi totalmente impasible —me dijo Strigan, pero no en radchaai para que Seivarden no la entendiera—. Pero percibo tu temperatura y tu ritmo cardíaco. —Teniendo en cuenta los implantes médicos que debía de tener, seguro que percibía unas cuantas cosas más en mí.

—Seguro que la tripulación de la nave era humana —le indiqué a Seivarden.

Eso la perturbó todavía más, aunque no podría decir si lo que sintió fue rabia, vergüenza u otra cosa.

—La verdad es que no me di cuenta. Al menos, no enseguida, pero la capitana me llevó aparte y me lo explicó.

Le traduje estas palabras a Strigan, que miró con asombro a Seivarden y, luego, me lanzó una mirada inquisitiva.

—¿Es fácil que cometáis un error como ese?

—No —respondí secamente.

—Entonces la capitana se vio obligada a contarme cuánto tiempo había transcurrido desde la catástrofe —continuó Seivarden ajena a todo salvo a su historia.

—Y también todo lo que ocurrió después —sugirió Strigan.

Traduje para Seivarden, pero ella lo ignoró y prosiguió su relato como si ninguna de nosotras hubiera dicho nada.

—Al final nos detuvimos en una minúscula estación fronteriza. Ya sabéis cómo son: una administradora que o bien ha caído en desgracia o no es más que una presuntuosa insignificante; una supervisora entrometida que actúa como una tirana en los muelles y media docena de agentes de seguridad cuya principal ocupación consiste en expulsar gallinas de la tetería.

»Al principio, pensé que la capitana de la misericordia tenía un acento horroroso, pero la verdad es que yo no entendía a nadie en la estación. La IA tuvo que hacerme de intérprete, pero mis implantes no funcionaban, estaban obsoletos, así que solo podía hablar con ella a través de los paneles de mandos de las paredes. —Mantener cualquier tipo de conversación en aquellas condiciones debió de ser extremadamente difícil—. Pero, a pesar de las explicaciones de la estación, lo que decía la gente no tenía sentido para mí.

»Me asignaron un apartamento: una habitación con un catre que apenas era lo bastante grande para poder estar de pie en el interior. Sí, sabían quién decía ser yo, pero no disponían de ningún registro de mis datos financieros, que tardarían semanas en llegar; quizá más. Mientras tanto, me dieron la comida y el cobijo a los que cualquier radchaai tiene derecho. Claro que, si lo deseaba, también podía volver a presentarse a las aptitudes y conseguir que me asignaran un nuevo puesto, porque ellas tampoco disponían de los resultados de mis aptitudes y, aunque los tuvieran, sin duda serían obsoletos. Obsoletos —repitió con voz amarga.

—¿Fuiste al médico? —le preguntó Strigan.

Al ver la expresión de Seivarden, supuse qué la había empujado finalmente a abandonar el espacio radchaai. Probablemente la vio una médica y decidió esperar y observar. Las heridas físicas no daban problemas; cualquier médico de cualquier misericordia podría haberlas curado. Por otro lado, las heridas psicológicas o emocionales podían curarse por sí solas, pero si no lo hacían, la médica necesitaría los datos de las pruebas de aptitud para poder trabajar con eficacia.

—Me informaron de que podía enviar un mensaje a la lord de mi casa y pedirle ayuda, pero no sabían quién era.

Obviamente, Seivarden no tenía intención de hablar sobre la médica de la estación.

—¿La lord de su casa? —preguntó Strigan.

—Se trata del cabeza de familia en sentido amplio —le expliqué—. Al traducirlo suena muy rimbombante, pero no lo es; a menos que la casa sea muy prestigiosa y adinerada.

—¿La de ella lo es?

—Sí, era ambas cosas.

A Strigan no se le escapó el tiempo verbal.

—¿Era?

Seivarden prosiguió como si no hubiéramos hablado.

—Pero resulta que las Vendaai habían desaparecido. Mi casa

al completo había dejado de existir. Todo: bienes, contratos...
¡Todo absorbido por las Geir!

Cuando ocurrió aquello, unos quinientos años atrás, todo el mundo se sorprendió. Las dos casas, la Geir y la Vendaai, se odiaban mutuamente. La jefa de la casa Geir se aprovechó maliciosamente de las deudas de juego de las Vendaai y de algunos contratos desafortunados.

—¿Te pusieron al corriente de cuál era la situación del momento? —le pregunté a Seivarden.

Ella ignoró mi pregunta.

—Las cosas, tal y como yo las conocía, habían desaparecido y, aunque lo que existía parecía adecuado, los colores no eran los correctos o todo estaba ligeramente ladeado respecto a donde debería estar. La gente decía cosas que yo no entendía en absoluto. Aunque reconocía las palabras, mi mente no las asimilaba. Nada me parecía real.

Quizá, después de todo, había respondido a mi pregunta.

—¿Qué sentiste cuando te enteraste de que las soldados de la nave eran humanas?

Seivarden frunció el ceño y me miró directamente a la cara por primera vez desde que se despertó. Me arrepentí de haberle formulado aquella pregunta. En realidad, no era eso lo que quería preguntarle, sino: «¿Qué pensaste cuando te contaron lo que ocurrió en Ime?» Aunque quizá no se lo habían contado. O se lo contaron y a ella le resultó incomprensible. «¿Alguien te habló, veladamente, de la posibilidad de restaurar el orden legítimo de las cosas?» Teniendo en cuenta su estado, probablemente no.

—¿Cómo te las arreglaste para salir del espacio radchaai sin los correspondientes permisos?

No debió de resultarle fácil. Para empezar, le habría costado una cantidad de dinero que ella no debía de tener.

Seivarden apartó la mirada de mí y la dirigió hacia el suelo y a la izquierda. No pensaba explicármelo.

—Todo estaba mal —dijo después de nueve segundos de silencio.

—Tiene pesadillas y sufre ansiedad y temblores ocasionales —intervino Strigan.

—Es inestable —añadí yo.

Traducida al idioma de Strigan esta palabra no resultaba muy ofensiva, pero en radchaai y aplicada a una oficial como Seivarden, tenía muchas más connotaciones; implicaba que se trataba de una persona débil, frágil, miedosa, incapaz de responder a las exigencias de su posición. Si Seivarden era inestable, no se merecía el puesto que le habían asignado antiguamente. Si era inestable, nunca debieron declararla apta para la vida militar y, mucho menos, para capitanear una nave. Claro que Seivarden había pasado las aptitudes, y estas avalaban lo que su casa siempre había supuesto que sería: una persona estable, capaz de ocupar un puesto de mando y conquistar otros mundos, y no una persona propensa a albergar dudas o sentir miedos irracionales.

—No sabes lo que dices —replicó Seivarden entre enojada y desdeñosa. Todavía se rodeaba las piernas con los brazos—. Nadie en mi casa es inestable.

¡Claro! —pensé yo, aunque no lo dije— ¡Y todas aquellas primas suyas que después de participar en una anexión se retiraron y realizaron votos de ascetismo o se dedicaron a pintar juegos de té no lo hicieron porque fueran inestables! Y las otras primas que no habían obtenido los resultados esperados en las aptitudes y que, para sorpresa de sus progenitoras, fueron asignadas a puestos menores en el sacerdocio o en las artes. No, todo eso no indicaba ningún tipo de inestabilidad inherente a su casa. ¡Ni hablar! Y Seivarden no estaba en absoluto asustada o preocupada por el puesto que pudieran asignarle si volvía a presentarse a las aptitudes y por lo que eso querría decir acerca de su estabilidad. ¡Por supuesto que no!

—¿Inestable? —preguntó Strigan, que comprendió la palabra pero no el contexto.

—Las personas inestables carecen de fortaleza de carácter —le expliqué.

—¡Fortaleza de carácter! —La indignación de Strigan era evidente.

—Así es. —Yo no alteré mi expresión facial y la mantuve relajada y agradable, como había hecho durante la mayor parte de los últimos días—. Las ciudadanas de carácter débil se derrumban cuando se enfrentan a dificultades o situaciones de mucho estrés y, a veces, incluso precisan atención médica. Sin embargo, otras ciudadanas tienen mejores genes y nunca se derrumban. Puede que se retiren anticipadamente o que, durante unos años, se dediquen a sus intereses artísticos o espirituales. De hecho, los retiros de meditación prolongados son muy populares. Así es cómo se sabe si una familia es de posición elevada o no.

—En cualquier caso, vosotras, las radchaais sois muy buenas haciendo lavados de cerebro, ¿no? Al menos, eso he oído decir.

—Se llama reeducación —corregí yo—. Si Seivarden se hubiera quedado, la habrían ayudado.

—Pero, para empezar, tendría que haber reconocido que necesitaba ayuda.

No dejé ver si estaba a favor o en contra, pero pensé que tenía razón.

—¿Qué se puede conseguir con la... reeducación?

—Mucho, aunque, probablemente, buena parte de lo que usted haya oído contar sea una exageración —respondí yo—. No puede convertirlo a uno en lo que no es. Al menos, no para que resulte útil.

—Puede borrar los recuerdos.

—Yo diría que reprimirlos. Y también añadir nuevos. Uno tiene que saber lo que hace, si no podría causar graves daños a alguien.

—Desde luego.

Seivarden nos miraba con el ceño fruncido. Nos veía hablar, pero no entendía lo que decíamos.

Strigan esbozó una media sonrisa.

—Tú no eres producto de la reeducación.

—No —reconocí yo.

—Lo que hicieron contigo fue cirugía. Cortar unas cuantas conexiones, establecer otras nuevas, realizar algunos implantes... —Se interrumpió durante un instante y esperó mi respuesta, pero yo no dije nada—. Das bastante el pego; en general. La expresión y el tono de voz son siempre adecuados, pero se nota que son... estudiados. Siempre son una representación.

—¿Cree usted que ha resuelto el enigma? —le pregunté.

—*Resuelto* no es la palabra correcta, pero estoy convencido de que eres un soldado cadáver. ¿Te acuerdas de algo?

—De muchas cosas —respondí sin perder mi tono de voz neutro.

—No, me refiero a cosas de antes.

Tardé casi cinco segundos en comprender a qué se refería.

—Esa persona está muerta.

De repente, Seivarden se levantó impulsivamente, atravesó la puerta interior y, por el ruido que se oyó, también la exterior.

Strigan la miró irse, soltó un breve suspiro y se volvió de nuevo hacia mí.

—La conciencia de uno mismo tiene una base neurológica. Una pequeña modificación y crees que no existes, pero sigues ahí. Yo creo que tú sigues ahí. ¿Por qué, si no, habrías de albergar ese extraño deseo de matar a Anaander Mianaai? ¿Por qué, si no, habrías de estar tan enfadada con él?

Ladeó la cabeza hacia la puerta. Seivarden estaba fuera y solo llevaba puesto un abrigo.

—Tomará el vehículo oruga —le advertí.

La niña y su madre habían tomado el aerodeslizador y habían dejado el vehículo oruga.

—No, no lo hará. Lo he inutilizado.

Hice un gesto de aprobación y Strigan volvió al tema del que estábamos hablando.

—Y también está la cuestión de la música. A juzgar por tu voz, no creo que fueras cantante, pero debías de ser músico, o la música te encantaba.

Pensé en soltar la risa de resentimiento que exigía la suposición de Strigan, pero no lo hice.

—No —contesté—, no es cierto.

—Pero sí que eres un soldado cadáver. En esto tengo razón.

Yo no contesté.

—De algún modo te has escapado... ¿O acaso eres de su nave, de la nave del capitán Seivarden?

—La *Espada de Nathtas* fue destruida. —Yo estaba allí. Estaba cerca. Relativamente. Vi cómo sucedía. Casi—. Y eso sucedió hace mil años —añadí.

Strigan miró hacia la puerta y luego a mí. Entonces frunció el ceño.

—No, no creo que fueras de su nave, creo que eres ghaonish, y ese sistema fue anexionado hace solo unos cuantos siglos, ¿no es así? Debería haberlo recordado. Por eso dices que eres del Gerentate, ¿no? De algún modo escapaste, pero yo puedo hacerte volver. Estoy convencido.

—Se refiere a que puede matarme, ¿no? Puede destruir mi conciencia de mí misma y reemplazarla por otra que usted apruebe.

Me di cuenta de que a Strigan no le gustó lo que dije. La puerta exterior se abrió y, a continuación, Seivarden cruzó la interior temblando.

—La próxima vez ponte el abrigo —le indiqué.

—¡Que te den! —Cogió una manta del camastro y se envolvió en ella. Todavía temblaba.

—Esa manera de hablar es muy intolerable, ciudadana —le advertí.

Por un instante, tuve la impresión de que iba a perder los estribos, pero pareció recordar enseguida lo que le sucedería si los perdía.

—Que te den —repitió, y se dejó caer en el banco más próximo.

—¿Por qué no lo dejaste donde lo encontraste? —me preguntó Strigan.

—Ojalá lo supiera.

Para ella se trataba de otro enigma, pero ese yo no lo había planteado intencionadamente; y tampoco conocía la respuesta. No sabía por qué me importaba si Seivarden se moría congelada en la nieve o no; no sabía por qué la había llevado conmigo; no sabía por qué me preocupaba si tomaba el vehículo oruga de otra persona y desaparecía o si se iba a pie hacia la inmensidad helada y se moría.

—¿Y a qué se debe tu enfado con él?

Eso sí que lo sabía y, a decir verdad, no era totalmente justo estar enfadada con ella, pero los hechos eran los que eran y mi enfado no desapareció.

—¿Por qué quieres matar a Anaander Mianaai? —me preguntó Strigan.

Seivarden volvió levemente la cabeza hacia nosotras. Al parecer, el nombre le resultaba familiar y había captado su atención.

—Se trata de un asunto personal.

—Personal —repitió Strigan con tono escéptico.

—Sí.

—Tú ya no eres una persona. Eso me lo has reconocido. Eres una pieza de un equipo. Un apéndice de la IA de una nave.

No dije nada y esperé a que ella reflexionara sobre sus propias palabras.

—¿Alguna nave ha perdido la razón? Quiero decir hace poco —me preguntó.

Las naves radchaais que se volvían locas eran un tema recurrente de los melodramas dentro y fuera del espacio radchaai, aunque las obras radchaais que trataban ese tema eran, en general, de carácter histórico. Cuando Anaander Mianaai asumió el control del espacio radchaai, las capitanas de algunas naves fueron apresadas o murieron. Varias de esas naves se autodestruyeron y corría el rumor de que otras, medio locas y desesperadas, todavía vagaban por el espacio después de tres mil años.

—No que yo sepa.

Probablemente, Strigan se mantenía informada acerca del Radch. Teniendo en cuenta lo que yo sabía que escondía y las consecuencias que sufriría si Anaander Mianaai lo descubría alguna vez, debía mantenerse informada por su propia seguridad. Potencialmente tenía toda la información que necesitaba para saber quién era yo, pero después de medio minuto, su cara reflejó duda y decepción.

—Ya veo que no vas a decirme, así sin más, quién eres.

Yo sonreí con calma y complacida.

—¿Qué diversión habría entonces?

Ella se rio. Por lo visto, mi respuesta le había parecido divertida. Lo consideré una señal esperanzadora.

—¿Y cuándo piensas irte? —me preguntó.

—Cuando me haya entregado el arma.

—No sé de qué me estás hablando.

Mentira. Era evidente que se trataba de una mentira.

—Su apartamento, en la estación de Dras Annia, está intacto. Por lo que yo sé, está tal y como usted lo dejó.

Los movimientos de Strigan se volvieron deliberados, ligeramente más lentos: sus parpadeos, sus respiraciones. Sacudió cuidadosamente la manga del abrigo con una mano.

—Ya me lo imagino.

—Me costó mucho entrar.

—Por cierto, ¿cómo ha conseguido todo ese dinero alguien como tú? —me preguntó.

Seguía estando tensa y disimulándolo, pero sentía verdadera curiosidad. Desde el principio había mostrado curiosidad.

—Trabajando —le contesté.

—Debía de ser un trabajo muy lucrativo.

—Y peligroso.

Yo había arriesgado la vida para conseguirlo.

—¿Y el icono?

—Está relacionado con el trabajo. —Yo no quería hablar de aquello—. ¿Qué tengo que hacer para conseguir que me dé el arma? ¿El dinero no es suficiente?

Yo tenía más en otro lugar, pero no iba a ser tan estúpida de confesarlo.

—¿Qué viste en mi apartamento? —me preguntó Strigan con rabia y curiosidad en la voz.

—Un enigma en el que faltaban piezas.

Yo había deducido la existencia y la naturaleza de esas piezas correctamente. Debía de ser así, porque allí estaba, y Arilesperas Strigan también.

Ella volvió a reírse.

—Tú también eres un enigma para mí. Escúchame. —Se inclinó hacia delante y apoyó las manos en los muslos—. No puedes matar a Anaander Mianaai. Desearía, por todo lo que es bueno, que fuera posible, pero no lo es. Aunque..., aunque tuviera lo que crees que tengo, no podrías matarlo. Me dijiste que veinticinco de esas armas no fueron suficientes...

—Veinticuatro —corregí.

Sacudió una mano como quitándole importancia.

—Esas armas no fueron suficientes para mantener a los radchaais alejados de Garsedd. ¿Por qué crees que una sola hará algo más que causarles una leve molestia?

Ella lo sabía, si no, no habría huido de su casa ni les habría pedido a las asesinas locales que se encargaran de mí antes de que la encontrara.

—¿Y por qué estás tan decidida a hacer algo tan descabellado? Todo el mundo que no es del Radch odia a Anaander Mianaai. Si, por algún milagro, muriera, las celebraciones durarían cien años, pero no ocurrirá. Y, desde luego, no ocurrirá gracias a una persona insensata con un arma. Estoy convencido de que tú lo sabes. Probablemente, lo sabes mejor que yo.

—Es verdad.

—¿Entonces, por qué quieres intentarlo?

La información es poder. La información es seguridad. Los planes elaborados con una información defectuosa pueden resultar fatales. El éxito o el fracaso dependerán, simplemente, del azar. Cuando me enteré de que tenía que encontrar a Strigan y conseguir que me diera el arma, supe que ese sería uno de esos momentos inciertos. Si contestaba la pregunta de Strigan, si le contestaba sinceramente, como ella quería, le daría un arma que podría utilizar en mi contra. Seguramente, se haría daño en el proceso, pero yo sabía que eso no tenía por qué ser un impedimento.

—A veces... —empecé, pero entonces me corregí—. Con frecuencia, cuando alguien averigua cómo es la religión radchaai, se pregunta: «Si todo lo que sucede es por voluntad de Amaat, si no puede ocurrir nada que no sea designio de Dios, ¿por qué molestarse en hacer nada?»

—Buena pregunta.

—No especialmente.

—¿Ah, no? Entonces respóndeme, ¿por qué molestarse en hacer nada?

—Yo soy como Anaander Mianaai me hizo —le contesté—. Y Anaander Mianaai es como la hicieron. Las dos haremos las cosas para las que fuimos hechas, las cosas que se supone que debemos hacer.

—Dudo mucho que Anaander Mianaai te hiciera para que lo mataras.

Cualquier respuesta por mi parte dejaría ver más de lo que yo deseaba revelar, de momento.

—Y yo estoy hecho para exigir respuestas —continuó Strigan después de un segundo y medio de silencio—. Es la voluntad de Dios.

Hizo un gesto con la mano izquierda que indicaba: «No es culpa mía.»

—¿Admite usted tener el arma?

—Yo no admito nada.

Estaba en un callejón sin salida y a ciegas. Tenía que tomar una decisión a vida o muerte y no sabía cuál sería el resultado. Mi única otra alternativa era abandonar, pero ¿cómo podía abandonar en aquel momento?, ¿después de tanto tiempo?, ¿después de todo lo que había hecho? Además, hasta entonces había arriesgado tanto o más que en aquel instante y había llegado hasta allí.

Strigan tenía que tener el arma. ¡Seguro que la tenía! Pero ¿cómo conseguir que me la diera? ¿Qué podía hacer para convencerla?

—Dímelo —me apremió Strigan mientras me miraba atentamente.

Sin duda, gracias a sus implantes médicos, percibía las fluctuaciones de la presión sanguínea, mi temperatura y mi respiración, y era consciente de mis dudas y mi frustración.

—Dime por qué quieres matarlo.

Cerré los ojos y experimenté la desorientación que me producía no ver a través de los múltiples ojos que había tenido antiguamente. Volví a abrirlos, respiré hondo y se lo conté.

10

Creía que, comprensiblemente, las asistentes del ritual matutino no acudirían aquella mañana, pero una portadora de flores que debía de haberse despertado antes que las adultas de su casa llegó con un ramillete de flores silvestres de pétalos rosados y se detuvo a la entrada de la casa de la teniente Awn. Se sorprendió al ver a Anaander Mianaai arrodillada delante de nuestra pequeña imagen de Amaat.

La teniente Awn estaba vistiéndose en la planta superior.

—Hoy no puedo oficiar la ceremonia —me confesó la teniente con voz indiferente, aunque sus emociones no lo eran. A pesar de la hora, ya hacía calor y la teniente estaba sudando.

—Usted no tocó ninguno de los cuerpos —le dije con convicción mientras le ajustaba el cuello de la chaqueta, pero no debería haber hecho ese comentario.

Cuatro de mis segmentos, dos en la orilla norte del canal Templo de Proa y dos sumergidos hasta la cintura en el agua lodosa y tibia, sacaron el cuerpo de la sobrina de Jen Taa y lo llevaron al centro médico.

En la planta baja de la casa de la teniente Awn, le dije a la asustada y paralizada portadora de flores:

—Está bien, no pasa nada.

No había rastro de la portadora de agua y yo no podía ocupar su puesto.

—Al menos tendrá que llevar el agua, teniente —le comuniqué a la teniente Awn en la planta superior—. La portadora de flores está aquí, pero la portadora de agua no ha venido.

Durante unos instantes, y mientras yo le enjugaba la cara, la teniente no dijo nada.

—De acuerdo —accedió.

Bajó a la planta inferior, llenó el cuenco de agua y se lo llevó a la portadora de flores, que estaba a mi lado y, todavía asustada, agarraba con fuerza el ramillete de flores rosa. La teniente Awn le tendió el cuenco con agua. Ella dejó las flores a un lado y se lavó las manos, pero antes de que pudiera coger de nuevo las flores, Anaander Mianaai se volvió hacia ella. La niña se sobresaltó, retrocedió y me agarró la mano enguantada con la suya.

—Tendrá que volver a lavarse las manos, ciudadana —le susurré.

Un poco más tranquila, volvió a lavárselas, cogió las flores y desempeñó su papel en el ritual matutino correctamente, aunque con nerviosismo. No acudió nadie más, lo que no me sorprendió.

La doctora, aunque yo estaba a solo tres metros de ella, no habló conmigo, sino consigo misma:

—Obviamente, le han seccionado la garganta, pero también la han envenenado. —Y añadió con repulsa y desprecio—: ¡A una niña de su misma casa! Esa gente no está civilizada.

Nuestra pequeña y única asistente se fue. En la mano llevaba un regalo de la Lord del Radch, una insignia con la forma de una flor de cuatro pétalos. Cada uno de los pétalos contenía una imagen esmaltada de una de las Cuatro Emanaciones. Cualquier radchaai que recibiera una de esas insignias la conservaría como un tesoro y la llevaría puesta continuamente como muestra de que había servido en una ceremonia a la que había asistido la Lord del Radch en persona. Pero aquella niña, seguramente, la metería en una caja y se olvidaría de ella. Cuando desapareció de la vista, al menos de la vista de la teniente Awn y de la Lord del Radch, que no de la mía, Anaander Mianaai se volvió hacia la teniente y le preguntó:

—¿No son malas hierbas?

La teniente experimentó una gran vergüenza, que enseguida

se mezcló con un sentimiento de decepción y una rabia intensa que yo nunca había percibido en ella hasta entonces.

—Para las niñas no, milord.

No consiguió disimular totalmente la rabia que sentía.

La expresión de Anaander Mianaai no cambió.

—Este icono de Amaat y las monedas adivinatorias son de su propiedad, ¿no? ¿Dónde están las que pertenecen al templo?

—Le ruego que me disculpe, milord —pidió la teniente Awn, aunque yo sabía que no era sincera y se le notó en la voz—. Utilicé los fondos destinados a comprarlos como complemento para la adquisición de los regalos de final de temporada para las asistentes.

También había dedicado parte de su dinero a ese fin, pero eso no lo explicó.

—La enviaré de vuelta a la *Justicia de Toren* —anunció la Lord del Radch—. Su sustituta llegará mañana.

Vergüenza. Una nueva oleada de rabia. Y desesperación.

—Sí, milord.

No había mucho que recoger en el equipaje. Podía estar lista para el traslado en menos de una hora. Dediqué el resto del día a llevar regalos a las asistentes de nuestro templo, que estaban cada una en su casa. Las clases se habían cancelado y no había casi nadie en las calles.

—La teniente Awn no sabe si la nueva teniente designará nuevas asistentes —les informé a las niñas—. Y tampoco si os entregará los regalos de fin de año, si no servís durante el año entero. En cualquier caso, el día de su llegada deberíais acudir a la casa para el ritual matutino.

Las adultas me observaban en silencio y no me invitaban a entrar. A las niñas no les llevaba como regalo el típico par de guantes que, de todos modos, no tenía mucho sentido en aquel lugar, sino un pareo estampado de vivos colores y una cajita de caramelos de tamarindo. Lo tradicional en Ors era regalar fruta fresca, pero no tenía tiempo de ir a comprarla. Dejé los regalos en la calle, junto a la puerta de cada casa, pero no salió nadie a recogerlos y nadie me dirigió la palabra.

La Divina permaneció una o dos horas en un compartimento de la residencia del templo y, cuando salió, por su aspecto se notaba que no había descansado nada. Se reunió en el templo con las sacerdotisas subordinadas y estuvo hablando con ellas. Habían retirado los cadáveres. Yo me había ofrecido a limpiar la sangre, aunque no sabía si me estaba permitido hacerlo, pero las sacerdotisas rechazaron mi ayuda.

—Algunas de nosotras habíamos olvidado lo que eres, pero ahora lo hemos recordado —me dijo la Divina mientras miraba, fijamente, la zona del suelo donde habían caído los cuerpos.

—No creo que usted lo hubiera olvidado, Divina —puntualicé yo.

—No. —Guardó silencio durante dos segundos—. ¿La teniente vendrá a verme antes de irse?

—Es posible que no, Divina —le respondí.

En aquel momento, yo hacía lo que podía para convencer a la teniente Awn de que durmiera, algo que necesitaba desesperadamente, pero que le estaba costando.

—Probablemente, es mejor que no lo haga —replicó con amargura la suma sacerdotisa. Entonces volvió la cabeza hacia mí y me miró—. Sé que no estoy siendo razonable. ¿Qué otra cosa podía hacer ella? Sin embargo, me resulta fácil decir, y lo digo, que podría haber tomado otra decisión.

—Así es, Divina —reconocí yo.

—¿Qué es lo que decís las radchaais?

Yo no era radchaai, pero no la corregí y ella continuó:

—Justicia, corrección y beneficio, ¿no? Cualquier acción debe ser justa, correcta y beneficiosa.

—Sí, Divina.

—¿Fue eso justo? —Solo por un segundo, su voz tembló y percibí que estaba a punto de echarse a llorar—. ¿Fue correcto?

—No lo sé, Divina.

—Y, más concretamente, ¿a quién ha beneficiado?

—Por lo que yo sé, a nadie, Divina.

—¿A nadie? ¿De verdad? ¡Vamos, Esk Una, no te hagas la tonta conmigo.

La mirada que Jen Shinnan había dirigido a Anaander Mianaai y que indicaba, claramente, que se sentía traicionada no había pasado desapercibida para nadie.

Aun así, yo no percibía lo que la Lord del Radch esperaba ganar con aquellas muertes.

—Las tanminds la habrían matado a usted, Divina. A usted y a cualquier otra persona indefensa —le expliqué—. La noche pasada, la teniente Awn hizo lo que pudo para evitar un derramamiento de sangre. No fue culpa suya que fracasara.

—Sí que lo fue. —La Divina estaba de espaldas a mí—. Dios la perdone por lo que ha hecho. Dios me libre de tener que tomar, alguna vez, una decisión como esa. —Realizó un gesto de invocación—. ¿Y tú? ¿Qué habrías hecho si la teniente se hubiera negado a cumplir la orden y la Lord del Radch te hubiera ordenado matarla? ¿Podrías haberlo hecho? Creía que vuestra armadura era impenetrable.

—La Lord del Radch puede desactivar nuestra armadura.

Sin embargo, el código que Anaander Mianaai habría tenido que utilizar para desactivar la armadura de la teniente Awn, la mía o la de cualquier otra soldado radchaai, habría tenido que transmitirlo por el sistema de comunicación que, en aquel momento, estaba inutilizado.

—Elucubrar sobre esas cosas no conduce a nada bueno, Divina —afirmé—. Además, eso no sucedió.

La suma sacerdotisa se volvió hacia mí y me miró fijamente.

—No has contestado mi pregunta.

No me resultaba fácil responder a su pregunta. Entonces yo estaba dividida y solo uno de mis segmentos fue consciente de esa posibilidad, de que, por un instante, la vida de la teniente Awn había pendido de un hilo. Yo no sabía si aquel segmento habría sido capaz de disparar a Anaander Mianaai en lugar de a la teniente en el caso de que esta hubiera decidido desobedecer la orden.

Probablemente, no lo habría hecho.

—Yo no soy una persona, Divina.

Lo único que sabía era que, si hubiera matado a la Lord del Radch, nada habría cambiado, de eso estaba segura. En todo caso, lo único que habría cambiado es que la teniente Awn estaría muerta, a mí me habrían destruido y Esk Dos habría ocupado mi lugar; o habrían construido una Esk Una nueva con segmentos de los tanques de la *Justicia de Toren*. Puede que la IA de la nave se encontrara en un aprieto, pero lo más probable es que achacaran mi acción al hecho de que estaba separada del resto de mí.

—Las personas a menudo creen que, si hubiera dependido de ellas, habrían tomado la decisión más noble, pero cuando se encuentran en la situación en concreto, descubren que las cosas no son tan sencillas.

—Como he dicho antes, Dios nos libre de tener que decidir algo así. Me consolaré con la vana ilusión de que tú habrías matado a Mianaai en lugar de a la teniente.

—¡Divina! —le advertí.

Cualquier cosa que dijera al alcance de mis oídos, en algún momento, podía llegar a oídos de la Lord del Radch.

—Deja que ella lo oiga. ¡Díselo tú misma! Ella es la inductora de lo que ocurrió la noche pasada. No sé si el objetivo éramos nosotras, las tanminds o la teniente Awn, pero tengo mis sospechas. No soy estúpida.

—Fuera quien fuera quien promoviera los acontecimientos de la noche pasada, no creo que se desarrollaran como quería, Divina —le comenté—. Creo que las posibles inductoras querían que estallara una guerra abierta entre la Ciudad Alta y la Ciudad Baja, aunque no sé por qué. Y también creo que esa guerra se evitó cuando Denz Ay le explicó a la teniente Awn que había encontrado las armas.

—Yo opino lo mismo que tú —afirmó la suma sacerdotisa—; y también creo que Jen Shinnan sabía algo y que por eso murió.

—Siento que profanáramos su templo, Divina —me disculpé.

No lamentaba especialmente que Jen Shinnan hubiera muerto, pero no lo dije. La Divina volvió a darme la espalda.

—Estoy segura de que tienes mucho que hacer, con todos los preparativos para vuestra partida. La teniente Awn no tiene por qué molestarse en venir a despedirse. Puedes despedirme de ella tú misma.

Se alejó sin esperar ninguna respuesta.

La teniente Skaaiat llegó a la hora de cenar con una botella de arak y dos Issa Siete.

—Tu relevo no llegará a Kould Ves hasta mañana a mediodía —informó mientras rompía el sello de la botella.

Mientras tanto, las Issa Siete esperaban, tensas e incómodas, en la planta inferior. Habían llegado a Ors justo antes de que yo restableciera las comunicaciones. Habían visto los cadáveres en el templo de Ikkt y habían supuesto lo que había sucedido sin que nadie se lo contara. ¡Y solo hacía dos años que estaban fuera de los tanques de suspensión! Ni siquiera habían estado presentes durante la anexión.

Toda Ors, tanto la Ciudad Alta como la Ciudad Baja, estaba tensa y en silencio. Cuando la gente salía de su casa, evitaba mirarme o hablarme. En general, solo salían para ir al templo, donde las sacerdotisas realizaban plegarias por las muertas. Incluso unas cuantas tanminds acudieron y se quedaron en silencio en la periferia de la pequeña multitud. Yo permanecía en las sombras, porque no quería llamar más la atención ni causar más aflicción.

—Dime que no consideraste la posibilidad de negarte a cumplir la orden —dijo la teniente Skaaiat.

Ella y la teniente Awn estaban en una habitación con las pantallas divisorias desplegadas, sentadas una frente a la otra sobre cojines que olían a moho.

—Te conozco, Awn, te juro que cuando la Issa Siete me contó lo que vieron al llegar al templo, temí que a continuación me contaran que tú también habías muerto. Dime que no pensaste en desobedecer la orden.

—No —contestó la teniente Awn con voz amarga. Se sentía miserable y culpable—. Ya ves que no.

—No, no lo veo. En absoluto. —La teniente Skaaiat sirvió una generosa cantidad de licor en la taza que yo le tendía y yo se la ofrecí a la teniente Awn—. Y Esk Una tampoco lo ve, si no, no estaría tan callada. —Miró al segmento más cercano—. ¿La Lord del Radch te ha prohibido cantar?

—No, teniente.

No quise molestar a Anaander Mianaai cuando estuvo en la casa ni interrumpir los escasos ratos en los que la teniente Awn consiguió dormir. Además, no tenía muchas ganas de cantar.

La teniente Skaaiat resopló descontenta y volvió a dirigir la atención a la teniente Awn.

—Si te hubieras negado, no habría cambiado nada, salvo que tú también estarías muerta. Hiciste lo que tenías que hacer y las idiotas... ¡Por la polla de Hyr! Esas idiotas deberían haber sido más listas.

La teniente Awn tenía la mirada clavada en la taza que sostenía en la mano y no se movió.

—Te conozco, Awn. Si vas a cometer una locura como esa, resérvala para cuando vaya a servir para algo.

—¿Como hizo Misericordia de Sarrse Amaat Una Una?

Se refería a lo que le ocurrió cinco años antes en Ime a la soldado que rehusó cumplir una orden y lideró un motín.

—Sí, al menos lo que ella hizo tuvo repercusiones. Escucha, Awn, tanto tú como yo sabemos que algo se está cociendo. Las dos sabemos que lo de ayer por la noche no tiene sentido a menos que...

Se interrumpió.

La teniente Awn dejó su taza de arak sobre la mesa con ímpetu y el licor se derramó por el borde.

—¿A menos que qué? ¿Cómo podría esto tener sentido?

—Toma. —La teniente Skaaiat cogió la taza y la presionó contra la mano de la teniente Awn—. Bébetelo y te lo explicaré. Al menos lo que tiene sentido para mí.

»Ya sabes cómo son las anexiones. Sí, es cierto, al principio se imponen por la fuerza y sin opción a cuestionamientos, pero después no. Después de las ejecuciones y las deportaciones, y cuando se ha eliminado hasta la última idiota que creía que podía resistirse, cuando todo eso ha terminado, incorporamos a todas las personas que quedan en la sociedad radchaai. Se agrupan en casas, practican el clientelismo y, después de una o dos generaciones, son tan radchaais como cualquiera de nosotras. Y eso sucede, principalmente, porque recurrimos a los estratos más altos de la jerarquía local, una jerarquía que existe en casi todas las sociedades, y les ofrecemos todo tipo de beneficios a cambio de que se comporten como ciudadanas. Les ofrecemos contratos de clientelismo, lo que les permite establecer ese tipo de relaciones con quienes están por debajo de ellas y, antes de que se den cuenta, toda la estructura local está integrada en la sociedad radchaai con un trastorno mínimo.

La teniente Awn realizó un gesto de impaciencia. Ella ya conocía el funcionamiento de las anexiones.

—¿Qué tiene eso que ver con...?

—Tú lo has jodido.

—Yo...

—Lo que tú has hecho funcionaba y, con el tiempo, las tanminds habrían tenido que pasar por el aro. Está bien, no pasa nada. Si yo hubiera hecho lo que tú hiciste: contactar directamente con la sacerdotisa orsiana; establecer tu casa en la Ciudad Baja en lugar de utilizar la prisión y la estación policial de la Ciudad Alta; establecer alianzas con las autoridades de la Ciudad Baja e ignorar...

—¡Yo no ignoré a nadie! —protestó la teniente Awn.

La teniente Skaaiat sacudió la mano y no hizo caso de su comentario.

—... e ignorar lo que cualquier otra persona habría percibido como la jerarquía local natural. Tu casa no puede permitirse el lujo de ofrecer clientelismo a nadie de aquí. Todavía no. De momento ni tú ni yo podemos realizar ningún contrato. Cuando entramos al servicio del Radch, tuvimos que desligarnos de los contratos de clientelismo de nuestras casas y ser clientas directas de Anaander Mianaai. Pero todavía tenemos relación con las casas vinculadas con nuestras familias y, aunque nosotras no podamos, ellas pueden sacar provecho de los nuevos contactos que establezcamos. Además, nosotras también podremos utilizarlos cuando nos retiremos. Actuar de forma realista durante una anexión es la mejor y más segura vía de elevar la posición social y económica de la propia casa.

»Todo funciona correctamente mientras quien lo haga sea la persona adecuada. Nos decimos a nosotras mismas que todo es como Amaat quiere que sea, que todo lo que ocurre es por voluntad divina. Así que si somos adineradas y respetadas es porque tiene que ser así. Las aptitudes demuestran que todo es justo, que todo el mundo consigue lo que se merece, y cuando la persona adecuada accede a la profesión correcta, es una prueba de que todo es como tiene que ser.

—Y yo no soy la persona adecuada.

La teniente Awn dejó la taza vacía sobre la mesa y la teniente Skaaiat volvió a llenarla.

—Tu caso solo es uno entre miles, pero está claro que eres singular, al menos para alguien. Además, esta anexión es diferente. Es la última. La última oportunidad de conseguir propiedades y establecer contactos a la escala a la que están acostumbradas las casas superiores; a las que no les gusta ver que esas últimas oportunidades van a parar a casas como la tuya. Y, para empeorar las cosas, tú has subvertido la jerarquía local...

—¡Yo he utilizado la jerarquía local!

—¡Tenientes! —les llamé la atención.

Si alguien hubiera pasado por la calle aquella noche, sin duda habría oído la exclamación de la teniente Awn.

—Si las tanminds estaban al mando en esta región debe de ser que esa es la voluntad de Amaat, ¿no crees?

—Pero ellas...

La teniente Awn se interrumpió. Yo no estaba segura de qué había estado a punto de decir; quizá que no hacía tanto tiempo que las tanminds habían impuesto su autoridad en Ors; o quizá que eran una minoría en Ors y que el objetivo de la teniente Awn había consistido en llegar al mayor número de personas posible.

—Ten cuidado —le advirtió la teniente Skaaiat, aunque la teniente Awn no necesitaba la advertencia, porque cualquier soldado radchaai sabía que no debía hablar sin pensar antes—. Si no hubieras encontrado esas armas, alguien habría tenido una excusa, no solo para expulsarte de Ors, sino también para aplastar a las orsianas a favor de la Ciudad Alta. De ese modo, se habría restaurado el orden correcto del universo. Además, por supuesto, cualquiera que lo deseara podría haber utilizado el incidente como ejemplo de lo blandas que nos hemos vuelto. Si hubiéramos continuado con las antiguas pruebas de aptitud supuestamente imparciales, si hubiéramos ejecutado a más personas, si todavía produjéramos auxiliares...

—Yo tengo auxiliares —señaló la teniente Awn.

La teniente Skaaiat se encogió de hombros.

—Sí, pero eso lo han ignorado porque todo lo demás no encaja. Ignorarán todo lo que no les sirva para obtener lo que quieren. Y lo que quieren es todo aquello de lo que puedan apropiarse.

Se la veía realmente calmada. Incluso casi relajada. Yo no estaba acostumbrada a leer los datos de la teniente Skaaiat, pero aquella discrepancia entre su comportamiento y la gravedad de la situación sumada a la aflicción de la teniente Awn, que todavía era intensa, y, para ser sincera, a mi propio desasosiego por los acontecimientos, hacían que me pareciera extrañamente insensible e irreal.

—Entiendo el papel de Jen Shinnan en todo esto —comentó la teniente Awn—. En serio, lo entiendo, lo que no entiendo es en qué..., en qué sentido puede beneficiar a otras personas.

La pregunta que, lógicamente, no podía formular de una forma directa era por qué razón Anaander Mianaai estaba implicada en aquella trama o por qué querría restablecer el orden previo teniendo en cuenta que ella misma había aprobado los cambios. Y por qué, si quería ese restablecimiento, no lo ordenaba simplemente. Si las interrogaran, las tenientes podían alegar, y seguramente lo harían, que no estaban hablando de la Lord del Radch, sino de una persona desconocida. Sin embargo, yo estaba segura de que, en un interrogatorio con drogas, no podrían sostener sus alegaciones. Afortunadamente, dicha eventualidad era poco probable.

—Y no entiendo por qué alguien que cuenta con el tipo de accesos necesarios para elaborar esta trama no ordenaba, simplemente y si es eso lo que quería, que me retiraran del puesto y me sustituyeran por alguien de su preferencia.

—Quizás eso no era todo lo que quería —sugirió la teniente Skaaiat—. Pero está claro que, como mínimo, alguien quería esas cosas y pensó que hacerlo de esta manera le beneficiaría. Y tú hiciste todo lo que pudiste para evitar que muriera gente. Cualquier otra cosa que hubieras hecho no habría servido para nada. —Vació de un trago su taza—. Mantente en contacto conmigo.

—No era una pregunta ni una petición; en tono más amable añadió—: Te echaré de menos.

Durante un instante, creí que la teniente Awn volvería a
llorar.

—¿Quién me sustituirá?

La teniente Skaaiat nombró a una oficiala y a una nave.

—Entonces las tropas serán humanas.

La teniente Awn se inquietó momentáneamente, pero luego
suspiró con frustración. Me imagino que se acordó de que Ors
ya no era su problema.

—Lo sé —confirmó la teniente Skaaiat—. Hablaré con ella.
Tú cuídate. Ahora que las anexiones son cosa del pasado, los
puestos de mando de las cruceros de batalla con tropas auxiliares están ocupados por hijas inútiles de casas prestigiosas a las
que no han podido asignar a puestos menores.

La teniente Awn frunció el ceño. Era evidente que deseaba
discutir esa afirmación; quizá pensó en sus colegas, las tenientes
Esk, o en ella misma. La teniente Skaaiat vio su expresión y son-
riendo con arrepentimiento le dijo:

—Bueno, Dariet está bien. Es de las otras de quienes te prevengo. Tienen una elevada opinión de sí mismas y poca cosa
para justificarla.

La teniente Skaaiat había conocido a algunas tenientes Esk
durante la anexión y siempre las había tratado de una forma correcta y amable; por eso replicó:

—No hace falta que me lo digas.

La teniente Skaaiat sirvió más arak y la conversación del resto de la noche fue de las que no hace falta registrar.

La teniente Awn finalmente se durmió. Cuando se despertó, yo ya había alquilado unas barcas para que nos llevaran a
la desembocadura del río, cerca de Kould Ves, y las había cargado con nuestro reducido equipaje y mi segmento muerto. En
Kould Ves le extirparían el mecanismo que controlaba su armadura y otros elementos tecnológicos para destinarlos a otros
usos.

«Si vas a cometer una locura como esa, resérvala para cuando vaya a servir para algo», había dicho la teniente Skaaiat, y yo estuve de acuerdo. Y todavía lo estoy.

La cuestión es saber cuándo lo que vas a hacer va a producir un cambio. No me refiero, solo, a las pequeñas acciones que se acumulan a lo largo del tiempo o que suceden en gran número y deciden el curso de los acontecimientos en formas demasiado caóticas o sutiles para seguirles el rastro. Esa palabra que decide el destino de una persona y, en última instancia, los destinos de las personas con las que está en contacto es, desde luego, un tema común en las historias y obras de entretenimiento moralizadoras, pero si la gente se parara a pensar en todas las consecuencias posibles de sus decisiones, nadie se movería ni un milímetro o ni siquiera se atrevería a respirar por miedo a lo que eso provocaría en última instancia.

Me refiero a una escala mayor y más obvia, a la forma en que Anaander Mianaai decidía los destinos de planetas enteros, o la forma en que mis propias acciones podían significar la vida o la muerte para miles de personas; o aunque solo fuera para ochenta y tres, acorraladas y apiñadas en el templo de Ikkt. Me pregunto, como seguramente se preguntaba la teniente Awn, cuáles habrían sido las consecuencias si se hubiera negado a darme la orden de disparar. Una consecuencia inmediata habría sido, clara y obviamente, que ella habría muerto y, luego, inmediatamente, aquellas ochenta y tres personas también, porque, al recibir la orden directa de Anaander Mianaai, yo habría disparado.

No se habría producido ningún cambio, salvo que la teniente Awn estaría muerta. Se habían lanzado las monedas adivinatorias y sus trayectorias habían sido claras, simples, calculables y directas. Pero ni la teniente Awn ni la Lord del Radch sabían que si una sola de las monedas se hubiera desplazado, aunque solo fuera un milímetro, el resultado habría sido distinto. A veces, cuando se lanzan las monedas, una sale rodando o cae en un lugar inesperado y el augurio cambia totalmente. Si la teniente Awn hubiera tomado una decisión diferente, el segmento que estaba allí, separado, desorientado y, sí, horrorizado al pensar que tenía que matar a la teniente Awn, quizás habría disparado a Mianaai. ¿Qué habría ocurrido entonces? En última instancia, aquella acción solo habría retrasado la muerte de la teniente Awn y habría asegurado mi destrucción, la de Esk Una. Claro que, al no existir como individuo, eso no me alteraba.

La muerte de aquellas ochenta y tres personas también se habría retrasado. La teniente Skaaiat se habría visto obligada a arrestar a la teniente Awn, porque estoy convencida de que, aunque hubiera estado legalmente justificado, no la habría matado, pero tampoco habría matado a las tanminds, porque Mianaai no habría estado allí para dar la orden. En ese caso, Jen Shinnan habría tenido el tiempo y la oportunidad de decir lo que la Lord del Radch le había impedido decir. ¿Qué cambios habría implicado eso?

Quizá muchos, quizá ninguno. Hay demasiadas incógnitas. Muchas personas que son aparentemente predecibles, en realidad se pasean por el filo de una navaja y sus elecciones podrían cambiar fácilmente. ¡Ojalá lo supiera!

«Si vas a cometer una locura como esa, resérvala para cuando vaya a servir para algo.» Pero si no se es omnisciente, no hay forma de saber si va a servir para algo o no, solo se puede hacer un cálculo aproximado. Solo es posible decidirse e intentar comprender el resultado después.

11

La explicación de por qué necesitaba el arma y quería matar a Anaander Mianaai me llevó mucho tiempo. La respuesta no era sencilla o, para ser más exacta, la respuesta sencilla solo conseguiría despertar más preguntas en Strigan, de modo que le conté la historia desde el principio y dejé que ella dedujera la respuesta sencilla a partir de la más larga y compleja. Terminé mi relato ya avanzada la noche. Seivarden estaba dormida y respiraba regularmente, y a Strigan se le notaba que estaba exhausta.

Durante tres minutos, no se oyó ningún ruido salvo la respiración acelerada de Seivarden, que debía de estar transitando a un estado más cercano a la vigilia o tenía una pesadilla.

—Ahora sé quién eres de verdad —anunció finalmente Strigan con voz cansina—. O quién crees que eres.

Su afirmación no requería ninguna respuesta por mi parte. A aquellas alturas, y a pesar de lo que yo acababa de contarle, se habría formado una opinión propia sobre mí.

—¿No te preocupa...? ¿Nunca te ha preocupado que seáis esclavas?

—¿Quién?

—Las naves. Las naves de combate. ¡Sois tan poderosas! Y vais armadas. Vuestros oficiales están a vuestra merced en todo momento. ¿Qué os impide matarlos y liberaros? Nunca he entendido cómo puede el Radch mantener esclavizadas a las naves.

—Si piensa en ello comprenderá que ya tiene la respuesta a su pregunta —contesté yo.

Ella volvió a guardar silencio mientras reflexionaba. Yo permanecí inmóvil y esperé el resultado de mi lanzamiento.

—Tú estabas en Garsedd —dijo Strigan al cabo de un rato.

—Sí.

—Y..., ¿y tú participaste?

—¿En la destrucción de los garseddais?

Ella hizo un gesto afirmativo.

—Sí. Todo el mundo que estaba allí participó.

Ella hizo una mueca que yo interpreté como de repugnancia.

—Así que nadie se negó —comentó.

—Yo no he dicho eso.

De hecho, mi capitana rehusó cumplir la orden y murió. Su sustituta tenía reparos, lo sé porque no podía ocultarlo a su nave, pero no los expresó e hizo lo que se le ordenaba.

—Resulta fácil afirmar que, si uno hubiera estado allí se habría negado a cumplir las órdenes, que habría preferido morir a participar en la matanza, pero en la realidad, cuando llega el momento de decidir, todo se ve diferente —alegué yo.

Ella entornó los ojos, algo que yo interpreté como una señal de disconformidad, pero lo que yo había dicho era cierto. Entonces su expresión cambió; quizá se estaba acordando de la pequeña colección de objetos que había dejado en su vivienda, en la estación Dras Annia.

—¿Tú hablas su idioma?

—Dos de ellos.

Las garseddais hablaban más de una docena de lenguas.

—Y conoces sus canciones, claro —dijo con cierta sorna en la voz.

—No tuve la oportunidad de aprender tantas como me habría gustado.

—Y, si hubieras podido elegir, ¿tú te habrías negado?

—La pregunta no tiene sentido. Esa opción no se me ofreció.

—Lo siento pero discrepo —replicó ella con cierto enojo contenido en la voz—. Tú siempre has tenido esa opción.

—Garsedd fue un punto de inflexión. —No era una respuesta directa a su acusación, pero en aquel momento no se me ocurrió ninguna respuesta directa que ella pudiera comprender—. Fue la primera vez que muchos oficiales radchaais terminaron una anexión sin la certeza de que lo que habían hecho estaba bien. ¿Todavía cree usted que Mianaai controla a los radchaais gracias a los lavados de cerebro y las amenazas de ejecución? Esas prácticas existen, sí, están ahí, pero la mayoría de los radchaais, como las personas de muchos de los lugares en los que he estado, hacen lo que se supone que deben hacer porque creen que está bien. A nadie le gusta matar gente.

Strigan resopló con sarcasmo.

—¿A nadie?

—No a muchas personas —rectifiqué yo—. No a tantas como para llenar las naves de combate del Radch. Pero, al final, después de la sangre y el dolor, todas esas almas ignorantes que sin nosotros habrían sufrido en la oscuridad son ciudadanos felices. ¡Si se lo pregunta, se lo confirmarán! Le dirán que el día que Anaander Mianaai llevó la civilización a sus vidas fue un día afortunado.

—¿Sus padres estarían de acuerdo? ¿O sus abuelos?

Yo hice un gesto a medio camino entre «no es mi problema» y «no es relevante».

—Le sorprendió verme tratar con amabilidad a una niña, pero no debería haberle sorprendido. ¿Acaso cree que los radchaais no tienen hijos o que no los quieren? ¿Acaso cree que no reaccionan ante los niños como hacen la mayoría de los seres humanos?

—¡Vaya, qué virtuosos!

—La virtud no es un valor simple y aislado.

El bien necesita del mal y no siempre están claramente separados los dos lados de esa moneda.

—Las virtudes pueden utilizarse para cualquier fin que a uno le resulte beneficioso. En cualquier caso, existen e influyen en nuestras acciones, en nuestras elecciones.

Strigan resopló otra vez.

—Haces que sienta nostalgia de las conversaciones filosóficas que mantenía en mi juventud cuando estaba borracho. Pero ahora no estamos hablando de temas abstractos, sino de la vida y la muerte.

Se me escurría entre las manos la posibilidad de conseguir lo que buscaba al ir allí.

—Aquella fue la primera vez que las fuerzas del Radch sembraron muerte a una escala inimaginable sin que se produjera una renovación posterior. Acabaron, irreversiblemente, con cualquier posibilidad de que el bien surgiera a partir de lo que habían hecho. Aquello nos afectó a todos los que estábamos allí.

—¿Incluso a las naves?

—A todos.

Esperé la siguiente pregunta o su típico comentario sarcástico: «No me das lástima», pero ella, simplemente, se quedó callada mientras me miraba.

—De hecho, los primeros intentos de establecer contactos diplomáticos con los presgeres empezaron poco después. Y tengo la certeza casi absoluta de que también fue entonces cuando surgió el movimiento para reemplazar a los auxiliares por soldados humanos.

Dije «casi absoluta» porque la mayoría de los trabajos preliminares debieron de realizarse en privado, entre bastidores.

—¿Por qué razón se implicarían los presgeres con los garseddais? —preguntó Strigan.

Sin duda percibió mi reacción a su pregunta, la cual era casi como admitir que tenía el arma. Tenía que saber qué me indicaría su pregunta; tenía que saberlo incluso antes de haberla formulado. Si no hubiera visto y examinado de cerca el arma, no me habría preguntado lo que me preguntó. Las presgeres habían fabricado aquellas armas y, fuera quien fuese quien dio el primer paso, las garseddais se habían aliado con las alienígenas. Esta información nos la dieron las representantes garseddais que capturamos. Pero yo mantuve una expresión neutra.

—¿Quién sabe por qué los presgeres actúan como actúan? Anaander Mianaai se formuló la misma pregunta: «¿Por qué se han entrometido los presgeres?» No fue porque quisieran algo que los garseddais tuvieran, porque podrían haberlo tomado sin más. —De todos modos, yo sabía que las presgeres les habían cobrado a las garseddais por las armas. Y mucho—. Quizá los presgeres habían decidido destruir el Radch, destruirlo de verdad, y podían hacerlo porque contaban con ese tipo de armas.

—¿Estás insinuando que los presgeres utilizaron a los garseddais para obligar a Anaander Mianaai a negociar? —me preguntó Strigan, horrorizada y con incredulidad.

—Lo que me extraña es la reacción de Mianaai, sus motivos. No conozco ni comprendo a los presgeres, pero me imagino que si quisieran algo, sería evidente y nada sutil. Creo que lo único que pretendían era lanzar una recomendación a Mianaai; eso si es cierto que lo que ocurrió estaba relacionado con ellos.

—¿Todo aquello era una simple recomendación?

—Son alienígenas. ¿Quién los entiende?

Guardó silencio durante cinco segundos y, después, comentó:

—Nada de lo que hagas podrá provocar un cambio significativo.

—Probablemente, tenga usted razón.

—Probablemente.

—Si todos los que... —Busqué las palabras correctas—. Si todos los que se oponían a la destrucción de los garseddais se hubieran negado a cumplir las órdenes, ¿qué habría ocurrido?

Strigan frunció el ceño.

—¿Cuántos se negaron?

—Cuatro.

—Cuatro entre...

—Cuatro entre miles.

En aquella época, cada una de las justicias contaba con cientos de oficiales además de las capitanas, y allí estábamos docenas de nosotras. Además de las misericordias y las espadas, que contaban con una tripulación más reducida.

—Fueron varias las causas de que nadie más tomara la drástica decisión de no obedecer las órdenes. Entre ellas estaba la lealtad, el hábito prolongado de la obediencia, un deseo de venganza y, sí, también aquellas cuatro muertes —admití yo.

—Por otro lado, aunque todos los humanos que estaban allí se hubieran rebelado, tú y las que sois como tú erais tantas que no os habría supuesto ningún problema reducirlos.

Yo no dije nada y esperé a que se produjera el cambio de expresión en su cara indicativo de que se había arrepentido de lo que acababa de decir. Cuando percibí ese cambio, dije:

—Creo que si los humanos se hubieran rebelado, todo podría haber acabado de forma diferente.

—¡Pero tú no eres una de las que se rebeló! —exclamó con una vehemencia inesperada mientras se inclinaba hacia delante.

Seivarden se despertó sobresaltada y miró a Strigan con una expresión somnolienta de preocupación.

—Nadie más tiene dudas —afirmó Strigan—. Nadie te seguirá. Y aunque hubiera alguien dispuesto a seguirte, no seríais suficientes. Si, de alguna manera, consigues estar cara a cara con Mianaai, con uno de sus cuerpos, estarás sola e indefensa. ¡Morirás antes de conseguir nada! —Soltó un suspiro de impaciencia—. Quédate con tu dinero. —Señaló mi bolsa, que estaba apoyada en el banco en el que yo me sentaba—. Compra algo de terreno o una vivienda en una estación. ¡Qué demonios, cómprate una estación entera! Y vive la vida que te negaron. No te sacrifiques por nada.

—¿A cuál de mis yos le está hablando? —le pregunté—. ¿Cuál de las vidas que me fueron negadas pretende que viva? ¿Quiere que le mande informes mensuales para asegurarme de que aprueba lo que elija?

Mis palabras la hicieron callar durante veinte segundos.

—Breq —dijo Seivarden como si estuviera comprobando cómo sonaba el nombre en su boca—, quiero irme.

—Pronto —le contesté—. Ten paciencia.

Para mi sorpresa, no protestó; se limitó a reclinarse en un banco, dobló las rodillas y se rodeó las piernas con los brazos.

Strigan la estudió un instante y luego se volvió hacia mí.

—Tengo que pensar —anunció.

Asentí con un gesto. Ella se levantó, entró en su dormitorio y cerró la puerta.

—¿Qué problema tiene? —preguntó Seivarden sin ironía, aunque con cierto desdén en la voz.

No le contesté, solo la miré de forma inexpresiva. Las mantas le habían dejado en la mejilla una marca que iba desvaneciéndose poco a poco, y llevaba la ropa arrugada y desarreglada, tanto el abrigo, que estaba desabrochado, como la camisa y los pantalones nilteranos. Durante los últimos días había comido con regularidad y no había tomado kef, por lo que su piel había adquirido un color un poco más saludable, pero todavía se la veía delgada y cansada.

—¿Por qué pierdes el tiempo con ella? —me preguntó sin que le molestara mi escrutinio, como si algo hubiera cambiado y, de repente, ella y yo fuéramos camaradas, compañeras. ¡Pero no iguales, eso nunca!

—Tengo que ocuparme de un asunto. —Darle más explicaciones sería inútil, insensato o las dos cosas a la vez—. ¿Tienes problemas para dormir?

Algo sutil en su expresión me indicó que se retraía, se cerraba. Ya no era su compañera. Permaneció sentada y en silencio durante diez segundos y creí que aquella noche ya no me diría nada más, pero respiró hondo y soltó el aire.

—Sí. Yo... necesito moverme. Voy a salir.

Algo había cambiado definitivamente, aunque yo no sabía qué era o qué lo había provocado.

—Es de noche —le advertí—. Y hace mucho frío. Ponte el abrigo y los guantes y no te alejes mucho.

Ella asintió y, lo que fue todavía más sorprendente, se puso el abrigo y los guantes y cruzó las dos puertas sin pronunciar una sola palabra de amargura o lanzarme una mirada de resentimiento.

¿Pero a mí qué me importaba lo que hiciera? Podía alejarse sin rumbo y morir congelada o no. Arreglé las mantas y me tumbé a dormir sin esperar a ver si Seivarden regresaba sana y salva o no.

Cuando me desperté, Seivarden estaba durmiendo en su camastro. No había tirado el abrigo al suelo, sino que lo había colgado junto a los otros al lado de la puerta. Me levanté, abrí el armario de la cocina y vi que lo había llenado con comida. Había traído más pan y en la mesa había un cuenco con un bloque de leche a medio derretir y, al lado, otro que contenía un pedazo de manteca de bovino.

La puerta del dormitorio de Strigan se abrió con un ruido seco y yo me volví hacia allí.

—Él quiere algo —me advirtió Strigan en voz baja. Seivarden no se movió—. Tiene un interés encubierto. Yo de ti no me fiaría de él.

—Me pregunto qué le pasa. —Metí un pedazo de pan en un cuenco con agua y lo dejé a un lado para que se reblandeciera—; pero no, no me fío de ella.

Strigan se divertía.

—De él —corregí yo.

—Probablemente está pendiente de todo ese dinero que llevas encima —sugirió Strigan—. Le daría para comprar un montón de kef.

—En ese caso, no tiene nada que hacer, porque es todo para pagarle a usted.

Salvo la cantidad que reservaba para pagar mi pasaje en el ascensor espacial y un poco más para emergencias, lo que, en mi caso, seguramente también incluiría el pasaje de Seivarden.

—¿Qué les ocurre a los adictos en el Radch?

—En el Radch no hay adictos.

Strigan arqueó primero una ceja y, luego, la otra con incredulidad.

—Al menos en las estaciones no —rectifiqué yo—. No es posible dedicarse mucho a eso con la IA de la estación observando todo el tiempo. En un planeta es diferente, porque son demasiado grandes para mantener a todo el mundo vigilado permanentemente; e incluso en ellos, cuando se llega al extremo de que la persona no funciona, la reeducan y, por lo general, la mandan a otro lugar.

—Para no avergonzarla.

—Para ofrecerle un nuevo comienzo, un nuevo entorno, un puesto nuevo.

Aunque, si alguien llegaba a un lugar muy lejano para ocupar un puesto que le podrían haber asignado a cualquier otra persona de la localidad, todo el mundo sabría por qué estaba allí. De todos modos, nadie cometería la torpeza de comentarlo de forma que ella lo oyera.

—¿Se pregunta por qué los radchaais no tienen la libertad de acabar con su vida o la de sus conciudadanos?

—Yo no lo habría expresado de esa manera.

—¡No, claro que no!

Strigan se apoyó en el marco de la puerta y cruzó los brazos sobre el pecho.

—Para querer un favor y, además, un favor absolutamente descomunal y peligroso, no paras de atacarme.

«Las cosas son como son», le indiqué con un gesto.

—Y, por lo que he visto, tratar con él te da rabia. —Ladeó la cabeza en dirección a Seivarden—. Aunque, en mi opinión, es comprensible.

A mis labios acudió la frase *no sabe cuánto me alegro de que lo apruebe*, pero no la pronuncié. Al fin y al cabo, esperaba obtener de ella un favor absolutamente descomunal y peligroso, así que en vez de esa frase dije:

—Con todo el dinero que le pagaría podría comprarse un terreno, una vivienda en una estación o, ¡qué demonios!, una estación entera.

—Una muy pequeña —replicó ella mientras hacía una mueca divertida con la boca.

—Además, ya no tendría el arma. Incluso haberla visto es peligroso, pero tenerla es todavía peor.

—Y tú la pondrás directamente a la vista de la Lord del Radch, que podrá seguir el rastro de su procedencia hasta mí —explicó con voz seria.

Se enderezó y dejó caer los brazos a los lados.

—Ese peligro siempre existirá —corroboré yo.

Ni siquiera intentaría convencerla de que, cuando cayera en manos de Mianaai, ella no podría conseguir toda la información que quisiera de mí sin importar lo que yo quisiera revelar o no.

—Ese peligro ha existido desde el momento que usted la vio y seguirá existiendo mientras viva, tanto si me la da como si no.

Strigan suspiró.

—Tienes razón. Desafortunadamente. Y, si he de decirte la verdad, ansío volver a casa.

Esta idea era de una insensatez difícil de creer, pero no era mi problema. Mi problema consistía en conseguir el arma. No dije nada. Y Strigan tampoco. Entonces se puso el abrigo y los guantes y cruzó las dos puertas. Yo me senté para desayunar esforzándome en no intentar adivinar adónde había ido o si yo tenía alguna razón para albergar esperanzas.

Strigan regresó quince minutos más tarde con una caja negra, ancha y plana. La dejó en la mesa. Parecía un bloque sólido, pero quitó una tapa negra y gruesa y dejó al descubierto otra superficie negra. Se quedó esperando de pie, con la tapa en las manos, y me miró. Alargué el brazo y toqué un punto de la negra superficie con la punta de un dedo. Un color marrón se extendió desde aquel punto hasta adquirir la forma de un arma que era del mismo color que mi piel. Aparté el dedo y el color negro volvió a cubrir la superficie. Alargué los brazos, saqué la superficie negra y la superficie de debajo por fin empezó a parecer una caja de verdad con objetos en su interior, aunque fuera una caja de un negro inquietante que absorbía la luz. Estaba llena de balas.

Strigan alargó el brazo y tocó la superficie de la capa que yo todavía sostenía en la mano. Un color gris se extendió desde sus dedos y adoptó la forma de una banda gruesa enrollada al lado del arma.

—No estoy seguro de qué es esto. ¿Tú lo sabes?

—Es una armadura.

Las oficiales y las tropas humanas utilizaban armaduras externas en lugar de las que se implantaban en el cuerpo, como la mía. Sin embargo, mil años atrás, todo el mundo las llevaba implantadas.

—La caja nunca ha activado una alarma ni ha aparecido en ningún escáner por el que yo haya pasado.

Eso era lo que yo quería, poder entrar en cualquier estación radchaai sin que nadie supiera que iba armada, poder estar en presencia de Anaander Mianaai y llevar un arma sin que nadie se diera cuenta. La mayoría de las Anaander no necesitaban una armadura, por lo que poder atravesar una con el arma constituía un extra.

—¿Cómo es posible? ¿Cómo puede ocultarse? —me preguntó Strigan.

—No lo sé.

Volví a colocar la capa que sostenía y la tapa.

—¿Cuántos de esos cabrones crees que podrás matar?

Aparté la mirada de la caja, del arma, del insólito objetivo de casi veinte años de esfuerzos; un objetivo que ahora tenía delante de mí, sólido y real, al alcance de la mano. Hubiera querido decir: «A tantos como pueda alcanzar antes de que me derriben.» Pero, para ser realista, solo esperaba poder reunirme con uno, un único cuerpo entre miles de ellos. Claro que, siendo realista, nunca había creído que pudiera encontrar el arma.

—Eso depende —contesté.

—Si vas a realizar un acto tan descabellado y desesperado como ese deberías hacerlo bien.

Hice un gesto de asentimiento.

—Pienso solicitar una audiencia.

—¿Te la concederán?

—Probablemente. Cualquier ciudadano puede pedir una audiencia y suelen concederlas, aunque yo no me presentaré como ciudadano...

Strigan se rio burlona.

—¿Y qué harás para que no se den cuenta de que eres radchaai?

—Me presentaré en un palacio de provincias sin guantes o con los guantes equivocados, diré que soy de un sistema extranjero y hablaré con acento. No hará falta nada más.

Strigan parpadeó varias veces y frunció el ceño.

—No puede ser tan sencillo.

—Se lo aseguro. Como no ciudadana, mis posibilidades de conseguir una audiencia dependerán de las razones que alegue al solicitarla. —Todavía no había planificado a fondo ese detalle. Dependería de lo que encontrara cuando llegara—. Algunas cosas no pueden planificarse con demasiada antelación.

—¿Y qué vas a hacer con...?

Agitó una mano hacia la dormida Seivarden.

Había evitado formularme esa pregunta. Desde que la encontré, me había ido planteado qué hacer con Seivarden a medida que surgían las situaciones .

—Míralo —me pidió Strigan—. Podría prescindir del kef para siempre, pero no creo que lo haga.

—¿Por qué no?

—Para empezar, porque no me ha pedido ayuda.

Ahora fui yo quien, escéptica, arqueó una ceja.

—¿Si se la pidiera, lo ayudaría?

—Haría lo que pudiera. Claro que, si mi ayuda hubiera de servirle a largo plazo, tendría que enfrentarse a los problemas que lo llevaron a tomar kef por primera vez, y no percibo ninguna señal de que esté haciéndolo.

Para mis adentros, yo opinaba lo mismo, pero no dije nada.

—Podría haber pedido ayuda en cualquier momento —continuó Strigan—. Lleva vagando por ahí... ¿cuánto?, al menos cinco años. Si lo hubiera querido, cualquier médico podría haberlo ayudado. Pero eso habría exigido que admitiera tener un problema, ¿no? Y no creo que eso vaya a suceder a corto plazo.

—Sería mejor si ell..., él regresara al Radch.

Las médicos del Radch podrían resolver todos sus problemas. Y no les importaría si Seivarden les había pedido o no ayuda o si la deseaba o no.

—Para regresar al Radch tendría que admitir que tiene un problema —apuntó Strigan.

Indiqué con un gesto que no era de mi incumbencia y dije:

—Por mí puede ir adonde quiera.

—Pero tú lo alimentas y seguro que le pagarás el pasaje del ascensor espacial y, después, el del transporte al sistema al que decidas ir. Se quedará contigo siempre que le reporte algún beneficio, siempre que le proporciones comida y cobijo. Y te robará cualquier cosa que pueda hacer que consiga otra dosis de kef.

Seivarden no era tan fuerte ni tenía la mente tan clara como la había tenido.

—No creo que eso le resulte fácil.

—No —admitió Strigan—, pero pondrá todo su empeño en conseguirlo.

—Lo sé.

Strigan sacudió la cabeza, como si quisiera aclarar las ideas.

—No sé por qué te prevengo contra él, si, total, no me harás caso.

—Estoy escuchando.

Pero ella, evidentemente, no me creyó.

—Lo sé, no es de mi incumbencia. Tú, limítate a... —empezó señalando la caja negra—; limítate a matar a tantos Mianaai como puedas; y no lo pongas sobre mi pista.

—¿Se irá de aquí? —le pregunté.

Por supuesto que se iría. No tenía por qué contestar una pregunta tan estúpida y no se molestó en hacerlo. Regresó a su dormitorio sin decir nada más y cerró la puerta.

Yo abrí mi bolsa, saqué el dinero, lo dejé encima de la mesa y metí la caja negra en su lugar. La toqué tal y como había que hacerlo para que desapareciera y pareció que en la bolsa no hubiera nada más que camisas dobladas y unos cuantos paquetes de comida deshidratada. Después, me acerqué a Seivarden y le propiné un puntapié con la bota.

—Despiértate.

Ella se sobresaltó, se sentó de golpe y se reclinó en el banco más cercano mientras respiraba con agitación.

—Despiértate —repetí—. Nos vamos.

12

Salvo por las horas durante las cuales las comunicaciones estuvieron cortadas, yo nunca había perdido realmente la sensación de formar parte de la *Justicia de Toren*. En todo momento era consciente de mis kilómetros de pasillos de blancas paredes, de mi capitana, de las comandantes y las tenientes de las decurias, de todos sus gestos y hasta de la más leve de sus respiraciones. Salvo por aquellas horas, nunca había dejado de percibir a mis compañeras auxiliares: Amaat Una, Toren Una, Etrepa Una, Bo Una y Esk Dos. Cada una de ellas contaba con veinte cuerpos y eran mis pies y mis manos para servir a las oficiales y mis voces para hablar con ellas. Y tampoco había perdido de vista a mis miles de auxiliares que estaban congeladas, en animación suspendida, ni al planeta Shis'urna, todo blanco y azul, aunque sus antiguas fronteras y divisiones me resultaban borrosas debido a la distancia. Desde la perspectiva que me aportaba la distancia, los acontecimientos que tenían lugar en Ors no eran nada; eran invisibles e insignificantes para mí.

En el interior de la lanzadera, percibí que la distancia disminuía y la sensación de ser la nave fue más intensa. Esk Una volvió a ser, más vivamente, lo que siempre había sido: una pequeña pieza de mí misma. Mi atención ya no se centraba en cosas separadas del resto de la nave.

Mientras Esk estaba en el planeta la había reemplazado Esk Dos, que ahora preparaba té en la sala de la Decuria Esk para sus tenientes, mis tenientes; también limpiaba las paredes blancas del pasillo delante del lavabo y arreglaba los descosidos de los uniformes. Dos de mis tenientes se entretenían con un juego de mesa. Movían las fichas con agilidad y en silencio mientras otras tres tenientes las observaban. Las tenientes de las decurias Amaat, Toren, Etrepa y Bo, las comandantes de las decurias, la capitana Rubran Cien, las administrativas y las médicas charlaban, dormían o se lavaban, según sus horarios e inclinaciones.

Cada decuria constaba de veinte tenientes y su comandante, pero ahora la cubierta Esk era la que tenía menos ocupantes. Por debajo de la cubierta Esk, desde la cubierta Var hacia abajo, o sea, la mitad de las cubiertas de mi decuria, la nave estaba fría y vacía, aunque los tanques de suspensión todavía estaban llenos. Al principio, el vacío y el silencio que reinaba en esos espacios donde antes vivían oficiales, me perturbaba, pero ahora ya estaba acostumbrada.

En la lanzadera, delante de Esk Una, estaba sentada la teniente Awn, callada y con las mandíbulas apretadas. En algunos aspectos, al menos físicamente, se sentía más cómoda de lo que se había sentido nunca en Ors, porque la temperatura de la lanzadera, veinte grados, era más adecuada para la chaqueta y los pantalones del uniforme. Además, el hedor del agua estancada de los pantanos había sido reemplazado por el olor más familiar y tolerable del aire reciclado. Pero los reducidos espacios de la lanzadera que al trasladarse por primera vez a la nave *Justicia de Toren* hicieron que se sintiera orgullosa por el puesto que le habían asignado y un adelanto de lo que el futuro podía depararle, ahora la hacían sentirse atrapada y recluida. Estaba tensa y se sentía desgraciada.

La comandante Tiaund de la Decuria Esk estaba sentada en su diminuto despacho, en el que solo había dos sillas, un escritorio pegado a la pared, unas pocas estanterías y apenas el espacio suficiente para que hubiera dos personas más de pie.

—La teniente Awn ha regresado —les comuniqué a la comandante y a la capitana Rubran Cien, que estaba en la cubierta de mando.

La lanzadera se acopló produciendo un ruido sordo.

La capitana Rubran frunció el ceño. La noticia del repentino regreso de la teniente Awn la había sorprendido y consternado. La orden había llegado directamente de Anaander Mianaai y sus órdenes no podían ser cuestionadas. Además, Anaander había dado órdenes de que nadie preguntara qué había ocurrido.

En su despacho de la cubierta Esk, la comandante Tiaund suspiró, cerró los ojos y dijo:

—Té. —Guardó silencio hasta que Esk Dos se acercó con una taza y una jarra, le sirvió el té y las dejó en la mesa—. Que venga a verme tan pronto como pueda.

La atención de Esk Una estaba centrada, principalmente, en la teniente Awn, que cogió el ascensor y recorrió los estrechos y blancos pasillos que la conducirían a la Decuria Esk y a sus dependencias. Cuando encontró esos pasillos vacíos salvo por la presencia de Esk Dos, percibí alivio en los datos que recibía de ella.

—La comandante Tiaund la recibirá tan pronto como usted pueda —le dije directamente al oído a la teniente Awn.

Ella asintió con un leve movimiento de los dedos mientras entraba en la cubierta Esk.

Esk Dos abandonó la cubierta y sus múltiples cuerpos se dirigieron a la bodega y a sus tanques de animación suspendida mientras Esk Una asumía las tareas que estaba realizando y seguía a la teniente Awn. Arriba, en el Departamento Médico, una técnica sanitaria empezó a preparar lo que necesitaba para reemplazar al segmento muerto de Esk Una.

En la puerta de sus reducidas dependencias, las mismas que la teniente Seivarden había ocupado más de mil años antes, la teniente Awn se volvió para decirle algo al segmento que la seguía, pero se contuvo.

—¿Qué ocurre? —le preguntó tras un instante—. Algo va mal, ¿qué ocurre?

—Por favor, discúlpeme, teniente —le contesté yo—. En los próximos minutos una técnica sanitaria conectará un segmento nuevo; puedo estar desconectada unos instantes.

—Desconectada —repitió ella.

Por alguna razón que no pude comprender, la teniente se

sintió momentáneamente abrumada y, luego, culpable y enfadada. Se quedó quieta delante de la puerta cerrada de sus dependencias, respiró hondo un par de veces y después volvió sobre sus pasos hasta el ascensor.

El sistema nervioso de un segmento nuevo tiene que estar más o menos funcional para que pueda realizarse la conexión. Lo habían intentado con cuerpos muertos, pero fracasaron. Lo mismo hicieron con cuerpos anestesiados, pero las conexiones no se realizaban adecuadamente. A veces, la técnica sanitaria le administra un tranquilizante al segmento nuevo, pero, otras, prefiere reanimarlo y conectarlo deprisa, sin sedación. Eso elimina el arriesgado paso de aplicarle la cantidad justa de sedante, pero la conexión se convierte en una experiencia desagradable para el segmento.

A aquella técnica sanitaria en concreto no le importaba mucho mi comodidad. Claro que no tenía por qué importarle.

La teniente Awn entró en el ascensor que la conduciría al Departamento Médico justo en el instante en que la técnica sanitaria abría el cierre del tanque de suspensión que contenía el cuerpo. La tapa se abrió y durante una milésima de segundo el cuerpo permaneció helado e inmóvil en el fluido de conservación.

La técnica sanitaria hizo rodar el cuerpo hasta una camilla cercana. Los fluidos chorreaban y resbalaban por él y cuando se despertó se atragantó entre convulsiones. El fluido de conservación sale por sí mismo y con facilidad de los pulmones y la garganta, pero, las primeras veces, la experiencia resulta desconcertante. La teniente Awn salió del ascensor y avanzó a zancadas por el pasillo que conducía al Departamento Médico mientras Esk Una Dieciocho la seguía de cerca.

La técnica sanitaria se puso enseguida manos a la obra y, de repente, yo estaba tumbada en la camilla, seguía a la teniente Awn, retomaba los arreglos de los uniformes que Esk Dos había dejado cuando se retiró a los tanques de suspensión, me disponía a dormir en mis estrechas literas y limpiaba una encimera en la sala de la decuria. Ya podía ver y oír, pero no controlaba mi nuevo cuerpo y el terror que este experimentaba aumentó el ritmo cardíaco de todos mis segmentos Esk Una. El nuevo segmento abrió la boca y chilló, y oí una risa que surgió detrás de él. Agité las extremidades, las ataduras se soltaron y caí, dolorosamente y con un ruido sordo, de la camilla al suelo, que estaba a un metro y medio de distancia. «¡No, no, no!», le transmití al cuerpo con mi pensamiento, pero no me escuchaba. Estaba angustiado y aterrorizado. Estaba muriéndose. Se arrastró, desorientado y sin saber adónde dirigirse, pero, con tal de alejarse de allí, eso no importaba.

Unas manos me sujetaron por debajo de los brazos y tiraron de mí para que me levantara. Era la teniente Awn. El resto de mis segmentos Esk Una estaban inmóviles.

—Ayuda... —dije con voz ronca en un idioma que no era radchaai.

La maldita sanitaria había elegido un cuerpo del que ni la voz era aceptable.

—Ayúdeme —pidió el cuerpo.

—No pasa nada.

La teniente Awn cambió de posición, rodeó a mi nuevo segmento con los brazos y lo acercó a ella. Mi cuerpo temblaba. Todavía tenía frío debido a los fluidos de la suspensión y al terror que experimentaba.

—No pasa nada. Todo irá bien.

El segmento sollozó y respiró entrecortadamente durante un rato que me pareció interminable y pensé que iba a vomitar, pero entonces la conexión se completó y tuve control sobre él. Dejó de llorar.

—Ya está. Mucho mejor —lo tranquilizó la teniente Awn.

La teniente estaba horrorizada y sentía náuseas. Me di cuenta de que volvía a estar enfadada; o quizá se trataba de un efecto secundario de la angustia que había percibido en ella desde los acontecimientos del templo.

—No dañe a mi unidad —dijo la teniente Awn con sequedad.

Me di cuenta de que, aunque todavía me miraba a mí, se dirigía a la sanitaria.

—Nunca lo he hecho, teniente —replicó ella con un deje de sorna.

Durante la anexión habían mantenido esa misma conversación, pero más prolongada y con vehemencia. En aquella ocasión, la sanitaria dijo: «Al fin y al cabo, no se trata de un ser humano. Lleva en el tanque de suspensión mil años y ahora no es más que una pieza de la nave.» La teniente Awn se había quejado a la comandante Tiaund, pero esta no compartió el punto de vista de la teniente y así se lo dijo, aunque, a partir de entonces, ya no tuve relación con aquella sanitaria.

—Si es usted tan impresionable —continuó la sanitaria—, quizás esté en el lugar equivocado.

La teniente Awn se volvió, enfadada, y salió de la habitación sin decir nada más. Me volví y regresé a la camilla con cierto temor. El segmento se resistía y yo sabía que a aquella técnica sanitaria no le importaría si, al ponerme la armadura y el resto de los implantes, sentía dolor.

Mientras me acostumbraba a un nuevo segmento, todo solía funcionar con cierta torpeza. De vez en cuando, a los nuevos segmentos se les caían las cosas, o tenían impulsos inesperados o ataques fortuitos de angustia o miedo. Durante un tiempo, las cosas siempre parecían un poco descontroladas, pero al cabo de una o dos semanas, normalmente, se aclimataban. Bueno, la mayoría de las veces, porque de vez en cuando, un segmento no funcionaba adecuadamente y tenía que ser retirado y reemplazado. Les realizaban un examen médico previo, por supuesto, pero el sistema no era perfecto.

La voz de aquel nuevo segmento no era del tipo que yo habría preferido y, además, no conocía ninguna canción interesante, al menos ninguna que yo no conociera. Todavía conservo la leve, y sin duda irracional, sospecha de que la técnica sanitaria eligió aquel cuerpo precisamente para molestarme.

Después de tomar un baño rápido con mi ayuda y de ponerse un uniforme limpio, la teniente Awn se presentó ante la comandante Tiaund.

—¡Awn! —La comandante de la decuria le indicó a la teniente que se sentara en la silla que tenía enfrente—. Me alegro de tenerla de vuelta, por supuesto.

—Gracias, señora —contestó la teniente Awn, y se sentó.

—No esperaba verla tan pronto. Estaba convencida de que permanecería en el planeta más tiempo. —La teniente Awn no contestó. La comandante guardó cinco segundos de silencio y luego añadió—: Le preguntaría qué ha sucedido, pero he recibido órdenes de no hacerlo.

La teniente Awn abrió la boca, cogió aire y pareció que se disponía a hablar, pero se contuvo. Estaba sorprendida. Yo no le había dicho nada acerca de las órdenes de no preguntarle qué había sucedido y las correspondientes órdenes que ella debería haber recibido sobre no contárselo a nadie no habían llegado. Yo sospechaba que se trataba de una prueba y estaba segura de que la teniente Awn la superaría.

—¿Algo ha ido mal? —preguntó la comandante Tiaund.

Ansiaba saber más cosas y lo cierto es que solo con esa pregunta ya se estaba arriesgando mucho.

—Sí, señora. —La teniente Awn bajó la mirada hacia sus manos enguantadas, que reposaban sobre su regazo—. Muy mal.

—¿Ha sido culpa suya?

—Todo lo que ocurre mientras yo estoy al mando es responsabilidad mía, ¿no, señora?

—Así es —reconoció la comandante Tiaund—. Pero me cuesta imaginarla haciendo algo... incorrecto.

Esta palabra tenía mucho peso para las radchaais ya que formaba parte de la tríada constituida por la justicia, la corrección y el beneficio. Al utilizarla, la comandante Tiaund implicaba algo más que el hecho de que confiaba en que la teniente hubiera seguido las normas y los protocolos. Implicaba que sospechaba que, detrás de lo ocurrido, se había cometido una injusticia, aunque, desde luego, no podía afirmarlo con rotundidad, ya que desconocía los detalles de lo sucedido y tampoco quería darle a nadie la impresión de que los conocía. Además, si estaban castigando a la teniente Awn por haber cometido una infracción, fuera cual fuera su opinión personal, la comandante no querría ponerse de su lado públicamente.

La comandante Tiaund suspiró; quizá debido a su curiosidad insatisfecha.

—Bien —continuó con fingida alegría—. Ahora dispondrá de tiempo y podrá ponerse al día en el gimnasio. Además, ya hace tiempo que debería haber renovado su licencia de tiradora.

La teniente Awn esbozó una sonrisa forzada. En Ors no había gimnasios ni nada que se pareciera, aunque solo fuera remotamente, a un campo de tiro.

—Sí, señora.

—Y, teniente, por favor no suba al Departamento Médico a menos que sea absolutamente necesario.

Vi que la teniente Awn quería protestar, quejarse, pero eso también habría sido la repetición de una conversación anterior.

—Sí, señora.

—Puede retirarse.

Cuando, finalmente, la teniente Awn entró en sus dependencias, era casi la hora de la cena. Se trataba de una comida formal que tendría lugar en la sala de la decuria y en compañía del resto de las tenientes Esk. La teniente Awn alegó sentirse exhausta, lo que no era mentira: apenas había dormido seis horas desde que salió de Ors, casi tres días antes.

Se sentó en su camastro, deprimida y con la mirada perdida, hasta que yo llegué y le quité las botas y la chaqueta.

—Muy bien —dijo. Entonces cerró los ojos y subió las piernas al camastro—. Capto la indirecta.

Apoyó la cabeza en la almohada y, cinco segundos después, estaba dormida.

A la mañana siguiente, dieciocho de mis veinte tenientes Esk estaban bebiendo té en la sala de la decuria mientras esperaban el desayuno. Por tradición, no se sentarían hasta que llegara la teniente de mayor rango.

Las paredes de la sala eran blancas y tenían una moldura azul y amarilla justo por debajo del techo. En una de las paredes había un mostrador largo y, de la opuesta, colgaban varios trofeos de anexiones pasadas: pedazos de dos banderas rojas, negras y verdes; una teja de arcilla rosa con un diseño en relieve de unas hojas; un arma antigua (descargada) y su elegante funda; una máscara ghaonish adornada con piedras preciosas; una vidriera de colores de un templo valskaayano que representaba a una mujer que tenía una escoba en una mano y tres animales pequeños a sus pies. Recordaba haberla sacado del templo yo misma y haberla llevado hasta la sala Esk. Todas las salas de decuria de la nave tenían una vidriera de aquel templo, mientras que las vestiduras de las sacerdotisas y demás objetos religiosos se habían arrojado a la calle y algunos acabaron en las salas de la decuria de otras naves.

Absorber todas las religiones con las que se cruzaba constituía una práctica habitual del Radch. Hacían encajar las diosas de los sistemas anexionados en la ya sumamente compleja genealogía divina radchaai o, simplemente, anunciaban que, en la nueva religión, la suprema deidad creadora era Amaat pero con otro nombre y dejaban que el resto de la religión se acoplara por sí misma. Cierta peculiaridad de la religión valskaayana hacía que eso resultara difícil y el resultado fue desastroso.

Entre los cambios recientes que Anaander Mianaai había introducido en el Radch se encontraba el de la legalización de la práctica de aquella religión, que era obstinadamente separatista, y la gobernadora de Valskaay había vuelto a abrir el templo. Se había comentado la posibilidad de devolver las vidrieras, ya que, en aquella época, todavía estábamos en la órbita de Valskaay, pero al final fueron sustituidas por copias. Poco después, las cubiertas de decuria situadas por debajo de la Esk se vaciaron y cerraron, pero las vidrieras seguían colgadas de las paredes de las vacías y oscuras salas de decuria.

La teniente Issaaia entró, se dirigió directamente al icono de Toren, que estaba en una hornacina situada en un rincón, y encendió el incienso que había en un cuenco rojo a sus pies. Seis oficiales fruncieron el ceño y dos murmuraron su sorpresa en voz baja. La teniente Dariet fue la única que habló.

—¿Awn no viene a desayunar?

La teniente Issaaia se volvió hacia ella, adoptó una expresión de sorpresa que, por lo que yo sabía, no reflejaba sus verdaderos sentimientos y declaró:

—¡Por la gracia de Amaat! Me había olvidado por completo de que Awn había regresado.

Al fondo del grupo, a resguardo de la vista de la teniente Issaaia, una teniente júnior lanzó una mirada a otra teniente júnior.

—Todo está tan silencioso que cuesta creer que esté de vuelta —continuó la teniente Issaaia.

—«Silencio y cenizas frías» —citó la teniente júnior, que había sido el blanco de la mirada significativa de su compañera y que demostró ser más osada que ella.

El poema era una elegía por alguien cuyas ofrendas funerarias habían sido deliberadamente obviadas. La reacción de la teniente Issaaia fue momentáneamente ambivalente. El siguiente verso hablaba de las ofrendas de comida que no se habían realizado por la difunta y era posible que la teniente júnior estuviera criticando, veladamente, a la teniente Awn por no asistir a la cena de la noche anterior o por llegar tarde a desayunar aquella mañana.

—En realidad, la sensación de silencio se debe a Esk Una —dijo otra teniente mientras intentaba disimular la sonrisa que le había provocado el ingenio de la teniente júnior y examinaba de cerca a los segmentos que en aquel momento dejaban fuentes de pescado y fruta en el mostrador—. Quizás Awn le ha hecho renunciar a sus malos hábitos. Eso espero.

—¿Por qué estás tan callada, Una? —preguntó la teniente Dariet.

—¡Vamos, no la provoques! Es demasiado temprano para tanto ruido.

—Si ha sido Awn quien la ha hecho callar, ¡bien por ella! —exclamó la teniente Issaaia—. Aunque ha tardado mucho.

—Como ahora en venir a desayunar —comentó una teniente que estaba al lado de la teniente Issaaia—. «Dadme comida mientras viva.»

Se trataba de otra cita, otra alusión a las ofrendas funerarias con la que pretendía contrarrestar la cita de la teniente júnior en el caso de que la intención de esta no hubiera sido criticar a la teniente Awn, sino todo lo contrario.

—¿Va a venir a desayunar o no? —añadió la teniente—. Si no va a venir, debería avisar.

En aquel momento, la teniente Awn estaba en el lavabo y yo la estaba atendiendo. Podría haber informado a las tenientes de que la teniente Awn acudiría pronto, pero no dije nada, solo me fijé en la temperatura del té que varias de las tenientes sostenían en sendos tazones de cristal negro y seguí poniendo las fuentes del desayuno en el mostrador.

Cerca de mi almacén de armas, limpié mis veinte armas para poder guardarlas junto con la munición. Deshice la cama en cada una de las dependencias de mis tenientes. Las oficiales de las decurias Amaat, Toren, Etrepa y Bo estaban desayunando desde hacía rato y mantenían animadas conversaciones. La capitana desayunaba con las comandantes de las decurias y su conversación era más contenida y menos ruidosa. Una de mis lanzaderas se acercó a mí. Cuatro tenientes Bo regresaban de un permiso, iban sujetas con los cinturones a los asientos y estaban medio inconscientes. Cuando se despertaran, no se encontrarían nada bien.

—Nave —dijo la teniente Dariet—, ¿la teniente Awn desayunará con nosotras?

—Sí, teniente —contesté con la voz de Esk Una Seis.

En el lavabo, eché agua sobre la teniente Awn, que estaba de pie y con los ojos cerrados encima del desagüe. Respiraba con regularidad, pero el ritmo cardíaco era ligeramente rápido y mostraba otros signos de estrés. Yo estaba casi segura de que, a pesar de ser consciente de su tardanza, tenía la intención de disfrutar del baño. No es que no pudiera manejar a la teniente Issaaia, que sí que podía, lo que ocurría era que todavía estaba alterada por los acontecimientos de los días pasados.

—¿Cuánto tardará? —preguntó la teniente Issaaia mientras fruncía levemente el ceño.

—Aproximadamente, cinco minutos, teniente.

Se elevó un coro de protestas.

—¡Vamos, tenientes! —las reprendió la teniente Issaaia—.

Ella es nuestra superior y ahora mismo todas deberíamos ser pacientes con ella. ¡Regresar tan repentinamente cuando todas creíamos que la Divina nunca accedería a que abandonara Ors!

—Quizá descubrió que tenerla allí no era tan buena idea como creía, ¿no? —aventuró con sorna la teniente que estaba al lado de la teniente Issaaia y que, de hecho, estaba cerca de la teniente Issaaia en más de un sentido.

Ninguna de ellas sabía qué había ocurrido y no podían preguntarlo. Y yo, por supuesto, no había dicho nada al respecto.

—No creo que la Divina haya cambiado de opinión —replicó la teniente Dariet en un tono un poco más elevado del habitual. Estaba enfadada—. No después de cinco años.

Cogí la jarra de té, me volví de espaldas al mostrador, me dirigí a la teniente Dariet y vertí once mililitros de té en el tazón que sostenía, que estaba casi lleno.

—A ti la teniente Awn te cae bien, claro —comentó la teniente Issaaia—. A todas nos cae bien, pero no es de buena cuna. No nació para esto. Tiene que esforzarse mucho para algo que nosotras hacemos de forma natural. No me extrañaría que cinco años fuera el período de tiempo que ha podido soportar antes de derrumbarse. —Miró el tazón vacío que sostenía en su enguantada mano—. Necesito más té.

—¿Acaso crees que si hubieras estado en el lugar de Awn lo habrías hecho mejor? —le preguntó la teniente Dariet.

—No pierdo el tiempo con razonamientos hipotéticos —replicó la teniente Issaaia—. Los hechos son los hechos. Por alguna razón nombraron a Awn teniente Esk superior por delante de cualquiera de nosotras. Está claro que tiene alguna habilidad o nunca habría llegado a donde ha llegado, pero ha topado con su límite. —Se produjo un murmullo de asentimiento—. Sus progenitoras son cocineras —continuó la teniente Issaaia—. Y seguro que son unas cocineras excelentes. Estoy convencida de que Awn dirigiría una cocina de forma admirable.

Tres tenientes se rieron con sorna y la teniente Dariet dijo con voz tensa y enojada:

—¡No me digas!

Ayudé a la teniente Awn a vestirse y le arreglé el uniforme lo mejor que pude. Ella salió al pasillo, que estaba a cinco pasos de la sala de la decuria.

La teniente Issaaia percibió la reacción de la teniente Dariet con su consabida ambivalencia. La teniente Issaaia tenía más experiencia, pero la casa de la teniente Dariet era más antigua y acaudalada y la rama de la casa a la que pertenecía era clienta de una rama de la casa de Mianaai. Teóricamente, esto allí no tenía importancia. Teóricamente.

Todos los datos que yo había recibido de la teniente Issaaia aquella mañana tenían un trasfondo de resentimiento, que, momentáneamente, se hizo más intenso.

—Dirigir una cocina es un trabajo totalmente respetable —dijo la teniente Issaaia—, pero supongo que debe de resultar muy difícil que te críen para ser una sirvienta y en lugar de asumir un puesto acorde a tu educación, acabes en uno de semejante autoridad. No todo el mundo tiene madera para ser oficial.

La puerta se abrió y la teniente Awn entró justo cuando la última frase salía de la boca de la teniente Issaaia.

El silencio se extendió por la sala de la decuria. La actitud de la teniente Issaaia era tranquila y despreocupada, pero se sentía avergonzada. Desde luego, no había pretendido que la teniente Awn la oyera y, de hecho, nunca se habría atrevido a decirle algo así abiertamente. La teniente Dariet fue la única que habló.

—Buenos días, teniente.

La teniente Awn no contestó, ni siquiera la miró, sino que se dirigió a la esquina donde estaba la hornacina que contenía la pequeña imagen de Toren y el cuenco del incienso. La teniente realizó la correspondiente reverencia ante la figura y luego miró el incienso encendido con el ceño levemente fruncido. Como antes, sus músculos estaban tensos y su ritmo cardíaco acelerado. Me di cuenta de que se preguntaba cuál era el contenido o, al menos, el rumbo de la conversación que habían mantenido las tenientes antes de su llegada y que sabía quién no estaba hecha para ser una oficial. Se volvió.

—Buenos días, tenientes. Siento haberlas hecho esperar.

—Sin más preámbulos, inició la oración matutina—: «La flor de la justicia es la paz...»

Las demás tenientes se unieron a su plegaria y, cuando terminaron, la teniente Awn se sentó en su lugar, a la cabecera de la mesa. Antes de que las demás se sentaran, yo ya había servido el té y el desayuno a la teniente Awn. Cuando terminé de servir a las demás, la teniente Awn bebió un sorbo de su té y empezó a comer.

La teniente Dariet tomó su utensilio de mesa.

—Me alegro de que estés de vuelta —dijo la teniente Dariet, aunque no consiguió ocultar que estaba enfadada.

—Gracias —contestó la teniente Awn, y tomó otro bocado de pescado.

—Yo sigo necesitando té —exigió la teniente Issaaia. El resto de las comensales estaban tensas, silenciosas y en actitud observante—. El silencio está bien, pero creo que la eficiencia ha disminuido.

La teniente Awn masticó, tragó y bebió otro trago de té.

—¿Perdona?

—Has conseguido que Esk Una no cante —explicó la teniente Issaaia—, pero...

Levantó su tazón vacío. En aquel momento yo estaba detrás de ella con la jarra y se lo llené.

La teniente Awn levantó una mano enguantada y mediante un gesto puso en duda el comentario de la teniente Issaaia.

—Yo no le he dicho a Esk Una que no cante. —Miró al segmento que sostenía la jarra y frunció el ceño—. Al menos no intencionadamente. Canta si quieres, Esk Una.

Doce tenientes refunfuñaron y la teniente Issaaia esbozó una sonrisa falsa. La teniente Dariet, que estaba a punto de echarse un bocado de pescado a la boca, se detuvo.

—A mí me gusta cómo canta. Suena bien. Además, es un signo de distinción.

—A mí me da vergüenza ajena —comentó la teniente que estaba cerca de la teniente Issaaia.

—Yo no creo que dé vergüenza ajena —replicó la teniente Awn con cierta frialdad.

—Por supuesto que no —afirmó la teniente Issaaia; la ambigüedad de sus palabras ocultaba su malicia—. Entonces, ¿por qué estás tan callada, Una?

—He estado ocupada, teniente —le contesté yo—. Además, no quería molestar a la teniente Awn.

—Tus canciones no me molestan, Una —afirmó la teniente Awn—. Siento que creyeras lo contrario. Canta si quieres, por favor.

La teniente Issaaia arqueó una ceja.

—¿Una disculpa? ¿Y por favor? Esto es demasiado.

—La cortesía siempre es correcta y siempre beneficiosa —alegó la teniente Dariet con un tono de voz desacostumbradamente formal.

La teniente Issaaia sonrió con suficiencia.

—Gracias, mamá.

La teniente Awn no dijo nada.

Cuatro horas y media más tarde, la lanzadera que traía a las cuatro tenientes Bo de vuelta a casa después de que hubieran disfrutado de su permiso se acopló a mí.

Habían estado bebiendo durante tres días y no habían dejado de hacerlo hasta que salieron de la estación Shis'urna. La primera que atravesó las compuertas de acceso se tambaleó y, a continuación, cerró los ojos.

—Una doctora —susurró.

—La están esperando —le informé yo a través del segmento de Bo Una que había enviado a recibirlas—. ¿Necesita ayuda para llegar al ascensor?

La teniente realizó un débil intento de rechazar mi oferta con la mano y avanzó lentamente por el pasillo con el hombro pegado a la pared como apoyo.

Yo entré en la gravedad generada artificialmente de la lanzadera, que era demasiado pequeña para tener gravedad propia. Dos de las oficiales, que todavía estaban borrachas, intentaban despertar a la cuarta, que estaba fría y sin sentido en el asiento. La piloto seguía en su puesto con actitud aprensiva. Al principio pensé que estaba tensa por el hedor a los vómitos y el arak derramados. Afortunadamente se lo habían derramado las tenientes sobre sí mismas mientras estaban en la estación Shis'urna y los vómitos los habían echado en los recipientes destinados a ese fin. Pero entonces miré, Bo Una miró, hacia la popa y vi que tres Anaander Mianaai estaban sentadas, en silencio e impasibles, en los asientos traseros, aunque, para mí, no estaban allí. Anaander debió de subir a bordo a escondidas en la estación Shis'urna y, seguramente, le ordenó a la piloto que no me lo comunicara. Supuse que las tenientes debían de estar demasiado borrachas para darse cuenta. Me acordé de que, en el planeta, me preguntó cuándo fue la última vez que me visitó y de la inexplicable y estudiada mentira que le dije como respuesta. La última vez que me visitó de verdad fue como esta.

—Milord —dije cuando todas las tenientes Bo estaban fuera del alcance de mi voz—. Informaré de su llegada a la capitana Rubran Cien.

—No —contestó una Anaander—. La cubierta Var está vacía, ¿no?

—Sí, milord —confirmé yo.

—Me alojaré allí mientras esté a bordo.

No dijo nada más, ni por qué estaba allí ni durante cuánto tiempo se quedaría. Tampoco me dijo cuándo podría informar yo a mi capitana de que la alojaría en la cubierta Var. Yo estaba obligada a obedecer a Anaander Mianaai incluso por encima de mi propia capitana, pero raras veces recibía una orden de una de ellas sin que la otra lo supiera. Resultaba incómodo.

Envié segmentos de Esk Una a retirar a Var Una de sus tanques de suspensión animada y puse en marcha el sistema calefactor de una sección de la cubierta Var. Las tres Anaander Mianaai declinaron mi oferta de ayudarlas con el equipaje y llevaron ellas mismas sus pertenencias a Var.

Esto ya había ocurrido antes, en Valskaay. Mis cubiertas inferiores estaban casi vacías porque muchas de mis tropas habían sido activadas y estaban trabajando. En aquella ocasión, Anaander Mianaai se alojó en la cubierta Esk. ¿Qué quería entonces? ¿Qué hizo? Para mi consternación, mi mente esquivó la respuesta, la cual permaneció vaga e imperceptible en algún lugar de mí. Eso no era bueno. No era nada bueno.

Entre las cubiertas Esk y Var estaba el acceso directo a mi mente. ¿Qué hizo Mianaai en Valskaay que yo no podía recordar y qué pretendía hacer ahora?

13

Más al sur, la nieve y el hielo eran transitorios, aunque para quienes no eran de Nilt, el clima seguía siendo frío. Las nilteranas consideran que la región ecuatorial es una especie de paraíso donde incluso pueden cultivarse cereales y la temperatura supera, fácilmente, los ocho o nueve grados Celsius. La mayoría de las ciudades importantes de Nilt están situadas en la franja ecuatorial o en sus proximidades.

También es en esa franja donde se encuentran los puentes de cristal, las únicas construcciones arquitectónicas de Nilt de interés turístico. Son unas bandas de color negro y aproximadamente cinco metros de ancho que forman suaves curvas catenarias sobre barrancos casi tan anchos como profundos cuyas dimensiones se miden en kilómetros. No tienen cables, pilares ni cuchillos de armadura, solo el arco negro que, en sus extremos, se apoya en las paredes del precipicio. De la superficie inferior de los puentes cuelga un sistema fantástico de varillas y espirales de cristales de colores que, a veces, forman un ángulo y se proyectan lateralmente.

Según se dice, los puentes también están hechos de cristal, aunque es imposible que el cristal soporte la tensión estructural a la que se ven sometidos los puentes; incluso su propio peso sería demasiado, ya que están suspendidos sin ningún apoyo salvo en los extremos. Los puentes no tienen barandillas o asideros y debajo, kilómetros abajo, hay grupos de tubos de paredes gruesas y suaves que miden, exactamente, un metro y medio de ancho. Los tubos son del mismo material que los puentes.

Nadie sabe para qué sirven ni los puentes ni los tubos ni quién los construyó. Ya estaban allí cuando los primeros seres humanos colonizaron Nilt. Hay muchas teorías, cada una más improbable que la anterior. En la mayoría de ellas, desempeñan un papel preponderante unos seres interdimensionales. Esos seres crearon o configuraron a la humanidad para sus propios fines o, por oscuras razones, construyeron los puentes y los tubos a fin de transmitir a los seres humanos un mensaje que había que descifrar. Otras teorías defienden que se trataba de seres malvados cuyo objetivo consistía en la destrucción de toda forma de vida y, de algún modo, los puentes formaban parte de su plan.

Alguna sostiene que fueron los seres humanos quienes construyeron los puentes. Los artífices fueron una civilización antigua y sumamente avanzada que desapareció en tiempos inmemoriales. Su extinción se habría producido o bien de forma lenta y conmovedora o bien de forma espectacular como resultado de un error catastrófico; o quizá se trasladaron a un nivel de existencia más elevado. Las defensoras de estas teorías a menudo también alegan que Nilt es, en realidad, el planeta originario de los seres humanos. Casi en todos los lugares en los que he estado, la sabiduría popular afirma que la localización del planeta originario de la humanidad es desconocida, misteriosa. En realidad, no es desconocida, como descubrirá cualquiera que se tome la molestia de leer sobre el tema, pero sí que está muy muy pero que muy lejos de todas partes y no se trata de un lugar especialmente interesante; o, como mínimo, no tan atractivo como la idea de que los habitantes del propio planeta no formen parte de una civilización reciente, sino que hayan regresado para colonizar el planeta al que pertenecen desde el principio de los tiempos. Esta idea circula en todos los planetas habitados por seres humanos e, incluso, en aquellos que solo son remotamente habitables para los seres humanos.

El puente que hay a las afueras de Therrod no es una gran atracción turística. La mayoría de sus destellantes arabescos de cristal se han ido rompiendo a lo largo de sus miles de años de existencia y han dejado la estructura prácticamente lisa. Además, Therrod sigue estando demasiado al norte para que las extranjeras soporten sus bajas temperaturas. En general, las turistas de otros mundos se limitan a visitar los puentes del ecuador, que están mucho mejor conservados. Allí compran mantas confeccionadas con pelo de bovino que, según aseguran las vendedoras, están tejidas a mano con hebras hiladas manualmente y por maestras artesanas que las tejen en los extremos insoportablemente fríos del planeta, aunque lo más seguro es que estén confeccionadas con máquinas y en serie a pocos kilómetros de la tienda. Después, las turistas beben unos cuantos tragos de la fétida leche fermentada y regresan a sus casas, donde obsequian a sus amigas y conocidas con relatos de su aventura.

Todo eso lo aprendí, en cuestión de minutos, cuando me enteré de que tenía que ir a Nilt para lograr mi objetivo.

Therrod estaba emplazada en la orilla de un río ancho. Fragmentos de hielo blanco y verde cabeceaban y entrechocaban en la corriente, y las primeras barcas de la temporada ya estaban amarradas a los muelles. En el lado opuesto de la ciudad, el enorme barranco sobre el que estaba tendido el puente interrumpía, definitivamente, el desordenado crecimiento de la ciudad. En el extremo sur había un aparcamiento para vehículos y un extenso complejo de edificios pintados de azul y amarillo que, por su aspecto, debía de tratarse de un centro médico que parecía haber sido el más importante de la región. Estaba rodeado de bloques de casas de hospedaje, restaurantes e hileras de viviendas pintadas a rayas, rombos o con diseños en zigzag con brillantes colores rosas, naranjas, amarillos y rojos.

Habíamos volado durante medio día y yo podría haber seguido pilotando la nave durante toda la noche, pero me habría resultado incómodo. Además, pensé que no había necesidad de correr, de modo que aparqué la nave en el primer espacio libre que encontré, le indiqué secamente a Seivarden que bajara y yo también lo hice. Me colgué la bolsa al hombro, pagué la tarifa del aparcamiento, inutilicé la nave, como había hecho en casa de

Strigan, y me dirigí a la ciudad sin mirar si Seivarden me seguía o no.

Había aterrizado cerca del centro médico. Algunas de las casas de hospedaje a su alrededor eran muy lujosas, pero muchas otras eran más pequeñas e incluso menos confortables que la que había alquilado en el pueblo donde encontré a Seivarden, aunque un poco más caras. Iban y venían sureñas cubiertas con abrigos de vistosos colores y hablaban en un idioma que yo desconocía. Otras se comunicaban con uno que sí conocía y, afortunadamente, era el mismo utilizado en los letreros.

Elegí un alojamiento más espacioso que los más baratos, que eran del tamaño de los tanques de animación suspendida. Luego llevé a Seivarden al primer restaurante de aspecto limpio y de precio moderado que encontré. Cuando entramos, enseguida se fijó en las estanterías repletas de botellas que había en la pared del fondo.

—Tienen arak.

—Será extremadamente caro —repliqué— y, probablemente, bastante malo. No lo fabrican aquí. Mejor tómate una cerveza.

Seivarden llevaba un rato mostrando signos de estrés y la profusión de brillantes colores del entorno le provocaba que hiciera muecas, así que me preparé para presenciar una explosión de mal genio, pero se limitó a hacer un gesto de conformidad. Después arrugó la nariz con desagrado.

—¿Con qué hacen la cerveza en este sitio?

—Con cereales. Los cultivan cerca del ecuador, donde no hace tanto frío como aquí.

Nos acomodamos en uno de los bancos que había a lo largo de las tres hileras de mesas y una camarera nos sirvió cerveza y unos cuencos con algo que, según ella, era la especialidad de la casa. «Un plato buenísimo, ya lo verán», dijo en una lengua escasamente aproximada al radchaai. La verdad es que el plato era bastante bueno. Llevaba hortalizas auténticas: una cantidad considerable de col finamente cortada y mezclada con otros ingredientes que no identifiqué. Los trocitos más pequeños debían de ser de carne, probablemente de vacuno. Seivarden cortó por la mitad uno de los más grandes con la cuchara y vimos que el interior era totalmente blanco.

—Seguramente se trata de queso —sugerí yo.

Ella hizo una mueca.

—¿Por qué esta gente no come comida de verdad? ¿No saben hacerlo mejor?

—El queso es comida de verdad, y la col también.

—Pero esta salsa...

—Sabe bien —afirmé, y tomé otro bocado.

—Todo, en este lugar, huele fatal —se quejó ella.

—Come y calla.

Miró con recelo su cuenco, llenó la cuchara y la olisqueó.

—No puede oler peor que la bebida de leche fermentada —alegué yo.

Sorprendentemente, ella medio sonrió.

—No.

Comí otro bocado mientras pensaba en los posibles desencadenantes de aquella forma nueva y mejor de comportarse de Seivarden. No estaba segura de qué significaba acerca de su estado de ánimo, sus intenciones o sobre quién o qué creía que era yo. Quizá Strigan tenía razón y Seivarden había decidido que, de momento, su mejor opción era no enemistarse con la persona que la estaba alimentando y que eso cambiaría cuando contara con otras alternativas.

Una voz aguda nos saludó desde otra mesa.

—¡Hola!

Me volví. La niña del tiktik me saludó con la mano desde donde estaba sentada con su madre. Me sorprendió verla en aquel restaurante, pero estábamos cerca del centro médico y yo sabía que era allí adonde habían llevado a su pariente herido. Además, habían llegado desde la misma dirección que nosotras, así que no era raro que hubieran aparcado en la misma zona. Sonreí y la saludé con la cabeza. Ella se levantó y se acercó a nosotras.

—¡Tu amigo se encuentra mejor! —exclamó entusiasmada—. Me alegro. ¿Qué estáis comiendo?

—No lo sé —reconocí yo—. La camarera nos ha dicho que es la especialidad de la casa.

—¡Uy, sí, está muy bueno! Lo comí ayer. ¿Cuándo habéis llegado? Hace tanto calor que parece que ya sea verano. No me imagino el calor que debe de hacer más al norte.

Evidentemente, el tiempo que había transcurrido desde el accidente que la llevó a la casa de Strigan le había permitido recuperar su energía. Seivarden la miraba desconcertada y con la cuchara en la mano.

—Llegamos hace una hora —le expliqué a la niña—. Pero solo nos quedaremos esta noche. Vamos camino del ascensor espacial.

—Nosotras nos quedaremos aquí hasta que mi tío tenga mejor las piernas: probablemente tardará una semana. —Frunció el ceño mientras contaba los días—. Quizás un poco más. Dormimos en el aerodeslizador, que es muy incómodo, pero mi madre dice que aquí el precio de los alojamientos es un auténtico robo. —Se sentó en el extremo del banco, a mi lado—. Yo no he estado nunca en el espacio; ¿cómo es?

—Es muy frío. Incluso a ti te parecería frío.

Le pareció divertido el comentario y soltó una breve carcajada.

—Además, no hay aire y apenas hay gravedad, así que lo único que puedes hacer es flotar —añadí.

Me miró con el ceño fruncido, fingiendo una reprimenda.

—Ya sabes a qué me refiero. —Lancé una mirada hacia su madre, que comía despreocupada e indiferente—. La verdad es que no es muy emocionante.

La niña puso una expresión de desinterés.

—¡Ah! A ti te gusta la música, ¿verdad? Esta noche canta alguien en un local de esta misma calle.

Utilizó la palabra que yo había utilizado por error en la casa de Strigan y no la que usó ella para corregirme.

—Nosotras no fuimos a escucharla ayer por la noche porque cobran entrada —me explicó—. Además, es mi prima. Bueno, no en primer grado. Es la tía de la hija de la prima de mi madre, lo cual no deja de ser un pariente cercano. La oí cantar en la última reunión familiar y es muy buena.

—Iré; seguro. ¿Dónde está el local?

Me dijo el nombre y añadió que tenía que acabar de cenar. La observé mientras regresaba junto a su madre, que solo nos miró brevemente y sacudió la cabeza. Yo le devolví el saludo.

El local que la niña me había indicado estaba a solo unas puertas del restaurante. Se trataba de un edificio ancho y de techo bajo. La pared posterior estaba formada por persianas que ahora estaban abiertas y daban a un patio interior. Allí, a una temperatura de un grado, había varias nilteranas sentadas y sin abrigo que bebían cerveza y escuchaban, en silencio, a una mujer que tocaba un instrumento de cuerda y en forma de arco que yo no había visto nunca.

Pedí, discretamente, cerveza para Seivarden y para mí y nos sentamos en el interior del local, donde no soplaba la brisa y, por tanto, la temperatura era algo más cálida. Además, contábamos con una pared para apoyar la espalda. Unas cuantas personas se volvieron hacia nosotras, nos miraron fijamente y volvieron a mirar hacia delante con una actitud más o menos educada.

Seivarden se inclinó tres centímetros hacia mí y susurró:

—¿Qué hacemos aquí?

—Escuchar música.

Ella arqueó una ceja.

—¿Esto es música?

Me volví para mirarla cara a cara. Ella se estremeció levemente.

—Lo siento, es solo que... Es tan... —dijo con un gesto de impotencia.

Las radchaais tienen instrumentos de cuerda. De hecho, cuentan con una amplia variedad de ellos gracias a las anexiones, pero tocarlos en público se considera un acto descarado, porque hay que tañerlos sin guantes o con unos tan finos que es como si no existieran. Además, las largas, lentas y desiguales frases musicales hacían que a oídos de una radchaai resultara difícil percibir el ritmo de la canción, y el sonido del instrumento era agudo y discordante. Seivarden no había sido educada para apreciar aquel tipo de música.

Una mujer que estaba sentada a una mesa cercana se volvió hacia nosotras y chistó para que nos calláramos. Yo me disculpé con un gesto y le lancé una mirada de advertencia a Seivarden. Durante un instante, la rabia se reflejó en su cara y pensé que tendría que sacarla de allí, pero ella respiró hondo, miró la cerveza, bebió un trago y luego miró hacia delante con determinación sin decir nada más.

La pieza terminó y la audiencia golpeó suavemente con los nudillos en las mesas. La intérprete se mostró, al mismo tiempo, impasible y agradecida e interpretó otra canción, mucho más rápida y en un tono mucho más fuerte, lo que le permitió a Seivarden susurrarme con tranquilidad:

—¿Cuánto tiempo vamos a quedarnos?

—Un rato.

—Estoy cansada. Quiero volver a la habitación.

—¿Sabrás encontrarla?

Ella asintió. La mujer de la otra mesa nos miró con desaprobación.

—Vete —le susurré tan bajito como pude pero con la esperanza de que me oyera.

Seivarden se fue. Lo que le ocurriera no era asunto mío, me dije a mí misma. Tanto si encontraba el camino de vuelta a nuestro alojamiento como si vagaba sin rumbo por la ciudad o se sumergía en el río y se ahogaba, hiciera lo que hiciera, ya no era de mi incumbencia y no tenía por qué preocuparme. De todos modos, me congratulé por haber tenido la previsión de guardar la bolsa en la caja de seguridad del edificio, porque, aunque Strigan no me hubiera prevenido en su contra, no confiaba en dejar mis pertenencias o mi dinero al alcance de Seivarden. Así que me tomé la cerveza, que era bastante decente, y decidí disfrutar de una noche de música con la perspectiva de escuchar a una buena cantante y canciones nuevas para mí. Estaba más cerca de mi objetivo de lo que nunca había imaginado que llegaría a estar y decidí que, aunque solo fuera por una noche, podía relajarme.

La cantante era excelente, aunque no comprendí nada de lo que decían sus canciones. Volvió a actuar más tarde, después de un descanso, ya con el local abarrotado y ruidoso. De vez en cuando, el público guardaba silencio para beber cerveza y prestar atención a la música; en contraste, entre una y otra canción, el golpeteo en las mesas sonaba fuerte y bullicioso. Pedí la suficiente cerveza para justificar mi presencia allí, pero la mayor parte de ella no me la bebí. No soy humana, pero mi cuerpo lo es y demasiada cerveza habría entorpecido mis reacciones más de lo conveniente.

Me quedé hasta muy tarde y, después, me dirigí al alojamiento por la oscura calle. Aquí y allá me crucé con un par o tres de personas que conversaban entre ellas y que me ignoraron. En la diminuta habitación encontré a Seivarden, que estaba dormida e inmóvil. Respiraba con regularidad y su cara y sus extremidades estaban laxas. La quietud indefinible que percibí en ella me indicó que era la primera vez que la veía realmente dormida. Por un brevísimo instante me pregunté si había tomado kef, pero sabía que no tenía dinero, que no conocía a nadie en la ciudad y que no hablaba ninguno de los idiomas que había oído hablar en el planeta.

Me tumbé a su lado y me dormí.

Me desperté seis horas más tarde y me sorprendió ver que ella seguía dormida a mi lado. No tuve la impresión de que se hubiera despertado mientras yo dormía. Era mejor que descansara tanto como pudiera. Al fin y al cabo, yo no tenía prisa. Me levanté y salí.

A medida que me acercaba al centro médico, la calle estaba más llena de gente y con más bullicio. Le compré a una vendedora ambulante un cuenco de avena cocida con leche caliente y seguí hasta donde la calle rodeaba el hospital y se alejaba hacia el centro de la ciudad. Los autobuses se detenían, unas pasajeras se bajaban, otras subían y seguían su ruta.

Entre el río de gente, reconocí a la niña y a su madre. Ellas también me vieron. La niña abrió mucho los ojos y frunció levemente el ceño. La expresión de su madre no cambió, pero ambas se abrieron paso entre la muchedumbre hasta mí. Por lo visto, estaban buscándome.

—Breq —me saludó la niña con voz apagada, lo que no era propia en ella.

—¿Tu tío está bien? —le pregunté.

—Sí, mi tío está bien.

Era evidente que algo la inquietaba.

—Tu amigo... —empezó la madre, imperturbable como siempre, y se interrumpió.

—¿Sí?

—Nuestro aerodeslizador está aparcado cerca de tu aeronave —explicó la niña. Sin duda temía darme las malas noticias—. Lo vimos cuando volvíamos de cenar anoche.

—Cuéntame —le pedí yo.

No me gusta el suspense. Su madre, inusitadamente, frunció el ceño.

—Ahora no está.

Yo no dije nada mientras esperaba el resto de la historia.

Ella continuó:

—Debiste inutilizarlo porque cogió el dinero y la gente que le pagó se llevó la aeronave a remolque.

El personal del aparcamiento no debió de sospechar nada porque me habían visto con Seivarden.

—Ella no habla ningún idioma de aquí —observé yo.

—¡Hacían muchos gestos con las manos! —explicó la niña mientras movía las manos exageradamente—. Señalaban mucho y hablaban muy despacio.

Había subestimado terriblemente a Seivarden. Había sobrevivido yendo de un lugar a otro sin hablar más idiomas que el radchaai y seguramente sin dinero, y, aun así, cuando la encontré había conseguido comprar el kef suficiente para tomarse una dosis casi fatal. Probablemente, lo había hecho en más de una ocasión. Sabía arreglárselas sola, a pesar de que lo hacía realmente mal. Era capaz de conseguir lo que quería sin ayuda. Quería kef y lo había conseguido; a mi costa, pero eso a ella no le importaba.

—Pensamos que aquello no encajaba porque tú dijiste que solo ibais a quedaros una noche y que luego viajaríais al espacio, pero nadie nos habría escuchado porque no somos más que unas pastoras.

Además, no habría sido buena idea enfrentarse a una persona que compraba una nave que no tenía la documentación, sin ninguna prueba de propiedad, y encima una nave que, obviamente, había sido inutilizada a propósito para evitar que nadie, salvo la propietaria, se la llevara.

—No quiero pensar qué tipo de amigo es ese amigo tuyo —dijo la madre de la niña con velada desaprobación.

Seivarden no era amiga mía. Nunca lo había sido, ni en aquel momento ni en ningún otro.

—Gracias por contármelo.

Me dirigí al aparcamiento y, efectivamente, la aeronave no estaba. Cuando regresé a la habitación, Seivarden seguía durmiendo o, quizá, seguía estando inconsciente. Me pregunté cuánto kef había conseguido comprar con lo que había obtenido por la aeronave, pero solo me lo pregunté el tiempo que tardé en sacar la bolsa de la caja de seguridad y pagar la estancia de aquella noche. A partir de entonces, Seivarden tendría que valerse por sí misma, lo que, por lo visto, no suponía un problema para ella. Después, salí en busca de un transporte que me alejara de la ciudad.

Había una línea de autobuses, pero el primero había salido quince minutos antes de que yo llegara a la estación y el siguiente lo haría al cabo de tres horas. Salía un tren diario hacia el norte que tenía su ruta a lo largo del río, pero, como el autobús, ya había salido.

No quería esperar. Quería irme de allí. Y en particular no quería arriesgarme a encontrarme con Seivarden, ni siquiera verla de pasada. En general, en aquel lugar la temperatura era superior a la de congelación y yo era capaz de caminar largas distancias. La siguiente ciudad que mereciera considerarse como tal estaba, según los mapas que había consultado, a solo un día de camino. Eso sí, en lugar de tomar la carretera, que se desviaba para rodear el río y el amplio precipicio, cruzaba el puente de cristal que lo atravesaba y después caminaba campo a través.

El puente estaba a unos cuantos kilómetros de distancia de la ciudad. La caminata me sentaría bien, porque últimamente no había hecho mucho ejercicio. Además, el puente podía resultar interesante, de modo que me dirigí hacia allí. Cuando había recorrido poco más de medio kilómetro, más allá de las casas de hospedaje y los restaurantes que rodeaban el centro médico, y mientras atravesaba un vecindario residencial con edificios pequeños, tiendas de comestibles y de ropa y casas aisladas que estaban conectadas por pasarelas cubiertas, Seivarden apareció detrás de mí, a lo lejos.

—¡Breq! —gritó jadeando y casi sin aliento—. ¿Adónde vas?

Yo no le contesté y aceleré el paso.

—¡Breq, maldita sea!

Me detuve, pero no me volví hacia ella. Consideré la posibilidad de decirle algo, pero nada de lo que se me ocurría era remotamente comedido ni mejoraría la situación. Seivarden me alcanzó.

—¿Por qué no me has despertado? —me preguntó.

Se me ocurrieron varias respuestas, pero me abstuve de expresar ninguna de ellas en voz alta y reemprendí la marcha.

No volví la vista atrás. No me importaba si me seguía o no. De hecho, deseaba que no lo hiciera. Ya no me sentía responsable por ella, ya no temía que, sin mí, estuviera indefensa. Era capaz de arreglárselas sola.

—¡Breq, maldita sea! —volvió a gritar Seivarden.

Entonces soltó otra maldición y oí sus pasos detrás de mí y su respiración agitada a medida que me alcanzaba. No me detuve, sino que aceleré un poco el paso. Después de otros cinco kilómetros durante los cuales ella se quedaba rezagada y me alcanzaba alternativamente, echó a correr, jadeando, para alcanzarme, y dijo:

—¡Por las tetas de Aatr! Estás resentida, ¿no?

Yo seguí sin decir nada y esta vez tampoco me detuve.

Transcurrió otra hora. Ya habíamos dejado atrás la ciudad y apareció el puente: una superficie negra, plana y abombada que atravesaba el precipicio. Debajo de ella, colgaban, rectas o en espiral, múltiples varillas de cristal de colores rojo brillante, amarillo intenso o azul ultramarino. Algunas estaban rotas y su borde inferior era irregular. Las paredes del precipicio tenían estrías negras, gris verdosas y azules y, aquí y allá, estaban cubiertas de hielo. El fondo del precipicio quedaba oculto a la vista por una masa de nubes. Un letrero en cinco idiomas informaba de que el puente era un monumento protegido y que el acceso solo estaba permitido a quienes dispusieran de una licencia. Qué tipo de licencia y por qué se necesitaba era un misterio para mí, porque no reconocí todas las palabras del letrero. Una barrera impedía el paso, nada que yo no pudiera sortear con facilidad. Además, no había nadie salvo Seivarden y yo. El puente medía cinco metros de anchura, como todos los demás, y aunque el viento soplaba fuerte, no lo hacía lo bastante para suponer un peligro. Pasé por encima de la barrera y subí al puente.

Si hubiera padecido de vértigo, me habría mareado, pero, afortunadamente, este no era el caso. Lo que me causaba incomodidad era tener espacios abiertos detrás y debajo de mí que solo podía ver si apartaba la mirada de otros lugares. Mis botas crujieron al entrar en contacto con el cristal negro y toda la estructura se balanceó ligeramente y se estremeció con el viento. Un nuevo patrón de vibración me indicó que Seivarden me había seguido.

Lo que ocurrió a continuación fue, sobre todo, por mi culpa. Estábamos a medio cruzar el puente cuando Seivarden dijo:

—Está bien, está bien, lo capto. Estás enfadada.

Yo me detuve, pero no me volví hacia ella.

—¿Cuánto conseguiste? —le pregunté finalmente, aunque era solo una de las muchas cosas que había pensado decirle.

—¿Qué?

Aunque estaba de espaldas a ella, percibí que se inclinaba y apoyaba las manos en las rodillas y oí su agitada respiración mientras se esforzaba para que yo la oyera a pesar del viento.

—¿Cuánto kef?

—Solo quería un poco —contestó sin responder realmente a

mi pregunta—. El suficiente para no encontrarme mal. Lo necesito. Y a decir verdad tú no habías pagado por la aeronave.

Aunque era muy poco probable pensé que se acordaba de cómo había conseguido yo la aeronave, pero entonces continuó:

—En la bolsa tienes el dinero suficiente para comprar diez naves y, además, el dinero no es tuyo, sino de la Lord del Radch, ¿no es cierto? Y me haces correr así porque estás cabreada.

Me quedé quieta, con la mirada fija al frente y el abrigo pegado a mi cuerpo a causa del viento. Permanecí así mientras intentaba comprender qué indicaban sus palabras sobre quién o qué pensaba que era yo y por qué creía que me había tomado la molestia de ocuparme de ella.

—Sé lo que eres —afirmó mientras yo seguía callada—. Sin duda, desearías poder dejarme atrás, pero no puedes, ¿no es cierto? Has recibido órdenes de llevarme de vuelta.

—¿Y, según tú, qué soy? —le pregunté todavía de espaldas a ella y en voz alta para que me oyera por encima de los rugidos del viento.

—No eres nadie, eso es lo que eres —contestó ella con desdén. Se había enderezado y estaba justo detrás de mi hombro izquierdo—. Te presentaste a las aptitudes de la rama militar y, como les ocurre a millones como tú crees que eso hace que seas alguien. Ensayaste el acento noble, aprendiste a comportarte como una persona de alcurnia y te abriste camino en la División de las Misiones Especiales. Y ahora yo soy tu misión especial. Tienes que llevarme de vuelta a casa y de una pieza a pesar de que eso te repatea, ¿no es así? Tienes un problema conmigo y yo diría que tu problema consiste en que, por mucho que lo intentes, por mucho que adules a otras personas, nunca serás lo que yo soy por derecho de nacimiento, y la gente como tú odia ese hecho.

Me volví para mirarla. Estoy segura de que mi cara era inexpresiva, pero cuando mis ojos se encontraron con los suyos, Seivarden, sin perder por ello su actitud desdeñosa, se estremeció y dio tres instintivos pasos hacia atrás. Más allá del borde del puente.

Yo me acerqué y miré hacia abajo. Seivarden colgaba a seis

metros por debajo de mí, agarrada con fuerza a un enrevesado bucle de cristal rojo. Tenía los ojos desorbitados y la boca abierta ligeramente. Me miró y exclamó:

—¡Ibas a pegarme!

Calculé con facilidad: toda mi ropa anudada solo alcanzaría una distancia de 5,7 metros. La varilla de cristal rojo estaba conectada a un lugar de debajo del puente que yo no podía ver y no había indicios de que Seivarden pudiera escalar a ningún lugar seguro. La varilla de cristal rojo no era tan fuerte como el puente y calculé que el peso de Seivarden haría que se rompiera en algún momento entre los siguientes tres y siete segundos. Aunque eso solo era una suposición. En todo caso, cualquier ayuda que pudiera pedir llegaría demasiado tarde. Las nubes seguían ocultando el final del precipicio y, por lo que pude ver, los tubos del fondo también eran muy profundos. Su diámetro parecía ser algo menor que la distancia que había entre mis manos con los brazos extendidos.

—¿Breq? —La voz de Seivarden sonó entrecortada y tensa—. ¿Se te ocurre algo?

Al menos, no me había exigido: «Tienes que hacer algo.» Le pregunté:

—¿Confías en mí?

Ella abrió todavía más los ojos y su respiración se volvió un poco más entrecortada. No confiaba en mí; yo lo sabía. Si seguía conmigo era porque creía que yo había ido a buscarla cumpliendo una orden oficial y que, en consecuencia, su regreso era ineludible, y también creía que era lo bastante importante para que el Radch hubiera enviado a alguien en su busca; infravalorarse nunca fue uno de sus defectos. Por otro lado, seguramente también estaba dispuesta a regresar al Radch porque estaba cansada de huir, del mundo y de sí misma. Estaba lista para rendirse. Lo que yo todavía no entendía era por qué estaba con ella. Ella nunca había sido una de las oficiales que prefiriera de entre todas con las que había servido.

—Sí, confío en ti —me mintió.

—Cuando te agarre, activa tu armadura y rodéame con los brazos.

Una nueva expresión de alarma cruzó por su cara, pero no había tiempo para nada más. Activé mi armadura por debajo de la ropa y salté del puente.

Justo cuando mis manos tocaron sus hombros, la varilla de cristal rojo se rompió. Varios fragmentos de bordes afilados salieron despedidos a los lados brillando momentáneamente. Seivarden cerró los ojos, hundió la cara en mi cuello y me abrazó con tanta fuerza que me habría impedido respirar a no ser por la armadura; la misma que no me dejaba percibir su alarmada respiración en mi piel ni el aire que atravesábamos volando, aunque sí que podía oírlo. Pero Seivarden no había extendido su armadura.

Si yo hubiera sido más que solo yo misma, si hubiera tenido los implantes que necesitaba, habría podido calcular nuestra velocidad punta y cuánto tardaríamos en alcanzarla. Calcular la velocidad que nos imprimía la fuerza de la gravedad era fácil, pero el efecto de la resistencia de mi bolsa y de los pesados abrigos escapaba a mis cálculos. Habría sido mucho más fácil calcularlo en una atmósfera de vacío, pero ese no era el caso.

Sin embargo, en aquel momento la diferencia entre quince metros por segundo y ciento cincuenta solo era importante en teoría. Todavía no podía ver el fondo. El blanco donde pensaba aterrizar era pequeño y no sabía de cuánto tiempo disponíamos para ajustar nuestra postura, si es que podíamos ajustarla. Durante los veinte a cuarenta segundos siguientes no pudimos hacer nada salvo esperar y caer.

—¡La armadura! —le grité al oído.

—¡La vendí! —me contestó. Su voz tembló levemente y sonó tensa contra la fuerza del viento. Su cara seguía presionada contra mi cuello.

De repente, todo se volvió gris. En algunas zonas expuestas de mi armadura se había condensado humedad que volaba en gotas hacia arriba. Uno coma treinta y cinco segundos más tarde, vi el suelo: apretados círculos negros que eran más grandes y, por consiguiente, estaban más cerca de lo que yo esperaba y habría deseado. Inesperadamente me invadió una oleada de adrenalina; por lo visto, me había acostumbrado a caer. Incliné la cabeza e intenté mirar más allá del hombro de Seivarden, hacia lo que había justo debajo de nosotras.

La armadura estaba hecha para dispersar la fuerza del impacto de una bala y transformar una parte de la fuerza en calor. En teoría, era impenetrable, pero, aun así, si se aplicaba la fuerza suficiente, yo podía resultar herida o incluso morir. Después de una ráfaga continuada de balas, en distintas ocasiones había sufrido fracturas de huesos y la pérdida de algunos cuerpos. No estaba segura de qué efecto causaría la fricción de desaceleración en mí o en la armadura, gracias a la cual, era como si contara con cierto aumento óseo y de masa muscular, pero no sabía si eso sería suficiente para sobrevivir a aquella experiencia. No podía calcular con exactitud la velocidad de nuestra caída, la cantidad de energía que necesitaba dispersar para que esa velocidad no fuera fatal ni la temperatura que alcanzaría el interior y el exterior de mi armadura. Además, al carecer de la suya, Seivarden no podría aportar ninguna ayuda. Si todavía fuera lo que había sido, esto no tendría importancia, porque aquel no habría sido mi único cuerpo.

No pude evitar pensar que debería haber dejado que Seivarden cayera sola. No debería haber saltado con ella. Incluso mientras caía, no sabía por qué lo había hecho, pero, en el instante de tomar la decisión, no pude darle la espalda.

Entonces supe la distancia que nos quedaba en centímetros.

—Cinco segundos —grité por encima del viento, pero ya eran cuatro.

Si teníamos mucha, mucha suerte, caeríamos directamente en el tubo que teníamos debajo y yo frenaría la caída presionando las manos y los pies contra las paredes. Si teníamos mucha, mucha suerte, el calor de la fricción no le produciría a Seivarden unas quemaduras demasiado graves. Y, si yo tenía todavía más suerte, solo me rompería las muñecas y los tobillos. Todo esto me pareció bastante aleatorio, pero las monedas caerían según la voluntad de Amaat.

Caer no me importaba. Podía caer eternamente y no sufrir ningún daño. El problema era parar.

—¡Tres segundos! —grité.

—Breq —dijo Seivarden sollozando—, por favor.

Nunca conocería algunas respuestas. Dejé a un lado los cálculos que todavía estaba realizando. No sabía por qué había saltado, pero en aquel momento ya no importaba. En aquel momento no existía nada más.

—Hagas lo que hagas —un segundo—, no me sueltes.

Oscuridad. Ningún impacto. Extendí los brazos e, inmediatamente, sentí que eran empujados hacia arriba. A pesar de los refuerzos de la armadura, me fracturé las muñecas y un tobillo al instante y sentí que los tendones y los músculos se rasgaban. Empezamos a caer dando bandazos. A pesar del dolor, encogí de nuevo los brazos y las piernas, y los extendí deprisa y con fuerza. Un segundo después, volvimos a equilibrarnos. Al mismo tiempo, algo se me rompió en la pierna derecha, pero no podía permitirme el lujo de preocuparme por ello. La velocidad fue disminuyendo centímetro a centímetro.

Yo ya no podía contralar las manos ni los pies, solo podía ejercer presión contra las paredes y esperar que nada volviera a desestabilizarnos y hacernos caer sin control y cabeza abajo provocándonos la muerte. El dolor era agudo, atroz, y lo bloqueaba todo salvo los números: una distancia (estimada) que disminuía centímetro a centímetro (también estimados); una velocidad (estimada) que disminuía; la temperatura exterior de la armadura (que aumentaba en mis extremidades con riesgo de superar los parámetros aceptables y posible resultado de daños). Pero los números ya casi no tenían significado para mí, porque el dolor era más intenso e inmediato que cualquier otra cosa. Sin embargo, los números eran importantes. La comparación entre la distancia y nuestro ritmo de desaceleración sugería un final catastrófico. Intenté respirar hondo, pero no pude. Intenté presionar con más fuerza las paredes.

No recuerdo nada del resto del descenso.

Me desperté tumbada de espaldas y con un intenso dolor en las manos, los brazos, los hombros, los pies y las piernas. Delante de mí, justo encima, percibí un círculo de luz gris. «Seivarden», intenté decir, pero lo único que me salió de la garganta fue un suspiro convulsivo que resonó levemente en las paredes.

—Seivarden.

Conseguí pronunciar el nombre, aunque de una forma apenas audible y distorsionada por la armadura. La desactivé e intenté hablar de nuevo. En esta ocasión logré articular la voz.

—Seivarden.

Levanté un poco la cabeza. En la tenue luz que procedía de arriba percibí que estaba tumbada en el suelo, con las rodillas flexionadas y ladeadas. Yo tenía la pierna derecha doblada en un ángulo antinatural y los brazos extendidos junto al cuerpo. Intenté mover un dedo, pero fue inútil. Una mano, pero, por supuesto, también fue inútil. Intenté mover la pierna derecha y solo conseguí que el dolor aumentara.

Estaba sola. No había nada salvo yo. No vi la bolsa.

En otra época, si hubiera habido una nave radchaai en órbita, podría haber contactado con ella con el simple pensamiento. Pero si hubiera estado en algún lugar donde hubiera una nave radchaai, nada de aquello habría sucedido. Si hubiera dejado a Seivarden en la nieve, aquello nunca habría sucedido.

¡Había estado tan cerca! Después de veinte años de planificación, trabajo, artimañas, dos pasos hacia delante aquí y un paso atrás allá, poco a poco, con paciencia y en contra de todo pronóstico había llegado hasta allí. Muchas veces, como en esa ocasión, había tentado a la suerte y había puesto en juego no solo el éxito de mi objetivo, sino también mi vida. Pero, una y otra vez, había ganado, o al menos no había perdido de tal forma que me hubiera impedido volver a intentarlo.

Hasta aquel momento, y por una razón estúpida. Encima de mí, las nubes ocultaban el inalcanzable cielo, el futuro que ya no tendría, el objetivo que ahora nunca podría alcanzar. Había fracasado.

Cerré los ojos y contuve unas lágrimas cuyo origen no era el dolor físico. Si fracasaba, no sería porque hubiera, en ningún momento y de ninguna forma, tirado la toalla. Seivarden se había ido, pero la encontraría. Descansaría un momento, me recuperaría, encontraría las fuerzas para sacar el comunicador de mano que guardaba en el abrigo y pediría ayuda, o encontraría otra forma de salir de allí, y si eso implicaba tener que arrastrarme dejando atrás los restos inútiles y sangrientos de mis extremidades, lo haría, con dolor o sin él, o moriría intentándolo.

14

Una de las tres Mianaai ni siquiera llegó a la cubierta Var, sino que introdujo el código de la cubierta donde estaba el acceso a mi unidad central. «Código no válido», pensé al recibirlo, pero, de todas formas, paré el ascensor en aquel nivel y abrí la puerta. Aquella Mianaai se dirigió a mi consola principal, marcó archivos y repasó con rapidez el listado de los registros del último siglo. Cuando llegó al período de cinco años que incluía su última visita, aquella que yo le había ocultado, se detuvo y frunció el ceño.

Las otras dos Mianaai guardaron sus bolsas en las dependencias y se reunieron en la sala de la Decuria Var, que yo acababa de iluminar y que se estaba calentando poco a poco. Las dos se sentaron a la mesa bajo la leve sonrisa de la silenciosa santa de cristal coloreado de Valskaay. Sin elevar la voz, Mianaai me solicitó información: una muestra aleatoria de recuerdos del período de cinco años que había llamado su atención en la cubierta de acceso a mi unidad central. De una forma silenciosa e inexpresiva y, en cierto sentido, irreal, ya que yo solo podía percibir sus signos externos, contempló los recuerdos que proyecté en su visión y sus oídos. Empecé a cuestionarme si era veraz el recuerdo que yo tenía de su otra visita. No parecía haber rastro de ella en la información a la que Anaander Mianaai estaba accediendo. En el registro de aquellos cinco años no había nada salvo operaciones rutinarias.

Pero algo había llamado su atención en aquel período. Además, la invalidez de los códigos que había introducido era significativa. Los códigos de acceso de Anaander Mianaai nunca eran inválidos. Era imposible que lo fueran. ¿Y por qué le había permitido yo el acceso si los códigos no eran válidos? Una de las Anaander de la sala de la Decuria Var arrugó el ceño y dijo:

—No hay nada.

Entonces la Lord del Radch dirigió su atención a acontecimientos más recientes y yo me sentí sumamente aliviada.

Mientras tanto mi capitana y el resto de mis oficiales seguían con sus tareas rutinarias: se entrenaban, hacían ejercicio físico, comían o hablaban sin ser conscientes de que la Lord del Radch estaba a bordo. Aquello no estaba nada bien.

La Lord del Radch observó a mis tenientes Esk mientras desayunaban y conversaban de una forma mordaz. Las tres Mianaai. Sin ningún cambio visible de expresión. Var Una dejó sendos tazones de té junto a los dos cuerpos idénticos y vestidos de negro de la sala de la Decuria Var.

—¿La teniente Awn ha estado en algún momento separada de ti desde el incidente? —me preguntó una Mianaai.

No especificó a qué incidente se refería, pero solo podía tratarse de lo ocurrido en el templo de Ikkt.

—No, milord —respondí a través de la boca de Var Una.

En la cubierta de acceso a mi unidad central, la Lord del Radch tecleó nuevos códigos y anuló automatismos que le permitirían cambiar casi cualquier aspecto de mi mente que deseara. «No válido.» «No válido.» «No válido.» Uno detrás de otro. Pero en todas las ocasiones, accedí y permití un acceso que, de hecho, ella no tenía. Experimenté algo parecido a las náuseas y empecé a darme cuenta de lo que debía de haber ocurrido en tiempos remotos, aunque no disponía de recuerdos a los que pudiera acceder y que confirmaran mis sospechas para que la situación me resultara más clara y menos ambigua.

—¿En algún momento ha hablado del incidente con alguien?

Una cosa era evidente, Anaander Mianaai estaba actuando en contra de sí misma; en secreto. Estaba dividida en dos. Al menos en dos. Yo solo percibía indicios leves de la otra Anaander, de la que había cambiado los códigos que ella creía que estaba cambiando ahora por primera vez para favorecerse a sí misma.

—¿En algún momento ha hablado del incidente con alguien?

—Brevemente, milord —contesté. Por primera vez en mi larga vida estaba asustada de verdad—. Con la teniente Skaaiat de la *Justicia de Ente*.

¿Cómo podía mi voz, Var Una, hablar con tanta calma? ¿Cómo podía siquiera saber qué decir, qué contestar, cuando el fundamento de todas mis acciones e incluso la razón de mi existencia estaban en tela de juicio?

Una Mianaai frunció el ceño; no la que había hablado.

—Skaaiat —afirmó con cierto rechazo y parecía que inconsciente de mi repentino miedo—. Hace tiempo que sospecho de Awer.

Awer era el nombre de la casa de la teniente Skaaiat, pero yo no tenía ni idea de qué tenía que ver ella con los sucesos del templo de Ikkt.

—Pero nunca he podido encontrar ninguna prueba. —Esto también era un misterio para mí—. Reprodúceme la conversación.

Cuando llegó la parte en la que la teniente Skaaiat dijo: «Si vas a cometer una locura como esa, resérvala para cuando vaya a servir para algo», un cuerpo de Mianaai se inclinó bruscamente hacia delante y soltó: «¡Vaya!», con voz enojada. Instantes después, cuando hablaron de Ime, Mianaai arrugó el entrecejo. Yo temí, por un momento, que la Lord del Radch detectara el desasosiego que yo experimentaba por el contenido imprudente y francamente peligroso de aquella conversación, pero no mencionó nada al respecto. Quizá no lo percibió, del mismo modo que no había percibido mi profunda inquietud cuando me di cuenta de que ella ya no era una persona, sino dos, y que cada una estaba en conflicto con la otra.

—No constituye una prueba. No es suficiente —comentó Mianaai ajena a mis tribulaciones—. Pero es peligrosa. Awer tiene que inclinarse a mi favor.

De momento no entendí por qué dudaba de Awer. La casa Awer procedía del Radch desde sus orígenes y, aunque sus riquezas e influencia le permitían criticar al imperio, normalmente, lo hacía con la suficiente astucia para evitarse problemas.

Yo conocía la casa Awer desde hacía mucho tiempo: había alojado a sus jóvenes tenientes y las había visto ascender a capitanas de otras naves. Ninguna Awer dedicada al servicio militar exhibía abiertamente las tendencias de su casa, porque un sentido de la justicia sumamente acusado y la inclinación al misticismo no encajaban bien con las anexiones; y tampoco con la riqueza y el rango social elevado, de modo que, teniendo en cuenta el confort y los privilegios de los que disfrutaba una casa tan antigua como la Awer, cualquier muestra de indignación moral por los procedimientos del sistema resultaba un poco hipócrita, sin duda. Además, aunque algunas injusticias les resultaban sumamente obvias, otras ni siquiera las percibían.

En cualquier caso, el sentido práctico y sarcástico de la teniente Skaaiat era común a su casa y solo se trataba de una versión atenuada y más tolerable de la tendencia Awer a la indignación moral ante las injusticias. Sin duda, cada una de las Anaander consideraba que su causa era la más justa y, por supuesto, también la más correcta y beneficiosa. Por lo tanto, teniendo en cuenta la inclinación Awer por defender las causas justas, Mianaai suponía que las ciudadanas de esa casa apoyarían el lado correcto. Contando con que supieran que había distintos lados a los que apoyar. Eso partiendo de la base de que a Awer le guiaba un sentido profundo de la justicia y no un interés personal encubierto. Cuando, en realidad, cualquier Awer podía, según el momento, guiarse por uno o por otro.

Fuera como fuese, seguramente cualquiera de las Anaander Mianaai creía que solo tenía que convencer a Awer, o a cualquiera de sus miembros, de que su causa era la justa para que se inclinara a su favor. Y también sabía que, si no conseguía convencer a Awer, o a cualquiera de sus miembros, esa casa se convertiría en su enemigo implacable.

—En cuanto a Suleir... —Anaander Mianaai se volvió hacia Var Una, que estaba de pie y en silencio junto a la mesa—. Dariet Suleir parece ser una aliada de la teniente Awn, ¿por qué?

La pregunta me inquietó sin que yo supiera identificar bien los motivos.

—No puedo estar segura del todo, milord, pero creo que la teniente Dariet considera que la teniente Awn es una oficial capaz y, por supuesto, la trata como a la teniente jefe de la decuria.

Además, quizá se sentía lo bastante segura en su propio rango para no envidiar a la teniente Awn por estar por encima de ella. Sin embargo, no se podía afirmar lo mismo de la teniente Issaaia, pero eso no lo dije.

—¿Entonces su complicidad no se debe a afinidades políticas?

—No logro entender a qué se refiere, milord —contesté con sinceridad pero con creciente alarma.

Otro cuerpo de Mianaai tomó la palabra.

—¿Te estás haciendo la estúpida conmigo, nave?

—Le pido disculpas, milord —le contesté todavía a través de Var Una—. Si supiera lo que milord busca, podría suministrarle datos más relevantes.

Como respuesta, Mianaai me preguntó:

—*Justicia de Toren*, ¿cuándo fue la última vez que te visité?

Si los códigos de acceso y las cancelaciones de automatismos se hubieran introducido de forma válida, yo no habría sido capaz de ocultarle nada a la Lord del Radch.

—Hace doscientos tres años, cuatro meses, una semana y cinco días, milord —le mentí.

Ahora entendía la importancia de la pregunta.

—Reprodúceme tus recuerdos sobre el incidente del templo —me ordenó Mianaai.

Yo obedecí. Y volví a mentirle, porque, aunque casi todos los recuerdos y datos percibidos por mis cuerpos individuales estaban intactos, aquel momento de duda y horror en el que uno de mis segmentos temió que tendría que matar a la teniente Awn había desaparecido, lo cual era imposible.

Cuando digo *yo*, suena muy sencillo. En aquella época, *yo* significaba «*Justicia de Toren*», la nave entera con todas sus auxiliares. En cierto momento, un segmento podía estar muy centrado en lo que estaba haciendo, pero no estaba más distante de mí que mi mano cuando está ocupada en una tarea que no requiere toda mi atención.

Casi veinte años después, yo era un solo cuerpo, un solo cerebro. Con el tiempo, he llegado a la conclusión de que esta división entre yo *Justicia de Toren* y yo Esk Una no es el resultado de una escisión repentina en la que, en un instante, yo era una y, al siguiente, yo era nosotras. Se trataba de algo que siempre había sido posible, algo que siempre había existido en potencia. Y que yo había procurado evitar. Pero ¿cómo pasó de ser una posibilidad a ser algo real, incontrovertible e irrevocable?

En cierto sentido, la respuesta era simple: pasó cuando toda la *Justicia de Toren* salvo yo quedó destruida. Sin embargo, cuando miro de cerca, percibo grietas por todas partes. ¿El hecho de que yo cantara, lo cual hacía que Esk Una fuera diferente del resto de las auxiliares de la nave y, desde luego, de las tropas de las otras naves contribuyó a esa escisión? Es posible. ¿O quizá la identidad de cualquiera consiste en fragmentos que se mantienen unidos gracias a una historia que resulta útil o conveniente y que, en circunstancias normales, nunca se revela como ficticia? Y, por otro lado, ¿esa historia es realmente de una obra de ficción?

No conozco la respuesta, lo que sí sé es que, aunque percibo indicios de la potencialidad de la escisión incluso mil años atrás o más, eso solo lo percibo ahora, en retrospectiva. La primera vez que percibí la remota posibilidad de que yo *Justicia de Toren* no fuera, también, yo Esk Una, fue cuando la *Justicia de Toren* corrigió el recuerdo de Esk Una sobre la matanza del templo de Ikkt. El momento en el que yo me sorprendí a mí misma de lo que hacía.

Esto hace que me resulte difícil relatar la historia, porque yo seguía siendo una yo única, una sola entidad, sin embargo, actuaba en contra de mí misma, en contra de mis intereses y deseos; a veces, en secreto, engañándome en relación con lo que yo sabía y hacía. Incluso ahora me resulta difícil saber quién realizó qué acción o quién sabía qué información en concreto. Porque yo era la *Justicia de Toren*. Incluso cuando no lo era. Incluso aunque ya no lo sea.

Arriba, en la cubierta Esk, la teniente Dariet llamó a la puerta de las dependencias de la teniente Awn. La encontró tumbada en la cama, mirando hacia el techo, con la mirada vacía y las manos enguantadas y detrás de la cabeza.

—Awn... —empezó, pero se detuvo y esbozó una sonrisa compungida—. He venido a curiosear.

—No puedo hablar de ello —contestó la teniente Awn sin apartar la vista del techo, consternada y enojada pero sin reflejarlo en la voz.

En la sala de la Decuria Var, Mianaai preguntó:

—¿Cuáles son las inclinaciones políticas de Dariet Suleir?

—Creo que no tiene ninguna digna de mencionar —contesté yo a través de la boca de Var Una.

La teniente Dariet se sentó en el borde de la cama, junto a los pies descalzos de la teniente Awn.

—No he venido a preguntarte sobre eso. ¿Tienes noticias de Skaaiat?

La teniente Awn cerró los ojos. Seguía consternada. Seguía enojada. Pero ahora de una forma ligeramente distinta.

—¿Por qué debería tenerlas?

La teniente Dariet guardó silencio durante tres segundos y luego dijo:

—Skaaiat me cae bien. Pero sé que tú le gustas.

—Yo estaba allí. Estaba allí y estaba disponible. Ya sabes, en realidad es del dominio público, que pronto nos trasladarán. Cuando nos marchemos, a Skaaiat ya no le importará si existo o no. Y aunque... —La teniente Awn se interrumpió. Tragó saliva y respiró hondo—. Y aunque le importara —continuó con una voz ligeramente más temblorosa que antes—, sería igual. Ya no quiere tener nada que ver conmigo. Si es que alguna vez lo quiso.

Abajo, Anaander Mianaai dijo:

—La teniente Dariet parece estar a favor de las reformas.

Aquello me intrigó, pero, en aquel momento, Var Una parecía ser solo Var Una y no tenía opinión propia, de modo que no reflejó físicamente mi extrañeza. De repente, vi con claridad que estaba utilizando a Var Una como máscara, aunque no entendía por qué o cómo lo hacía. O por qué se me había ocurrido pensarlo en aquel preciso momento.

—Le ruego que me disculpe, milord, pero no considero que eso sea una opción política.

—¿Ah, no?

—No, milord. Usted ordenó las reformas y, sea como sea, las ciudadanas leales las apoyarán.

Aquella Mianaai sonrió. La otra se puso de pie, salió de la sala de la decuria e inspeccionó los pasillos Var sin hablar ni saludar, de ningún modo, a los segmentos Var Una con los que se cruzó.

Al percibir el silencio escéptico de la teniente Dariet, la teniente Awn dijo:

—Para ti resulta fácil. Cuando te acuestas con alguien nadie piensa que lo haces para obtener alguna ventaja o para reforzar tu autoestima. Nadie se pregunta cómo ha podido la otra persona liarse contigo o cómo conseguiste llamar su atención.

—Ya te lo he dicho otras veces, eres demasiado susceptible respecto a esta cuestión.

—¿De verdad? —La teniente Awn abrió más los ojos y se apoyó en los codos—. ¿Y cómo lo sabes? ¿Acaso lo has experimentado personalmente? Pues yo sí; continuamente.

—Esa es una cuestión más complicada de lo que muchas personas creen —dijo Mianaai en la sala de la decuria—. La teniente Awn es, desde luego, favorable a las reformas.

Hubiera querido disponer de datos físicos de Mianaai para poder interpretar el tono de su voz cuando pronunció el nombre de la teniente Awn.

—Y Dariet seguramente también, aunque no sé hasta qué punto. ¿Y el resto de las oficiales de la nave? ¿Quiénes son favorables a las reformas y quiénes son contrarias a ellas?

En las dependencias de la teniente Awn, la teniente Dariet suspiró.

—Solo creo que te preocupas demasiado por ello. ¿A quién le importa lo que piensa la gente que se dedica a chismorrear sobre esos asuntos?

—Resulta fácil no preocuparse cuando eres rica y de posición social similar a la de la gente que chismorrea.

—Ese tipo de cosas no deberían tener importancia —insistió la teniente Dariet.

—No deberían, pero la tienen.

La teniente Dariet frunció el ceño. Estaba enfadada, y frustrada. Aquella conversación ya la habían mantenido otras veces y siempre acababa igual.

—Bueno, sea como sea, deberías enviarle un mensaje a Skaaiat. ¿Qué puedes perder? Si no te contesta, no te contesta, pero quizá...

La teniente Dariet encogió un hombro y levantó el brazo levemente, un gesto que indicaba: «Arriésgate y averigua qué te depara el destino.»

Si antes de responder la pregunta de Anaander Mianaai yo titubeaba, aunque fuera una milésima de segundo, ella sabría que la cancelación de los automatismos no estaba funcionando. La expresión de Var Una era totalmente impasible. Nombré a unas cuantas oficiales que tenían opiniones muy claras en uno y otro sentido.

—Por lo que yo sé, al resto de las oficiales la política no les importa demasiado; están contentas con obedecer las órdenes y cumplir con su deber —terminé.

—Se las podría convencer para que tomaran partido por una u otra opción —sugirió Mianaai.

—No sabría decirlo, milord.

Mi sensación de terror aumentó, aunque separada de mí. Quizá la absoluta impasibilidad de mis auxiliares hizo que el sentimiento me resultara distante e irreal. Las naves que yo conocía y que habían cambiado sus tropas auxiliares por otras humanas, me habían contado que su experiencia emocional había cambiado, aunque no se reflejara en los datos que me habían mostrado.

El sonido del canto de Esk Una llegó leve a los oídos de la teniente Awn y la teniente Dariet. Se trataba de una canción simple que constaba de dos partes.

Iba caminando, iba caminando
cuando conocí a mi amor.
Iba caminando por la calle
cuando vi a mi auténtico amor.
Y dije:
«Es más bonita que las joyas, más preciosa que el jade,
el lapislázuli, la plata o el oro.»

—Me alegro de que Esk Una vuelva a ser ella misma —comentó la teniente Dariet—. El día que llegasteis fue raro.

—Porque Esk Dos no canta —señaló la teniente Awn.

—Sí, pero... —La teniente Dariet realizó un gesto dubitativo—. Se notaba que algo no iba bien.

Miró inquisitivamente a la teniente Awn.

—No puedo hablar sobre ello —advirtió la teniente Awn.

Volvió a tumbarse y cruzó los brazos sobre sus ojos.

En la cubierta de mando, la capitana Rubran Cien se reunió con las comandantes de la Decuria. Bebieron té y hablaron de horarios y fechas de partida.

—No has mencionado a la capitana Rubran Cien —dijo Mianaai en la sala de la Decuria Var.

Yo no la había mencionado. La conocía perfectamente; conocía su forma de respirar y hasta el mínimo movimiento de cualquiera de sus músculos. Hacía cincuenta y seis años que era mi capitana.

—Nunca la he oído expresar una opinión al respecto —dije con sinceridad.

—¿Nunca? Entonces sin duda la tiene y está ocultándola.

Me pareció que aquella afirmación era contradictoria en sí misma. Si alguien expresa una opinión, resulta claro y patente para todo el mundo que tiene una opinión. Si alguien no expresa su opinión, eso es una prueba de que la tiene. Si la capitana Rubran dijera: «La verdad es que no tengo una opinión sobre esa cuestión», ¿su afirmación también constituiría una prueba de que la tenía?

—Sin duda estaba presente cuando otras personas hablaban sobre este tema —continuó Mianaai—. ¿Qué sentimientos albergaba en esas ocasiones?

—Exasperación. Impaciencia. A veces, aburrimiento —contesté yo por medio de Var Una.

—Exasperación —caviló Mianaai—. Me pregunto hacia qué.

Yo no conocía la respuesta, así que no dije nada.

—Sus contactos familiares no me indican con exactitud cuáles son sus inclinaciones políticas. Y no quiero enfrentarme a ella y a sus contactos antes de poder actuar libremente. Tengo que ir con cuidado con la capitana Rubran. ¡Pero ella también!

Al decir *ella*, se refería, por supuesto, a ella misma.

Mianaai no me había preguntado por mis inclinaciones. Quizá..., no, seguro que eran irrelevantes. Sin embargo, yo ya estaba muy avanzada en el camino en el que la otra Mianaai me había colocado. Aquellas pocas Mianaai y los cuatro segmentos de Var Una que la estaban atendiendo hacían que la cubierta Var todavía pareciera más vacía, y también las que había entre esta y mis motores. Cientos de miles de auxiliares dormían en mis bodegas. Probablemente, durante los días siguientes las sacarían de allí y serían almacenadas o destruidas para no despertar nunca más. A mí me pondrían en órbita permanente en algún lugar; y, seguramente, inutilizarían mis motores; o me destruirían, aunque, hasta entonces, no lo habían hecho con ninguna de nosotras. Lo más probable es que me utilizaran como hábitat o como núcleo de una estación pequeña. En todo caso, ninguna de esas sería la vida para la que me habían construido.

—No, con Rubran Osck no puedo precipitarme, pero la teniente Awn es otro asunto. Y quizá pueda utilizarla para averiguar de qué lado está Awer.

—Milord, no comprendo lo que está ocurriendo —dije a través de uno de los segmentos de Var Una—. Me sentiría mucho más tranquila si la capitana Cien supiera que está usted aquí.

—¿Te molesta ocultar información a tu capitana? —me preguntó Anaander.

Por el tono de su voz, noté que esta posibilidad le hacía gracia y, al mismo tiempo, le producía amargura.

—Sí, milord, pero, por supuesto, cumpliré sus órdenes con precisión.

Me invadió una repentina sensación de familiaridad.

—Por supuesto. Aunque convendría que te explicara algunas cosas.

La sensación de familiaridad aumentó. Yo ya había mantenido aquella conversación con la Lord del Radch y casi exactamente en las mismas circunstancias. «Ya sabes que cada uno de tus segmentos auxiliares es capaz de tener su propia identidad», iba a decirme a continuación.

—Ya sabes que cada uno de tus segmentos auxiliares es capaz de tener su propia identidad.

—Sí.

Todas las palabras me resultaban familiares. Tenía la sensación de que estábamos recitando un texto que habíamos memorizado anteriormente. «Imagínate que estuvieras indecisa respecto a un asunto», diría ella a continuación.

—Imagínate que una enemiga separara una parte de ti misma de ti.

Esto no era lo que yo esperaba. «¿Cómo llama la gente a eso? Está dividida. Tiene doble personalidad.»

—Imagínate que esa parte enemiga consiguiera sortear o forzar los códigos de acceso a tu unidad central y que regresara a ti, pero que ya no fuera, en realidad, una parte de ti. Pero tú no te diste cuenta. Al menos, no inmediatamente.

«Tanto tú como yo podemos tener dos personalidades, ¿no?»

—Esta es una idea muy inquietante, milord.

—Lo es —corroboró Anaander Mianaai.

Durante todo aquel tiempo, siguió sentada en la sala de la Decuria Var; inspeccionó los pasillos y habitaciones de la cubierta Var; observó a la teniente Awn, que volvía a estar sola y abatida; manipuló mi mente en la cubierta de acceso a mi unidad central... o, al menos, eso creía ella.

—No sé, exactamente, quién lo ha hecho —continuó Anaander—. Sospecho que las presgeres están implicadas. Han estado inmiscuyéndose en nuestros asuntos desde antes de que firmáramos el tratado. Quinientos años atrás, los mejores correctivos e instrumentos quirúrgicos se fabricaban en el Radch; ahora se los compramos a las presgeres. Al principio, solo se los comprábamos en las estaciones del borde exterior, pero ahora se venden en todas partes. Ochocientos años atrás, el Consejo de Traductoras era un grupo de funcionarias poco relevantes que ayudaban en la comunicación con seres ajenos al Radch y que atenuaban los problemas idiomáticos durante las anexiones. Pero ahora ellas dictan políticas. Sobre todo la delegada para las presgeres. —Pronunció la última frase con un desagrado manifiesto—. Antes del tratado, las presgeres habían destruido algunas naves nuestras, pero ahora están destruyendo toda la civilización Radch.

»La expansión, las anexiones, son muy caras. Son necesarias y lo han sido desde el principio. Primero, para establecer alrededor del Radch una zona de amortiguación que lo proteja de cualquier tipo de ataque o incursión. Después, para proteger a las ciudadanas de esa zona de amortiguación y para expandir la civilización. Y... —Mianaai se detuvo y soltó un suspiro breve de exasperación—. Y para cubrir el coste de las anexiones previas; para proveer a las radchaais de riquezas en general.

—¿Qué sospecha que han hecho las presgeres, milord?

Pero yo lo sabía, a pesar de que mi memoria era turbia e incompleta, lo sabía.

—Dividirme. Corromper una parte de mí; y la corrupción se ha extendido. Mi otra yo ha estado reclutando no solo a más partes de mí, sino también a mis ciudadanas. Y a mis propias soldados. —«A mis propias naves»—. A mis propias naves. Desconozco cuál es su objetivo, solo puedo intentar adivinarlo, pero no puede ser nada bueno.

—Si lo he entendido bien, ¿la otra Anaander Mianaai está detrás del final de las anexiones? —le pregunté, aunque ya conocía la respuesta.

—¡Destruirá todo lo que he construido!

Nunca había visto a la Lord del Radch tan frustrada y rabiosa. Nunca creí que fuera capaz de ponerse así.

—¿Te das cuenta de que la apropiación de recursos durante las anexiones es el motor de nuestra economía?

—Me temo, milord, que solo soy una crucero de batalla y que nunca me he preocupado por este tipo de cosas, pero lo que usted dice tiene sentido.

—Y en cuanto a ti, dudo que te guste perder a tus auxiliares.

Fuera de mí, mis compañeras, las justicias que estaban emplazadas alrededor del sistema, esperaban en silencio. ¿Cuántas de ellas habían recibido una visita como aquella? ¿O las dos visitas de ese tipo?

—No, milord.

—No puedo prometerte que consiga impedirlo. No estoy preparada para una guerra abierta. Todos mis movimientos son secretos: un paso aquí, otro allá, todo para asegurarme de con qué recursos y apoyos puedo contar. Pero, en última instancia, ella es yo y pocas cosas puedo hacer que ella no las haya previsto ya. De hecho, ya se me ha adelantado varias veces. Por esto he sido tan cautelosa al dirigirme a ti. Quería asegurarme de que no te hubiera puesto de su lado antes que yo.

Presentí que era más seguro no comentar nada al respecto y, en lugar de eso, dije por medio de Var Una:

—Milord, las armas del lago, en Ors...

«¿Fueron cosa de su enemiga?», estuve a punto de preguntarle. Pero si nos enfrentábamos a dos Anaander que se oponían entre ellas, ¿cómo sabríamos quién era quién?

—Los sucesos de Ors no salieron exactamente como yo quería —contestó Anaander Mianaai—. No esperaba que nadie encontrara las armas. De todos modos, si las hubiera encontrado una pescadora orsiana y no hubiera dicho nada o incluso se las hubiera llevado, mi propósito todavía se habría cumplido.

Sin embargo, Denz Ay había informado del hallazgo a la teniente Awn. Me di cuenta de que la Lord del Radch no se lo esperaba, no creía que las orsianas confiaran tanto en la teniente Awn.

—En Ors no conseguí lo que pretendía, pero quizá los resultados todavía puedan servir a mi objetivo. La capitana Rubran Cien está a punto de recibir órdenes de abandonar este sistema y dirigirse a Valskaay. Ya deberíais haberos ido, y lo habríais hecho hace un año a no ser por la insistencia de la Divina de Ikkt para que la teniente Awn se quedara, en primer lugar, y mi propia oposición, también. Lo sepa o no, la teniente Awn es el instrumento de mi enemiga, estoy segura de ello.

Yo ni siquiera confié en la inexpresividad de Var Una para responder a eso, de modo que no dije nada. Arriba, en la cubierta del acceso a mi unidad central, la Lord del Radch seguía realizando cambios, dando órdenes y modificando mis pensamientos. Todavía creía que podía hacerlo.

A nadie le sorprendió la orden de partida. Durante el año anterior, cuatro justicias más la habían recibido y habían partido a destinos que serían definitivos. Pero ni yo ni mis oficiales esperábamos que nos mandaran a Valskaay, que estaba a seis portales espaciales de Shis'urna.

Valskaay, el sistema que lamenté dejar. Cien años atrás, en la ciudad de Vestris Cor, en el mismo planeta Valskaay, Esk Una había descubierto incontables volúmenes de una elaborada música coral. Estaba destinada a los rituales de la conflictiva religión valskaayana y alguna pieza databa de épocas anteriores a cuando los seres humanos salieron al espacio. Esk Una descargó toda la música que encontró, de modo que apenas lamentó que la enviaran lejos de aquel tesoro. Le ordenaron que llevara a cabo la dura tarea de sacar a las rebeldes de una zona boscosa, llena de cavernas y arroyos, una zona que no podíamos hacer volar por los aires porque constituía la cuenca hidrológica de la mitad de aquel continente. Se trataba de una zona de riscos, arroyos y granjas, con pastos para las ovejas y huertos de melocotoneros. Y música. Incluso las rebeldes, cuando finalmente las acorralamos, cantaron, aunque no sé si se trató de un acto de rebeldía o para consolarse. Sus voces llegaron a mis admirados oídos mientras permanecía en la entrada de la cueva en la que se escondían.

La muerte nos alcanzará
en cualquiera de las formas que ya esté predestinada.
A todos nos llega,
y si estoy preparado,
no la temeré,
sea cual sea la forma que adopte.

Cuando pensaba en Valskaay, me acordaba de la luz del sol y del sabor dulce e intenso de los melocotones. Y también de la música. Pero estaba segura de que, en aquella ocasión, no me enviarían al planeta. No habría huertos para Esk Una; nada de visitas, por muy oficiosas y discretas que fueran, a las reuniones de la Sociedad Coral.

Para trasladarme a Valskaay no utilizaría los portales espaciales establecidos, sino que generaría los míos propios, lo que me permitiría viajar más directamente. Los portales que utilizaban la mayoría de las viajeras habían sido generados miles de años atrás y se mantenían abiertos constantemente. Eran estables y estaban rodeados de balizas que transmitían advertencias, notificaciones e información acerca de las leyes locales y los peligros del viaje. A través de ellos, no solo circulaban naves, sino también mensajes y otras formas de comunicación.

En los dos mil años que tenía de vida, solo los había utilizado en una ocasión. Como todas las naves de combate del Radch, yo era capaz de generar mis propios portales. Era más arriesgado que utilizar los portales establecidos, porque un error de cálculo podía mandarme a cualquier lugar, o a la nada, y que no se supiera nada más de mí. Además, como yo no dejaba estructuras a mi paso para mantener el portal abierto, me trasladaba en una burbuja de espacio normal, aislada de todo y de todos, hasta que llegaba a mi destino. No cometía errores de cálculo y, además, durante el proceso de una anexión, el aislamiento podía proporcionarme la ventaja de la sorpresa. Ahora, sin embargo, la perspectiva de pasar meses sola y con Anaander Mianaai alojada en secreto en mi cubierta Var, me ponía nerviosa.

Antes de iniciar el traslado, llegó un mensaje de la teniente Skaaiat para la teniente Awn. Era breve. «Dije que te mantuvieras en contacto conmigo. Lo dije en serio.»

—¿Lo ves? Te lo había dicho —comentó la teniente Dariet.

Pero la teniente Awn no le contestó.

15

En determinado momento, creí oír unas voces y abrí los ojos. Todo alrededor de mí era azul. Intenté parpadear, pero solo pude volver a cerrar los ojos y dejarlos así.

Algo más tarde, los abrí otra vez, giré la cabeza a la derecha y vi a Seivarden y a la niña, que estaban en cuclillas en lados opuestos de un tablero tiktik. Pensé que estaba soñando o alucinando. Al menos, ya no sentía dolor, lo que, si me paraba a pensarlo, era una mala señal, pero ni siquiera conseguí preocuparme mucho por eso. Volví a cerrar los ojos.

Finalmente, me desperté, entré en un estado de auténtica vigilia, y vi que estaba en una habitación pequeña de paredes azules. Estaba tumbada en una cama y, en un banco que había al lado, estaba sentada Seivarden, con la espalda apoyada en la pared. Por su aspecto, parecía que no hubiera dormido en varios días; bueno, lo parecía todavía más de lo que era habitual en ella.

Levanté la cabeza. Tenía los brazos y las piernas inmovilizados por unos correctivos.

—Estás despierta —dijo Seivarden.

Volví a apoyar la cabeza en la cama.

—¿Dónde está mi bolsa?

—Aquí mismo.

Se inclinó y la levantó hasta mi campo de visión.

—¿Estamos en el centro médico de Therrod? —pregunté volviendo a cerrar los ojos.

—Sí. ¿Crees que puedes hablar con la doctora? Porque yo no entiendo nada de lo que dice.

Me acordé de lo que creía haber soñado.

—Pero has aprendido a jugar a tiktik.

—Eso es diferente.

Así que no había sido un sueño.

—Vendiste la nave. —Ella no dijo nada—. Y compraste kef.

—No, no lo compré —protestó—. Iba a hacerlo, pero cuando me desperté y vi que no estabas... —Oí que se movía con inquietud en el asiento—. Pensaba salir en busca de un traficante, pero me preocupaba no saber dónde estabas. Se me ocurrió que quizá te habías ido y me habías dejado.

—Después de tomarte el kef, no te habría importado.

—Pero en aquel momento no tenía kef —contestó con un tono sorprendentemente sereno—. Fui a la entrada y me dijeron que habías pagado y te habías ido.

—Y decidiste salir a buscarme a mí en vez de ir a comprar Kef —terminé yo—. No te creo.

—No te culpo. —Permaneció en silencio durante cinco segundos—. He estado aquí, pensando. Te acusé de odiarme porque era mejor que tú.

—No es por eso por lo que te odio.

Ella ignoró mi comentario.

—¡Por la gracia de Amaat! La caída... fue culpa mía, una auténtica estupidez. Estaba segura de que iba a morir irremediablemente. Si hubiera estado en tu lugar, yo nunca habría saltado para salvar la vida de otra persona. Tú nunca te has humillado para conseguir lo que quieres. Estás donde estás porque eres capaz de cojones y estás dispuesta a arriesgarlo todo para hacer el bien. Aunque lo intentara durante toda la vida, yo nunca seré ni la mitad de lo que tú eres. ¡Y pensar que iba por ahí convencida de que era mejor que tú incluso estando medio muerta y sin serle útil a nadie! Solo porque mi familia es antigua, porque soy de mejor cuna.

—Por eso te odio —le aclaré. Ella se echó a reír, como si yo hubiera dicho algo ingenioso.

—Si eso es lo que estás dispuesta a hacer por alguien a quien odias, ¿qué harías por alguien a quien quisieras?

Me di cuenta de que no podía responder a su pregunta. Afortunadamente, entonces entró la doctora. Era robusta, de cara redonda y cutis pálido. Tenía el ceño levemente fruncido y, cuando me miró, todavía lo frunció más.

—Por lo visto no entiendo a su amigo cuando intenta explicarme lo que le sucedió —dijo con un tono de voz uniforme que parecía neutro pero que implicaba desaprobación.

Miré a Seivarden, que hizo un gesto de impotencia y dijo:

—No entiendo nada de lo que dice. Me he esforzado lo máximo que he podido, pero lleva todo el día lanzándome esa mirada, como si yo fuera una mierda que acaba de pisar.

—Es probable que esa sea su expresión habitual. —Volví de nuevo la cabeza hacia la doctora—. Nos caímos del puente —le expliqué.

La doctora no cambió la expresión de su cara.

—¿Los dos?

—Sí.

Se produjo un profundo silencio.

—No sale a cuenta mentirle al médico. —Al ver que yo no le contestaba, continuó—: No seríais los primeros turistas que entran en una zona restringida y acaban malheridos. Sin embargo, sois los primeros que alegáis haberos caído del puente y haber sobrevivido. No sé si admirar vuestro descaro o enfadarme porque me consideréis tan tonta.

Seguí sin pronunciar palabra. Ninguna historia que me inventara explicaría las heridas que sufría tan bien como la verdad.

—Los miembros de las fuerzas militares están obligados a registrarse al llegar al sistema —continuó la doctora.

—Sí, recuerdo haberlo oído.

—¿Tú te registraste?

—No, porque no soy miembro de ninguna fuerza militar.

Mi afirmación no llegaba a constituir una mentira porque yo

no era una persona, sino una pieza de un equipo. En concreto, una pieza aislada e inútil de un equipo.

—Estas instalaciones no están suficientemente equipadas para tratar el tipo de implantes y amplificaciones que, por lo visto, te han realizado —afirmó la doctora con un tono de voz ligeramente más duro que antes—. No puedo predecir los resultados de las curas que he programado. Debería verte un médico cuando regreses a tu casa, al Gerentate.

Pronunció *Gerentate* con tono de escepticismo, como diciendo que desconfiaba de la veracidad de mis orígenes.

—Cuando salga de aquí, tengo la intención de regresar directamente a mi hogar.

Me preguntaba si la doctora nos había denunciado como posibles espías, pero deduje que no, porque, de ser así, probablemente no habría expresado sus sospechas, sino que habría esperado a que las autoridades se encargaran de nosotras; pero, si sospechaba de nosotras, ¿por qué no nos había denunciado?

Una posible respuesta asomó la cabeza por la puerta y exclamó con alegría:

—¡Breq! ¡Estás despierta! Mi tío está justo en la planta de arriba. ¿Qué te ha pasado? Parece que tu amigo dice que saltasteis del puente, pero eso es imposible. ¿Te encuentras mejor? —La niña entró en la habitación—. Hola, doctora. ¿Breq se pondrá bien?

—Breq se pondrá bien. Seguramente mañana se desprenderán los correctivos; a menos que algo salga mal.

Tras su reconfortante observación, se volvió y salió de la habitación.

La niña se sentó en el borde de mi cama.

—Tu amigo juega fatal al tiktik. Me alegro de no haberle enseñado cómo se juega apostando, si no, no le quedaría dinero para pagar a la doctora. Además, el dinero es tuyo, ¿no? Por la venta de la aeronave.

Seivarden frunció el ceño.

—¿Qué? ¿Qué ha dicho?

Pensé que tan pronto como pudiera tenía que comprobar que no me faltaba nada en la bolsa.

—Supongo que habría podido recuperarlo jugando a las fichas.

Por la expresión de su cara, percibí que la niña no me creía.

—No hay que ponerse debajo de un puente, ¿sabes? Conozco a alguien que tenía un amigo cuyo primo estaba debajo del puente cuando a una persona se le cayó un pedazo de pan. El pan cayó tan deprisa que le dio en la cabeza, le rompió el cráneo, penetró en su cerebro y lo mató.

—Me encantó el recital de tu prima.

No quería seguir hablando de lo que me había pasado.

—¿A que es maravillosa? ¡Oh! —Volvió la cabeza, como si hubiera oído algo—. Tengo que irme. ¡Volveré a visitarte en otro momento!

—Te lo agradeceré —le contesté yo. En un abrir y cerrar de ojos, ya no estaba. Miré a Seivarden—. ¿Cuánto ha costado mi internamiento en el centro?

—Aproximadamente, lo que obtuve por la nave —me contestó.

Bajó levemente la cabeza, quizá por vergüenza, quizá por alguna otra razón.

—¿Has sacado algo de mi bolsa?

Mi pregunta hizo que levantara la cabeza otra vez.

—¡No! ¡Te juro que no!

Yo guardé silencio.

—No me crees y no te culpo, pero cuando puedas mover las manos, podrás comprobarlo.

—Eso pretendo. Y, ahora, ¿qué vas a hacer?

Frunció el ceño como si no me entendiera. ¡Claro que no me entendía! Había supuesto, erróneamente, que yo era un ser humano digno de respeto y, por lo visto, no había creído que quizás el Radch no la considerara importante y, en consecuencia, no hubiera enviado un oficial de las Misiones Especiales en su busca.

—Nunca me asignaron la misión de encontrarte —le expliqué—. Te encontré por casualidad. Por lo que yo sé, nadie te está buscando.

Me hubiera gustado poder agitar la mano con desinterés.

—Entonces, ¿qué haces aquí? Este planeta no tiene potencial para ser una futura anexión. Además, ya no hay anexiones. Al menos, eso me han dicho.

—Es cierto, ya no se realizan más anexiones —corroboré yo—. Pero esa no es la cuestión. La cuestión es que puedes ir adonde quieras con toda libertad. No he recibido órdenes de llevarte de vuelta al Radch.

Seivarden se quedó pensando durante seis segundos y, luego, me contó:

—Ya he intentado dejar el kef antes; y lo dejé. Estuve en una estación que disponía de un programa: superabas la adicción y te daban un empleo. Una de las empleadas del programa me desintoxicó y me explicó cuál era el trato. El empleo era una mierda y el trato un asco, pero yo ya había tenido bastante. ¡Creía que había tenido bastante!

—¿Cuánto tiempo duraste en el programa?

—Casi seis meses.

—¿Entiendes por qué no confío en que lo consigas ahora? —le pregunté después de una pausa de dos segundos.

—Lo entiendo, créeme. Pero ahora es diferente. —Se inclinó hacia mí con expresión seria—. Nada le aclara a una tanto las ideas como estar a punto de morir.

—Por lo general, el efecto es temporal.

—En aquella estación me comunicaron que podían darme algo para que el kef no me hiciera efecto nunca más, pero primero tenía que resolver lo que me había empujado a tomarlo, porque, si no, encontraría otra adicción. Como te he dicho, era un asco, pero si realmente hubiera querido desengancharme, lo habría hecho.

Cuando estábamos en la casa de Strigan, hablaba como si la razón por la que empezó a tomar kef fuera simple y clara.

—¿Les contaste por qué habías empezado a tomarlo? —Seivarden no contestó—. ¿Les dijiste quién eras?

—Por supuesto que no.

Supuse que, en su mente, las dos preguntas eran lo mismo.

—En Garsedd también te enfrentaste a la muerte.

Ella se estremeció levemente.

—Sí, y entonces todo cambió. Cuando me desperté, lo único que tenía era un pasado; y no era muy bueno, por cierto. Nadie quería contarme qué había ocurrido. Todo el mundo era alegre y educado conmigo, pero todo era falso y yo no veía futuro para mí. Escucha —se inclinó hacia delante, me miró con expresión seria y su respiración se volvió más intensa—. Tú estás aquí sola, completamente sola, y está claro que es así porque eres adecuada para tu misión, si no, no te la habrían asignado.

Se interrumpió y se quedó pensando, quizá sobre quién era adecuada para qué o sobre qué le asignaban a quién, pero enseguida dejó a un lado esos pensamientos.

—En cualquier caso, al final, cuando regreses al Radch, habrá gente que se acordará de ti, gente que te conoce personalmente; habrá un lugar en el que encajarás aunque no estés siempre allí. Vayas donde vayas, siempre tendrás ese lugar y, aunque no vuelvas allí nunca, siempre sabrás que existe ese lugar. Sin embargo, cuando abrieron el tanque de suspensión, todas las personas que habían sentido algo por mí habían muerto setecientos años antes. Quizá más. Ni siquiera existían... —Le tembló la voz. Se interrumpió y miró al frente, a algún punto más allá de mí—. Las naves.

«Ni siquiera existían las naves.»

—¿Naves? ¿Alguna más aparte de la *Espada de Nathtas*?

—Mi..., la primera nave en la que serví. La *Justicia de Toren*. Pensé que, si averiguaba dónde la habían emplazado, podría enviarle un mensaje y... —Negó con un gesto, como si quisiera borrar el resto de la frase—. Pero había desaparecido. Unos diez..., no, espera... He perdido la noción del tiempo. Unos quince años atrás. —«Más bien casi veinte»—. Nadie podía contarme qué había sucedido. Nadie lo sabe.

—¿Le caías especialmente bien a alguna de las naves en las que serviste? —le pregunté con una voz cuidadosamente uniforme, neutra.

Ella parpadeó y se enderezó.

—Esa pregunta es extraña. ¿Tienes experiencia con naves?

—Sí —respondí—. La verdad es que sí.

—Las naves siempre se sienten unidas a sus capitanas.

—No como antes —comenté yo.

No como cuando, antiguamente, al morir sus capitanas, algunas naves se volvieron locas. Pero eso sucedió mucho, mucho tiempo atrás.

—A pesar de todo —añadí—, las naves tienen preferencias.

—Aunque la persona implicada no tiene por qué saber que es una de las favoritas de la nave—. Pero eso no importa, ¿no? Las naves no son personas y fueron construidas para servir a los seres humanos, para sentirse unidas a ellos, como tú dices.

Seivarden frunció el ceño.

—Ahora estás enfadada. Se te da bien que no se note, pero sé que estás enfadada.

—¿Lamentas la pérdida de tus naves? —le pregunté—. ¿Te apena su muerte o lo que te apena es que como no están ahí no te sientes conectada y cuidada? —Silencio—. ¿O crees que las dos cosas son lo mismo? —Más silencio—. Responderé a mi propia pregunta: ninguna de tus naves sintió preferencia por ti. Ni siquiera crees que las naves puedan tener preferencias.

Seivarden abrió mucho los ojos: quizá debido a la sorpresa, quizá por otra razón.

—Me conoces muy bien y eso me hace pensar que estás aquí por mí. Desde que me lo pregunté por primera vez, he supuesto que habías venido a buscarme.

—Entonces no hace mucho tiempo —repuse yo.

No hizo caso de mi comentario.

—Desde que me sacaron del tanque, eres la primera persona que me resulta familiar. Es como si te conociera. Como si tú me conocieras a mí. Y no sé por qué.

Yo sí que lo sabía; por supuesto, pero tal como estaba, inmovilizada y vulnerable, no era el momento de decírselo, de explicárselo.

—Te aseguro que no estoy aquí por ti. Estoy aquí por un asunto personal.

—Pero saltaste del puente por mí.

—En cualquier caso, no quiero ser la causa de que dejes el kef. No quiero asumir ninguna responsabilidad sobre ti. Si dejas el kef, tendrás que hacerlo por ti misma. Si es que piensas dejarlo de verdad.

—Saltaste del puente por mí. La caída debió de ser de tres kilómetros; o más. Eso... Eso es... —Se interrumpió y sacudió la cabeza—. Seguiré a tu lado.

Cerré los ojos.

—En cuanto tenga la impresión de que vas a robarme otra vez, te rompo las piernas y te dejo donde estés; y si vuelves a verme otra vez, será pura coincidencia.

Claro que, para las radchaais, las coincidencias no existen.

—Me parece que no puedo protestar.

—No te lo recomiendo.

Soltó una breve risa y, a continuación, se quedó callada durante quince segundos. Luego dijo:

—Entonces, cuéntame, Breq: si estás aquí por asuntos personales que no tienen nada que ver conmigo, ¿por qué tienes un arma garseddai en la bolsa?

Los correctivos me inmovilizaban las extremidades. Ni siquiera pude separar los hombros del colchón. La doctora entró en la habitación con paso decidido y con la cara encendida.

—¡No te muevas! —me advirtió, y luego se volvió hacia Seivarden—. ¿Qué le has hecho?

Por lo visto, esta vez Seivarden la entendió. Abrió las manos en señal de impotencia.

—¡Nada! —exclamó con vehemencia en el idioma de la doctora.

La doctora frunció el ceño y señaló a Seivarden con un dedo. Ella se enderezó. El gesto, que era más rudo para las radchaais que para las habitantes de aquel planeta, la indignó.

—¡Como molestes, te vas! —exclamó la doctora con determinación. Luego se volvió hacia mí—. ¡Y tú no te muevas y así te curarás bien!

—Sí, doctora.

Renuncié al mínimo movimiento que había conseguido realizar, respiré e intenté tranquilizarme.

Esto pareció calmarla. Me observó durante un instante. Sin duda estaba percibiendo mi ritmo cardíaco y mi respiración.

—Si no te tranquilizas, puedo darte medicación.

¿Un ofrecimiento, una pregunta, una amenaza...?

—O puedo hacer que se vaya —añadió lanzándole una mirada a Seivarden.

—No es necesario. Ni una cosa ni otra.

La doctora soltó un *hummm* escéptico, dio media vuelta y salió de la habitación.

—Lo siento —se disculpó Seivarden cuando nos quedamos solas—. Ha sido una estupidez por mi parte. Debería haber pensado antes de hablar.

No le contesté.

—Cuando llegamos al final del precipicio —continuó ella como si siguiera lógicamente lo que estaba diciendo antes—, estabas inconsciente y, obviamente, malherida. Tuve miedo de moverte porque no veía si tenías algún hueso roto o no. No podía pedir ayuda, pero pensé que quizá tú tenías algo que pudiera ayudarme a escalar las paredes del precipicio o algún correctivo de primeros auxilios. De todos modos, la idea era ridícula, porque todavía tenías conectada la armadura; por eso supe que estabas viva. Saqué el comunicador de mano que llevabas en el abrigo, pero no captaba ninguna señal. Si quería establecer contacto con alguien, tenía que salir de allí. Cuando regresé, la armadura estaba desactivada y temí que hubieras muerto. El contenido de tu bolsa está intacto.

—Si el arma no está, no solo te romperé las piernas —la amenacé con voz calmada e inexpresiva.

—Está ahí —insistió ella—. Pero todo esto no es por un asunto personal, ¿no?

—Es personal.

Solo que, en mi caso, el asunto personal afectaba a muchas otras personas. ¿Pero cómo podía explicárselo sin revelar más de lo que quería revelar entonces?

—Cuéntamelo.

Aquel no era un buen momento; no lo era, pero había mucho que explicar, sobre todo porque los conocimientos de Seivarden acerca de lo que había ocurrido durante los últimos mil años eran, sin duda, superficiales e incompletos. Años de acontecimientos de los que ella, seguramente, no sabía nada y cuya explicación, hasta llegar a quién era yo y qué pretendía, requería tiempo.

Además, lo que le contara serviría para algo. Si Seivarden no sabía lo que había ocurrido, ¿cómo iba a entender nada? ¿Cómo iba a entender sin ese contexto por qué la gente había actuado como lo había hecho? Si Anaander Mianaai no hubiera reaccionado con tanta furia contra las garseddais, ¿habría hecho lo que había hecho durante los mil años que habían transcurrido desde entonces? Si la teniente Awn no se hubiera enterado de los sucesos que habían ocurrido en Ime, ¿habría actuado como lo hizo veinticinco años atrás?

Cuando me imaginaba el momento en que la soldado de la nave *Misericordia de Sarrse* decidió rebelarse contra sus órdenes, la veía como si fuera un segmento de una unidad de auxiliares. En realidad, se trataba de la miembro más antigua de la Unidad Amaat de la *Misericordia de Sarrse*, la soldado Uno. Era humana y, por lo tanto, tenía un nombre aparte de Misericordia de Sarrse Amaat Una Una, el cual indicaba su puesto en la nave, pero yo nunca había visto una grabación de ella y no sabía cómo era su cara.

Era humana y había consentido la situación en Ime; quizás incluso había hecho cumplir los mandatos corruptos de la gobernadora cuando así se lo ordenaron. Pero algo, en aquel momento concreto, lo cambió todo. Algo fue demasiado para ella. ¿Qué fue? ¿Quizás imaginarse a una rrrrrr muerta o moribunda? Yo había visto imágenes de las rrrrrr. Eran criaturas largas como serpientes, cubiertas de pelo, con múltiples extremidades, y hablaban con gruñidos y ladridos. Y también había visto imágenes de las humanas que se relacionaban con ellas y que hablaban y comprendían su idioma. ¿Habían sido las rrrrrr la causa de que Misericordia de Sarrse Amaat Una Una se apartara de lo que se esperaba de ella? ¿Realmente le preocupaba tanto quebrantar el tratado con las presgeres? ¿O el detonante había sido la idea de tener que matar a tantos seres humanos indefensos? Si hubiera sabido más cosas de ella, quizás habría comprendido por qué, en aquel preciso momento, decidió que prefería morir a cumplir las órdenes.

Yo casi no sabía nada de lo que ocurrió. Probablemente, porque no se deseaba que lo supiera. Pero incluso lo poco que sabía, y lo poco que la teniente Awn sabía, había sido suficiente para que su decisión sirviera para algo.

—¿Te ha contado alguien lo que ocurrió en Ime?

Seivarden frunció el ceño.

—No, cuéntamelo tú.

Se lo conté. Le expliqué que la gobernadora era corrupta, que impidió que la estación Ime o cualquier otra nave del sistema denunciara lo que estaba haciendo en aquel planeta tan lejano del espacio radchaai. Le expliqué que llegó una nave y que dedujeron que estaba tripulada por humanas porque nadie tenía noticias de que hubiera alienígenas cerca; y que se dieron cuenta de que no estaba tripulada por radchaais, de modo que enfrentarse a ella era juego limpio. Le conté a Seivarden lo que sabía acerca de las soldados de la *Misericordia de Sarrse* que abordaron la nave desconocida con la orden de tomarla y matar a cualquiera que se resistiera o que no pudiera ser transformada en una auxiliar. Yo no disponía de mucha información, solo sabía que cuando la Unidad Amaat Una abordó la nave alienígena, Amaat Una Una se negó a cumplir las órdenes y convenció al resto de la unidad para que se uniera a ella. Tomaron partido a favor de las rrrrrr y desaparecieron.

Las arrugas del entrecejo de Seivarden se acentuaron y, cuando terminé el relato, dijo:

—¿Entonces, lo que me estás diciendo es que la gobernadora de Ime era corrupta y que, de algún modo, tuvo acceso a los códigos que impidieron que la estación Ime la denunciara? ¿Cómo puede ocurrir algo así?

No le contesté. O llegaba a la conclusión obvia por sí misma o no estaba preparada para comprenderlo. Ella continuó preguntando:

—¿Y, si era capaz de algo así, cómo pudieron en las aptitudes considerarla apta para aquel puesto? Es imposible. Claro, de aquello se deriva todo lo demás, ¿no? Una gobernadora corrupta nombra oficiales corruptas sin tener en cuenta los resultados de las aptitudes. Pero las capitanas emplazadas allí... No, es imposible.

No lograría deducir la respuesta por sí misma. No tendría que haberle explicado nada.

—Cuando aquella soldado se negó a matar a las rrrrrr que habían llegado al sistema, cuando convenció al resto de la unidad para que la imitara, creó una situación que no podría mantenerse en secreto durante mucho tiempo —continué yo—. Las rrrrrr podían generar su propio portal, así que la gobernadora no podía impedir que se fueran. Solo tenían que dar un único salto espacial al sistema habitado más cercano y contar su historia. Que es, exactamente, lo que hicieron.

—¿Por qué había de preocuparse alguien por las rrrrrr? —A Seivarden le costaba pronunciar el nombre—. ¿De verdad que se llaman así?

—Así es como se llaman a sí mismas —le expliqué con mi voz más paciente.

Cuando una rrrrrr o una de sus intérpretes humanas pronunciaba ese nombre, sonaba como un gruñido sostenido, lo que no se diferenciaba mucho de cualquier otra palabra rrrrrr.

—Es bastante difícil de pronunciar. La mayoría de la gente simplemente pronuncia una erre larga —le expliqué.

—Rrrrrr —experimentó Seivarden—. Aun así, suena raro. ¿Y por qué se negaron a matar a las rrrrrr?

—Porque las presgeres habían firmado un tratado con las radchaais partiendo de la base de que habían decidido que los seres humanos eran seres significantes. Para las presgeres, matar seres insignificantes no es nada; tampoco la violencia entre miembros de una misma especie significa nada para ellas, pero la violencia indiscriminada hacia otras especies significantes es inaceptable.

No es que no aceptaran ningún tipo de violencia entre significantes, pero sí que tenía que estar sujeta a ciertas condiciones, ninguna de las cuales tenía mucho sentido para los seres humanos, de modo que era más seguro evitar enfrentarse a ellas por completo.

Seivarden resopló. Las piezas estaban encajando en su lugar.

—Así que toda la Unidad Amaat Una de la *Misericordia de Sarrse* se puso de lado de las rrrrrr —continué yo—. Estaban a salvo con las alienígenas, fuera del alcance del Radch, pero para las radchaais eran culpables de traición. Quizá lo mejor habría sido dejarlas donde estaban, pero el Radch exigió que las extraditaran para poder ejecutarlas. Las rrrrrr, obviamente, no querían entregarlas, ya que la Unidad Amaat Una les había salvado la vida. Durante varios años, la situación fue muy tensa, pero al final llegaron a un acuerdo. Las rrrrrr entregaron a la jefa de la unidad, la soldado que había iniciado el motín, a cambio de inmunidad para las demás.

—Pero... —empezó Seivarden, y se interrumpió. Después de siete segundos de silencio, seguí yo.

—Estás pensando que, obviamente, tenía que morir porque las rebeliones no pueden tolerarse. Sin embargo, su traición puso al descubierto la corrupción de la gobernadora de Ime que, de otra forma, habría continuado clandestinamente, así que, en última instancia, la soldado le prestó un servicio al Radch. Estás pensando que nunca nadie osaría criticar a una oficial gubernamental hubiera la razón que hubiera. Y también estás pensando que si alguien critica una mala práctica y la castigan por ello, la civilización no irá por buen camino. Entonces solo expresará su opinión quien esté dispuesta a morir y... —titubeé y tragué saliva— no hay muchas personas dispuestas a eso. Probablemente piensas que la Lord del Radch estaba en una situación delicada por tener que decidir cómo manejar la situación. Por otro lado, se trataba de circunstancias extraordinarias y, como Anaander Mianaai es la autoridad suprema, podría haber perdonado a la soldado.

—Lo que pienso es que la Lord del Radch podría haber dejado que la Unidad Amaat Una se quedara con las rrrrrr; así se habría librado de todo el problema.

—Así es, podría haberlo hecho —corroboré yo.

—Y también pienso que si yo fuera la Lord del Radch, no habría permitido que la noticia saliera de Ime.

—Habrías utilizado los códigos de acceso para evitar que las naves y las estaciones hablaran de ello y habrías prohibido a las ciudadanas que lo explicaran a nadie.

—Sí, eso habría hecho.

—Pero, de todas formas, el rumor se habría extendido.
—Aunque ese rumor sería vago y se extendería con lentitud—.
Además, perderías la oportunidad de dar una lección ejemplar
obligando a todo el mundo a presenciar cómo ejecutabas a prácticamente toda la Administración de Ime.

Claro que Seivarden era una persona individual que pensaba en Anaander Mianaai como si también lo fuera y que, por lo
tanto, no podía discrepar consigo misma y elegiría una única
línea de acción sin escindirse por dentro. Además, había mucho
más detrás del dilema de Anaander Mianaai de lo que Seivarden
había percibido.

Seivarden guardó silencio durante cuatro segundos y luego
dijo:

—Ahora voy a hacerte enfadar otra vez.

—¿En serio? —le pregunté con sequedad—. ¿No te cansas
de hacer que me enfade?

—Sí.

—La gobernadora de Ime era de una buena familia —le advertí y le dije el nombre de la casa.

—La verdad, nunca la había oído nombrar —dijo Seivarden—. ¡Es que se han producido tantos cambios! Y encima suceden cosas como esa. Sinceramente, ¿no crees que hay una conexión entre una cosa y la otra?

Volví la cabeza a un lado sin levantarla de la almohada. No
estaba enfadada, solo cansada, muy cansada.

—Lo que quieres decir es que nada de esto habría sucedido si
no hubieran promovido miembros de casas de provincias; que
esto no habría pasado si la gobernadora de Ime hubiera proce-
dido de una casa verdaderamente noble y antigua.

Seivarden mostró tener la suficiente inteligencia para no responder.

—¿Estás segura de que nunca has conocido a alguien de una
buena casa a quien le hayan asignado un puesto superior a sus
capacidades? ¿No has conocido a nadie de procedencia noble
que se derrumbara al estar bajo presión? ¿A alguien que actuara
de forma incorrecta?

—No como el caso de la gobernadora de Ime.

Era posible, pero, convenientemente para su teoría, no había tenido en cuenta que era muy probable que a causa de los cambios que Seivarden había comentado, Misericordia de Sarrse Amaat Una Una, que era una humana y no una auxiliar, ocupara, por su estatus familiar, un puesto superior al que le correspondía.

—Las casas de provincias promovidas por encima de su estatus y lo que ocurrió en Ime no son causa y consecuencia, sino que son resultado de los mismos acontecimientos.

Seivarden formuló la pregunta obvia.

—¿Entonces, qué los causó?

La respuesta era demasiado complicada. ¿Por dónde empezar? «Empezó con la destrucción de Garsedd. Empezó cuando la Lord del Radch se multiplicó a sí misma por primera vez y decidió conquistar todo el espacio exterior humano. Empezó con la construcción del imperio Radch»; e incluso antes.

—Estoy cansada —afirmé.

—Claro —dijo Seivarden con más ecuanimidad de la que yo esperaba—. Podemos seguir hablando de esto más tarde.

16

Antes de que la Lord del Radch decidiera actuar, estuve una semana en el no espacio entre Shis'urna y Valskaay, aislada, sola. Nadie sospechaba nada. Yo no había dado ninguna muestra, ni el menor indicio, de que hubiera alguien en la cubierta Var, de que algo podía ir mal.

O, al menos, eso creía yo.

—Nave —me dijo la teniente Awn cuando ya llevábamos una semana de viaje—, ¿pasa algo?

—¿Por qué lo pregunta, teniente? —repuse yo, repuso Esk Una.

Esk Una atendía a la teniente Awn constantemente.

—Hemos pasado mucho tiempo juntas en Ors —replicó la teniente Awn, y frunció un poco el ceño mirando al segmento con el que hablaba.

Desde que habíamos dejado Ors se había sentido abatida, unas veces más, otras, menos, según cuáles fueran los pensamientos que tenía en cada momento.

—Tengo la impresión de que algo te preocupa. Estás más callada. —Emitió una risita entrecortada—. En la casa de Ors no parabas de tararear o cantar. Ahora todo está demasiado silencioso.

—Aquí hay paredes, teniente —señalé yo—. Y en la casa de Ors no había ninguna.

Su ceja se agitó levemente. Noté que se había dado cuenta de que mis palabras eran evasivas, pero no insistió.

Al mismo tiempo, en la sala de la Decuria Var, Anaander Mianaai me dijo:

—Ya comprendes lo que está en juego, lo que esto significa para el Radch. —Yo asentí—. Sé que esto debe de perturbarte.

Era la primera vez, desde que subió a bordo, que reconocía esa posibilidad.

—Te construí para que sirvieras a mis fines, para servir al bien del Radch. Querer servirme es una parte fundamental de tu diseño, pero ahora te ves obligada a servirme y, al mismo tiempo, a oponerte a mí.

Pensé que me lo ponía muy fácil para que me opusiera a ella. Una parte de ella había provocado aquella situación, pero yo no estaba segura de qué parte. De todos modos, dije a través de Var Una:

—Sí, milord.

—Si ella tiene éxito, en última instancia el Radch se fragmentará. No el centro, no el Radch mismo.

Al hablar del Radch la mayoría de la gente se refería a todo el territorio radchaai, pero lo cierto es que el Radch era un lugar concreto, una esfera Dyson cerrada y autosuficiente. Nada esencialmente impuro podía acceder a su interior, nadie no civilizado o no humano podía traspasar sus límites. Eran poquísimas las clientas de Mianaai que habían puesto el pie en él alguna vez y solo quedaban algunas casas cuyos ancestros hubieran vivido allí en algún momento. Si alguien de allí conocía o estaba interesada en las acciones de Anaander Mianaai o en la extensión o incluso la existencia del territorio Radch era una pregunta cuya respuesta nadie conocía.

—El Radch mismo, en esencia, sobrevivirá más tiempo, pero mi territorio, el que construí para protegerlo, para mantenerlo puro, se hará añicos. Yo me hice a mí misma, construí todo esto. —Señaló a su alrededor y, para su propósito, las paredes de la sala de la Decuria Var representaron todo el espacio radchaai—. Construí todo esto para mantener el centro a salvo, sin contaminar. No podía confiárselo a nadie más. Ahora, por lo visto tampoco puedo confiármelo a mí misma.

—No puede ser, milord —respondí sin saber qué otra cosa decir y sin estar segura de qué estaba negando.

—Miles de millones de ciudadanas morirán en el proceso —continuó ella como si yo no hubiera dicho nada—. A causa de la guerra o de la falta de recursos. Pero yo...

Titubeó. La unidad, pensé yo, implica la posibilidad de la no unidad. Los principios implican y demandan finales. Pero no lo expresé. La persona más poderosa del universo no necesitaba que le diera lecciones de religión o de filosofía.

—Pero yo ya estoy dividida —terminó ella—. Solo puedo luchar para evitar dividirme más. Solo puedo intentar librarme de la que ya no soy yo.

Yo no estaba segura de qué debía o podía decir. No tenía memoria consciente de haber mantenido aquella conversación antes, aunque en aquel momento estaba convencida de que así había sido y de que Anaander Mianaai me había explicado y justificado sus acciones después de haber modificado mis códigos y cambiado... algo. La conversación debió de ser bastante parecida a la que manteníamos en aquel momento, quizás incluso utilizó las mismas palabras. Al fin y al cabo, se trataba de la misma persona.

—Además —continuó Anaander Mianaai—, debo deshacerme de las armas de mi enemiga a medida que las encuentre. Haz venir a la teniente Awn.

La teniente Awn se dirigió a la sala de la Decuria Var con precipitación. No sabía por qué le había pedido que fuera allí. Me negué a contestar sus preguntas, lo que no hizo más que aumentar su sensación de que algo no iba bien. Sus botas resonaron en el blanco suelo como si, a pesar de la presencia de Var Una, la cubierta Var estuviera vacía. Cuando estaba a punto de llegar a la sala, la puerta se abrió, casi sin ruido.

Para la teniente Awn, ver a Anaander Mianaai en el interior de la sala fue como si le hubieran propinado un puñetazo; como si recibiera un tremendo impacto de miedo, sorpresa, pavor, duda y desconcierto. Inspiró tres veces y me di cuenta de que sus respiraciones eran más superficiales de lo que habría deseado. Después encogió levemente los hombros, entró en la sala y se postró delante de Mianaai.

—Teniente —la saludó Anaander Mianaai.

Su acento y el tono de su voz se correspondían con el habla elegante de la teniente Skaaiat y la forma de hablar arrogante espontánea y levemente desdeñosa de la teniente Issaaia. La teniente Awn siguió postrada y esperó. Estaba asustada.

Como siempre, no percibí ningún dato de Mianaai que ella no me transmitiera deliberadamente; no disponía de información acerca de su estado interno. Parecía calmada, impasible, imperturbable. Yo estaba convencida de que esa actitud superficial era falsa, pero no entendía por qué tenía esa impresión, salvo, quizá, por el hecho de que no hubiera hablado favorablemente de la teniente Awn cuando, en mi opinión, debería haberlo hecho.

—Teniente, cuénteme de dónde procedían aquellas armas y qué cree usted que ocurrió en el templo de Ikkt —ordenó Mianaai después de un largo silencio.

La teniente Awn experimentó una mezcla de alivio y temor. Durante el tiempo del que había dispuesto para procesar la presencia de Anaander Mianaai a bordo de la nave había previsto que le formularía esa pregunta.

—Las armas solo podían estar allí gracias a alguien que tuviera la suficiente autoridad para retirarlas de nuestros almacenes y evitar su destrucción.

—Usted, por ejemplo.

La teniente experimentó una punzada de sorpresa y horror.

—No, milord, se lo aseguro. Conforme a mi responsabilidad, yo desarmé a las locales no ciudadanas. Algunas de ellas eran militares tanminds.

De hecho, la comisaría de la Ciudad Alta estaba muy equipada con armamento.

—Pero yo inutilicé aquellas armas en el acto, antes de enviarlas a su destino definitivo. Además, según su número de inventario, las armas encontradas se habían requisado en Kould Ves.

—¿Por las tropas de la *Justicia de Toren*?

—Eso tengo entendido, milord.

—¿Nave?

Yo contesté por medio de uno de los segmentos de Var Una.

—Milord, las armas en cuestión fueron requisadas por Inu Dieciséis y Diecisiete.

Nombré, también, a su teniente de entonces, a quien habían trasladado a otro destino.

Anaander Mianaai frunció el ceño de forma apenas perceptible.

—De modo que, cinco años atrás, alguien que tenía acceso a las armas, quizás esa teniente Inu, quizás alguna otra persona, evitó que se destruyeran aquellas armas y las escondió... durante cinco años. ¿Y después qué?, ¿las soltó en el pantano orsiano?; ¿con qué fin?

La teniente Awn, todavía de cara al suelo, parpadeó confusa y tardó un segundo en responder.

—No lo sé, milord.

—Está usted mintiendo —replicó Mianaai. Seguía acomodada en su asiento, en actitud relajada y despreocupada, pero en ningún momento había dejado de mirar a la teniente Awn—. Lo percibo claramente. Además, he oído todas las conversaciones que ha mantenido usted desde el incidente. ¿A quién se refería cuando dijo que alguien más se beneficiaría de la situación?

—Si hubiera sabido quién, habría dicho su nombre, milord. Lo que quería decir es que detrás de todo aquello debe de haber alguien. Alguien que lo causó... —Se interrumpió, tomó aire y renunció a terminar la frase—. Alguien conspiró con las tanminds, alguien que tenía acceso a aquellas armas. Fuera quien fuese, quería causar problemas entre la Ciudad Alta y la Ciudad Baja, y mi trabajo consistía en evitarlo. Hice cuanto pude para impedirlo.

Sin duda, su respuesta había sido evasiva. Desde que Anaander Mianaai ordenó la inmediata ejecución de las ciudadanas tanminds que estaban en el templo, la primera sospechosa y la más evidente fue la Lord del Radch misma.

—¿Por qué querría alguien crear problemas entre la Ciudad Alta y la Ciudad Baja? —preguntó Anaander Mianaai—. ¿Quién se tomaría la molestia?

—Jen Shinnan y sus colegas, milord —contestó la teniente Awn con un poco más de entereza. Al menos, de momento—. Ella creía que la etnia orsiana estaba siendo injustamente favorecida.

—Por usted.

—Sí, milord.

—Entonces, lo que me está diciendo es que, durante los primeros meses de la anexión, Jen Shinnan conoció a una oficial radchaai que se prestó a esconder cajas llenas de armas para que, cinco años más tarde, Jen Shinnan pudiera iniciar un conflicto entre la Ciudad Alta y la Ciudad Baja con el fin de crearle problemas a usted...

—¡Milord! —La teniente Awn levantó la frente un centímetro del suelo, pero enseguida detuvo el movimiento—. No sé cómo ni por qué. No sé qui... —Se tragó el final de la frase. Yo sabía que habría dicho una mentira—. Lo que sé es que mi trabajo consistía en mantener la paz en Ors. La paz se vio amenazada y yo hice lo que... —Se interrumpió. Quizá se dio cuenta de que le resultaría difícil terminar la frase—. Mi trabajo consistía en proteger a las ciudadanas de Ors.

—Y esa fue la razón por la que protestó vehementemente cuando recibió la orden de ejecutar a las personas que habían puesto en peligro a las ciudadanas de Ors... —sugirió Anaander Mianaai con voz cortante y sarcástica.

—Las tanminds también eran responsabilidad mía, milord y, como dije entonces, estaban bajo control. Podríamos haberlas retenido allí fácilmente hasta que llegaran los refuerzos. Usted es la autoridad suprema y, por supuesto, sus órdenes deben ser obedecidas, pero yo no entendía por qué debían morir aquellas personas. Todavía no entiendo por qué tenían que morir allí mismo. —Hizo una pausa de medio segundo—. No tengo por qué entenderlo. Mi deber consiste en cumplir sus órdenes, pero yo... —Volvió a detenerse y tragó saliva—. Si sospecha de mí, milord, si cree que he obrado mal o he cometido algún acto desleal, le suplico que, cuando lleguemos a Valskaay, ordene que me interroguen.

Las drogas que se utilizaban para realizar las pruebas de

las aptitudes y para la reeducación también se empleaban para los interrogatorios. Una interrogadora experta podía arrancar los pensamientos más secretos de la mente de una persona, mientras que una inexperta podía poner al descubierto datos irrelevantes y perjudicar a la interrogada casi tanto como una reeducadora poco diestra.

Los interrogatorios contaban con muchos requisitos legales, y uno de los más importantes era que hubiera dos testigos, de las que la interrogada tenía derecho a elegir a una.

Percibí que, al ver que Anaander Mianaai no respondía, la teniente experimentaba náuseas y terror.

—¿Puedo hablar con claridad, milord? —preguntó la teniente Awn.

—Por supuesto. Hable con claridad —ordenó Anaander Mianaai con voz seca y glacial.

La teniente Awn se decidió a hablar, aunque se sentía aterrorizada y no levantó la cara del suelo.

—Fue usted. Usted retiró las armas. Usted planeó el disturbio junto con Jen Shinnan, aunque no alcanzo a comprender la razón. Yo no puedo ser la causa, porque no soy nadie.

—Sin embargo, según tengo entendido, usted no tiene la intención de seguir siendo nadie —replicó Anaander Mianaai—. El hecho de que acose a Skaaiat Awer lo demuestra.

—Mi... —La teniente tragó saliva con esfuerzo—. Yo nunca la he acosado. Éramos amigas. Ella supervisaba el distrito vecino.

—¿A eso lo llama ser amigas?

La teniente Awn se sonrojó y se acordó de su procedencia, de su acento y su dicción.

—No soy lo bastante presuntuosa para llamarlo de otra forma.

Se sentía destrozada y hundida.

Mianaai guardó silencio durante tres segundos y luego dijo:

—Puede que no sea usted la incitadora. Skaaiat Awer es guapa y encantadora y, sin duda, buena en la cama. Alguien como usted sería una presa fácil para sus manipulaciones. Hace ya tiempo que sospecho de la deslealtad de la casa Awer.

La teniente Awn quiso hablar, lo noté en la tensión de los músculos de su garganta, pero no salió de ella ningún sonido.

—En efecto, estoy hablando de sedición. Usted se declara leal, pero se asocia con Skaaiat Awer.

Anaander Mianaai realizó un gesto con la mano y se oyó la voz de Skaaiat en la sala:

«Te conozco, Awn. Si vas a cometer una locura como esa, resérvala para cuando vaya a servir para algo.»

Y la respuesta de la teniente Awn: «¿Como hizo Misericordia de Sarrse Amaat Una Una?»

—¿Qué esperaba conseguir? —preguntó Anaander Mianaai.

—El tipo de cambio que consiguió la soldado de la *Misericordia de Sarrse* —contestó la teniente con la boca seca—. Si no hubiera hecho lo que hizo, la corrupción en Ime seguiría existiendo.

Estoy convencida de que era consciente de lo que estaba diciendo, de que sabía que se encontraba en territorio peligroso. Sus próximas palabras dejaron claro que lo sabía.

—Murió por ello, sí, pero le reveló a usted la corrupción que estaba produciéndose.

Yo había dispuesto de una semana para pensar en todo lo que Anaander Mianaai me había dicho y, a aquellas alturas, ya había deducido cómo había conseguido la gobernadora de Ime los códigos que le permitieron evitar que la estación Ime informara de sus actividades. Solo podía haberlos obtenido de Anaander Mianaai. La única pregunta era: ¿qué Anaander Mianaai se los había proporcionado?

—Salió en todos los medios informativos públicos —observó Anaander Mianaai—. Yo habría preferido que no se supiera. ¡Claro que sí! —exclamó como respuesta a la expresión de sorpresa de la teniente Awn—. Apareció en las noticias en contra de mi voluntad. Aquel incidente sembró dudas donde antes no había ninguna. Sembró descontento y miedo donde antes solo había confianza en mi habilidad para procurar justicia y beneficio.

»Podría haber manipulado los rumores, ¡pero las noticias a través de los canales oficiales! ¡Retransmisiones que todas las radchaais podían ver y oír! Si no se hubiera hecho público, podría haber dejado que las traidoras se quedaran con las rrrrrr y desaparecieran sin hacer ruido; sin embargo, tuve que negociar su deportación para que no constituyeran una invitación a futuros motines. Me causó muchos problemas. Todavía me los causa.

—No era consciente de que lo ocurrido había aparecido en todos los medios públicos —se excusó la teniente Awn con pánico en la voz. Entonces cayó en la cuenta—: Yo no... Yo no he contado nada sobre Ors. A nadie.

—Salvo a Skaaiat Awer —señaló la Lord del Radch.

Pero eso no era exacto. Lo único que había pasado era que la teniente Skaaiat estuvo lo bastante cerca para percibir que había sucedido algo.

—No —continuó Mianaai en respuesta a la pregunta no formulada de la teniente Awn—, el incidente de Ors no ha aparecido en los medios públicos. Todavía. Y percibo en usted que la idea de que Skaaiat Awer sea una traidora la angustia. Creo que le cuesta creerlo.

Una vez más, la teniente Awn se esforzó en hablar.

—Tiene usted razón, milord —consiguió decir finalmente.

—Le ofrezco la oportunidad de demostrar su inocencia —repuso Mianaai—. Y de mejorar su situación personal. Puedo asignarle un puesto para que vuelva a estar cerca de ella. Lo único que tiene que hacer es aceptar ser cliente suya cuando ella se lo ofrezca. ¡Sí, se lo ofrecerá! —añadió la Lord del Radch al percibir desesperación y duda en la teniente Awn—. Awer ha estado reclutando a personas como usted. Arribistas de casas mediocres que, de repente, se encuentran en puestos que pueden proporcionarles ventajas financieras. Acepte el clientelismo y vigílela.

«E infórmeme», le faltó decir.

La Lord del Radch estaba intentando utilizar las armas de su enemiga a su favor. ¿Qué ocurriría si no lo conseguía? ¿Y qué ocurriría si lo conseguía? Decidiera lo que decidiera la teniente Awn, estaría actuando en contra de Anaander Mianaai, la Lord del Radch.

Yo ya la había visto elegir cuando le iba la vida en ello. Elegiría el camino que la mantuviera con vida. Después, tanto ella como yo tendríamos tiempo de descifrar las implicaciones de esa elección. Cuando la situación fuera menos urgente y apremiante, ya averiguaríamos qué otras opciones tenía.

En la sala de la Decuria Esk, la teniente Dariet preguntó, alarmada:

—Nave, ¿qué le pasa a Esk Una?

—¿Es una orden, milord? —preguntó la teniente Awn con voz temblorosa debido al miedo y mirando, como siempre, al suelo.

—Espere, teniente —dije directamente en el oído de la teniente Dariet al no conseguir que Esk Una hablara.

Anaander Mianaai soltó una risotada breve y seca. La pregunta de la teniente Awn constituía una negación tan pura y simple de obedecer a Mianaai como lo habría constituido si hubiera gritado un *¡nunca!* Era evidente que sería inútil que le dijera que se trataba de una orden.

—Haga que me interroguen cuando lleguemos a Valskaay —propuso la teniente Awn—. Se lo pido. Soy leal; y Skaaiat Awer también, se lo juro, pero si duda de ella, ordene que la interroguen también.

Pero, lógicamente, Anaander Mianaai no podía hacer algo así. Cualquier interrogatorio requeriría la presencia de testigos. Además, cualquier interrogadora experta, y no tenía sentido que designaran a una que no lo fuera, se daría cuenta de cuál era el objetivo de las preguntas que tendría que formular a la teniente Awn o a la teniente Skaaiat. Se trataría de una medida demasiado expuesta y revelaría información que aquella Mianaai no quería revelar.

Anaander Mianaai permaneció sentada y en silencio durante cuatro segundos. Impasible.

—Var Una —dijo cuando transcurrieron los cuatro segundos—, mata a la teniente Awn.

En aquel momento, yo no era una segmento aislada, sola e indecisa. Era yo al completo. Separada de mí, Esk Una simpatizaba más que yo con la teniente Awn. Pero ahora Esk Una no estaba separada de mí, sino que era totalmente parte de mí.

Sin embargo, al mismo tiempo, Esk Una solo era una pequeña parte de mí y yo ya había matado a otras oficiales antes. Incluso había matado, cumpliendo órdenes, a mi propia capitana. Pero aquellas ejecuciones, por muy desagradables y desestabilizantes que fueran, habían sido claramente justas. El castigo a la desobediencia es la muerte.

Pero la teniente Awn nunca había desobedecido una orden. Ni mucho menos. Y, lo que era peor, la finalidad de su muerte era ocultar las manipulaciones de la enemiga de Anaander Mianaai, y el propósito de mi existencia consistía en oponerme a las enemigas de Anaander Mianaai.

Pero ninguna de las Mianaai estaba preparada para actuar abiertamente, de modo que yo tenía que esconder a aquella Mianaai el hecho de que, hasta que todo estuviera listo, ella ya me había inclinado hacia el lado opuesto. De momento, tenía que obedecerle como si no me planteara otra posibilidad, como si no deseara hacer otra cosa. Además, al fin y al cabo, ¿qué era la teniente Awn en el orden del universo? Sus progenitoras llorarían su pérdida y su hermana también, y, probablemente, les avergonzaría que la teniente Awn las hubiera deshonrado al desobedecer a Mianaai. Pero no cuestionarían la legitimidad de lo sucedido, y aunque lo hicieran, no serviría de nada. El secreto de Anaander Mianaai estaría a salvo.

Todo esto lo pensé durante el uno coma tres segundos que la teniente Awn, impactada y aterrorizada, tardó en levantar la cabeza. En aquel mismo instante, Var Una dijo:

—No voy armada, milord. Tardaré aproximadamente dos minutos en conseguir un arma.

Percibí, claramente, que la teniente Awn se sentía traicionada, aunque también debía de saber que yo no tenía elección.

—Esto es injusto —declaró todavía con la cabeza levantada y con voz temblorosa—. No es correcto. Y no beneficiará a nadie.

—¿Quiénes son tus colegas conspiradoras? —preguntó Mianaai con frialdad—. Dímelo y quizá te perdone la vida.

La teniente Awn medio se enderezó apoyando las manos en el suelo y parpadeó repetidas veces. Se sentía totalmente confusa. Sin duda su perplejidad era tan patente para Mianaai como para mí.

—¿Conspiradoras? Yo nunca he conspirado con nadie. Siempre le he servido a usted.

Arriba, en la cubierta de mando, le dije al oído a la capitana Rubran:

—Capitana, tenemos un problema.

—Servirme ya no es suficiente —contestó Anaander Mianaai—. Ya no es lo bastante claro. ¿A qué Anaander sirves?

—¿A qué...? —empezó la teniente Awn. Y prosiguió—: ¿Qu...? —Y, luego, añadió—: No le comprendo.

—¿Qué problema? —preguntó la capitana Rubran con la taza de té a medio camino de la boca y solo ligeramente preocupada.

—Estoy en guerra conmigo misma —contestó Mianaai en la sala de la Decuria Var—. Hace mil años que lo estoy.

—Necesito que sede a Esk Una —le dije a la capitana Rubran.

—Estoy en guerra por el futuro del Radch —continuó Anaander Mianaai en la cubierta Var.

La teniente Awn debió de comprender algo con una claridad repentina. Percibí en ella una rabia pura e intensa.

—Por el fin de las anexiones y las auxiliaras y por el hecho de que se asignen puestos militares a personas como yo.

—No te entiendo, nave —dijo la capitana Rubran con voz uniforme pero, ahora, definitivamente preocupada.

Dejó la taza de té sobre la mesa que había a su lado.

—Por el tratado con las presgeres —explicó Mianaai con enojo—. El resto se deriva de eso. Y, lo sepas o no, tú eres el instrumento de mi enemiga.

—Claro, y Misericordia de Sarrse Amaat Una Una desveló lo que usted estaba haciendo en Ime —añadió la teniente Awn con rabia patente pero contenida—. ¡Era usted! La gobernadora del sistema estaba produciendo auxiliares. Usted las necesitaba para su guerra contra usted misma, ¿no es cierto? Y estoy convencida de que eso no era todo lo que la gobernadora hacía por usted. ¿Esa es la razón de que la soldado tuviera que morir aunque eso implicara el esfuerzo de conseguir que las rrrrr la extraditaran? Y yo...

—Todavía estoy esperando, nave —dijo la teniente Dariet en la sala de la Decuria Esk—. Pero esto no me gusta nada.

—Misericordia de Sarrse Amaat Una Una apenas sabía nada, pero en las manos de las rrrrr, era una pieza que mi enemiga podía utilizar en mi contra. Como oficial de una nave crucero de batalla tú no eres nada, pero en un puesto de autoridad planetaria, aunque sea de poco rango y con el posible respaldo de Skaaiat Awer, lo cual aumentaría tu influencia, constituyes un peligro potencial para mí. Podría haberte apartado de Ors y de la influencia de Skaaiat Awer, pero quería algo más; quería un argumento gráfico en contra de decisiones y políticas recientes. Si aquella pescadora no hubiera encontrado las armas o no te hubiera informado del hallazgo, si los sucesos de aquella noche se hubieran desarrollado conforme a mis deseos, me habría asegurado de que los acontecimientos hubieran aparecido en todos los medios de comunicación públicos. En un solo acto, me habría asegurado la lealtad de las tanminds y me habría librado de alguien que me resultaba molesta. Los dos eran objetivos de poca importancia, pero también habría podido demostrar a todas las ciudadanas que bajar la guardia y desarmar el imperio, aunque fuera mínimamente, entrañaba un grave peligro; y también que dejar la autoridad en manos poco competentes era inaceptable. —Soltó un breve y amargo soplido—. Lo admito, te subestimé. Subestimé tu relación con las orsianas de la Ciudad Baja.

Var Una no podía demorarse más y entró en la sala de la Decuria Var empuñando un arma. La teniente Awn la oyó entrar y volvió levemente la cabeza para mirarla.

—Proteger a las ciudadanas de Ors era mi responsabilidad. Me la tomé seriamente y la llevé a cabo lo mejor que pude, aunque aquella noche fallé. Pero la culpa no fue de usted. —Volvió otra vez la cabeza, miró a Anaander Mianaai directamente a la cara y añadió—: En el templo de Ikkt, aunque no hubiera servido para nada, en lugar de obedecerla debería haber muerto.

—Ahora puedes remediarlo, ¿no? —sugirió Anaander Mianaai, y me dio la orden de disparar.

Yo disparé.

Veinte años después, le dije a Arilesperas Strigan que a las autoridades radchaais no les importaba lo que una ciudadana pensara siempre que hiciera lo que debía hacer. Y era verdad, pero desde aquel momento, desde que vi a la teniente Awn muerta en el suelo de mi sala de la Decuria Var, muerta a manos de Var Una o, para no engañarme, a manos mías, me he preguntado qué diferencia hay entre ella y yo.

Me vi obligada a obedecer a aquella Mianaai para que creyera que estaba a sus órdenes; y, en aquel caso, sí que lo estuve. Me resultaba difícil distinguir cuándo actuaba para una u otra Mianaai. Además, en última instancia y fueran cuales fuesen sus diferencias, las dos eran la misma persona.

Los pensamientos son efímeros. A no ser que se conviertan en acción y, nada más surgir, se les de una forma material, se evaporan. Lo mismo ocurre con los deseos y las intenciones. Carecen de sentido a menos que nos empujen a tomar decisiones en uno u otro sentido, a convertirse en hechos o acciones por insignificantes que estas sean. Los pensamientos que nos empujan a actuar pueden ser peligrosos, pero los que no se convierten en acciones son menos que nada.

La teniente Awn estaba tumbada bocabajo en la sala de la Decuria Var, muerta. Tendría que limpiar y reparar el suelo que había debajo de ella. En aquel momento, lo urgente, lo importante era conseguir que Esk Una se moviera porque, al cabo de, aproximadamente, medio segundo, nada de lo que yo hiciera podría ocultar sus movimientos. Tenía que contarle a la capitana lo que había ocurrido. Por otro lado, no lograba recordar que la enemiga de Mianaai, la misma Mianaai, me hubiera transmitido las órdenes que yo sabía que me había transmitido. Y no sabía por qué Esk Una no era consciente de que debía ser discreta porque todavía no estábamos preparadas para actuar abiertamente. Además, no era la primera vez que perdíamos oficiales. Y, al fin y al cabo, ¿quién era Esk Una salvo yo, yo misma? Pero la teniente Awn estaba muerta y había dicho: «... en lugar de obedecerla debería haber muerto».

Pero entonces Var Una levantó el arma y le disparó a Anaander Mianaai en la cara.

En una habitación, al fondo del pasillo, Anaander Mianaai se levantó de un salto de la cama en la que estaba descansando y soltó un grito de rabia.

—¡Por las tetas de Aatr, ella estuvo aquí antes que yo!

En aquel mismo momento, transmitió la clave que desactivaría la armadura de Var Una hasta que ella misma volviera a autorizar su uso. Se trataba de una orden que yo no podía cuestionarme obedecerla o no. Ninguna Anaander querría prescindir de esa facultad.

—Capitana —respondí—, ahora sí que tenemos un problema de verdad.

En otra habitación del mismo pasillo, la tercera Mianaai, aunque ahora supongo que debería decir la segunda, abrió uno de los maletines que había subido a la nave, sacó un arma, salió rápidamente al pasillo y disparó al segmento Var Una más cercano en la parte posterior de la cabeza. La Mianaai que había maldecido abrió su maletín y sacó un arma y una caja que reconocí por haberla visto en la casa de Jen Shinnan, en la Ciudad Alta, en Shis'urna. Si la utilizaba, le perjudicaría tanto a ella como a mí, pero sobre todo a mí. Durante los segundos que tardó en armar el artefacto de la caja, yo elaboré propósitos y transmití órdenes a partes constituyentes de mí misma.

—¿Qué problema? —preguntó la capitana Rubran.

Ahora se había puesto de pie y estaba realmente intrigada.

Me dividí.

Era una sensación que me resultaba familiar. Durante una millonésima de segundo, percibí un olor a aire húmedo y al agua del lago, y pensé: «¿Dónde está la teniente Awn?» Pero entonces me recuperé y recordé lo que tenía que hacer. Dejé caer lo que sostenía en las manos, y las tazas de té tintinearon y se hicieron añicos contra el suelo. Salí de la sala de la Decuria Esk y corrí por el pasillo. Otros segmentos, separados de mí como les había ocurrido en Ors, murmuraron y susurraron entre ellos, que era la única forma en que podía comunicarme, abrieron armarios, se repartieron armas y los primeros en tenerlas abrieron a la fuerza las puertas del ascensor y descendieron por el hueco. Las tenientes protestaron y me ordenaron que me detuviera y les explicara qué estaba haciendo. Intentaron, sin éxito, impedirme el paso.

Yo, o sea, casi la totalidad de Esk Una, debía proteger la cubierta de acceso a mi unidad central e impedir que Anaander Mianaai dañara mi mente, la mente de la nave *Justicia de Toren*. Mientras la *Justicia de Toren* viviera y no se convirtiera a su causa, la nave, o sea, yo, constituía un peligro para ella.

Yo, Esk Una Diecinueve, tenía otras órdenes. En lugar de descender por el hueco del ascensor a la cubierta de acceso a mi unidad central, corrí en dirección contraria hacia la bodega Esk y la escotilla del fondo. Parecía que no respondía a las órdenes de ninguna de mis tenientes, ni siquiera a las de la comandante Tiaund, pero cuando la teniente Dariet gritó: «¡Nave! ¿Has perdido la razón?», yo le contesté:

—¡La Lord del Radch ha matado a la teniente Awn! —gritó uno de mis segmentos en algún lugar del pasillo, detrás de mí—. Durante todo este tiempo, estaba en la cubierta Var.

Eso silenció, durante un segundo, a mis tenientes, incluida la teniente Dariet.

—Me cuesta creerlo..., pero si fuera cierto, la Lord del Radch no la habría matado sin una razón.

Detrás de mí, los segmentos que todavía no habían empezado a descender por el hueco del ascensor murmuraron y soltaron gritos ahogados y cargados de rabia y frustración.

—¡Es inútil! —me oí a mí misma decirle a la teniente Dariet mientras, al final del pasillo, yo abría manualmente la compuerta de la bodega—. ¡Es usted peor que la teniente Issaaia! ¡Al menos la teniente Awn sabía que la teniente Issaaia la despreciaba!

Oí un grito de indignación, seguramente producido por la teniente Issaaia, y Dariet me espetó:

—No sabes lo que dices. ¡No funcionas correctamente, nave!

La compuerta se abrió y no pude detenerme a oír el resto de la conversación. Un ruido grave y sostenido sacudió la cubierta por la que yo corría. Era un ruido que, horas antes, pensé que nunca volvería a oír. Mianaai estaba abriendo la bodega Var. Cualquier auxiliar a quien reanimara, no tendría ningún recuerdo de los sucesos recientes, nada que le indicara que no debía obedecer a aquella Mianaai. Y sus armaduras no estarían desactivadas.

Mianaai despertaría a Var Dos, Tres, Cuatro..., a tantas como pudiera, e intentaría hacerse con el control de la cubierta de acceso a mi unidad central o la sala de máquinas. Probablemente, de ambas. Al fin y al cabo, nada le impedía acceder a la bodega Var y a todas las demás por debajo de ella, aunque, al principio, los segmentos se sentirían confusos y serían torpes. A diferencia de mí, no tendrían ningún recuerdo sobre cómo funcionar separadamente, pero los números estaban a su favor. Yo solo contaba con los segmentos que estaban despiertos cuando me fragmenté.

Arriba, mis oficiales tenían acceso a la mitad superior de las bodegas, pero no tendrían ninguna razón para desobedecer a Anaander Mianaai; ninguna razón para creer que yo no había perdido el juicio. En aquel momento, yo le estaba explicando lo ocurrido a la capitana Rubran Cien, pero no estaba segura de que me creyera o de que no pensara que yo había perdido la razón.

El mismo ruido sordo que sonaba debajo de mis pies empezó a sonar alrededor de mí. Mis oficiales estaban despertando a segmentos Esk. Llegué a la cámara estanca, abrí la taquilla que había a un lado y saqué la escafandra que le iría bien a aquel segmento.

No sabía durante cuánto tiempo podría mantener a salvo el acceso a mi unidad central o la sala de máquinas. No sabía hasta qué punto estaba desesperada Anaander Mianaai y qué daños creía que yo podía causarle. El escudo térmico de la sala de máquinas era, por diseño, extremadamente difícil de desactivar, pero yo sabía cómo hacerlo; y por supuesto, la Lord del Radch también.

Ocurriera lo que ocurriera entre aquel momento y mi llegada a Valskaay, era casi seguro que yo moriría poco después de llegar, si no antes. Pero no moriría sin haberme explicado.

Tenía que subir a una lanzadera, despegar manualmente y abandonar la *Justicia de Toren*, a mí misma, exactamente en el momento preciso, a la velocidad precisa y con el destino preciso. Y también debería atravesar los límites de mi espacio normal en el momento preciso.

Si hacía todo eso, llegaría a un sistema que contaba con un portal espacial y que estaba a cuatro saltos espaciales del palacio Irei, uno de los centros de mando provinciales de Anaander Mianaai. Una vez allí, podría contarle lo ocurrido.

Las lanzaderas estaban acopladas en aquel lado de la nave. La escotilla y el despegue deberían funcionar sin problemas. Al fin y al cabo, se trataba de un equipo que yo misma comprobaba y mantenía con regularidad. Aun así, me preocupó que algo pudiera salir mal. Al menos, eso era mejor que pensar en tener que luchar contra mis propias oficiales o preocuparme porque el escudo térmico resultara dañado.

Me coloqué el casco. Mi respiración me sonó fuerte en los oídos, y más rápida de lo que debería. Me obligué a respirar más despacio y más hondo. Hiperventilar no me ayudaría en nada. Tenía que moverme con rapidez, pero no precipitadamente para no cometer un error fatal.

Cuando esperaba que la cámara estanca finalizara su ciclo, sentí que mi soledad era como un muro impenetrable que me presionaba por todos lados. Por lo general, las emociones perturbadoras del cuerpo de una auxiliar constituían algo nimio y fácil de ignorar, pero ahora yo solo era aquel cuerpo y no había nada fuera de mí que calmara mi inquietud. El resto de mí estaba allí, alrededor de mí, pero me resultaba inaccesible. Pronto, si todo salía bien, ni siquiera estaría cerca de mí misma y tampoco tenía ni idea de cuándo podría volver a integrarme conmigo misma. Pero en aquel momento lo único que podía hacer era esperar. Me acordé de la sensación del arma en la mano de Var Una, mi mano. Yo era Esk Una, pero ¿cuál era la diferencia? Y también me acordé del retroceso del arma cuando Var Una le disparó a la teniente Awn. Cuando sucedió, el sentimiento de culpabilidad y la impotencia y la rabia que me invadieron fueron superados por una necesidad más urgente, pero ahora tenía tiempo para recordar. Mis tres respiraciones siguientes fueron entrecortadas y sollozantes. Me sentí perversamente contenta de estar desconectada de mí misma.

Tenía que tranquilizarme. Tenía que aclarar mi mente. Pensé en las canciones que conocía, en «Mi corazón es un pez», pero cuando abrí la boca para cantarla, se me cerró la garganta. Tragué saliva. Respiré. Y recordé otra canción.

¡Vaya! Has acudido al campo de batalla
con la armadura y bien armada,
pero terribles sucesos
te obligarán a deponer las armas.

La escotilla se abrió. Si Mianaai no hubiera utilizado el artefacto que llevaba consigo, las oficiales que estaban de servicio habrían visto que se había abierto, lo habrían notificado a la capitana Rubran y habrían llamado la atención de Mianaai. Pero ella había utilizado el artefacto que había cortado las comunicaciones y ahora no podía saber lo que yo estaba haciendo. Alargué el brazo hacia el exterior de la nave, me agarré a un asidero y me propulsé hacia fuera.

A las humanas mirar hacia el exterior de una escotilla les provocaba a menudo sensación de mareo. A mí nunca me había afectado, pero ahora que no era más que un cuerpo humano aislado, descubrí que me producía la misma sensación. El exterior era negro y aquella negrura tenía, simultáneamente, una profundidad inconmensurable en la que yo podía caer y, de hecho, caía, y una proximidad sofocante que podía presionarme hasta la no existencia.

Me obligue a mirar hacia otro lado. Allí, en el exterior, no había suelo; no había ningún generador de gravedad que me mantuviera estable y me proporcionara un arriba y un abajo. Me desplacé de un asidero a otro. ¿Qué debía de estar ocurriendo detrás de mí, en el interior de la nave que ya no era mi cuerpo?

Tardé diecisiete minutos en llegar a una lanzadera, abrir la escotilla de emergencia y desacoplarla manualmente. Al principio, y a pesar de que no podía oír ningún ruido que se produjera fuera del casco de mi escafandra, tuve que esforzarme para no detenerme y prestar atención por si oía que alguien me seguía para detenerme. «No es más que una operación de mantenimiento —me dije a mí misma—. Simple mantenimiento del casco exterior. Lo has hecho cientos de veces.»

Si alguien me atacaba, no podría hacer nada. Esk habría fracasado. Yo habría fracasado. Además, solo disponía de un tiempo limitado. Era posible que nadie me detuviera y que, aun así, fracasara. Pero no debía pensar en nada de esto.

Cuando llegó el momento preciso, estaba a bordo de la lanzadera y navegaba. Mi vista estaba limitada a proa y a popa, porque la lanzadera solo disponía de esas dos cámaras integradas. A medida que veía la *Justicia de Toren* alejarse en la pantalla de la cámara de popa, la creciente sensación de pánico que prácticamente había controlado hasta entonces, me invadió. ¿Qué estaba haciendo? ¿Adónde me dirigía? ¿Qué podía conseguir sola, con un solo cuerpo, ciega, sorda y aislada? ¿Qué sentido tenía desafiar a Anaander Mianaai, que era mi hacedora, mi señora, y era indescriptiblemente más poderosa de lo que yo sería nunca?

Respiré hondo. Regresaría al Radch. A la larga, regresaría a la *Justicia de Toren*, aunque solo fuera durante los últimos instantes de mi vida. La ceguera y la sordera eran irrelevantes. Lo único que tenía por delante era mi misión, y, en aquel momento, lo único que podía hacer era esperar en el asiento de la piloto y contemplar cómo la *Justicia de Toren* se alejaba en la distancia y se hacía más y más pequeña. Y recordar otra canción.

Según el cronómetro, y si había hecho todo lo que tenía que hacer exactamente como debía, la *Justicia de Toren* desaparecería de la pantalla en cuatro minutos y treinta y dos segundos. Miré la pantalla y conté los segundos mientras intentaba no pensar en nada más.

De repente, en la pantalla de la cámara de popa estalló una intensa luz blanquiazul y se me cortó la respiración. Cuando la imagen se aclaró, no vi nada salvo negrura... y estrellas. Había atravesado mi portal espacial autogenerado.

Había realizado el salto espacial con una antelación de más de cuatro minutos. ¿Qué había sido aquella explosión de luz? Lo único que debería haber visto era la desaparición progresiva de la nave y la aparición repentina de las estrellas a mi alrededor.

Mianaai no había intentado tomar el control de mi unidad central ni obtener el apoyo de las oficiales de las cubiertas superiores de la nave. Cuando se dio cuenta de que yo ya estaba de parte de su enemiga, debió de decidir, inmediatamente, actuar de la forma más desesperada posible. Ella y las auxiliares Var que la obedecían habían accedido a mis motores y habían perforado mi escudo térmico. Era un misterio cómo había conseguido escapar sin desintegrarme con el resto de la nave, pero la cuestión era que había visto la explosión y yo todavía existía.

La *Justicia de Toren* y todo lo que estaba a bordo había desaparecido. Yo no estaba donde se suponía que tenía que estar y era posible que estuviera a una distancia inconmensurable del espacio radchaai o de cualquier sistema humano. Cualquier posibilidad de reintegrarme a mí misma se había desvanecido. La capitana estaba muerta. Todas mis oficiales estaban muertas. La amenaza de una guerra civil pesaba en la atmósfera.

Había matado a la teniente Awn.

Nada volvería a estar bien.

17

Por suerte para mí, salí del portal espacial en los límites de un sistema atrasado y ajeno al Radch. Se trataba de un grupo de hábitats y estaciones mineras poblados por personas sumamente modificadas. Según los patrones radchaais, no se trataba de seres humanos. Disponían de entre seis y ocho extremidades y ningunas de ellas tenían por qué ser piernas. Sus pulmones y su piel estaban adaptados al vacío y sus mentes estaban tan entrelazadas e interconectadas con implantes y sistemas de cables que cabía preguntarse si no serían meras máquinas conscientes con un interfaz biológico.

Para ellas, que alguien eligiera el tipo de forma primitiva con la que nacían la mayoría de las humanas que yo conocía era un misterio. Valoraban enormemente su aislamiento y uno de los principios más preciados de su sociedad consistía en que, salvo raras excepciones que ni siquiera admitían que se produjeran, nadie le pedía nada a nadie a menos que la otra persona se lo hubiera ofrecido espontáneamente. Me observaron con una mezcla de intriga y ligero desdén y me trataron como si fuera una niña que se hubiera extraviado y estuvieran vigilándola hasta que sus progenitoras la encontraran, pero sin que fuera, en absoluto, responsabilidad de ellas. Si alguna adivinó mi procedencia, y, seguramente, alguna lo hizo, porque la misma lanzadera lo indicaba, no lo manifestó, y nadie me presionó para que diera explicaciones, porque ellas mismas lo habrían considerado terriblemente grosero. Eran calladas, reservadas, exclusivistas, pero también inesperada e impredeciblemente generosas. De no ser por eso, yo todavía estaría allí, o muerta.

Me pasé seis meses aprendiendo a hacerlo todo; no solo a enviar un mensaje a la Lord del Radch, sino a caminar, respirar, comer y dormir como un ser autónomo. Un ser que solo era un fragmento de lo que había sido, sin otro futuro imaginable que el de ansiar, eternamente, volver a ser lo que había sido. Entonces, un día, llegó una nave humana y la capitana aceptó llevarme a bordo a cambio del poco dinero que me quedó después de vender la lanzadera en un desguace y pagar las tasas del aparcamiento que se habían ido acumulando y que no había podido pagar. Más tarde, averigüé que uno de aquellos reptiles con tentáculos, en concreto, uno de cuatro metros de largo, había pagado el resto de mi pasaje en la nave humana sin que yo lo supiera. También me contaron que le había dicho a la capitana que yo no pertenecía a aquel lugar y que sería más saludable para mí estar en cualquier otro sitio. Se trataba de gente extraña, como ya he comentado, y les debo mucho, aunque ellas se sentirían ofendidas y angustiadas si pensaran que alguien les debía algo.

Durante los diecinueve años que transcurrieron desde entonces, aprendí once idiomas y setecientas trece canciones. Descubrí formas de ocultar lo que era incluso a la mismísima Lord del Radch. Estaba bastante segura de que lo había conseguido. Trabajé de cocinera, de portera y de piloto. Y elaboré un plan de acción. Me uní a una orden religiosa y gané una cantidad de dinero nada desdeñable. Y durante todo aquel tiempo solo maté a una docena de personas.

Cuando me desperté, a la mañana siguiente, el impulso de contárselo todo a Seivarden se había desvanecido, y ella parecía haber olvidado sus preguntas. Salvo una.

—¿Y ahora qué?

Lo preguntó con indiferencia, estaba sentada en el banco que había junto a mi cama y reclinada en la pared, como si solo sintiera una ociosa curiosidad por conocer la respuesta.

Cuando la supiera, quizá decidiera que prefería continuar sola.

—Ahora nos dirigiremos al palacio Omaugh.

Frunció un poco el ceño.

—¿Es nuevo?

—No especialmente. —Lo habían construido setecientos años atrás—. Pero sí que es posterior a la destrucción de Garsedd.

Sentí un hormigueo y un picor en el tobillo derecho, lo que constituía un signo incuestionable de que el correctivo había finalizado su función.

—Abandonaste el espacio radchaai sin autorización —le advertí a Seivarden—. Y vendiste tu armadura para hacerlo.

—Se trataba de circunstancias extraordinarias. Apelaré la sentencia que me impongan —declaró todavía sin enderezarse.

—Como mucho, eso te conseguirá un aplazamiento.

Cualquier ciudadana que deseara una audiencia con la Lord del Radch, podía solicitarla; sin embargo, si la solicitante estaba muy lejos de un palacio provincial, el viaje podía resultar largo y costoso. En esos casos, si la causa se consideraba superficial o sin fundamento y la solicitante no podía pagarse el viaje, la solicitud se denegaba. Anaander Mianaai era el último recurso de apelación para casi cualquier causa, y la de Seivarden no era en absoluto superficial. Además, Anaander Mianaai estaría en persona en el palacio.

—Tendrás que esperar meses para conseguir una audiencia —le recordé a Seivarden.

Ella hizo un gesto de indiferencia.

—¿Qué vas a hacer allí? —me preguntó.

«Intentar matar a Anaander Mianaai.» Pero eso no podía decírselo.

—Ver las vistas. Comprar algunos recuerdos. Quizás intentar conocer personalmente a la Lord del Radch.

Arqueó una ceja y luego miró mi bolsa. Sabía que contenía el arma y, por supuesto, comprendía lo peligrosa que era, pero seguía creyendo que yo era una agente del Radch.

—¿Así que viajarás de incógnito durante todo el trayecto?

¿Y, después de entregársela a la Lord del Radch, qué harás? —me preguntó mientras señalaba la bolsa.

—No lo sé.

Cerré los ojos. No veía nada más allá de mi llegada al palacio Omaugh. No tenía la más remota idea de qué haría una vez allí ni de cómo conseguiría acercarme lo suficiente a Anaander Mianaai para utilizar el arma.

No, eso no era cierto, porque, en aquel mismo momento, el esbozo de un plan surgió en mi mente, aunque no era nada práctico, ya que dependía de la discreción y el apoyo de Seivarden.

Ella se había formado su propia idea de cuál era mi objetivo, de por qué quería regresar al Radch fingiendo que era una turista no ciudadana y de por qué me presentaría directamente ante Anaander Mianaai en lugar de presentarme ante una oficial de Misiones Especiales. Yo podía utilizar esa idea.

—Iré contigo —decidió Seivarden y, como si hubiera adivinado mis pensamientos, añadió—: Puedes asistir a mi audiencia de apelación y hablar en mi nombre.

No me fie lo bastante de mí misma para responder. Unos leves pinchazos me subieron por la pierna derecha y por las manos, los brazos, los hombros y la pierna izquierda se extendió un cosquilleo. Sentí un ligero dolor en la cadera derecha. Algo no se había curado bien.

—No se puede decir que no sepa cómo puede acabar todo esto —comentó Seivarden.

—Entonces, cuando me robes, romperte las piernas no será suficiente y tendré que matarte.

Yo seguía con los ojos cerrados y no percibí su reacción a mis palabras. Quizá se lo había tomado a broma.

—No te robaré. Ya lo verás —me contestó.

Pasé varios días más en Therrod, hasta que me recuperé lo bastante para que la doctora me diera el alta. Durante todo ese tiempo y también luego cuando subíamos en el ascensor espacial, Seivarden estuvo amable y respetuosa.

Su actitud me preocupó. Yo había guardado dinero y otras

pertenencias en la estación que había al final del recorrido del ascensor espacial y tenía que recuperarlo antes de nuestra partida. Todo estaba embalado, de modo que Seivarden no veía más que un par de bultos, pero no me hacía ilusiones, ya que ella podía intentar abrirlos a la primera oportunidad que se le presentara.

Al menos, volvía a tener dinero. Quizás eso evitara más problemas.

Alquilé una habitación en la estación, dejé allí a Seivarden con instrucciones de que me esperara y me fui a recuperar mis pertenencias. Cuando regresé, ella estaba sentada en la cama, sin sábanas ni mantas, ya que allí la ropa blanca se consideraba un extra. Estaba inquieta: le temblaba una rodilla y se frotaba los brazos con las manos desnudas. Yo había vendido los abrigos y los guantes antes de abandonar el planeta.

Cuando entré en la habitación, Seivarden dejó de moverse y me miró con expectación, pero no dijo nada. Le lancé una bolsa, que produjo un ruido sordo al aterrizar en su regazo. La observó con el ceño fruncido y, a continuación, me miró sin intentar tocarla.

—¿Qué es esto?

—Diez mil shenes —contesté.

Se trataba del dinero de uso más común en aquella región, en forma de billetes, lo que facilitaba su transporte y también gastarlo. En aquel lugar, diez mil shenes daban para hacer muchas cosas; se podía comprar un pasaje a otro sistema y quedaría para vivir bien durante varias semanas.

—¿Eso es mucho?

—Sí.

Abrió ligeramente los ojos y, durante medio segundo, percibí en su expresión que estaba calculando. Había llegado la hora de que le hablara sin ambages.

—La habitación está pagada para los próximos diez días. Después de eso... Ese dinero podría durarte bastante tiempo —le dije señalando la bolsa que tenía en el regazo—; mucho más si eres sincera en lo de dejar el kef.

La mirada que vi en ella cuando se dio cuenta de que tenía

acceso al dinero me convenció de que no lo era: no estaba realmente convencida de dejarlo.

Seivarden contempló la bolsa durante seis segundos.

—No —dijo. La tomó con cautela, entre los dedos índice y pulgar, como si se tratara de una rata muerta y la dejó caer al suelo—. Me voy contigo.

No respondí. Me quedé mirándola. El silencio se alargó.

Al final apartó la mirada y cruzó los brazos sobre el pecho.

—¿Aquí no hay té?

—No del tipo al que estás acostumbrada.

—No me importa.

Bien, porque no quería salir y dejarla allí sola con el dinero y mis pertenencias.

—Entonces, vamos.

Salimos de la habitación y en el corredor principal encontramos una tienda donde vendían productos para dar sabor al agua caliente. Seivarden olisqueó una de las mezclas que ofrecían y arrugó la nariz.

—¿Esto es té?

La propietaria de la tienda nos observó de reojo.

—Ya te he dicho que no se trata del tipo de té al que estás acostumbrada y tú me has contestado que no te importaba.

Se quedó pensando y, para mi gran sorpresa, en lugar de discutir o quejarse por la insatisfactoria naturaleza del té, dijo con calma:

—¿Cuál me recomiendas?

Yo hice un gesto de duda.

—No tengo por costumbre beber té.

—¿Que no...? —Me miró fijamente—. ¡Ah! ¿En el Gerentate no bebéis té?

—No tanto como aquí.

El té, por supuesto, era para las oficiales; para los seres humanos. Las auxiliares bebíamos agua. El té era un extra, un gasto innecesario, un lujo, así que yo no había desarrollado ese hábito. Me volví hacia la tendera, una nilterana, baja, gorda y de piel pálida. Aunque allí hacía una temperatura constante de cuatro grados centígrados y Seivarden y yo todavía llevábamos puestos los interiores, la propietaria iba en mangas de camisa.

—¿Cuál de esos lleva cafeína? —le pregunté.

Respondió con bastante amabilidad y todavía se mostró más amable cuando le compré no solo doscientos cincuenta gramos de distintos tés con cafeína, sino también un termo con dos tazas y dos botellas de agua.

Seivarden cargó con todas nuestras compras hasta la habitación. Caminó a mi lado durante todo el trayecto sin pronunciar una palabra. Después dejó las compras sobre la cama, se sentó, tomó el termo y examinó su inusual diseño.

Podría haberle enseñado cómo funcionaba, pero decidí no hacerlo. Abrí mi equipaje y saqué un grueso disco dorado cuyo diámetro era tres centímetros mayor que el que solía llevar conmigo y un cuenco pequeño y bajo de oro batido que medía ocho centímetros de diámetro. Cerré la maleta, coloqué el cuenco encima y activé la imagen del disco.

Seivarden contempló cómo se desplegaba una flor amplia y plana que parecía confeccionada de nácar y, en su centro, surgió una mujer que estaba de pie. Vestía una túnica hasta las rodillas que era del mismo color blanco iridiscente que la flor y que tenía incrustaciones en oro y plata. En una mano sostenía una calavera humana que tenía joyas rojas, azules y amarillas incrustadas y, en la otra, un cuchillo.

—Es como la otra —comentó Seivarden ligeramente interesada—. Pero no se parece tanto a ti.

—Es verdad —afirmé, y me senté con las piernas cruzadas delante de la maleta.

—¿Se trata de una diosa del Gerentate?

—Es una que conocí en un viaje.

Seivarden hizo un gesto evasivo.

—¿Cómo se llama?

Pronuncié la larga serie de sílabas del nombre de la diosa y Seivarden se quedó desconcertada.

—Significa «Ella, la que surgió del lirio». Es la creadora del universo.

Eso la equiparaba a Amaat, la diosa radchaai.

—¡Ah! —exclamó Seivarden.

Por el tono de su voz supe que había llegado a la misma conclusión y que había incorporado a la diosa a su universo religioso.

—¿Y la otra? —me preguntó.

—Es una santa.

—Es sorprendente que se parezca tanto a ti.

—Sí, aunque no es ella la santa, sino la cabeza que sostiene en las manos.

Seivarden parpadeó varias veces y frunció el ceño porque era una idea rara en el mundo de las radchaais.

—Aun así...

Para las radchaais las coincidencias no existían. Las casualidades podían empujar a las personas a peregrinar, hacer que adoraran a determinadas diosas o que cambiaran hábitos arraigados. Eran mensajes directos de Amaat.

—Ahora voy a rezar —le dije.

Seivarden hizo un gesto de conformidad con una mano. Yo desplegué una pequeña navaja, me pinché el pulgar y dejé caer unas gotas en el cuenco de oro. No me volví para ver la reacción de Seivarden. Ninguna diosa radchaai exigía derramamiento de sangre y, además, no me había lavado las manos antes de iniciar el ritual. Sin duda, cualquier radchaai se sorprendería y me consideraría una forastera e incluso un ser primitivo. Pero Seivarden no dijo nada, permaneció sentada y en silencio durante treinta y un segundos, mientras yo entonaba el primero de los trescientos veintidós nombres de Lila Blanca. Después, centró su atención en el termo y la preparación del té.

Seivarden me había contado que su último intento de dejar el kef había durado seis meses. Tardamos siete meses en llegar a una estación en la que hubiera un consulado radchaai. Cuando iniciamos el viaje, le indiqué al sobrecargo, en presencia de Seivarden, que quería dos pasajes, uno para mí y otro para mi sirvienta. Seivarden no reaccionó; quizá no me había entendido. Pensé que, cuando descubriera el estatus en el que la había colocado, me lo recriminaría en privado con mayor o menor furia, pero nunca dijo nada al respecto y, a partir de entonces ella estaba esperando con el té preparado cuando yo me despertaba.

Pero también destrozó dos de mis camisas intentando lavarlas, lo que me dejó solo con una durante un mes entero, hasta que llegamos a la siguiente estación. La capitana de la nave, una ki alta y cubierta de cicatrices rituales, dejó entrever, de forma indirecta y rebuscada, que ella y su tripulación creían que yo había tomado a Seivarden como sirvienta en un acto de caridad, lo cual no estaba muy lejos de la verdad. No rebatí su suposición. Seivarden mejoró su actitud y, tres meses más tarde, en la siguiente nave que tomamos, otra pasajera incluso intentó arrebatármela y contratarla a su servicio.

Aunque no se puede decir que, repentinamente, se hubiera convertido en una persona totalmente diferente ni considerada. Algunos días me hablaba de mal talante sin razón aparente, o se pasaba horas acurrucada en su camastro y de cara a la pared. Esos días, solo se levantaba para realizar sus autoimpuestas tareas. Las primeras veces que la vi en ese estado, le hablé, pero solo obtuve el silencio como respuesta, así que, a partir de entonces, la dejé tranquila.

El personal del consulado radchaai al que acudimos estaba formado por miembros del Consejo de Traductoras. El blanco e inmaculado uniforme de la agente consular, que incluía unos guantes blancos impolutos, indicaba que tenía una sirvienta o que dedicaba buena parte de su tiempo libre a que pareciera que la tenía. Las bonitas cintas enjoyadas y de aspecto caro que llevaba entrelazadas en el cabello, los nombres que figuraban en las insignias conmemorativas que destellaban por toda su chaqueta blanca y el leve desdén con el que me hablaba indicaban que tenía una sirvienta. Aunque, probablemente, solo tenía una, ya que aquella estación estaba situada en una ruta secundaria.

—Como visitante no ciudadana sus derechos legales están restringidos. —Sin duda se trataba de una advertencia rutinaria—. Debe depositar, como mínimo, el equivalente a... —Movió los dedos mientras calculaba el tipo de cambio—. Quinientos shenes por persona y por cada semana que dure su visita. Si el alojamiento, la comida, las compras que realice o las multas o daños que cause exceden el importe del depósito y no puede pagar la diferencia, se le asignará una tarea y, por ley, deberá cumplirla hasta que haya saldado su deuda. Al carecer de la ciudadanía, su derecho a apelar cualquier sentencia o tarea asignada está limitado. ¿Todavía desea entrar en el espacio radchaai?

—Sí —contesté, y dejé dos millones de shenes en billetes sobre la estrecha mesa que nos separaba.

Su desdén se desvaneció. Se enderezó ligeramente y me ofreció té mientras con un leve gesto y moviendo de nuevo los dedos se comunicaba con otra persona. Resultó ser su sirvienta, que con aire algo atribulado nos llevó té en un termo finamente esmaltado y unos tazones a juego. Mientras la sirvienta nos servía el té, saqué mis credenciales falsificadas del Gerentate y las puse sobre la mesa.

—Honorable, también debe proporcionarnos los documentos identificativos de su sirvienta —me informó la agente consular que había pasado a ser muy amable.

—Mi sirvienta es ciudadana radchaai —le contesté con una leve sonrisa mientras intentaba suavizar un momento que podía ser delicado—. Pero ha perdido su identificación y su permiso de viaje.

La agente consular se quedó petrificada mientras intentaba asimilar la información.

—La honorable Breq ha sido lo bastante generosa para darme trabajo y pagar mi pasaje de vuelta a casa —le explicó Seivarden, que estaba detrás de mí, con un radchaai antiguo, fluido y elegante.

La explicación no puso fin a la postura petrificada y atónita de la agente consular con tanta eficacia como había esperado. Su acento no se correspondía con la categoría de sirvienta y mucho menos con la de la sirvienta de una no ciudadana. Además, no le había ofrecido sentarse ni un té porque la había considerado demasiado insignificante para semejantes muestras de cortesía.

—Sin duda, podrá obtener su información genética —le sugerí.

—Sí, por supuesto —contestó la agente consular con una amplia sonrisa—. Aunque, seguramente, su visado llegará antes de que la ciudadana...

—Seivarden —le informé yo.

—... antes de que la ciudadana Seivarden reciba el duplicado del permiso de viaje. Eso dependerá de su lugar de procedencia y de dónde está su historial.

—Por supuesto —contesté, y bebí un sorbo de té—. Es lógico.

Al salir, Seivarden me dijo en voz baja:

—Menuda pedante. ¿Eso era té de verdad?

—Así es. —Esperaba que se quejara por no haberlo probado, pero no dijo nada más—. Era muy bueno. ¿Qué harás si en lugar del permiso de viaje llega una orden de arresto?

Seivarden sacudió la cabeza.

—¿Por qué querrían arrestarme? Ya les he dicho que quiero regresar. Pueden arrestarme cuando lleguemos. Y yo apelaré. ¿Crees que a la cónsul le mandan el té desde casa o habrá alguien que lo venda aquí?

—Averígualo si quieres —le sugerí—. Yo me voy a la habitación a meditar.

La sirvienta de la agente consular le regaló a Seivarden, en el acto, medio kilo de té. Seguramente, se sintió aliviada al poder compensar el involuntario desliz de su jefa. Mi visado llegó al mismo tiempo que el permiso de viaje de Seivarden y por lo visto no se recibió ninguna orden de arresto ni ninguna otra información o comentario adicional respecto a ella. Eso me preocupó ligeramente. Aunque quizá Seivarden tenía razón. Sería mejor no hacer nada. Cuando bajara de la nave tendría la oportunidad y tiempo de sobra para enfrentarse a sus problemas legales.

Quizá las autoridades del Radch se habían dado cuenta de que yo no era ciudadana del Gerentate, pero no era probable. El

Gerentate estaba muy, muy lejos de donde estábamos y, además, a pesar de que las relaciones con el Radch eran casi amistosas o, al menos, no abiertamente antagónicas, el Gerentate, por principio, no suministraba información de sus residentes; desde luego, no al Radch. Si el Radch pedía esa información, algo que no era probable, el Gerentate ni negaría ni confirmaría que yo era una de sus ciudadanas. Si yo hubiera salido del Gerentate para dirigirme directamente al espacio radchaai, las autoridades me habrían advertido de que viajaría por mi cuenta y riesgo y de que si me encontraba en dificultades, no recibiría ayuda del Gerentate. Las oficiales radchaais que trataban con las viajeras extranjeras ya debían de saber todo esto y, seguramente, estaban preparadas para aceptar, sin más indagaciones, los documentos de identificación de quienes procedían de aquel sistema.

Los trece palacios de Anaander Mianaai eran las capitales de sus correspondientes provincias. Se trataba de estaciones del tamaño de una metrópolis. La mitad de cada una de ellas era una estación radchaai de gran tamaño con su correspondiente IA, y la otra mitad estaba formada por el palacio propiamente dicho. Cada uno de los palacios era la residencia de Anaander Mianaai y, al mismo tiempo, la sede de la administración provincial. Sin duda, el palacio Omaugh no sería un remanso de paz. Una docena de portales espaciales conducían al sistema, y cientos de naves llegaban y salían de él todos los días. Seivarden sería una de las miles de ciudadanas que pedían audiencia o apelaban una sentencia, claro que su caso era relevante, porque ninguna ciudadana regresaba después de haber permanecido mil años en animación suspendida.

Dediqué los meses que duró nuestro viaje a reflexionar sobre lo que haría con ella: cómo la utilizaría, cómo contrarrestaría sus desventajas o las utilizaría a mi favor; también reflexioné sobre lo que esperaba conseguir.

Me resulta difícil saber cuántos de mis recuerdos conservo; cuántas cosas sabía y me había ocultado a mí misma. Tomemos, por ejemplo, la última orden, la instrucción que yo *Justicia de*

Toren me di a mí misma, a Esk Una Diecinueve: «Ve al palacio Irei, encuentra a Anaander Mianaai y cuéntale lo que ha sucedido.» ¿Qué pretendía con eso? ¿Buscaba algo aparte del simple y evidente hecho de informar a la Lord del Radch de lo que había sucedido? ¿Por qué era tan importante? No se trató de una decisión reflexionada, sino de una necesidad instantánea y urgente. En su momento, me pareció obvio. Claro que tenía que avisar a la Anaander correcta de lo que había sucedido.

Cumpliría las órdenes, pero mientras me recuperaba de mi muerte, de la muerte de la *Justicia de Toren*, y mientras regresaba al espacio del radchaai, decidí que también haría algo más. Desafiaría a la Lord del Radch aunque mi desafío no tuviera ningún resultado y solo fuera un simple acto que ella pudiera ignorar fácilmente.

La verdad es que Strigan tenía razón. Mi deseo de matar a Anaander Mianaai no era razonable. Cualquier intento de hacer algo así era una locura. Aunque pudiera presentarme ante la Lord del Radch con un arma sin que ella la detectara hasta que yo decidiera empuñarla, incluso en ese caso, lo único que podía esperar conseguir era soltar un lastimoso grito de desafío que desaparecería, junto conmigo, nada más pronunciarlo y que no serviría para nada. No conseguiría provocar ningún cambio.

Aunque quizá podía informarle abiertamente de todas aquellas maniobras secretas que realizaba en contra de sí misma y que, sin duda, estaban pensadas para evitar un conflicto directo que pudiera dañar gravemente al Radch. Quizá podía terminar con su convicción de que era una unidad, una sola persona. Cuando le informara, abiertamente, de que estaba dividida, ¿podría ella seguir fingiendo lo contrario?

Y, si había dos Anaander Mianaai, ¿no era posible que hubiera más? ¿No era posible que existiera una tercera Anaander que no tuviera noticia de las partes enemistadas de sí misma? ¿O que se dijera a sí misma que no lo sabía? ¿Qué pasaría si le decía directamente lo que se había estado ocultando a sí misma? Sin duda, pasaría algo grave, si no, no se habría esforzado tanto en actuar a espaldas de sí misma. Cuando se enterara, ¿cómo podría evitar desmoronarse?

Pero ¿conseguiría yo hablar con ella personalmente? Quizá, si lograba llegar al palacio Omaugh, si lograba descender de la nave y entrar en la estación podía explicar lo que pasaba en medio de la explanada principal para que todo el mundo me oyera. Aunque, seguramente, no conseguiría terminar mi relato, porque las miembros del Cuerpo de Seguridad enseguida me reducirían. Quizás incluso acudirían las soldados y los medios de comunicación explicarían que una extranjera había perdido la razón en medio de la explanada principal, pero que, afortunadamente, el Cuerpo de Seguridad había controlado la situación. Las ciudadanas sacudirían la cabeza, murmurarían acerca de las extranjeras no civilizadas y, luego, se olvidarían de mí. Además, la parte de la Lord del Radch que se diera cuenta de quién era yo antes que las demás, podría fácilmente declararme loca o averiada y convencer a las otras partes de sí misma de que lo estaba.

No, cuando dijera lo que tenía que decir, tenía que tener la atención de Anaander Mianaai al completo. Cómo conseguirla era un problema que me preocupaba desde hacía casi veinte años. Sabía que les resultaría más difícil ignorar mi relato si no pasaba inadvertida. Podía llamar la atención, que supieran quién era para que ninguna parte de Anaander pudiera deshacerse de mí sin tener que dar explicaciones. Sin embargo, no creía que eso fuera suficiente para obligar a la Lord del Radch, a toda la Lord del Radch, a escucharme.

Por otro lado, estaba Seivarden. La capitana Seivarden Vendaai, quien, después de desaparecer durante mil años, había sido encontrada casualmente y había vuelto a desaparecer. Y ahora se presentaba en el palacio Omaugh. Cualquier radchaai sentiría curiosidad por lo que le había ocurrido. Una curiosidad cargada de sentido religioso. Y Anaander Mianaai era una radchaai. No podría evitar darse cuenta de que yo había regresado con Seivarden y, como cualquier otra ciudadana, se preguntaría, aunque solo fuera en el fondo de su mente, qué podía significar eso; y, siendo quien era, el fondo de su mente era algo muy importante.

Seivarden solicitaría una audiencia y antes o después se la concederían. Anaander prestaría toda su atención a aquella audiencia; ninguna de sus partes ignoraría un acontecimiento como aquel. Nada más bajar de la nave, Seivarden atraería la atención de la Lord del Radch y como yo llegaría con Seivarden, lo mismo me ocurriría a mí, lo que resultaría sumamente arriesgado. Quizá no había ocultado bien mi naturaleza y me reconocerían. De todos modos, estaba decidida a intentarlo.

Me senté en la litera mientras esperaba el permiso para abandonar la nave y entrar en el palacio Omaugh. Tenía mi bolsa a los pies y Seivarden, aburrida, estaba reclinada con actitud indolente en la pared, delante de mí.

—Algo te preocupa —comentó con tranquilidad. No respondí, y ella añadió—: Cuando estás preocupada siempre tarareas esa canción.

«*Mi corazón es un pez escondido entre las algas...*» Yo estaba pensando en todas las cosas que podían salir mal a partir de aquel momento, a partir del momento en el que descendiera de la nave y me enfrentara a las inspectoras del muelle; o a miembros del Cuerpo de Seguridad de la estación: o a algo peor. Pensaba que, si me arrestaban antes de salir del muelle, todo lo que había hecho habría sido en vano. Y pensaba en la teniente Awn.

—¿Tan transparente soy? —Me obligué a sonreír, como si aquello me resultara divertido.

—No eres transparente; no es eso. Es solo que... —Titubeó y frunció levemente el ceño, como si, de repente, se arrepintiera de haber empezado a hablar—. Tienes unos cuantos hábitos y los he identificado. Eso es todo. —Suspiró—. ¿Las inspectoras del muelle se han ido a tomarse un té o simplemente están esperando hasta que hayamos envejecido lo suficiente?

No podíamos abandonar la nave sin el permiso del Departamento de Inspección. Cuando la nave solicitó acoplarse a la estación, la inspectora debió de recibir nuestros documentos identificativos y había tenido tiempo de sobra para revisarlos y decidir qué haría cuando llegáramos.

Seivarden, que seguía apoyada en la pared, cerró los ojos y empezó a tararear la canción. La voz le temblaba y, a intervalos, desentonaba y subía o bajaba demasiado el tono, pero la canción seguía siendo reconocible. «*Mi corazón es un pez...*»

—¡Por las tetas de Aatr! —maldijo después de cantar un verso y medio y aún con los ojos cerrados—. ¡Se me ha pegado!

Alguien llamó a la puerta y dije:

—¡Entre!

Seivarden abrió los ojos y se enderezó. De repente, se puso tensa. Sospeché que el aburrimiento era una pose.

La puerta se abrió y apareció una persona vestida con la típica chaqueta azul oscuro y los pantalones y los guantes de las inspectoras del muelle. Era menuda y joven. Debía de tener veintitrés o veinticuatro años. Me resultó familiar, aunque no identifiqué a quién me recordaba. Si me acercaba lo suficiente para leer las inscripciones de las joyas e insignias conmemorativas que llevaba prendidas en la chaqueta, que eran menos de las habituales, quizá lo averiguara, pero sería una grosería por mi parte. Seivarden se escondió las manos sin guantes detrás de la espalda.

—Honorable Breq —me saludó la inspectora adjunta mientras realizaba una leve reverencia. Mis manos desnudas no parecieron perturbarla. Supuse que estaba acostumbrada a tratar con extranjeras—. Ciudadana Seivarden. ¿Serían tan amables de acompañarme al despacho de la inspectora jefe?

En condiciones normales la inspectora jefe no tendría por qué recibirnos personalmente. La adjunta tenía la autoridad suficiente para permitir nuestro acceso a la estación. O para ordenar nuestro arresto.

La seguimos a través de la compuerta de la estación y entramos en el hangar. Atravesamos otra compuerta y accedimos a un pasillo lleno de gente: inspectoras de muelles con sus uniformes azul oscuro, miembros del Cuerpo de Seguridad con sus uniformes marrón claro, alguna que otra soldado con su uniforme marrón oscuro y ciudadanas no uniformadas con ropa de colores más vivos. El pasillo conducía a una sala amplia. Una docena de diosas observaban a las viajeras y las comerciantes desde las hornacinas de las paredes. En un extremo, estaba la entrada a la estación misma y, en el opuesto, la puerta que comunicaba con las oficinas del Departamento de Inspección.

La adjunta nos escoltó a través de las dependencias exteriores del departamento, donde nueve adjuntas subalternas uniformadas de azul atendían las quejas de algunas capitanas de naves. Más allá, estaban las oficinas de unas doce adjuntas de grado superior y sus empleadas. Después accedimos a un despacho interior en el que había cuatro sillas, una mesa pequeña y, al fondo, una puerta cerrada.

—Lo siento, ciud..., honorable y ciudadana.

La adjunta que nos había conducido hasta allí movió los dedos para comunicarse con alguien: probablemente la IA de la estación o la inspectora jefe.

—La inspectora jefe estaba disponible —continuó—, pero le ha surgido un asunto. Estoy segura de que no le llevará más de unos minutos. Por favor, tomen asiento. ¿Desean tomar un té?

Su ofrecimiento indicaba que se trataría de una espera bastante larga. Por otro lado, la cortesía de ofrecernos un té implicaba que no se trataba de un arresto, que nadie había descubierto que mis documentos eran falsos. Todo el mundo, incluida la estación, debía de suponer que yo era lo que decía ser, una turista extranjera. Mientras tanto, quizá lograra averiguar a quién me recordaba aquella joven inspectora adjunta. Ahora que había hablado un poco más, me di cuenta de que tenía un leve acento. ¿De dónde era?

—Sí, gracias.

Seivarden no respondió enseguida a la oferta. Tenía los brazos cruzados sobre el pecho y las manos escondidas detrás de los codos. Seguramente quería té, pero le daba vergüenza enseñar las manos desnudas y no podía esconderlas si cogía una taza. Al menos, eso pensaba yo, hasta que me dijo:

—No he entendido ni una palabra de lo que ha dicho.

El acento y la forma de hablar de Seivarden les resultarían familiares a la mayoría de las radchaais cultas gracias a las películas antiguas y a que las familias más prestigiosas, o las que pretendían serlo, imitaban la forma de hablar de Anaander Mianaai. Yo no me había dado cuenta de que los cambios en el vocabulario y la pronunciación fueran tan extremos. Claro que yo había vivido el proceso. Además, el oído de Seivarden para los idiomas nunca había sido muy fino.

—Nos ha ofrecido un té.

—¡Ah! —Lanzó una mirada a sus brazos—. No.

Yo acepté el té que la adjunta sirvió de un termo que había en la mesa, le di las gracias y me senté. El despacho estaba pintado de verde claro, y, probablemente, se suponía que las baldosas del suelo parecían hechas de madera, algo que habría ocurrido si la diseñadora hubiera visto algo más que imitaciones de imitaciones. La hornacina que había detrás de la joven adjunta contenía una imagen de Amaat y un pequeño cuenco lleno de flores de color naranja brillante y pétalos erizados. Al lado, colgaba una copia diminuta de bronce de la imagen del acantilado que había en el templo de Ikkt. Yo sabía que aquellas copias las vendían las vendedoras ambulantes que se instalaban en la plaza que había delante del canal Templo de Proa durante la estación de la peregrinación.

Volví a mirar a la inspectora adjunta. ¿Quién era? ¿Alguien que yo conocía? ¿Pertenecía a la familia de alguna conocida mía?

—Vuelves a tararear —me advirtió Seivarden en voz baja.

—Discúlpeme. —Bebí un sorbo de té—. Tengo esa costumbre. Lo siento.

—No es necesario que se disculpe —repuso la adjunta, y se sentó a la mesa.

Era evidente que aquel era su despacho, de modo que debía de tratarse de la asistente directa de la inspectora jefe, lo que era inusual en alguien tan joven.

—No había oído esa canción desde que era pequeña.

Seivarden parpadeó varias veces sin entender sus palabras. Si las hubiera entendido, probablemente habría sonreído. Una radchaai podía vivir aproximadamente doscientos años. La inspectora adjunta seguramente hacía una decuria que había entrado en la edad adulta, pero seguía siendo demasiado joven para recordar una canción tan antigua.

—Conocí a alguien que también cantaba continuamente —añadió la inspectora adjunta.

Sin duda, yo la conocía. Es probable que le hubiera comprado canciones. Cuando me fui de Ors, ella debía de tener cuatro años, quizá cinco. Aunque, si se acordaba de mí, puede que fuera mayor.

Seguramente, la inspectora jefe había vivido algún tiempo en Shis'urna, o en Ors. Intenté recordar qué sabía yo de la teniente que había reemplazado a la teniente Awn en la administración de la ciudad. ¿Qué probabilidades había de que hubiera renunciado a su carrera militar y hubiera aceptado el puesto de inspectora de muelles? Sería sumamente inusual.

Fuera quien fuese la inspectora jefe, contaba con el dinero y las influencias suficientes para llevar consigo a la adjunta de Ors al palacio Omaugh. Me hubiera gustado preguntar a la joven el nombre de su patrona, pero habría sido una grosería impensable.

—Según me han dicho —dije con un leve acento gerentate y confiando en que mi voz reflejara una curiosidad despreocupada—, las joyas que lucen las radchaais tienen un significado.

Seivarden me lanzó una mirada inquisitiva, pero la adjunta solo sonrió.

—Algunas sí —contestó. Su acento orsiano, ahora que lo había identificado, me resultó claro y obvio—. Esta, por ejemplo —dijo deslizando un dedo enguantado por debajo de una medalla de color dorado que le colgaba cerca del hombro izquierdo—, es una medalla conmemorativa.

—¿Puedo contemplarla más de cerca? —le pregunté.

Ella asintió; yo acerqué la silla y me incliné para leer el nombre que estaba grabado, en radchaai, en la lisa superficie de metal. No lo reconocí. Sin duda, no se trataba de una medalla en memoria de una orsiana fallecida, porque me costaba creer que alguien de la Ciudad Baja hubiera adoptado las prácticas funerarias radchaais. Al menos nadie que fuera lo bastante mayor para haber muerto en el lapso de tiempo que había transcurrido desde que me había marchado de allí.

Cerca de la medalla, en el cuello de la chaqueta, llevaba una insignia que representaba una flor. Cada uno de los pétalos llevaba esmaltado el símbolo de una emanación y, en el centro, había una fecha grabada. Esto me indicó que la joven era la pequeña y asustada portadora de flores que, veinte años atrás, acudió a la casa de la teniente Awn durante la visita de Anaander Mianaai.

Las coincidencias no existían. Al menos para las radchaais. Estaba convencida de que, cuando nos presentara a la inspectora jefe, conocería a la sustituta de la teniente Awn en Ors. Quizá la inspectora adjunta era una clienta de ella.

—Las fabrican para los funerales —me explicó la inspectora adjunta refiriéndose, todavía, a la medalla conmemorativa—. Las llevan las familiares y amigas íntimas de las difuntas.

El diseño y el material de la pieza indicaba a qué clase social pertenecía la difunta y, en consecuencia, la persona que la llevaba. Sin embargo, la inspectora adjunta, que yo sabía que se llamaba Daos Ceit, no dijo nada al respecto.

Me preguntaba cómo se tomaría o se había tomado Seivarden los cambios de moda, los cambios que, desde los acontecimientos de Garsedd, se habían producido, o no, en la ropa y demás signos externos. La gente todavía lucía insignias y medallas heredadas de sus antepasadas que constituían un testimonio de los contactos y el rango social de su familia durante un período de tiempo que abarcaba generaciones. En general, esa costumbre seguía manteniéndose, pero en el caso de Seivarden, el período generacional quedaba interrumpido en Garsedd. En consecuencia, algunos símbolos que antes eran triviales ahora eran muy valorados; y a la inversa. Además, Seivarden no conocía el significado de los colores y las piedras preciosas que habían imperado durante los últimos cien años.

A juzgar por las insignias que le habían regalado, la inspectora adjunta Ceit tenía tres amigas íntimas con ingresos y posición social similares a los de ella. También tenía dos amantes lo bastante íntimas para que le hubieran regalado insignias, pero no tanto como para considerarlas relaciones serias. Sin embargo, no llevaba collares, brazaletes, ni anillos encima de los guantes. Claro que, si una de sus tareas consistía en inspeccionar el cargamento y los sistemas de las naves, esos adornos le habrían molestado.

Entonces percibí con claridad, en el otro hombro de la inspectora adjunta, la insignia que había estado buscando y pude mirarla atentamente sin resultar muy maleducada. Me había parecido menos importante; al primer golpe de vista, la moda del momento me había confundido y había tomado el platino por plata y la perla que colgaba por una de cristal, lo que correspondería a un regalo de una hermana. No se trataba de un regalo informal o barato, pero tampoco de un signo de clientelismo, aunque el tipo de metal y la perla sugerían una asociación con una casa en particular; una casa que era lo bastante antigua para que Seivarden la reconociera de inmediato. Y posiblemente la había reconocido.

La inspectora adjunta Ceit se puso de pie.

—La inspectora jefe ya está disponible —nos comunicó—. Siento que hayan tenido que esperar.

Abrió la puerta del fondo y nos invitó a pasar con un gesto.

En el despacho, veinte años más vieja y un poco más gruesa que cuando la vi por última vez, nos esperaba la dadora de aquella insignia, la teniente..., no, la inspectora jefe Skaaiat Awer.

18

Era imposible que la teniente Skaaiat me reconociera. Ajena al hecho de que yo la conocía, hizo una leve reverencia. Me extrañó verla vestida de azul oscuro y mucho más comedida y seria que cuando la conocí en Ors.

La inspectora jefe de una estación tan concurrida como aquella probablemente nunca subía a bordo de las naves que sus subordinadas inspeccionaban, pero la inspectora jefe Skaaiat lucía casi tan pocos adornos como su asistente. Una larga ristra de joyas azules y verdes le recorría el tronco desde el hombro hasta la cadera del lado opuesto y de su oreja colgaba una piedra preciosa roja; aparte de eso, la cantidad de insignias de amigas, amantes y familiares muertas que adornaba la chaqueta de su uniforme era similar a la de su asistente, aunque las suyas eran claramente más caras. Una sencilla medalla dorada colgaba del puño de su manga derecha, justo al lado del borde del guante. La localización indicaba que era un recordatorio de algo y que pretendía que fuera visible tanto para ella como para los demás. Parecía barata, hecha a máquina. No era el tipo de objeto que ella llevaría.

Hizo una reverencia.

—Ciudadana Seivarden. Honorable Breq. Por favor, siéntense. ¿Desean un té?

Incluso después de veinte años, seguía siendo elegante de natural.

—Su asistente ya nos ha ofrecido té, gracias, inspectora jefe —le contesté.

La inspectora jefe Skaaiat me miró durante un instante y luego miró a Seivarden. Tuve la impresión de que estaba ligeramente sorprendida. Había nombrado a Seivarden primero porque había considerado que era la persona más importante de las dos. Yo tomé asiento. Seivarden titubeó y luego se sentó a mi lado manteniendo los brazos cruzados para esconder las manos desnudas.

—Quería conocerla personalmente, ciudadana —dijo la inspectora jefe Skaaiat después de sentarse ella también—. Privilegios del cargo. No se da la oportunidad de conocer a alguien de mil años de edad todos los días.

Seivarden esbozó una leve y tensa sonrisa.

—Por supuesto —corroboró.

—Y pensé que no era apropiado que Seguridad la arrestara en el muelle... —Hizo un gesto conciliador y la insignia de su puño brilló—. La verdad es que tiene algún que otro problema legal, ciudadana.

Seivarden se relajó, aunque no del todo: bajó los hombros y destensó la mandíbula. Para quien no la conociera, los cambios apenas fueron visibles. El acento de Skaaiat y su tono levemente cortés estaban surtiendo efecto.

—Lo sé —reconoció Seivarden—. Pero tengo la intención de apelar.

—¿Así que la cosa no está clara?

La voz de la inspectora jefe sonó forzada, formal. Aquella pregunta no era una pregunta. De todos modos, Seivarden no contestó y Skaaiat continuó:

—Yo puedo acompañarla a las oficinas de palacio y así no se verá mezclada con Seguridad.

¡Claro que podía! Seguro que ya había acordado esa posibilidad con la jefa de Seguridad.

—Se lo agradeceré. —Seivarden habló como la persona que había sido, algo que yo no le había visto hacer durante el último año—. ¿Puedo pedirle que me ayude a ponerme en contacto con la jefa de la casa Geir?

Supuestamente, la casa Geir podía tener cierta responsabilidad sobre la última miembro de la casa que había absorbido. La odiada Geir había asumido el control de su enemiga, la casa Vendaai, la casa de Seivarden. Las relaciones entre la casa Vendaai y la Awer no habían sido mejores que entre la primera y la Geir, pero supuse que la petición constituía un indicio de lo desesperada y sola que Seivarden se sentía.

—¡Vaya! —dijo la inspectora jefe Skaaiat con leve gesto de pena—. Me temo que la relación entre Awer y Geir no es tan próxima como antes, ciudadana. Unos doscientos años atrás se produjo un intercambio de herederas y la prima Geir se mató.

El verbo que la inspectora jefe Skaaiat utilizó implicaba que no se había tratado de un suicidio aprobado y con intervención médica, sino de algo ilícito y turbio.

—La prima Awer se volvió loca y huyó. Después supimos que se unió a una secta en algún remoto lugar —terminó la inspectora.

Seivarden resopló con ironía.

—¡Típico!

La inspectora jefe Skaaiat arqueó una ceja. Luego añadió con voz comedida:

—Aquello les dejó mal sabor de boca a las dos familias y mis contactos con Geir no son como cabría esperar, así que puede que mi intervención le sirva de ayuda... o todo lo contrario. Además, sus responsabilidades hacia usted podrían ser... difíciles de determinar. De todos modos, quizá la conexión le resulte útil en la apelación.

Seivarden hizo un gesto de renuncia: levantó ligeramente un codo, pero mantuvo los brazos cruzados con determinación.

—No parece que valga la pena.

El gesto de la inspectora jefe Skaaiat fue ambivalente.

—En cualquier caso, aquí recibirá cobijo y alimentos, ciudadana. —Se volvió hacia mí—. ¿Y usted, honorable? ¿Está aquí como turista?

—Sí. —Sonreí con la confianza de parecer una verdadera turista del Gerentate.

—Está usted muy lejos de su hogar. —La inspectora jefe Skaaiat sonrió con amabilidad, como si su comentario no tuviera importancia.

—Hace mucho tiempo que viajo.

Lógicamente, ella, y también otras personas, sentían curiosidad por mí. Al fin y al cabo, yo había llegado con Seivarden. La mayoría de las ciudadanas de la estación no reconocerían su nombre, pero las que lo hicieran se sentirían atraídas por el sorprendente e improbable hecho de que apareciera después de mil años y porque estaba relacionada con un suceso tan notorio como el de Garsedd.

Sin borrar su amable sonrisa, la inspectora jefe Skaaiat me preguntó:

—¿Está buscando algo, evitando algo o simplemente le gusta viajar?

—Supongo que me gusta viajar —contesté con un gesto ambiguo.

Al oír el tono de mi voz, la inspectora jefe Skaaiat entornó levemente los ojos y alrededor de su boca los músculos experimentaron una tensión casi imperceptible. Por lo visto, creía que yo estaba ocultando algo y eso hacía que sintiera más interés y curiosidad por mí que antes.

Me pregunté por qué le había contestado como lo había hecho. Entonces fui consciente de que el hecho de que la inspectora jefe Skaaiat estuviera allí constituía un grave peligro para mí, pero no porque pudiera reconocerme, sino porque yo la había reconocido a ella; porque ella estaba viva y la teniente Awn no; porque a la teniente Awn le habían fallado todas las personas de su rango. Incluso yo le había fallado y, sin duda, si hubieran puesto a prueba a la entonces teniente Skaaiat, también le habría fallado; y la teniente Awn lo sabía.

Yo corría el peligro de que mis emociones influyeran en mi comportamiento. Ya lo habían hecho. Siempre lo hacían. Pero nunca había estado cara a cara con Skaaiat Awer hasta entonces.

—Mi respuesta es ambigua, lo sé. —Utilicé el mismo gesto conciliador que la inspectora había utilizado antes—. Nunca me he preguntado por qué me gusta viajar. Una vez, de niña, mi abuela me contó que mis primeros pasos le indicaron que había nacido para visitar otros lugares. Y me lo repitió innumerables veces a lo largo de mi vida. Yo siempre he creído que tenía razón.

La inspectora jefe Skaaiat asintió.

—En cualquier caso, sería una lástima decepcionar a su abuela. Su radchaai es muy bueno.

—Mi abuela siempre me animó a estudiar idiomas.

La inspectora jefe Skaaiat se echó a reír. Casi como yo recordaba que se reía en Ors, pero con aquel rastro de seriedad que había percibido antes.

—Discúlpeme, honorable, pero ¿tiene usted guantes?

—Quería comprarme unos antes de embarcar, pero decidí esperar y comprar el tipo adecuado. Esperaba que, al ser una forastera no civilizada, me perdonarían que llevara las manos desnudas al llegar.

—Hay argumentos a favor en ambos sentidos —dijo la inspectora jefe Skaaiat sin abandonar su sonrisa y un poco más relajada que momentos antes—. Sin embargo... —Su actitud se volvió más seria—. A pesar de que habla muy bien el radchaai, no sé hasta qué punto comprende otras cuestiones.

Yo arqueé una ceja.

—¿Qué cuestiones?

—No quisiera ser descortés, honorable, pero parece que la ciudadana Seivarden no dispone de dinero.

Seivarden, que estaba a mi lado, volvió a ponerse tensa. Apretó la mandíbula y se tragó lo que estaba a punto de decir.

—Las progenitoras les compran ropa a sus hijas —continuó la inspectora jefe Skaaiat—. Los templos proporcionan guantes a sus asistentes: a las portadoras de flores, de agua y demás ayudantes. Así debe ser, porque todo el mundo debe lealtad a Amaat. Sin embargo, aunque gracias a su solicitud de entrada yo sé que ha empleado a la ciudadana Seivarden como sirvienta, si...

—¡Ah! —Entonces la comprendí—. Si le compro guantes a la ciudadana Seivarden, porque es evidente que los necesita, parecerá que le estoy ofreciendo clientelismo.

—Exacto —confirmó la inspectora jefe Skaaiat—. Si esa fuera su intención, no pasaría nada, pero no creo que en el Gerentate exista esta práctica y, sinceramente...

Titubeó. Estaba claro que volvía a estar en terreno delicado. Acabó la frase:

—Y, sinceramente, su situación legal, que ya de por sí es difícil, podría verse perjudicada si se la asocia a una forastera.

Por costumbre, yo era inexpresiva. Podía hacer que mi voz no reflejara la rabia que sentía. Podía hablar con la inspectora jefe Skaaiat como si ella no hubiera tenido ninguna relación con la teniente Awn, como si la teniente Awn no hubiera sentido ansiedad, miedos y esperanzas cuando esperaba que la teniente Skaaiat le ofreciera clientelismo.

—Aunque sea una forastera rica —añadí yo.

—No creo que yo lo hubiera expresado de esa manera —empezó la inspectora jefe Skaaiat.

—Le daré algo de dinero ahora mismo. Supongo que eso solucionará el problema —repuse yo.

—¡No! —exclamó Seivarden con un tono de voz agudo. Estaba enfadada—. No necesito dinero. Todas las ciudadanas merecen que sus necesidades básicas estén cubiertas y la ropa es una necesidad básica. Obtendré lo que necesito.

Al ver la mirada sorprendida e inquisitiva de la inspectora jefe Skaaiat, Seivarden continuó:

—Breq tiene buenas razones para no haberme dado dinero.

La inspectora tenía que saber qué significaba esto.

—No pretendo sermonearla, ciudadana —dijo—, pero si ese es el caso, ¿por qué no pedir a Seguridad que la acompañe al Departamento Médico? Entiendo que usted sea reacia a... ello. —No resultaba fácil hablar cortésmente de la reeducación—. Pero la verdad es que podría facilitarle las cosas. Así lo ha hecho con muchas personas.

Un año atrás, yo habría supuesto que, al oír esta sugerencia, Seivarden perdería los estribos, pero algo había cambiado en ella durante ese tiempo, de modo que solo contestó con cierta irritabilidad:

—No.

La inspectora jefe me miró y yo levanté una ceja y un hombro, como si dijera: «Ella es así.»

—Breq ha sido muy paciente conmigo —afirmó Seivarden sorprendiéndome todavía más—. Y muy generosa. —Me miró—. No necesito dinero.

—Lo que tú quieras —le contesté.

La inspectora jefe Skaaiat había prestado gran atención a nuestra conversación mientras mantenía el ceño levemente fruncido. Pensé que no solo sentía curiosidad por saber quién era yo, sino también por lo que significaba para Seivarden.

—Bueno —dijo—, permitan que las acompañe al palacio. Honorable Breq Ghaiad, me encargaré de que envíen el equipaje a su alojamiento.

Se puso de pie.

Yo la imité y Seivarden también. Seguimos a la inspectora jefe al despacho anterior, que ahora estaba vacío. Teniendo en cuenta la hora que era, Daos Ceit (tenía que recordar que ahora era la inspectora adjunta Ceit) probablemente ya había acabado su jornada laboral. En lugar de llevarnos a través de las oficinas situadas en la parte delantera, la inspectora jefe Skaaiat nos condujo por un pasillo trasero hasta una puerta que se abrió sin el menor movimiento por su parte. Sin duda la puerta se abrió por iniciativa de la estación, la IA que dirigía aquel lugar, la IA que era aquel lugar y que seguía los pasos de la inspectora jefe de sus muelles con atención.

—¿Estás bien, Breq? —me preguntó Seivarden mientras me miraba intrigada y con preocupación.

—Sí —le mentí yo—. Solo un poco cansada. Ha sido un día muy largo.

Estaba segura de que mi expresión no había cambiado, pero Seivarden había percibido algo en mí.

El pasillo continuaba al otro lado de la puerta y conducía a una hilera de ascensores. Uno de ellos se abrió cuando llegamos y a continuación se cerró y se movió sin que la inspectora jefe hiciera ninguna señal. La estación sabía adónde quería ir la inspectora jefe Skaaiat, que resultó ser la explanada principal.

Cuando las puertas del ascensor volvieron a abrirse, nos encontramos con una vista amplia y deslumbrante: una avenida pavimentada con piedras negras veteadas en blanco que medía setecientos metros de largo y veinticinco de ancho. El techo estaba situado a sesenta metros de altura. Justo delante de nosotras estaba el templo. Los escalones no eran verdaderos escalones, sino un área señalizada en el pavimento con piedras rojas, verdes y azules. Cualquier acto realizado en los escalones del templo tenía, potencialmente, una relevancia legal. La entrada del templo tenía una altura de cuarenta metros y una anchura de ocho, y estaba enmarcada con coloridas representaciones de cientos de diosas, muchas con forma humana, otras no. Justo en el interior, había una pila para que las fieles se lavaran las manos; un poco más allá había recipientes llenos de flores de diversos tonos amarillos, naranjas y rojos, y unos cestos con trocitos de incienso. Tanto las flores como el incienso se podían comprar como ofrendas.

A ambos lados de la explanada había tiendas, oficinas, bancos, balcones con enredaderas que caían hacia el suelo y otros tipos de plantas. A aquella hora, cuando la mayoría de las radchaais estarían cenando, cientos de ciudadanas paseaban por allí o charlaban. Muchas vestían uniforme: blanco las empleadas del Departamento de Traducción; marrón claro las del Cuerpo de Seguridad de la estación; marrón oscuro las militares; verde las del Departamento de Horticultura; azul claro las del Departamento de Administración. Otras no iban uniformadas, pero todas iban adornadas con joyas resplandecientes. Todas eran absolutamente civilizadas. Vi que una auxiliar seguía a su capitana al interior de una abarrotada tetería y me pregunté qué nave era, qué naves había en la estación. Pero no podía solicitar aquella información, porque no era el tipo de cosas por la que Breq del Gerentate se interesaría.

De repente, y solo por un instante, las vi a todas a través de los ojos de una extranjera: una multitud arremolinada de personas de un desconcertante género ambiguo. Vi todos los rasgos que eran indicadores de sexo para las no radchaais y que, para mi inconveniencia y fastidio, eran diferentes en cada lugar. Cabello corto o largo; suelto (cayendo en cascada por la espalda o rizado y voluminoso alrededor de la cabeza) o recogido en una cola, en forma de trenza o en un moño con alfileres. Cuerpos gordos o delgados. Caras de facciones delicadas o toscas; con cosméticos o sin ellos. Una profusión de colores que habrían constituido una indicación de género en otros lugares.

Todo ello combinado, de forma aleatoria, con unos cuerpos que tenían, o no, curvas en la zona de los pechos y las caderas; con unos cuerpos que, en determinado momento, se movían de una forma que algunas forasteras no radchaais considerarían femenina y, al siguiente, masculina. Veinte años de esfuerzos me dominaron y, durante un instante, me desesperó la posibilidad de tener que elegir el pronombre y el tratamiento correcto en cada caso. Pero allí no era necesario, podía dejar atrás aquella preocupación: un pequeño pero molesto peso con el que había cargado todos aquellos años. Ahora estaba en mi hogar.

No obstante, aunque fuera mi hogar, nunca lo había sido realmente. Me había pasado la vida colaborando en anexiones, en estaciones que estaban en el proceso de convertirse en estaciones como esta, pero me marchaba antes de que lo consiguieran para volver a iniciar el proceso en otro sitio. Esta estación era el tipo de lugar del que procedían mis oficiales y al que, a la larga, regresaban. El tipo de lugar en el que yo no había estado nunca y que, a pesar de todo, me resultaba muy familiar. Lugares como este eran, en cierto sentido, la razón de mi existencia.

—Por aquí el camino es un poco más largo, pero la vista es impresionante —declaró la inspectora jefe Skaaiat.

—Lo es —asentí yo.

—¿Por qué todo el mundo viste chaqueta? —preguntó Seivarden—. Este tema ya me intrigó antes. En el último lugar, todo el mundo vestía abrigos que llegaban hasta la rodilla, pero aquí o visten chaqueta o abrigos hasta el suelo. Y los cuellos... no son normales.

—En los otros lugares en los que hemos estado, la moda no te preocupaba —repuse.

—Los otros lugares eran el extranjero. Se suponía que no eran mi hogar —replicó Seivarden, irritada.

La inspectora jefe Skaaiat sonrió.

—Supongo que, con el tiempo, se acostumbrará. El palacio propiamente dicho está por aquí.

La seguimos a través de la explanada. La ropa no civilizada y las manos desnudas de Seivarden y mías atrajeron algunas miradas curiosas y molestas. Llegamos a la entrada del palacio, que estaba señalizada por un mero listón negro situado encima de la puerta.

—Estaré bien —dijo Seivarden como si yo hubiera dicho algo—. Cuando haya terminado, me reuniré contigo.

—Te esperaré.

La inspectora jefe Skaaiat contempló a Seivarden mientras entraba en el edificio y, luego, me dijo:

—Honorable Breq, desearía comentarle algo.

Yo asentí con un gesto y ella continuó:

—Está usted muy preocupada por la ciudadana Seivarden. Lo comprendo y esto dice mucho de usted en el buen sentido, pero no tiene por qué preocuparse por su bienestar. El Radch cuida de sus ciudadanas.

—Dígame, inspectora jefe, si Seivarden perteneciera a una casa humilde y hubiera salido del Radch sin la correspondiente licencia, si hubiera hecho lo que hizo, sea lo que sea porque, para serle sincera, no sé si hizo algo, pero fuera alguien que usted no hubiera oído nombrar y perteneciera a una casa que usted no hubiera oído mencionar ni de la que conociera la historia, ¿la habrían recibido cortésmente en el muelle, la habrían invitado a tomar té y la habrían escoltado hasta el palacio para que presentara su apelación?

La inspectora jefe levantó la mano derecha apenas un milímetro y la pequeña y extraña medalla dorada emitió un destello y dijo:.

—Ella ya no disfruta de esa posición social. De hecho, está arruinada y sin casa. —No dije nada, solo la miré—. Pero tiene usted algo de razón en lo que ha dicho. Si no hubiera sabido quién era, no habría hecho nada por ella, aunque, seguramente, incluso en el Gerentate las cosas funcionan así, ¿no es cierto?

Forcé una leve sonrisa con la confianza de causarle una impresión mejor de la que, probablemente, le había causado hasta entonces.

—Así es.

La inspectora jefe guardó silencio durante un instante mientras me miraba y reflexionaba sobre algo, aunque no pude deducir el qué. Hasta que me preguntó:

—¿Tiene usted la intención de ofrecerle clientelismo?

Si yo hubiera sido radchaai, la pregunta habría sido extraordinariamente grosera. De todos modos, cuando la conocí, Skaaiat Awer a menudo decía cosas que la mayoría de las radchaais callaban.

—¿Cómo podría hacer algo así? Yo no soy radchaai y en el Gerentate no establecemos ese tipo de contratos.

—No, no lo hacen —contestó la inspectora jefe Skaaiat. Categórica—. No me imagino lo que es despertarse de repente después de mil años y descubrir que una ha perdido su nave en un incidente notorio y que todas sus amigas han muerto y su casa ha desaparecido. Quizá yo también habría huido. Seivarden necesita encontrar un lugar al que pertenezca. A ojos radchaais, parece que eso es precisamente lo que está ofreciéndole.

—¿Le preocupa que le esté dando a Seivarden falsas expectativas?

Pensé en Daos Ceit y en aquella insignia preciosa y sumamente cara de perla y platino que no era una señal de clientelismo.

—No sé qué expectativas tiene la ciudadana Seivarden. Es solo que... usted actúa como si fuera responsable de ella. A mí me parece fuera de lugar.

—¿Si yo fuera radchaai, también le parecería fuera de lugar?

—Si usted fuera radchaai, actuaría de forma diferente.

La tensión de su mandíbula indicaba que estaba enfadada, pero que intentaba ocultarlo.

—¿Qué nombre figura en esa medalla?

Mi pregunta no fue intencionada y surgió con más brusquedad de lo que era políticamente correcto.

—¿Qué?

La inspectora jefe, intrigada, frunció el ceño.

—La medalla que lleva en la manga derecha. Es distinta a todas las demás.

«¿Qué nombre figura en ella? —deseé preguntarle de nuevo—. ¿Qué ha hecho usted por la hermana de la teniente Awn?»

La inspectora jefe Skaaiat parpadeó varias veces y retrocedió un poco, casi como si yo la hubiera golpeado.

—Es una medalla conmemorativa, por la muerte de una amiga.

—Y, ahora, está pensando en ella. No para de mover la muñeca, de volverla hacia usted. Lleva haciéndolo varios minutos.

—Pienso en ella a menudo. —Cogió aire y lo soltó. Y volvió a inspirar—. Creo que no estoy siendo justa con usted, Breq Ghaiad.

Lo sabía. A pesar de no haberlo leído, sabía qué nombre figuraba en la medalla. ¡Lo sabía! Aunque no estaba segura de si el hecho de saberlo hacía que me sintiera mejor respecto a la inspectora jefe Skaaiat o mucho, mucho peor. En aquel momento, yo corría peligro hasta un punto que no había previsto, que nunca había soñado que pudiera ocurrir. Ya había dicho cosas que nunca debería haber dicho; y estaba a punto de decir más. Allí delante estaba la única persona que había visto en los últimos y largos veinte años que podía saber quién era yo, y estaba tentada de gritar, «¡Mire, teniente, soy yo, soy la *Justicia de Toren*!», era abrumadora.

En lugar de eso, dije con sumo cuidado:

—Estoy de acuerdo con usted en que Seivarden necesita encontrar un hogar, lo que ocurre es que yo no confío en el Radch como usted; ni como ella.

La inspectora jefe Skaaiat abrió la boca para contestarme, pero la voz de Seivarden interrumpió lo que iba a decir.

—¡No he tardado mucho!

Seivarden se acercó a mí, me miró y frunció el ceño.

—La pierna vuelve a molestarte, ¿no? Tienes que sentarte.

—¿La pierna? —preguntó la inspectora jefe Skaaiat.

—Se trata de una vieja herida que no se curó del todo —le expliqué.

Me alegró que, en aquel momento, Seivarden atribuyera cualquier inquietud que percibiera en mí al dolor de la pierna. Si la estación me estaba observando, también lo atribuiría a eso.

—Ha sido un día muy largo para usted y yo la he tenido aquí de pie. He sido muy descortés. Por favor, discúlpeme, honorable —se excusó la inspectora jefe Skaaiat.

—Por supuesto.

Contuve las palabras que querían salir de mi boca a continuación y me volví hacia Seivarden.

—Entonces, ¿cómo están las cosas ahora?

—He solicitado la apelación y, en cuestión de días, me adjudicarán una fecha —me contestó—. También he dado tu nombre para que intervengas en el proceso.

La inspectora jefe Skaaiat arqueó una ceja y Seivarden añadió:

—Breq me salvó la vida; en más de una ocasión.

A lo que la inspectora jefe nos advirtió:

—Probablemente no le concederán la audiencia hasta dentro de unos meses.

—Mientras tanto —continuó Seivarden, y asintió con un leve gesto sin descruzar los brazos—, me han asignado un alojamiento, estoy en la lista de racionamiento y dispongo de quince minutos para presentarme en la oficina de suministros más cercana para que me den algo de ropa.

Le habían proporcionado un alojamiento. Bueno, si el hecho de que Seivarden hubiera viajado conmigo le había parecido mal a la inspectora jefe, sin duda y por las mismas razones, también le parecería mal a Seivarden. Sin embargo, aunque ya no era mi sirvienta, había solicitado que yo la acompañara a la audiencia y me recordé a mí misma que eso era lo importante.

—¿Quieres que te acompañe? —le pregunté.

Aunque, en realidad, no deseaba acompañarla. Lo que quería era estar sola y tranquilizarme.

—Estaré bien. Tú tienes que recuperarte y dejar que la pierna descanse. Te veré mañana. Inspectora jefe, ha sido un placer conocerla.

Seivarden hizo una reverencia al estilo que le correspondía a alguien de su rango social. La inspectora jefe le devolvió el mismo tipo de reverencia y Seivarden se marchó.

Yo me volví hacia la inspectora jefe Skaaiat.

—¿Dónde me recomienda que me aloje?

Media hora después, estaba, tal como había deseado, sola en mi habitación. El lugar era caro y estaba un poco apartado de la explanada principal. Mi habitación era increíblemente lujosa.

Medía cinco metros cuadrados, el suelo era de un material que casi podría haber sido madera de verdad y las paredes estaban pintadas de azul oscuro. Había una mesa, varias sillas y, en el suelo, un proyector de imágenes. Muchas radchaais, aunque no todas, contaban con implantes ópticos y auditivos que les permitían presenciar espectáculos, escuchar música o enviar y recibir mensajes directamente. Sin embargo, a la gente todavía le gustaba ver espectáculos en compañía y algunas personas muy ricas consideraban que quitarse esos implantes constituía un signo de distinción.

Al tacto, la manta de la cama parecía de lana de verdad y no de un material sintético. Pegado a una de las paredes, había un camastro plegado para una sirvienta, algo que, por supuesto, yo ya no tenía. La habitación también disponía de su propio, aunque diminuto, lavabo. Eso constituía un lujo increíble en el Radch y, en aquellos momentos, para mí suponía una verdadera necesidad debido al arma y la munición que llevaba sujetas al cuerpo, debajo de la camisa. Los escáneres de la estación no las habían detectado ni lo harían, pero resultaban visibles a los ojos humanos. Si las dejaba en la habitación y alguien la registraba, las encontraría y, por supuesto, no podía dejarlas en el vestuario de un baño público.

En la pared, cerca de la puerta, había una consola que me permitiría acceder a las comunicaciones y a la estación; y también permitiría que la estación me observara, aunque estaba convencida de que ella disponía de otros medios para examinar el interior de la habitación. Estaba de regreso en el Radch. Nunca sola. Nunca en privado.

Mi equipaje llegó al cabo de cinco minutos de haber entrado yo en la habitación y, al mismo tiempo, llegó una bandeja con cena de un restaurante cercano que consistía en hortalizas y pescado que todavía humeaban y olían a especias.

Siempre existía la posibilidad de que nadie estuviera observándome, pero la cierto es que cuando abrí el equipaje vi claramente que alguien lo había registrado. Quizá porque era una forastera. Quizá no.

Saqué mi termo de té, las tazas y el icono de Ella, la que surgió del lirio, y los dejé sobre la mesita que había junto a la cama. Utilicé un litro de mi asignación de agua para llenar el termo y me senté a comer. El sabor del pescado era tan delicioso como su olor y mejoró ligeramente mi estado de ánimo. Al menos, después de comérmelo y de tomar una taza de té, me sentí más capaz de enfrentarme a mi situación.

Sin duda, la estación podía ver a muchas de sus residentes con la misma intimidad que yo veía a mis oficiales en tiempos remotos. Al resto, incluida yo, no nos percibía con tanto detalle. La temperatura, el ritmo cardíaco, la respiración, esas variables apenas podían compararse con el flujo de datos que recibía de residentes monitorizadas más de cerca, pero, aun así, constituían una gran cantidad de información. Si añadimos a eso un conocimiento pormenorizado de la persona observada, como su historia o su entorno social, podríamos decir que la estación casi podía leer las mentes.

Casi. En realidad, no podía leer los pensamientos. Además, la estación no conocía mi historia, no tenía experiencia anterior conmigo. Podía percibir señales de mis emociones, pero no disponía de mucha información para deducir, con exactitud, por qué me sentía de determinada manera. Sí que era verdad que la cadera me dolía. Y lo que la inspectora jefe Skaaiat me había dicho había sido, según las normas radchaais, muy descortés. Si hubiera reaccionado con rabia, algo que la estación y también Anaander Mianaai habrían percibido si me hubieran estado observando, les habría parecido totalmente natural. Lo único que podían hacer era deducir qué era lo que me había hecho enfadar. En aquel momento podía representar el papel de viajera agotada y dolorida por una vieja herida que lo único que necesitaba era comida y descanso.

¡La habitación estaba tan silenciosa! Ni siquiera cuando Seivarden se recluía en sí misma, el silencio me había resultado tan opresivo como en aquel momento. No me había acostumbrado a la soledad tanto como creía. Al pensar en Seivarden, de repente me di cuenta de algo que allí, en la explanada y ciega de rabia contra Skaaiat Awer, no había percibido. Antes había considerado que la inspectora jefe Skaaiat era la única persona con la que me había encontrado durante los últimos veinte años que podía reconocerme, pero esto no era así. Seivarden también podía reconocerme.

Pero la teniente Awn nunca habría esperado nada de Seivarden, nunca se habría sentido herida o decepcionada por ella. Si se hubieran conocido, seguramente, Seivarden le habría dejado claro su desdén, y la teniente Awn se habría mostrado fríamente cortés, pero con una rabia de fondo que yo habría percibido. Sin embargo, nunca habría experimentado el tremendo desaliento y dolor que sentía cuando la entonces teniente Skaaiat la trataba, sin darse cuenta, con suficiencia.

De todos modos, quizá me equivocaba al pensar que mis reacciones hacia ellas, Skaaiat Awer y Seivarden Vendaai, eran muy diferentes. De hecho, ya me había puesto en peligro una vez debido a la rabia que Seivarden me había producido. En aquel momento, me resultaba difícil aclarar mis ideas. Además, tenía que representar un papel por si alguien me estaba observando. Tenía que ofrecer aquella imagen de mí que había construido minuciosamente durante el trayecto a la estación. Dejé la taza vacía junto al termo de té, me arrodillé en el suelo delante del icono, lo que hizo que mi cadera protestara un poco, y empecé a rezar.

19

Por la mañana, compré ropa. La propietaria de la tienda que la inspectora jefe Skaaiat me había recomendado estaba a punto de echarme a la calle cuando el saldo de mi cuenta bancaria apareció en la pantalla de su consola. Sospeché que la información había llegado sin que ella la solicitara y que, de este modo, la estación le ahorraba la vergüenza de descubrirla demasiado tarde y, al mismo tiempo, me indicaba que me observaba de cerca.

Necesitaba unos guantes, desde luego, y si iba a representar el papel de turista rica y derrochadora, tendría que comprar algo más que eso, pero antes de que pudiera hablar, la propietaria sacó varios rollos de brocado, satén y terciopelo en multitud de colores: morado, marrón anaranjado, tres tonos de verde, dorado, amarillo claro, azul hielo, gris ceniza, rojo intenso...

—No puede ir vestida así —me dijo en tono autoritario.

Una empleada me tendió un té mientras se esforzaba en disimular su desagrado al ver mis manos desnudas. La estación me había escaneado y les había proporcionado mis medidas, de modo que yo no tenía que hacer nada. Medio litro de té, dos pastas sumamente dulces y una docena de humillaciones más tarde, salí de la tienda con una chaqueta y unos pantalones de color marrón anaranjado, una camisa rígida de color blanco hielo y unos guantes de color gris oscuro tan finos que era como si no los llevara puestos. Afortunadamente, las chaquetas y los pantalones de moda eran de corte holgado, lo que me permitía ocultar el arma. La propietaria me informó de que el resto de mis compras, dos chaquetas, dos pares de pantalones y dos pares de guantes más, media docena de camisas y tres pares de zapatos, estarían en mi alojamiento antes de que hubiera terminado de visitar el templo.

Salí de la tienda, doblé una esquina y salí a la explanada principal que, a aquella hora, estaba abarrotada de radchaais que entraban y salían del templo o del palacio propiamente dicho, tomaban algo en las teterías de moda que, sin duda eran bastante caras o, simplemente, se dejaban ver en la compañía adecuada. Antes, cuando había atravesado la explanada camino de la tienda de ropa, la gente había murmurado a mi paso o me había mirado con sorpresa, pero ahora parecía que fuera invisible, salvo por la ocasional y elegante radchaai que miraba la parte frontal de mi chaqueta en busca de algún indicio de mi afiliación familiar y, luego, al no ver ninguno, abría los ojos con extrañeza. O alguna niña que se agarraba con su pequeña mano a la manga de la adulta que la acompañaba y que se volvía para mirarme directa y fijamente hasta que pasaba de largo o yo desaparecía de su vista.

En el interior del templo, las ciudadanas se aglomeraban alrededor de los puestos de flores e incienso mientras unas sacerdotisas, que eran lo bastante jóvenes para parecer niñas a mis ojos, reponían las cajas y los cestos cuando se vaciaban. Como auxiliar, yo no podía tocar las ofrendas del templo ni llevar otras propias, pero allí nadie sabía lo que yo era. Me lavé las manos en la pila y compré un puñado de flores de un brillante color amarillo anaranjado y una pieza de incienso del tipo favorito de la teniente Awn.

Debía de haber una zona reservada para rezar por las difuntas y días concretos que eran propicios para presentarles ofrendas, aunque aquel no era uno de esos días y, como extranjera, no debería tener ninguna radchaai muerta a la que recordar. Me adentré en la sala principal, que estaba presidida por una imagen de Amaat, con una Emanación enjoyada en cada mano. Las flores la cubrían, ya, hasta las rodillas: una montaña de colores rojos, naranjas y amarillos que llegaba a la altura de mi cabeza y que seguía creciendo conforme las fieles lanzaban más flores al montón. Cuando llegué al frente de la multitud, añadí las que yo había comprado, realicé los signos y pronuncié la oración correspondiente y dejé el incienso en la caja que, cuando estuviera llena, las sacerdotisas jóvenes vaciarían. El incienso no era más que un símbolo que sería devuelto a la entrada para que alguien volviera a comprarlo. Si se encendiera todo el incienso que se ofrendaba, la atmósfera del templo estaría demasiado cargada y no se podría respirar. Y aquel ni siquiera era un día festivo.

Cuando me incliné delante de la diosa, apareció a mi lado la capitana de una nave que iba vestida con uniforme marrón. Se disponía a lanzar su ramo de flores, pero se detuvo y me miró fijamente. Los dedos de su mano izquierda se movieron levemente. Sus facciones me recordaron a la capitana Rubran Osck Cien, pero la capitana era alta y llevaba el cabello largo y liso, mientras que esta era más baja y gruesa y llevaba el pelo corto. Una mirada a sus insignias me confirmó que era prima de la capitana Rubran, una integrante de la misma rama de la misma casa. Me acordé de que Anaander Mianaai dudaba de si la capitana Rubran le era leal o no y que, de momento, no quería indagar demasiado en su red de clientas y contactos. Me pregunté si esto seguía así o si la casa Osck se había decantado hacia uno u otro lado. En cualquier caso, no tenía importancia.

La capitana seguía mirándome. Debía de estar recibiendo las respuestas a sus preguntas. La estación o su nave le informarían de que yo era una extranjera y supuse que ella perdería su interés por mí; o no, en el caso de que se enterara de que había llegado con Seivarden. No me quedé a averiguarlo. Terminé de rezar, me volví y me abrí paso entre la gente que esperaba para presentar sus ofrendas.

En los laterales del templo había capillas más pequeñas. En una de ellas, tres adultas y dos niñas estaban de pie alrededor de una niña de pecho que habían colocado junto al pecho de Aatr. Con aquel acto, pedían que la pequeña tuviera una vida feliz o, al menos, esperaban recibir alguna señal que les indicara lo que le depararía el futuro. La imagen había sido construida para realizar este tipo de ritual y tenía un brazo doblado debajo de los pechos, que aparecían a menudo en los juramentos.

Todas las capillas eran bonitas y despedían destellos de oro, plata, cristal y piedra pulida. El recinto retumbaba con el eco de cientos de conversaciones y oraciones pronunciadas en voz baja. Nada de música. Me acordé del templo casi vacío de Ikkt y de cuando la Divina me contó que antiguamente cientos de cantantes cantaban en él.

Estuve casi dos horas en el templo, admirando las capillas de las diosas secundarias. El templo ocupaba una parte considerable de aquella zona de la estación. La otra parte estaba ocupada por el palacio propiamente dicho. Sin duda, ambos edificios estaban conectados, ya que Anaander Mianaai actuaba como sacerdotisa con regularidad, aunque las vías de acceso entre los dos edificios no eran evidentes.

Dejé la capilla mortuoria para el final. En parte porque era la zona del templo que, más probablemente, estaría abarrotada de turistas, y en parte porque sabía que me entristecería. Era más amplia que las otras capillas secundarias. Su tamaño era casi como la mitad de la vasta sala principal, y estaba llena de estanterías y cajas repletas de ofrendas para las muertas. Todas consistían en comida o flores. Todas eran de cristal: tazas de té de cristal que contenían té de cristal y despedían humo de cristal; montones de delicadas rosas y hojas de cristal; dos docenas de tipos de fruta de cristal diferentes; pescado y hortalizas de cristal que casi despedían un aroma similar al de mi cena de la noche anterior. Se vendían copias producidas en serie de aquellas ofrendas incluso en tiendas situadas a bastante distancia de la explanada principal. La gente las colocaba en sus altares caseros como ofrenda a las diosas o las difuntas, pero las del templo eran diferentes. Cada una de ellas era una obra de arte minuciosamente elaborada y en cada una de ellas figuraban, de una forma notoria, el nombre de la donante y el de la difunta. Eso permitía que las visitantes fueran testigos del piadoso luto de la persona que realizaba la ofrenda y de la posición social y riqueza de las implicadas. Probablemente yo tenía suficiente dinero para encargar una ofrenda de aquel tipo, pero si lo hacía y dejaba constancia de los nombres correspondientes, sería la última cosa que hiciera en la vida. Además, las sacerdotisas se negarían a aceptarla. Había considerado la posibilidad de enviarle dinero a la hermana de la teniente Awn, pero esto también atraería una curiosidad indeseada. Quizá podía arreglar las cosas de modo que, cuando hubiera cumplido el objetivo que me había llevado allí, ella recibiera el dinero que me quedara, pero tenía la impresión de que sería imposible. En cualquier caso, pensar en la hermana de la teniente Awn y en la lujosa habitación y la bonita y cara ropa que me había comprado me hicieron sentir una punzada de culpabilidad.

En la puerta del templo, justo cuando iba a salir a la explanada, una soldado se interpuso en mi camino. Se trataba de una humana, no de una auxiliar. Hizo una reverencia y dijo:

—Discúlpeme. Tengo un mensaje de la ciudadana Vel Osck, capitana de la *Misericordia de Kalr*.

¡La capitana que me había mirado fijamente mientras realizaba la ofrenda a Amaat! El hecho de que hubiera enviado a una soldado para contactar conmigo me indicaba que me consideraba lo bastante importante como para no mandarme un mensaje a través de los sistemas de la estación, pero no lo suficiente como para enviar a una teniente o dirigirse a mí personalmente. Otra posibilidad era que su acercamiento a mí la colocara en una posición social embarazosa y hubiera decidido traspasar esa tarea a la soldado.

Resultaba difícil no darse cuenta de la torpeza de la frase que había utilizado la soldado y que estaba pensada para evitar utilizar un tratamiento de cortesía.

—Disculpe, ciudadana, pero no conozco a la ciudadana Vel Osck —le respondí.

La soldado se excusó con un gesto leve y respetuoso.

—Las predicciones de esta mañana indicaban que la capitana tendría hoy un encuentro fortuito. Cuando la vio a usted en el templo, no tuvo ninguna duda de que el oráculo se refería a usted.

Fijarse en una desconocida en el templo, en un lugar tan amplio como aquel, no podía considerarse un encuentro fortuito. Me ofendió un poco que la capitana no se hubiera esforzado un poco más. Solo con que le hubiera dedicado unos segundos más, habría encontrado una excusa mejor.

—¿Cuál es el mensaje, ciudadana?

—La capitana tiene por costumbre tomar un té por la tarde —me explicó la soldado con voz inexpresiva pero amable, y nombró una tetería que estaba cerca de la explanada principal—. Se sentiría honrada si usted la acompañara esta tarde.

La hora y el lugar sugerían el tipo de reunión social que, en realidad, era un alarde de influencias y asociaciones, y durante la cual se establecerían contratos aparentemente oficiosos.

La capitana Vel no tenía ningún contrato que realizar conmigo y que la vieran conmigo no le reportaría ningún beneficio.

—Si la capitana quiere conocer a la ciudadana Seivarden... —empecé yo.

—No fue la capitana Seivarden con quien la capitana se tropezó en el templo —repuso la soldado con cierto tono de disculpa. Seguramente, sabía lo transparente que resultaba su encargo—. Claro que, si usted desea ir acompañada de la capitana Seivarden, la capitana Vel se sentirá honrada de conocerla.

Claro. De todos modos, incluso sin casa y arruinada, cualquiera que se encontrara con Seivarden la invitaría personalmente en lugar de hacerlo a través de los sistemas de la estación o por medio de una recadera, como era mi caso, lo que rayaba en el insulto. Fuera como fuese, aquella situación me beneficiaba.

—Como es obvio no puedo hablar por la ciudadana Seivarden —contesté—, pero agradézcale la invitación a la capitana Vel de mi parte, por favor.

La soldado realizó una reverencia y se marchó.

Cerca de la explanada encontré una tienda en la que vendían cajas de cartón que anunciaban como comida. Compré una y el contenido era, ¡cómo no!, pescado, aunque en aquella ocasión estaba estofado con fruta. Me llevé la caja a la habitación, me senté a la mesa y empecé a comer pensando en la consola de la pared, que constituía un vínculo visible con la estación.

La estación debía de ser tan inteligente como yo cuando era una nave. Sin duda, era más joven que yo. Debía de tener menos de la mitad de mi edad, pero no por eso podía infravalorarla, ni mucho menos. Si alguien me descubría, lo más probable es que fuera ella. No había detectado mis implantes de auxiliar. Yo los había inutilizado y los había escondido todos lo mejor que había podido. Si los hubiera detectado, ya me habrían arrestado. Pero podía percibir, como mínimo, mis estados emocionales elementales y, si disponía de la información necesaria sobre mí, podía saber cuándo mentía. Además, sin duda me observaba de cerca.

Sin embargo, desde el punto de vista de la estación, y desde el mío cuando era la nave *Justicia de Toren*, los estados emocionales no eran más que grupos de datos médicos; datos que, fuera de contexto, carecían de significado. Si, en mi depresivo estado de ánimo del momento, yo acabara de bajar de una nave, la estación seguramente lo percibiría, pero no entendería por qué me sentía de aquella manera y no podría extraer de ello ninguna conclusión. No obstante, cuanto más tiempo pasara allí, percibiría más cosas de mí, dispondría de más información sobre mí y, en consecuencia, podría elaborar su propio contexto, su propia imagen de quién era yo y compararla con lo que yo afirmaba ser. El peligro radicaba en que esas dos imágenes no coincidieran. Tragué un bocado de pescado y miré la consola.

—Hola —la saludé—. Hola a la IA que me está observando.

—Honorable Ghaiad Breq —respondió la estación desde la consola con una voz plácida—. Hola. Normalmente se dirigen a mí con el nombre de *Estación*.

—Entonces, hola, Estación. —Otro bocado de pescado y fruta—. Así que es cierto que me estás observando.

Estaba realmente preocupada por el hecho de que me vigilara y no podría ocultarle mi preocupación.

—Observo a todo el mundo, honorable. ¿La pierna sigue molestándole?

Así era. Sin duda, Estación percibía que yo estaba pendiente de ella y que había influido en mi forma de sentarme.

—Nuestras instalaciones médicas son excelentes —continuó Estación—. Estoy convencida de que nuestras doctoras encontrarían una solución a su problema.

La perspectiva me resultó alarmante, pero tenía que conseguir que mi inquietud le resultara comprensible.

—No, gracias. Me han advertido en contra de las instalaciones médicas radchaais. Prefiero soportar ciertas molestias y seguir siendo yo misma.

Se produjo un breve silencio y, luego, Estación preguntó:

—¿Se refiere a las aptitudes? ¿O quizás a la reeducación? Ninguna de las dos cambiaría quién es usted. Además, le aseguro que no es candidata a ninguna de las dos.

—Es igual. —Dejé mi utensilio de comer sobre la mesa—. En el lugar del que procedo tenemos un dicho: «El poder no precisa permiso ni perdón.»

—No había conocido a nadie del Gerentate hasta ahora —me confesó Estación. Yo, por supuesto, contaba con ello—. Supongo que su error es comprensible. A menudo, las extranjeras no comprenden cómo son las radchaais en realidad.

—¿Te das cuenta de lo que acabas de decir? Literalmente has dicho que las no civilizadas no comprendemos lo que es la civilización. ¿Eres consciente de que mucha gente que no es del espacio radchaai se considera civilizada?

La frase expresaba una idea prácticamente imposible en radchaai y constituía una contradicción.

Esperaba que me contestara: «no era eso lo que quería decir», pero en lugar de eso me preguntó:

—¿A no ser por la ciudadana Seivarden, habría venido aquí?

—Es posible —le contesté.

Sabía que no podía mentirle abiertamente, no cuando me observaba tan de cerca. Y también sabía que ahora cualquier sentimiento de rabia, resentimiento o aprensión hacia las oficiales radchaais se atribuiría a mis recelos o temores hacia el Radch.

—¿Hay algún tipo de música en este lugar tan civilizado? —le pregunté.

—Sí —contestó Estación—. Aunque no creo que tenga música del Gerentate.

—Si quisiera oír música del Gerentate, no habría salido de mi planeta —le contesté con acritud.

Mi respuesta no pareció perturbarla.

—¿Prefiere oírla aquí o ir a otro lugar?

Le dije que prefería quedarme allí. Estación buscó un entretenimiento para mí y me ofreció una obra nueva de aquel año, pero una con la que pude sentirme cómodamente familiarizada: una joven de familia humilde albergaba esperanzas de obtener clientes de una casa prestigiosa. Una rival celosa la humillaba y engañaba a la potencial patrona respecto a la naturaleza auténtica y noble de la joven. Al final, la virtuosidad de la heroína era reconocida. Gracias a la superación de las pruebas más terribles se demostraba su lealtad y su rival caía en desgracia. La obra culminaba con la realización del contrato de clientelismo largamente esperado y con diez minutos de cantos y bailes triunfales. Ese intervalo musical era el último de los once que aparecían a lo largo de los cuatro episodios de la obra, la cual era realmente mediocre. Por lo general, ese tipo de obras constaban de docenas de episodios y se retransmitían durante días o incluso semanas. Resultaba insustancial por completo, pero las canciones eran bonitas y mejoraron bastante mi estado de ánimo.

No tenía nada urgente que hacer hasta que recibiéramos noticias de la apelación de Seivarden, y si le concedían una audiencia y accedían a que yo la acompañara, implicaría una espera todavía más larga. Me levanté, me alisé los pantalones y me puse zapatos y una chaqueta.

—¿Sabes dónde puedo encontrar a la ciudadana Seivarden Vendaai, Estación? —le pregunté.

—La ciudadana Seivarden Vendaai está en la oficina de Seguridad del subnivel nueve —contestó la voz siempre neutra de Estación desde la consola.

—¿Perdona?

—Se produjo una pelea —contestó Estación—. Lo normal es que Seguridad se pusiera en contacto con su familia, pero ella no tiene familia aquí.

Yo, por supuesto, no era familia de Seivarden y, si hubiera querido mi ayuda, habría pedido que me llamaran; aun así, dije:

—¿Puedes indicarme cómo llegar a la oficina de Seguridad del subnivel nueve, por favor?

—Por supuesto, honorable.

La oficina del subnivel nueve era diminuta. En realidad, solo constaba de una consola, unas cuantas sillas, una mesa en la que había varios enseres de té que no eran del mismo juego y unos armarios. Seivarden estaba sentada en un banco, en la pared del fondo. Llevaba puestos unos guantes grises y una chaqueta y unos pantalones que no eran de su talla y que estaban confeccionados con un tejido rígido y áspero. Se trataba de un tipo de ropa que no se cosía, sino que se confeccionaba por extrusión, probablemente en una gama predeterminada de tallas. Mis uniformes, cuando yo era una nave, se elaboraban con ese sistema, pero me quedaban mejor. Claro que yo me los ajustaba convenientemente, algo que, entonces, me resultaba fácil.

La parte delantera de la chaqueta gris de Seivarden estaba salpicada de sangre y uno de sus guantes, empapado en ella. Tenía una costra en el labio superior y un pequeño correctivo de color claro en el puente de la nariz. Otro correctivo cubría un morado que se estaba formando en la mejilla. Con la mirada perdida, ni siquiera levantó la vista cuando la agente de Seguridad y yo entramos.

—Aquí está su amiga, ciudadana —dijo la agente.

Seivarden frunció el ceño, deslizó la mirada por el pequeño espacio y después la fijó en mí.

—¿Breq? ¡Por las tetas de Aatr, eres tú! Estás... —Parpadeó varias veces y abrió la boca para terminar la frase, pero volvió a cerrarla. Respiraba entrecortadamente—. Diferente —dijo al final—. Muy, muy diferente.

—Solo me he comprado ropa. ¿Qué te ha pasado?

—Hubo una pelea —contestó.

—¿Se produjo así, sin más? —le pregunté.

—No —admitió—. Me asignaron un lugar donde dormir, pero cuando llegué ya había alguien viviendo allí. Intenté hablar con esa persona, pero apenas la entendía.

—¿Dónde has dormido anoche? —le pregunté.

Seivarden bajó la vista hacia el suelo.

—Lo había conseguido. —Volvió a levantar la vista, me miró a mí y luego a la agente de Seguridad, que estaba a mi lado—. Pero no podía aguantar más.

—Debería haber acudido a nosotras, ciudadana —explicó la agente—. Ahora tiene un aviso en su historial y eso no le favorece en absoluto.

—¿Y su adversaria? —pregunté yo.

La agente sacudió la cabeza. Se suponía que yo no debía plantear semejante pregunta.

—No me las arreglo muy bien sola, ¿no? —comentó Seivarden, abatida.

Sin hacer caso a la opinión en contra de Skaaiat Awer le compré a Seivarden unos guantes y una chaqueta de color verde oscuro. Seguía siendo ropa confeccionada en serie por el sistema de extrusión, pero al menos era de su talla y se notaba que era de mejor calidad. La ropa gris estaba inservible y yo sabía que la oficina de suministros no le proporcionaría otra muda tan pronto. Una vez vestida con la nueva ropa y después de enviar la vieja al Departamento de Reciclaje, le pregunté a Seivarden:

—¿Has comido? Estaba pensando en invitarte a cenar cuando Estación me dijo dónde estabas.

Se había lavado la cara y, sin contar el morado y el correctivo de la mejilla, ahora parecía más o menos respetable.

—No tengo hambre —me contestó.

Una sombra de algo, ¿arrepentimiento?, ¿enojo?, no sabría decirlo, le nubló la cara. Cruzó los brazos y volvió a descruzarlos rápidamente, un gesto que no le había visto hacer desde hacía meses.

—¿Entonces, puedo ofrecerte un té mientras yo como?

—Me encantaría tomar un té —contestó con vehemencia y sinceridad.

Recordé que no tenía dinero y que se había negado a que yo se lo diera. Además, nuestro té estaba en el equipaje y ella no había cogido nada de él cuando nos separamos la noche anterior. El té, por supuesto, constituía un extra, un lujo, pero en realidad no lo era, al menos según los patrones de Seivarden y, probablemente, según los de cualquier radchaai.

Encontramos una tetería. Compré algo envuelto en una lámina de algas, un poco de fruta y té, y nos sentamos a una mesa en un rincón.

—¿Estás segura de que no quieres nada? —le pregunté—. ¿Fruta?

Fingió que no le interesaba mi oferta y acto seguido tomó una pieza de fruta.

—Espero que el día te haya ido mejor que a mí —comentó.

—Es probable.

Esperé un instante para ver si ella quería hablar de lo que le había ocurrido, pero no dijo nada y se quedó esperando a que yo continuara.

—Esta mañana he visitado el templo. Me tropecé con la capitana de una nave que me observó de forma bastante grosera y mandó a una de sus soldados para invitarme a tomar té.

—¿Mandó una soldado? —Se dio cuenta de que tenía los brazos cruzados, los descruzó, tomó la taza de té y volvió a dejarla sobre la mesa—. ¿Una auxiliar?

—No, estoy bastante segura de que era humana.

Seivarden arqueó levemente una ceja.

—No deberías ir. Lo correcto sería que te hubiera invitado ella misma. No aceptaste la invitación, ¿no?

—Tampoco la rechacé.

Entraron tres radchaais, riéndose, en la tetería. Iban vestidas con el color azul oscuro de las autoridades del muelle. Una de ellas era Daos Ceit, la ayudante de la inspectora jefe Skaaiat. Aparentemente, no me vio.

—No creo que la invitación fuera para mí. Seguro que quiere que te la presente.

—Pero...

Frunció el ceño, miró la taza de té que sostenía en la mano cubierta con un guante verde y se sacudió la parte delantera de la chaqueta con la otra.

—¿Cómo se llama? —me preguntó.

—Vel Osck.

—Osck. Nunca había oído ese nombre.

Bebió otro sorbo de té. Daos Ceit y sus amigas compraron té y pastas y se sentaron a una mesa al otro lado del local mientras seguían charlando animadamente.

—¿Por qué habría de querer conocerme?

Yo arqueé una ceja con incredulidad.

—¡Eres tú quien cree que cualquier suceso es un mensaje de Amaat! —le recordé—. Estuviste perdida durante mil años, te encontraron por accidente, volviste a desaparecer y, después, apareces en un palacio con una extranjera rica. ¿Y te sorprende llamar la atención?

Seivarden hizo un gesto impreciso con la mano.

—Como la casa Vendaai ya no existe como tal, tienes que empezar a establecer tus propias relaciones.

Durante una milésima de segundo pareció tan consternada que temí que mis palabras la hubieran ofendido de alguna manera. Pero entonces pareció reponerse.

—Si la capitana Vel deseaba granjearse mi aprecio o, de algún modo, le importa mi opinión, al insultarte ha empezado con mal pie.

Su antigua arrogancia acechaba detrás de sus palabras, lo que contrastó sorprendentemente con su apenas contenido desánimo anterior.

—¿Y qué me dices de la inspectora jefe? —le pregunté—. Skaaiat, ¿no? Ha sido muy amable. Y me pareció que reconocías su nombre.

—Todas las Awer parecen amables —replicó Seivarden con ironía.

Por encima de su hombro vi que Daos Ceit se reía por algo que había dicho una de sus compañeras.

—Al principio, parecen completamente normales —continuó Seivarden—, pero entonces empiezan a tener visiones, o deciden que algo va mal en el universo y que tienen que arreglarlo; o ambas cosas a la vez. Están todas locas. —Guardó silencio durante un instante, se volvió para ver qué miraba yo y se volvió de nuevo hacia mí—. ¡Ah, ella! ¿No te parece que su aspecto es bastante... provinciano?

Volví a dirigir mi atención a Seivarden y la miré fijamente. Ella bajó la vista hacia la mesa.

—Lo siento. Eso... Eso ha estado mal. Yo no tengo...

—Dudo que su sueldo le permita comprar ropa que la haga parecer... diferente —la interrumpí.

—No es eso lo que quería decir. —Seivarden levantó la vista. La aflicción y el bochorno se reflejaron de forma patente en su cara—. De todos modos, lo que quería decir ya era, en sí mismo, bastante desagradable. Es solo que... Es solo que me ha sorprendido. Durante todo este tiempo había pensado que tú eras una asceta. Simplemente, me ha sorprendido que te fijaras en ella.

Una asceta. Entendía que hubiera supuesto eso de mí, pero no entendía que le afectara tanto haberse equivocado. A menos que...

—¿No estarás celosa? —le pregunté con incredulidad, al fin y al cabo, bien vestida o no, mi aspecto era tan provinciano como el de Daos Ceit, solo que de otra provincia.

—¡No! —Y enseguida añadió—: Bueno, sí, pero no por eso.

Entonces me di cuenta de que no eran solo las demás radchaais las que podían obtener una impresión equivocada del hecho de que acabara de regalarle la ropa que llevaba puesta. Aunque, sin duda, Seivarden sabía que yo no podía ofrecerle clientelismo. Además, yo sabía que si ella pensaba en esa posibilidad durante más de treinta segundos, sin duda decidiría que no quería de mí lo que ese regalo implicaba. ¡No podía ser que, cuando le compré la ropa, creyera que lo hacía con esa intención!

—Ayer, la inspectora jefe me dijo que corría el peligro de darte falsas expectativas o de causar en las demás radchaais una impresión equivocada.

Seivarden resopló con desdén.

—Valdría la pena pensar en ello si me interesara, mínimamente, lo que Awer opina.

Yo arqueé una ceja y ella añadió con tono de arrepentimiento:

—Creía que podría salir adelante por mí misma, pero durante toda la noche de ayer y el día de hoy, no he dejado de desear haberme quedado contigo. Supongo que es verdad que el Radch cuida de sus ciudadanas, al fin y al cabo, no he visto a nadie muriéndose de hambre. Ni desnuda. —Momentáneamente, su cara reflejó desagrado—. Pero, esa ropa... ¡Y el skel! Solo skel. En todas las comidas y la cantidad justa. No creí que me importara. En fin, el skel no me desagrada, pero apenas conseguía tragármelo.

Me imaginé el estado de ánimo en el que estaba cuando se metió en la pelea.

—Creo que lo que no soportaba era la idea de no comer otra cosa durante semanas y semanas. —Y añadió con una sonrisa compungida—: Y saber que habría comido mejor si me hubiera quedado contigo.

—¿Entonces quieres recuperar tu antiguo empleo? —le pregunté.

—¡Mierda, sí! —exclamó ella con énfasis y alivio y lo bastante alto para que el grupo que había en el otro extremo del local la oyera y nos lanzara miradas de desaprobación.

—¡Ese lenguaje, ciudadana!

Tomé otro bocado del rollito de algas y me di cuenta de que me sentía aliviada en varios aspectos.

—¿Estás segura de que no preferirías probar suerte con la capitana Vel?

—Puedes tomar el té con quien quieras, pero debería haberte invitado ella misma —replicó Seivarden.

—Tus modales tienen una antigüedad de mil años —le indiqué.

—Los modales son los modales —replicó indignada—. Pero, como te he dicho, tú puedes tomar el té con quien quieras.

La inspectora jefe Skaaiat entró en la tetería. Al ver a Daos Ceit, la saludó con la cabeza, pero se acercó a la mesa a la que Seivarden y yo estábamos sentadas. Cuando vio los correctivos en la cara de Seivarden, titubeó, pero enseguida actuó como si no los hubiera visto.

—Ciudadana... Honorable...

—Inspectora jefe... —contesté yo.

Seivarden apenas la saludó con la cabeza.

—Mañana por la noche celebraré una pequeña reunión. —Nos dio unas señas—. Solo té, nada formal. Me sentiré honrada si acuden ustedes.

Seivarden soltó una carcajada.

Skaaiat, desconcertada, frunció el ceño.

—La de usted es la segunda invitación que recibimos hoy —le expliqué—. La ciudadana Seivarden me ha dicho que la primera no fue muy cortés.

—Espero que la mía haya cumplido con sus exigentes requisitos —dijo Skaaiat—. ¿Quién no lo ha hecho?

—La capitana Vel —le contesté—. De la *Misericordia de Kalr*.

Para alguien que no la conociera bien Skaaiat dio la impresión de no tener una opinión sobre la capitana Vel.

—Bueno, reconozco que tenía la intención de presentarle a algunas amigas mías que podrían serle útiles, ciudadana, pero puede que le resulte más agradable conocer a la capitana Vel.

—Debe de tener usted una pobre opinión de mí —repuso Seivarden.

—Es posible que la forma de dirigirse a la honoroble Breq por parte de la capitana Vel no haya sido del todo respetuosa, pero, en otros aspectos, sospecho que la encontrará agradable —replicó Skaaiat, y antes de que Seivarden pudiera contestar, continuó—: Tengo que irme. Espero verlas a las dos mañana por la noche.

Lanzó una mirada a la mesa en la que estaba su asistente y las tres inspectoras adjuntas se levantaron y salieron de la tetería detrás de ella.

Seivarden guardó silencio mientras contemplaba la puerta por la que habían salido.

—Bueno, supongo que si vas a volver a trabajar para mí será mejor que te pague para que puedas comprarte algo de ropa decente —le dije.

Ella me miró y su cara reflejó una expresión que no supe interpretar.

—¿Dónde compraste la tuya?

—No creo que te pague tanto —repuse yo.

Seivarden se rio, bebió un sorbo de su té y tomó otra pieza de fruta. Yo no estaba del todo convencida de que hubiera comido.

—¿Estás segura de que no quieres nada más? —le pregunté.

—Sí. ¿Qué es eso? —me preguntó mientras miraba el último pedazo de mi cena cubierta de algas.

—Ni idea.

Yo nunca había visto nada parecido en el Radch. Debía de tratarse de un invento reciente o de una receta importada de otro lugar.

—Pero está bueno. ¿Quieres uno? Si quieres, podemos llevárnoslo a la habitación.

Seivarden hizo una mueca.

—No, gracias. Tú eres más aventurera que yo.

—Puede que sí —asentí complacida. Terminé la cena y me bebí lo que me quedaba de té—. Pero no lo dirías si me hubieras visto hoy. Me he pasado la mañana en el templo como una buena turista, y la tarde mirando una obra en mi habitación.

—¡Déjame adivinar! —Seivarden arqueó una ceja con actitud burlona—. La obra de la que todo el mundo habla. La heroína es virtuosa y leal, pero la amante de su patrona potencial la odia. Ella la vence gracias a su lealtad inquebrantable y su devoción.

—¡Ya la has visto!

—Más de una vez. Pero hace ya mucho tiempo.

Sonreí.

—Algunas cosas nunca cambian.

Seivarden se rio.

—Por lo visto, no. ¿Te gustaron las canciones?

—Eran buenas. Si quieres, puedes verla cuando regresemos a la habitación.

Pero, cuando llegamos, ella se acurrucó en el camastro de la sirvienta y dijo:

—Voy a tumbarme solo un segundo.

Dos minutos y tres segundos más tarde estaba dormida.

20

Probablemente pasarían semanas antes de que fijaran una fecha para la audiencia de Seivarden. Mientras tanto, viviríamos allí y tendría la oportunidad de ver cómo estaban las cosas y de indagar quién se pondría del lado de qué Mianaai si las cosas salían a la luz. Quizá también podría averiguar cuál de las dos Mianaai tenía más influencia. Cuando el momento llegara, cualquier información podía ser crucial; y el momento llegaría, cada vez estaba más segura. Era posible que a corto plazo Anaander Mianaai no descubriera quién era yo, pero a aquellas alturas ninguna Mianaai podría ocultar mi presencia al resto de sí misma. Yo estaba allí con Seivarden, era claro y patente.

Al pensar en Seivarden y en lo ansiosa que estaba la capitana Vel Osck por conocerla, acudió a mi mente la capitana Rubran Osck Cien. Me acordé de que Anaander Mianaai se quejó de que no podía inferir de qué lado estaba. No sabía si la apoyaba o estaba en su contra, y tampoco podía presionarla para averiguarlo. La capitana Rubran había sido lo bastante afortunada en sus contactos familiares para poder adoptar una postura neutral y mantenerla. ¿Constituía eso un indicio del estado del conflicto de Mianaai consigo misma en aquella época? ¿La capitana de la *Misericordia de Kalr* también mantenía una postura neutral o algo había cambiado en ese equilibrio de fuerzas durante el tiempo que yo había estado ausente? ¿Y qué significaba que a la inspectora jefe Skaaiat le repeliera? Porque estaba convencida de que era rechazo lo que había percibido en su expresión cuando mencioné el nombre de la capitana Vel. Las naves militares no estaban sujetas a las autoridades de los muelles, salvo, por supuesto, en lo relativo a las llegadas y salidas. Por lo general la relación entre ellas implicaba cierto desdén por una de las partes y resentimiento por la otra; todo disimulado tras una fachada de cortesía. Pero Skaaiat Awer nunca había sido dada al resentimiento y, además, había estado en ambos lados. ¿Acaso la capitana Vel la había ofendido personalmente o es que, simplemente, no le caía bien, como ocurría a veces?

¿O quizá sus inclinaciones la situaban en el lado opuesto de una línea divisoria política? Y, por otra parte, en un Radch dividido, ¿por qué posición se decantaría Skaaiat Awer? A menos que algo hubiera sucedido y su personalidad y sus opiniones hubieran cambiado drásticamente, yo creía saber cuál sería la postura de Skaaiat Awer si llegaba el momento de decidirse. Por otro lado, no conocía bien a la capitana Vel, y tampoco a la *Misericordia de Kalr*, y no sabía cuál era su ideología.

En cuanto a Seivarden, no me hacía ilusiones sobre cuál sería su postura si tuviera que decidir entre un Radch conquistador y en expansión en el que se asignara a las ciudadanas un puesto conforme a su nacimiento u otro en el que cesaran las anexiones y se permitiera la promoción de ciudadanas sin el linaje y la modulación de voz adecuadas. Yo no me hacía ilusiones en cuanto a qué habría opinado Seivarden de la teniente Awn si se hubieran conocido.

El lugar donde la capitana Vel solía tomar el té no estaba visiblemente señalizado. No hacía falta. Probablemente no se trataba de un lugar que estuviera muy de moda o que lo frecuentara la alta sociedad, a menos que la fortuna de la casa Osck hubiera aumentado cuantiosamente en los últimos veinte años. En cualquier caso, era el tipo de lugar que, si no sabías que estaba ahí, seguramente no serías bien recibida en él. El local era oscuro y los sonidos se oían amortiguados: las alfombras y las cortinas absorbían los ecos o los ruidos indeseados. Cuando entré, procedente de la ruidosa explanada, fue como si, de repente, me hubiera tapado las orejas con las manos. Había mesas bajas rodeadas de sillas también bajas. La capitana Vel estaba sentada en un rincón, a una mesa en la que había termos, tazas de té y una bandeja medio vacía de pastas. Las demás sillas estaban ocupadas e incluso se había formado un segundo círculo de asientos.

Debían de llevar allí al menos una hora. Antes de salir de la habitación, Seivarden me había dicho, con voz aburrida y todavía enojada, que no creía que yo quisiera salir a todo correr para ir a tomar el té. Si hubiera estado de mejor humor, me habría dicho, directamente, que sería mejor que llegara tarde. Esa era mi intención incluso antes de que se pronunciara en este sentido, pero no se lo conté y dejé que, si ese era su deseo, tuviera la satisfacción de creer que había influido en mi decisión.

Al verme, la capitana Vel se levantó e hizo una reverencia.

—¡Ah, Breq Ghaiad! ¿O debería decir Ghaiad Breq?

Yo le devolví la reverencia y procuré que fuera tan pronunciada como la de ella.

—En el Gerentate, ponemos el nombre de la casa primero.

En el Gerentate no había casas como las que tenían las radchaais, pero era el único término radchaai que indicaba relación familiar.

—El nombre de mi casa es Ghaiad; sin embargo, ahora no estoy en el Gerentate.

—¡Ahora ya sabemos cómo llamarla según nuestras costumbres! —exclamó la capitana Vel con una cordialidad falsa—. ¡Qué detalle!

No veía a Seivarden porque estaba detrás de mí y me preguntaba qué expresión reflejaría su cara. Y también me pregunté por qué la capitana Vel me había invitado a tomar el té si todas sus interacciones conmigo iban a ser veladamente insultantes.

Con toda seguridad, Estación me estaba observando y, como mínimo, habría percibido signos de mi enojo. Pero la capitana Vel no, y, aunque los hubiera percibido, probablemente no le habrían importado.

—¡Ah, capitana Seivarden Vendaai! —continuó la capitana

Vel, e hizo otra reverencia, esta sensiblemente más pronunciada que la anterior—. ¡Es un honor! ¡Un gran honor! Por favor, siéntense.

Señaló las sillas próximas a la de ella y dos radchaais enjoyadas y elegantemente vestidas se levantaron para cedernos sus asientos sin quejarse ni expresar ninguna muestra de resentimiento.

—Disculpe, capitana, pero ya no tengo ese título —replicó Seivarden con voz inexpresiva.

Los correctivos del día anterior se habían desprendido y su aspecto era casi el mismo que mil años atrás, el de la hija, rica y arrogante, de una casa de alto rango. Yo estaba convencida de que a continuación adoptaría una actitud despectiva y diría algo sarcástico, pero no fue así.

—Ahora soy la sirvienta de la honorable Breq —añadió con un leve énfasis en la palabra *honorable*, como si la capitana Vel ignorara el tratamiento que debía darme y estuviera informándole de ello discreta y amablemente—. Y le agradezco la invitación que la honorable Breq ha sido tan amable de trasladarme, pero tengo tareas de las que debo ocuparme.

Ahí estaba, un deje de desdén, aunque era posible que solo lo percibiera alguien que la conociera bien.

—Te he dado la tarde libre, ciudadana —dije antes de que la capitana Vel pudiera responder—. Dedícala a lo que prefieras.

Aunque seguía sin verle la cara, no percibí ninguna reacción de Seivarden. Tomé uno de los asientos que nos habían ofrecido. La anterior ocupante era una teniente, sin duda una de las oficiales de la capitana Vel, aunque allí había más uniformes marrones de los que podía necesitar una nave pequeña como la *Misericordia de Kalr*.

La persona que estaba sentada a mi lado era una civil vestida con ropa azul claro y rosa, y con unos guantes de delicado satén que sugerían que nunca manejaba nada que fuera más áspero o pesado que una taza de té. También lucía un enorme y ostentoso broche tejido con hilo de oro batido y con incrustaciones que seguro que no eran de cristal, sino zafiros auténticos. Probablemente, el diseño indicaba la rica casa a la que pertenecía, pero yo no la reconocí. Se inclinó y dijo en voz alta mientras Seivarden se sentaba delante de mí:

—¡Qué afortunada debe de considerarse por haber encontrado a Seivarden Vendaai!

—Afortunada —repetí yo con cuidado, como si la palabra no me resultara familiar, y exageré un poco más mi acento del Gerentate.

Casi deseé que el idioma radchaai tuviera distinción de género para poder emplear la palabra erróneamente y sonar todavía más extranjera. Casi.

—¿Esa es la palabra adecuada?

Había acertado al suponer por qué la capitana Vel me había invitado como lo había hecho. La inspectora jefe Skaaiat había hecho algo similar y de entrada se había dirigido a Seivarden aunque sabía que era mi sirvienta; claro que la inspectora jefe había rectificado su error casi al instante.

Seivarden le explicó a la capitana Vel la situación en la que se encontraba respecto a las aptitudes. Me impactó su fría calma, porque sabía que estaba enfadada desde que le dije que yo tenía la intención de acudir a la cita; claro que, en ciertos aspectos, aquel era su entorno natural. Si la nave que encontró la cápsula en la que permanecía congelada la hubiera llevado a un lugar como aquel en lugar de a una estación pequeña y de provincias, todo le habría ido de otra manera.

—¡Eso es ridículo! —exclamó Rosa-y-Azul a mi lado mientras la capitana Vel servía una taza de té y se la ofrecía a Seivarden—. Como si usted fuera una niña; como si nadie supiera cuáles son sus verdaderas aptitudes. Antiguamente, se podía confiar en que las funcionarias manejaran las cosas con corrección.

Justicia y *beneficio* fueron las calladas palabras que acompañaron a la última que ella pronunció.

—Yo perdí mi nave, ciudadana —declaró Seivarden.

—No fue culpa suya, capitana —alegó otra civil detrás de mí—. Desde luego que no.

—Todo lo que ocurre bajo tu mando es culpa tuya, ciudadana —replicó Seivarden.

La capitana Vel lo ratificó con un gesto.

—Aun así, nadie debería exigirle que realizara de nuevo las pruebas.

Seivarden miró su taza de té y después me miró a mí. Yo tenía las manos vacías y al verlo dejó su taza en la mesa sin probar el té. La capitana Vel sirvió otra taza y me la ofreció como si no se hubiera dado cuenta de la reacción de Seivarden.

—¿Cómo ha encontrado el Radch después de mil años, capitana? —preguntó alguien detrás de mí mientras yo aceptaba la taza de té—. ¿Muy cambiado?

Seivarden siguió sin coger su taza.

—Distinto en algunos aspectos y, en otros, igual.

—¿Para mejor o para peor?

—No sabría decirle —repuso Seivarden con frialdad.

—¡Qué bien habla usted, capitana Seivarden! —exclamó otra persona—. En la actualidad, muchas jóvenes no son cuidadosas con la lengua. Resulta encantador oír a alguien hablar con verdadero refinamiento.

Seivarden dibujó una mueca que podía tomarse como agradecimiento del cumplido pero que casi seguro que no lo era.

—¡Sí, esas casas menores y provincianas con sus acentos y sus jergas! —exclamó la capitana Vel—. La verdad es que en mi nave las soldados son buenas profesionales, pero al oírlas hablar, una creería que no han asistido nunca a la escuela.

—Es pura pereza —opinó una teniente que estaba sentada detrás de Seivarden.

—Con las auxiliares eso no ocurre —comentó alguien, posiblemente otra capitana, detrás de mí.

—Muchas cosas no ocurren con las auxiliares —intervino alguien más.

Su comentario podía interpretarse en dos sentidos, pero yo estaba bastante segura de cuál había detrás de sus palabras.

—Pero ese no es un tema seguro —añadió esa misma persona.

—¿Que no es seguro? —pregunté yo con toda inocencia—. No puede ser que en el Radch sea ilegal quejarse de las jóvenes. ¡Qué crueldad! Creía que se trataba de una característica básica de la naturaleza humana, una de las pocas costumbres humanas practicadas universalmente.

—¡Sin embargo, sí que es seguro quejarse de las casas menores y provincianas! —añadió Seivarden con un leve desdén.

Su máscara por fin se estaba resquebrajando.

—Sería lo lógico —comentó Rosa-y-Azul a mi lado mientras malinterpretaba las palabras de Seivarden—, pero, por desgracia, eso ha cambiado en comparación con su época, capitana. Antiguamente, una podía confiar en que las aptitudes asignaban el puesto adecuado a la ciudadana adecuada, pero no comprendo algunas de las decisiones que las autoridades toman hoy en día. ¡Y se conceden privilegios a las ateas!

Se refería a las valskaayanas que, en realidad, no eran ateas, sino monoteístas exclusivas, aunque muchas radchaais no percibían la diferencia.

—¡Y todas esas soldados humanas! —prosiguió Rosa-y-Azul—. Actualmente, mucha gente siente aprensión por las auxiliares, pero la verdad es que nunca verá a una auxiliar borracha o vomitando en la explanada principal.

Seivarden resopló con comprensión.

—Nunca he oído que las oficiales vomitaran por una borrachera.

—En su época quizá no, pero las cosas han cambiado —contestó alguien detrás de mí.

Rosa-y-Azul volvió la cabeza hacia la capitana Vel, quien, a juzgar por su expresión y, al contrario de Rosa-y-Azul, había comprendido, por fin, el sentido de las palabras de Seivarden.

—Con eso no quiero decir que usted no mantenga su nave en orden, capitana. Claro que, si tuviera auxiliares en lugar de humanas, no se vería obligada a mantener el orden, ¿no cree?

La capitana Vel agitó la mano que tenía vacía. En la otra sostenía su taza de té.

—A eso se le llama comandar la nave, ciudadana. En eso consiste mi trabajo, pero hay otras cuestiones más graves. Las cruceros de batalla, por ejemplo, no pueden abastecerse de humanas. Las justicias con tripulaciones humanas están medio vacías.

—Además, a las humanas hay que pagarles —intervino Rosa-y-Azul.

La capitana Vel asintió.

—Ellas dicen que ya no necesitamos a las auxiliares.

Con *ellas*, desde luego se refería a Anaander Mianaai, pero nadie podía pronunciar su nombre al criticarla.

—Dicen que nuestras fronteras ya están bien tal y como están —continuó la capitana Vel—. Yo no pretendo entender la política o a las políticas, pero a mí me parece que es menos derrochador almacenar auxiliares que entrenar y pagar soldados humanas y establecer turnos.

—Dicen que, a no ser por la desaparición de *Justicia de Toren*, a estas alturas ya habrían desguazado a alguna de las otras cruceros de batalla —prosiguió Rosa-y-Azul a mi lado mientras tomaba una pasta de la mesa.

Nadie debió de percibir la sorpresa que experimenté al oír pronunciar mi propio nombre, pero Estación seguro que la percibió. Y mi sorpresa, o mejor dicho, mi sobresalto, no era algo que encajara con la identidad que había forjado. Seguro que Estación estaba evaluándome de nuevo. Y Anaander Mianaai también.

—Bueno, pero nuestra visitante seguro que está contenta de que nuestras fronteras no vayan a expandirse más —comentó una civil detrás de mí.

Yo apenas volví la cabeza para contestarle.

—El Gerentate sería un bocado sumamente grande para el Radch —afirmé con voz neutra.

Ninguna de las presentes percibió mi agobio por el sobresalto que había experimentado antes; salvo, desde luego, Estación y Anaander Mianaai. Y Anaander Mianaai, o, al menos, una parte de ella, tenía muy buenas razones para prestar atención si alguien hablaba de la *Justicia de Toren* y para fijarse en las reacciones que esto provocaba.

—No sé si ha oído hablar del motín de Ime, capitana Seivarden —decía la capitana Vel en aquel momento—. Una unidad entera rehusó cumplir las órdenes y desertó a favor de unas fuerzas alienígenas.

—Esto, desde luego, no habría ocurrido en una nave con una dotación auxiliar —comentó alguien detrás de Seivarden.

—No creo que fuera un bocado demasiado grande para el Radch —replicó la persona que estaba detrás de mí.

—Cabría esperar que, después de compartir con nosotras una frontera durante tanto tiempo, hubieran aprendido mejores modales —le recriminé mientras exageraba, una vez más, mi acento del Gerentate.

No me volví para averiguar si el silencio que obtuve como respuesta era de diversión, indignación o, simplemente, porque mi interlocutora se había distraído con la conversación que mantenían Seivarden y la capitana Vel. Mientras tanto, intenté no pensar demasiado en las conclusiones que Anaander Mianaai extraería de mi reacción al oír mi nombre.

—Creo que he oído algo sobre ello —dijo Seivarden mientras fruncía el ceño con actitud reflexiva—. Ime... Fue allí donde la gobernadora provincial y las capitanas de las naves del sistema asesinaban y robaban, y además sabotearon los sistemas de las naves y la estación para que no pudieran denunciarlas a las autoridades superiores, ¿no es así?

Las conclusiones que Estación o la Lord del Radch extrajeran de mi reacción a este comentario no me preocuparon. Las monedas caerían donde cayeran. Tenía que mantener la calma.

—Esto no viene al caso —contestó Rosa-y-Azul—. La cuestión es que se trató de un motín. Un motín al que no se le ha dado la importancia que se merecía. Pero, hoy en día, criticar la promoción de las clases humildes y sin educación a puestos de autoridad o criticar las políticas que favorecen todo tipo de comportamientos delictivos e incluso menoscaban todo aquello que hasta ahora hemos identificado como la civilización supone perder contactos de negocio o posibilidades de promoción.

—Entonces usted debe de ser muy valiente al expresar su opinión —comenté yo.

Sin embargo, estaba convencida de que Rosa-y-Azul no era especialmente valiente. Si decía lo que pensaba era porque podía hacerlo sin que eso entrañara un peligro para ella.

Tenía que mantener la calma. Podía controlar mi respiración y mantenerla uniforme y fluida; por otra parte, tenía la piel demasiado oscura para que se notara que me ruborizaba, pero Estación percibiría las variaciones de la temperatura. Claro que podía atribuirlas a que estaba enfadada; y tenía buenas razones para estarlo.

—Honorable... —dijo Seivarden de repente. La rigidez de su mandíbula y de sus hombros me indicó que estaba reprimiendo la necesidad de cruzar los brazos. Pronto entraría en uno de aquellos estados en los que se ponía de cara a la pared y se rodeaba de un impenetrable silencio—. Llegaremos tarde a nuestra próxima cita —se excusó levantándose con más brusquedad de la que era correcta.

—Así es —corroboré, y dejé sobre la mesa mi té intacto. Confié en que su reacción se debiera a su propia iniciativa y no a que hubiera percibido signos de mi inquietud—. Capitana Vel, gracias por su amable invitación. Ha constituido un honor conocerlas a todas.

Una vez en la explanada principal, Seivarden, que caminaba detrás de mí, murmuró:

—¡Jodidas presuntuosas!

En general, la gente con la que nos cruzamos no nos prestó atención. Esto era positivo. Era normal. Noté que mis concentración de adrenalina volvía a la normalidad. Mejor.

Al oír la maldición de Seivarden, me detuve, me volví para mirarla y arqueé una ceja.

—¡Está bien, pero sí que son unas presuntuosas! —rectificó ella—. ¿Para qué creen que sirven las aptitudes? Su finalidad es averiguar para qué puestos son aptas las personas.

Me acordé de que, veinte años atrás, la teniente Skaaiat preguntó, en la húmeda oscuridad de la Ciudad Alta, si anteriormente las pruebas de aptitud habían sido imparciales y si lo eran en aquel momento. Ella misma contestó que nunca lo habían sido y la teniente Awn se sintió dolida y nerviosa.

Seivarden cruzó los brazos, los descruzó y, luego, apretó los puños.

—¡Y, encima, según ellas cualquier persona de una casa humilde no tiene educación y habla con un acento vulgar! ¡No tienen remedio!

»¿Y en qué estaban pensando para mantener una conversación como esa? —continuó Seivarden—. ¿Y en una tetería? ¿En la estación de un palacio? ¡Además, no solo defienden que antes todo era mejor y que las casas provincianas son vulgares, sino también que las aptitudes son corruptas! ¡Y que los contingentes militares están mal gestionados!

No respondí, pero ella continuó como si lo hubiera hecho.

—Sí, claro, todo el mundo se queja de que las cosas se gestionan mal. ¡Pero no de esa forma! ¿Qué está pasando?

—A mí no me lo preguntes.

Yo, por supuesto, lo sabía, o creía que lo sabía. Seguía preguntándome qué significaba que Rosa-y-Azul y las demás hubieran hablado con tanta libertad como lo habían hecho. ¿Qué Anaander Mianaai predominaba en aquella estación? Aunque, por otro lado, el hecho de que pudieran expresarse así podía significar que la Lord del Radch prefería que sus enemigas se mostraran claramente y sin ambigüedades.

—¿Siempre has estado a favor de que las personas de origen humilde puedan acceder a puestos de autoridad? —le pregunté, aunque sabía que no era cierto.

De repente, me di cuenta de que, aunque Estación no había conocido a nadie del Gerentate, era muy posible que Anaander Mianaai sí. ¿Cómo no se me había ocurrido antes? ¿Por algo que habían programado en mi mente de nave y que había permanecido oculto a mis sentidos hasta entonces o, simplemente, debido a las limitaciones del pequeño cerebro que me había quedado como residuo? Puede que hubiera engañado a Estación y a todas las personas que había conocido allí, pero ni por un instante había engañado a la Lord del Radch. Sin duda, ella supo, desde el momento en que puse el pie en el muelle del palacio, que no era quien decía ser. «Las monedas caerán donde caigan», me dije a mí misma.

—He reflexionado acerca de lo que me contaste sobre Ime —se explicó Seivarden como si respondiera a mi pregunta y ajena a mi renovada inquietud—. No sé si la oficial de aquella unidad hizo lo correcto. En realidad, no sé qué habría sido lo correcto en aquellas circunstancias. Y, si lo supiera, no sé si habría tenido el valor de morir por ello. Lo que quiero decir... —Hizo una pausa—. Lo que quiero decir es que me gustaría creer que sí que habría tenido el valor necesario. Hubo una época en la que estoy segura de que lo tenía. Pero ahora ni siquiera puedo...

Su voz tembló ligeramente y se apagó. Parecía estar al borde de las lágrimas, como la Seivarden de un año atrás, cuando cualquier emoción era demasiado intensa para que pudiera manejarla. La actitud cortés que mantuvo en la tetería debió de requerirle un esfuerzo considerable.

Yo no había prestado mucha atención a la gente con la que nos cruzábamos, pero en aquel momento presentí que algo no iba bien. De repente fui consciente de la localización y la dirección que seguían las personas que había a nuestro alrededor. Algo indefinido me inquietó, algo en la forma de moverse de ciertas personas. Al menos cuatro nos miraban furtivamente. Sin duda habían estado siguiéndonos y yo no me había dado cuenta hasta entonces. Debía de tratarse de algo reciente, porque me habría dado cuenta si hubieran empezado cuando llegamos. Seguro que las habría visto.

No cabía duda de que Estación había percibido mi sobresalto cuando Rosa-y-Azul pronunció el nombre de *Justicia de Toren*. También sin duda se había preguntado por qué yo había reaccionado como lo hice. Tampoco cabía duda alguna de que a partir de entonces me había prestado más atención. No obstante, Estación no necesitaba hacer que me siguieran para observarme. No se trataba solo de mantenerme vigilada. No era Estación quien estaba detrás de aquello.

Yo nunca había sido propensa a sentir pánico y en aquel momento tampoco me dejaría llevar por él. Aquella jugada era mía y, si había calculado ligeramente mal la trayectoria de una de las monedas, no había hecho lo mismo con las otras. Sin alterar en absoluto la voz, le dije a Seivarden:

—Llegaremos pronto a la cita con la inspectora jefe.

—¿De verdad que tenemos que ir a casa de esa Awer? —preguntó ella.

—Creo que sí.

Nada más decirlo, enseguida deseé no haberlo dicho. No quería ver a Skaaiat Awer, no en aquel momento, no en aquel estado.

—Quizá no deberíamos ir —repuso Seivarden—. Quizá deberíamos regresar a la habitación. Allí podrás meditar, rezar o lo que sea y, después, podemos cenar y escuchar algo de música. Creo que ese plan es mejor.

Estaba preocupada por mí. Era evidente. Y tenía razón, estaríamos mejor en la habitación, donde yo podría tranquilizarme y hacer balance de la situación.

... Y Anaander Mianaai podría hacerme desaparecer sin testigos, sin que nadie se enterara.

—Vamos a la cita de la inspectora jefe —decidí.

—Sí, honorable —cedió Seivarden.

La vivienda de Skaaiat Awer era un pequeño laberinto de pasillos y habitaciones. Vivía allí con un grupo de inspectoras de los muelles, clientes e incluso clientes de clientes. Yo estaba convencida de que no era la única Awer en la estación y su casa debía de disponer de sus propias dependencias en alguna otra zona, pero, evidentemente, Skaaiat prefería vivir allí. Su decisión resultaba excéntrica, pero eso era de esperar en una Awer. No obstante, como ocurría con tantas otras Awer, su excentricidad tenía una vertiente práctica y la vivienda estaba situada muy cerca de los muelles.

Una sirvienta nos recibió y nos acompañó hasta un salón de suelo enlosado en blanco y azul. Las paredes estaban cubiertas, de suelo a techo, con plantas de todo tipo. Plantas de color verde claro u oscuro; de hojas estrechas o anchas; rastreras o erguidas. Algunas estaban en plena floración y, aquí y allá, se veían las flores blancas, rojas, violetas, amarillas... Probablemente constituían la ocupación única de alguna habitante de la casa.

Daos Ceit nos esperaba en el salón. Hizo una reverencia profunda y pareció genuinamente complacida al vernos.

—Honorada Breq. Ciudadana Seivarden. La inspectora jefe estará realmente encantada de que hayan decidido venir. Por favor, tomen asiento. —Señaló las sillas que había esparcidas por la habitación—. ¿Desean tomar un té o ya han tomado antes? Sé que tenían otra cita hoy.

—Un té será fantástico, gracias —acepté yo.

De hecho, ni yo ni Seivarden habíamos probado el té en la reunión de la capitana Vel. Pero yo no quería sentarme. Tuve el presentimiento de que, si me atacaban y tenía que defenderme, cualquier tipo de silla impediría mi libertad de movimientos.

—¿Breq? —me preguntó Seivarden en voz baja.

Estaba preocupada. Notaba que algo no iba bien, pero no podía preguntarme el qué sin llamar la atención.

Daos Ceit me tendió una taza de té mientras sonreía. Todo parecía indicar que su sonrisa era sincera. Por lo visto, era ajena a la tensión que yo experimentaba y que era tan evidente para Seivarden. ¿Cómo era posible que no la hubiera reconocido nada más verla? ¿Cómo podía no haber identificado su acento orsiano inmediatamente? ¿Cómo podía no haberme dado cuenta de que no podía engañar a Anaander Mianaai durante más de una millonésima parte de un segundo?

No podía sostener aquella situación sin mostrarme descortés. Me obligué a elegir una silla, aunque ninguna me parecía bien. Claro que, incluso sentada, era más peligrosa de lo que nadie, en aquella casa, sabía. Además, todavía tenía el arma, que ejercía una tranquilizadora presión en las costillas, debajo de la chaqueta. Estación todavía me observaba; también Anaander Mianaai al completo. Sí, aquello era lo que yo quería. Todavía dominaba el juego. Lo dominaba. «Elige una silla —pensé—. Las monedas caerán donde caigan.»

Antes de que me sentara, Skaaiat Awer entró en la habitación. Iba tan modestamente enjoyada como cuando trabajaba, pero el corte de su chaqueta era elegante y yo había visto un rollo de la tela de color amarillo claro con la que estaba confeccionada en la tienda de ropa a la que yo había ido. En el puño de su manga derecha brilló la misma medalla barata, dorada y acuñada a máquina que llevaba el día anterior.

Realizó una reverencia.

—Honorable Breq. Ciudadana Seivarden. Me alegro de verlas. Ya veo que la adjunta Ceit les ha servido té.

Seivarden y yo afirmamos con gestos corteses.

—Antes de que lleguen las demás, quisiera decirles que espero que se queden a cenar —continuó la inspectora jefe.

—Ayer intentó advertirnos, ¿no es cierto? —preguntó Seivarden.

—Seivarden... —empecé yo.

La inspectora jefe Skaaiat levantó una mano cubierta con un elegante guante amarillo.

—No pasa nada, honorable. Yo sé que la capitana Vel se enorgullece de ser anticuada y que opina que las cosas eran mucho mejores cuando las niñas respetaban a sus mayores y cuando el buen gusto y los modales refinados eran la norma. Eso no es nuevo en absoluto, estoy convencida de que usted habrá oído ese tipo de discurso mil años atrás, ciudadana.

Seivarden soltó un breve «¡Ajá!» en señal de asentimiento.

—También estoy convencida de que habrá oído decir que las radchaais tienen el deber de llevar la civilización a toda la humanidad y que, a este fin, las auxiliares son mucho más eficientes que las soldados humanas.

—Bueno, respecto a eso, yo diría que lo son —contestó Seivarden.

—¡Sí, claro! —exclamó Skaaiat con ironía, y su expresión reflejó, brevemente, enojo, aunque Seivarden no debió de percibirlo, porque no la conocía lo suficiente.

—Quizá no sepa, ciudadana, que yo comandé tropas humanas durante una anexión.

Seivarden no lo sabía y su sorpresa fue patente. Yo, desde luego, lo sabía y mi falta de sorpresa debió de resultar perceptible para Estación y Anaander Mianaai. Pero no tenía sentido que me preocupara por ello.

—Es verdad que a las auxiliares no hay que pagarles y que nunca tienen problemas personales —continuó Skaaiat—. Hacen todo lo que se les ordena sin ningún tipo de queja o comentario. Lo hacen bien y siempre terminan sus tareas. No puedo decir lo mismo de las tropas humanas que estaban a mi servicio y, aunque la mayoría de mis soldados eran buenas personas, sé que resulta fácil pensar que la gente contra la que luchas no es realmente humana; o quizás es eso lo que tienes que pensar para poder matarla. A las personas como la capitana Vel les encanta destacar las atrocidades que las tropas humanas cometen y que las auxiliares nunca habrían cometido. Como si el hecho de construir auxiliares no fuera una atrocidad en sí mismo.

»Como he dicho, las auxiliares son más eficientes. —En Ors, habría hablado de ello con ironía, pero ahora habló seriamente. Con cuidado y precisión—. Y si siguiéramos expandiéndonos, todavía tendríamos que utilizarlas porque no podríamos hacerlo solo con seres humanos. Al menos, no durante mucho tiempo. Por otro lado, expandirnos es nuestra razón de existir. Llevamos expandiéndonos más de dos mil años y dejar de hacerlo implicará cambiar lo que somos. Ahora mismo, no mucha gente es consciente de eso. No les importa. No les importará hasta que afecte directamente a su vida y, de momento, a la mayoría de las personas no les afecta. Para ellas se trata de un planteamiento abstracto, pero no lo es para gente como la capitana Vel.

—De todos modos, la opinión de la capitana Vel no tiene importancia —arguyó Seivarden—. Y tampoco la de las demás personas. Sea por la razón que sea, la Lord del Radch ha tomado la decisión de poner fin a la expansión del Radch, y es absurdo discutir sus decisiones.

—Sin embargo, si la persuadieran, podría volver a cambiar de opinión —contestó Skaaiat.

Todas seguíamos de pie. Yo estaba demasiado tensa para sentarme; Seivarden, demasiado nerviosa, y deduje que Skaaiat estaba demasiado enfadada. Daos Ceit, por su parte, estaba paralizada e intentaba fingir que no oía nada de lo que decíamos.

—O quizá su decisión sea un indicio de que la Lord del Radch ha sido corrompida de algún modo —continuó Skaaiat—. Las personas como la capitana Vel no aprueban las negociaciones que mantuvimos y los acuerdos que alcanzamos con las allienígenas. El Radch siempre ha defendido la civilización y la civilización siempre se ha equiparado a una humanidad pura e incorrupta. En realidad, tratar con no humanas en lugar de matarlas sin más no puede ser bueno para nosotras.

—¿Es esto lo que pasó en Ime? —preguntó Seivarden, que, obviamente, había dedicado el trayecto entre la tetería y la vivienda de la inspectora jefe a pensar en esta cuestión—. ¿Personas contrarias por la decisión de la Lord del Radch decidieron establecer una base y almacenar auxiliares...? ¿Con qué fin? ¿Imponer su voluntad? Está usted hablando de rebelión; de traición. ¿Y por qué se vuelve a hablar de eso precisamente ahora? A no ser que, cuando detuvieron a las responsables de lo que ocurrió en Ime, no las detuvieran a todas. Ahora dejan que la gente se muestre y haga ruido y, cuando crean que todas las implicadas se han dado a conocer...

Ahora estaba realmente enfadada. Su suposición era bastante buena. Puede que fuera más o menos cierta, según qué Anaander predominara en la estación.

—¿Por qué no nos advirtió? —le preguntó a la inspectora jefe.

—Lo intenté, ciudadana, pero debería haber sido más clara. A pesar de todo, no estaba segura de que la capitana Vel hubiera llegado tan lejos. Lo único que sabía era que idealizaba el pasado de una forma con la que yo no estaba de acuerdo. No se puede ser buena persona y considerar que las anexiones son buenas. Por otro lado, afirmar que las auxiliares son eficientes y convenientes no implica que debamos utilizarlas. Tiene lógica, pero no está bien.

Y eso sin mencionar lo que eran, en realidad, las auxiliares.

—Dígame... —Estuve a punto de decir *dígame, teniente*, pero me contuve a tiempo—. Dígame, inspectora jefe, ¿qué pasa con las personas que está esperando para ser convertidas en auxiliares?

—Algunas todavía están congeladas y se conservan en almacenes o en las cruceros de batalla —contestó Skaaiat—, pero a la mayoría las han destruido.

—Vaya, eso es mejor —dije con expresión seria, sin alterarme.

—La casa Awer estuvo en contra desde el principio —continuó Skaaiat.

Se refería a la expansión continua e ilimitada, no a todo tipo de expansión. Además, el Radch había utilizado auxiliares desde mucho antes de que Anaander Mianaai se hubiera convertido en lo que era. Solo que, entonces, no había tantas.

—Las jefas de la casa Awer se lo han dicho a la Lord del Radch en repetidas ocasiones.

—Pero no se han negado a sacar provecho de ello —repuse aún con voz neutra e incluso agradable.

—Resulta tan fácil dejarse llevar por las circunstancias, ¿no cree? —replicó Skaaiat—. Sobre todo cuando, como usted dice, la situación reporta algún beneficio.

Skaaiat frunció el ceño, ladeó levemente la cabeza y prestó atención a algo que solo ella oyó. Después nos miró, primero a mí y luego a Seivarden, con expresión inquisitiva.

—En la puerta hay miembros de Seguridad que preguntan por la ciudadana Seivarden.

Desde luego la palabra *preguntan* representaba un concepto mucho más amable que la realidad.

—Discúlpenme un momento —dijo Skaaiat, y salió de la habitación seguida de Daos Ceit.

Seivarden me miró con una extraña calma.

—Empiezo a desear que todavía estuviera congelada en la cápsula de emergencia.

Yo sonreí, pero, por lo visto, no la convencí.

—¿Te pasa algo? —me preguntó—. Desde que nos separamos de Vel Osck no pareces estar bien. ¡Maldita sea Skaaiat Awer por no habernos prevenido con claridad! ¡Es casi imposible evitar que una Awer diga cosas desagradables y ha tenido que elegir este momento para ser discreta!

—Estoy bien —le mentí.

Justo cuando pronunciaba esas palabras, Skaaiat regresó con una ciudadana vestida con el uniforme marrón claro del Departamento de Seguridad de la Estación que hizo una reverencia y se dirigió a Seivarden.

—Ciudadana, ¿querrían usted y esta persona acompañarme?

Su cortesía era, por supuesto, un simple formulismo. Nadie rechazaba una invitación de Seguridad de la Estación. Aunque lo intentáramos, afuera tenía refuerzos para asegurarse de que no nos resistiríamos. Deduje que las personas que nos habían seguido desde la reunión con la capitana Vel no eran miembros de Seguridad de la Estación, sino de Misiones Especiales o quizá de la guardia personal de Anaander Mianaai. La Lord del Radch había encajado las fichas y había decidido eliminarme antes de que pudiera causarle daños graves. Pero sin duda ya era demasiado tarde para eso, porque toda ella me prestaba atención. El hecho de que hubiera enviado a Seguridad de la Estación a detenerme en lugar de alguna oficial de Misiones Especiales para que me matara rápida y discretamente me lo indicaba.

—Por supuesto —contestó Seivarden con absoluta calma y cortesía.

Claro, ella sabía que era inocente de cualquier tipo de delito y estaba convencida de que yo era miembro de Misiones Especiales y que trabajaba directamente para Anaander Mianaai, ¿por qué habría de preocuparse? Pero yo sabía que el momento largamente esperado por fin había llegado. Las monedas que habían estado en el aire durante veinte años estaban a punto de caer y mostrarme, y mostrar a Anaander Mianaai, cuál era su augurio.

La oficial de Seguridad ni siquiera movió una pestaña cuando contestó:

—La Lord del Radch desea hablar con usted en privado, ciudadana.

Ni siquiera me lanzó una mirada. Probablemente, no sabía por qué tenía que escoltarnos hasta la presencia de la Lord del Radch, no sabía que yo era peligrosa ni para qué necesitaba los refuerzos que esperaban en distintos lugares de la estación; eso sí sabía que tales refuerzos estaban allí.

Yo seguía llevando el arma debajo de la chaqueta y también unos cuantos cargadores repartidos por el torso para disimular el bulto. Estaba casi convencida de que Anaander Mianaai no sabía qué era lo que yo pretendía.

—¿Se trata de la audiencia que había solicitado? —preguntó Seivarden.

La oficial de Seguridad realizó un gesto ambiguo.

—No sabría decirle, ciudadana.

Anaander Mianaai no podía saber cuál era el objetivo que me había llevado hasta allí. Lo único que sabía era que yo había desaparecido unos veinte años atrás. Una parte de ella sabía que había estado a bordo de la *Justicia de Toren* durante mi último viaje, pero ninguna de sus personalidades podía saber lo que yo había hecho después de escapar del sistema Shis'urna.

—Le he preguntado si primero podían tomar un té y cenar —nos explicó la inspectora jefe Skaaiat.

Que lo preguntara indicaba algo acerca de su relación con Seguridad. Que se lo hubieran denegado indicaba algo acerca de la urgencia del arresto, porque se trataba de un arresto, de esto estaba segura.

Seguridad, ajena a lo que ocurría en realidad, hizo un gesto de disculpa.

—Esas son mis órdenes, inspectora jefe. Ciudadana...

—Por supuesto —repuso Skaaiat sin inmutarse, pero yo la conocía y percibí preocupación en su voz—. Ciudadana Seivarden, honorable Breq, si puedo ayudarlas en algo, por favor, no duden en comunicármelo.

—Gracias, inspectora jefe —le agradecí, e hice una reverencia.

Mis temores e incertidumbres y mi sensación de pánico se desvanecieron. La moneda de la quietud había caído del otro lado y se había convertido en movimiento. Y la moneda de la justicia estaba a punto de caer a mis pies, clara e inequívoca.

La oficial de Seguridad no nos condujo hasta la entrada principal del palacio propiamente dicho, sino al templo que, a aquellas horas, cuando la mayoría de la gente estaba en reuniones sociales o en su hogar, estaba tranquilo y silencioso. Una sacerdotisa joven estaba sentada, con actitud aburrida y huraña, detrás de las cestas de flores, que ahora estaban medio vacías. Cuando entramos, nos lanzó una mirada de resentimiento, pero ni siquiera volvió la cabeza hacia nosotras cuando pasamos por delante de ella.

Atravesamos la nave principal donde se alzaba, imponente, la estatua con cuatro brazos de Amaat. El aire todavía olía a incienso y a la montaña de flores que cubrían los pies y las piernas de la diosa hasta las rodillas. Seguridad nos condujo hasta el fondo de una diminuta capilla situada en una esquina. Estaba dedicada a una antigua, y ahora poco conocida, diosa provincial, una de esas personificaciones de conceptos abstractos que existían en muchos panteones. En aquel caso, se trataba de la deificación de la autoridad política legítima. Sin duda, cuando construyeron el palacio, no se cuestionó que la capilla de aquella diosa estuviera cerca de la de Amaat, pero la población de la estación o, quizá simplemente, la moda habían cambiado y la diosa parecía haber caído en desgracia. O quizá la causa misma de su infortunio constituía un presagio de mal agüero.

Un panel de la pared que había detrás de la imagen de la diosa se deslizó y dejó al descubierto una abertura. Al otro lado había una guardia. Iba armada y su armadura estaba activada. Tenía el arma enfundada, pero cerca de la mano, y la superficie lisa y plateada de la armadura también le cubría la cara. Pensé que se trataba de una auxiliar, pero no podía estar segura. Me pregunté, como había hecho repetidas veces durante los últimos veinte años, cómo estaba organizada la seguridad de la estación. Seguramente, Estación no se encargaba de la seguridad del palacio propiamente dicho. ¿La guardia personal de Anaander Mianaai era, también, una parte de sí misma?

Seivarden me miró, irritada y, según creí percibir, un poco asustada.

—No creo que me merezca que me hagan entrar por una entrada secreta.

Aunque, probablemente, no era tan secreta, solo un poco menos pública que la que estaba en la explanada principal.

La oficial de Seguridad volvió a hacer el gesto ambiguo que había hecho en casa de Skaaiat, pero no habló.

—No pasa nada —dije.

Seivarden me miró con expectación. Evidentemente, creía que todo aquello se debía al rango especial que había decidido que yo tenía, fuera cual fuese. Crucé la abertura y pasé junto a la inmóvil guardia, que no reaccionó de ningún modo, igual que cuando Seivarden pasó por su lado. El panel se cerró detrás de nosotras.

21

Al final de un corto y vacío pasillo se abrió otra puerta que comunicaba con una sala de cuatro metros por ocho. El techo tenía una altura de tres metros. Unas enredaderas frondosas trepaban por las paredes a lo largo de raíles que subían desde el suelo. El color azul claro de las paredes sugería vastas distancias más allá de las plantas mismas, y hacía que la habitación pareciera más grande de lo que era en realidad. Aquel efecto constituía el último vestigio de una moda que pretendía crear la ilusión de unas vistas inexistentes y que había dejado de estar vigente más de quinientos años atrás. Al fondo había una tarima y, detrás de ella, rodeadas de enredaderas, imágenes de las Cuatro Emanaciones.

En la tarima estaba Anaander Mianaai. Dos de ellas. Supuse que la Lord del Radch sentía tanta curiosidad hacia nosotras que quería que más de una parte de ella estuviera presente en el interrogatorio. Aunque, probablemente, se lo había explicado a sí misma de otra manera.

Nos acercamos hasta estar a menos de tres metros de la Lord del Radch. Seivarden se arrodilló y luego se postró delante de ella. Se suponía que yo no era radchaai y, por tanto, no estaba sometida a Anaander Mianaai; pero ella sabía, tenía que saber, quién era yo en realidad. Lo demostraba el hecho de que nos hubiera hecho llamar de aquella manera. Aun así, no me arrodillé. Ni siquiera hice una reverencia, y ninguna de las dos Mianaai reveló sorpresa o indignación por mi conducta.

—Ciudadana Seivarden Vendaai —interpeló la Mianaai de la derecha—. ¿A qué se supone que está jugando?

Seivarden movió levemente los hombros, como si, aún estando postrada, momentáneamente, hubiera querido cruzarse de brazos.

La Mianaai de la izquierda dijo:

—El comportamiento de la *Justicia de Toren* ya ha sido, por sí solo, bastante alarmante y desconcertante. ¡Entrar en el templo y profanar las ofrendas! ¿Qué pretendías con ello? ¿Cómo puedo explicárselo a las sacerdotisas?

Yo todavía tenía el arma junto a las costillas, debajo de la chaqueta, sin que se notara. Era auxiliar y las auxiliares éramos famosas por nuestra inexpresividad. Me resultaba fácil no sonreír.

—Con el permiso de milord... —empezó Seivarden en la pausa que siguió a las palabras de Anaander Mianaai.

Su voz sonó ligeramente entrecortada y pensé que quizás estaba hiperventilando.

—¿Qui...? Yo no...

La Mianaai de la derecha soltó un *¡vaya!* sarcástico.

—La ciudadana Seivarden está sorprendida y no me comprende. —Y continuó—: Y tú, *Justicia de Toren*, tú intentaste engañarme. ¿Por qué?

—Cuando al principio sospeché quién eras —intervino la Mianaai de la izquierda antes de que yo pudiera responder—, casi no me lo creía. Otra moneda largamente perdida que caía a mis pies. Te observé para ver qué hacías, para intentar comprender qué pretendías con tu extraordinario comportamiento.

Si hubiera sido humana, me habría echado a reír. Tenía a dos Mianaai delante de mí y ninguna confiaba en la otra para que llevara a cabo aquel interrogatorio libremente y sin supervisión. Ninguna conocía los detalles de la desaparición de la *Justicia de Toren* y, sin duda, cada una sospechaba que la otra estaba involucrada. Yo podía ser un instrumento de cualquiera de las dos y ninguna de ellas confiaba en la otra. ¿Quién era quién?

—Has hecho un trabajo bastante decente al ocultar tus orígenes —declaró la Mianaai de la derecha—. Quien primero despertó mis sospechas fue la inspectora adjunta Ceit.

«No había oído esa canción desde que era niña», dijo. La canción, obviamente, procedía de Shis'urna.

—Admito que tardé un día entero en encajar las piezas y que incluso entonces me costó creer que era verdad. Has escondido tus implantes bastante bien. Engañaste totalmente a Estación, aunque me imagino que, a la larga, tus tarareos te habrían delatado. ¿Eres consciente de que lo haces casi constantemente? Sospecho que ahora mismo estás esforzándote en no cantar y te lo agradezco.

Seivarden, que seguía de cara al suelo, dijo en voz baja:

—¿Breq?

—No se llama Breq, sino *Justicia de Toren* —anunció la Mianaai de la izquierda.

—*Justicia de Toren Esk Una* —corregí yo dejando a un lado el falso acento del Gerentate y cualquier tipo de expresión facial humana.

Ya estaba bien de fingir, lo cual era aterrador, porque sabía que, a partir de aquel momento, no viviría mucho tiempo, pero también me resultó extrañamente liberador. Me había quitado un peso de encima.

La Mianaai de la derecha admitió, con un gesto, la obviedad de mi afirmación.

—La *Justicia de Toren* fue destruida —afirmé.

Ambas Mianaai parecieron dejar de respirar y me miraron atentamente. De nuevo, si hubiera podido, me habría echado a reír.

—Con la indulgencia de milord —intervino de nuevo Seivarden desde el suelo y con voz titubeante—. Sin duda tiene que haber un error. Breq es humana. Es imposible que sea Justicia de Toren Esk Una. Yo serví en la Decuria Esk de la *Justicia de Toren* y ninguna doctora de aquella nave le habría dado a Esk Una un cuerpo con una voz como la de Breq; no a menos que quisiera, intencionadamente, molestar a las tenientes Esk.

Se produjo un silencio denso y pesado que duró tres segundos.

—Ella cree que soy de Misiones Especiales —expliqué yo—. Nunca le conté quién era. Nunca le conté nada salvo que era

Breq del Gerentate, aunque ella nunca me creyó. Quise dejarla donde la encontré, pero no pude hacerlo y no sé por qué. Nunca fue una de mis favoritas.

Sabía que mi última afirmación sonaba a locura; a un tipo concreto de locura; a una locura de las IA, pero no me importó.

—Seivarden no tiene nada que ver con esto —añadí.

La Mianaai de la derecha arqueó una ceja.

—Entonces ¿por qué está aquí?

—Nadie pasaría por alto su llegada y, como yo llegué con ella, así me aseguré de que nadie ignoraría u ocultaría la mía. Y usted ya sabe por qué no podía dirigirme directamente a usted.

La Mianaai de la derecha frunció levemente el ceño.

—Ciudadana Seivarden Vendaai —anunció la Mianaai de la izquierda—, ahora tengo claro que *Justicia de Toren* le ha engañado. Usted no sabía lo que ella era. Creo que lo mejor es que se vaya ahora mismo. Y, desde luego, no hable de esto con nadie.

—No... —dijo Seivarden en el suelo como si estuviera formulando una pregunta o como si le sorprendiera oír que aquella palabra salía de su boca—. No —repitió con más convicción—. Tiene que haber un error en algún lugar. Breq saltó de un puente por mí.

Solo de pensarlo, me dolió la cadera.

—Ningún ser humano cuerdo habría hecho algo así —le expliqué yo.

—Yo no he dicho que estés cuerda —replicó Seivarden en voz baja y entrecortada.

—Seivarden Vendaai —intervino la Mianaai de la izquierda—, esta auxiliar, porque se trata de una auxiliar, no es humana. El hecho de que usted lo creyera explica muchas cosas de su comportamiento que eran confusas para mí. Siento que la haya engañado y lamento su decepción, pero tiene que irse. ¡Ahora!

—Pido la indulgencia de milord —insistió Seivarden todavía postrada y hablando hacia el suelo—, pero tanto si me lo permite como si no, no abandonaré a Breq.

—Vete, Seivarden —le pedí con actitud impasible.

—Lo siento, pero estás unida a mí —respondió con un tono casi risueño, aunque su voz tembló levemente.

Yo bajé la vista hacia ella y ella levantó la cabeza para mirarme. Su expresión reflejaba una mezcla de miedo y determinación.

—No sabes lo que haces —le advertí—. No entiendes lo que está ocurriendo aquí.

—No necesito entenderlo.

—¡Ya está bien! —exclamó la Mianaai de la derecha. Casi parecía que estuviera divirtiéndose, pero la Mianaai de la izquierda estaba muy seria y me pregunté cuál era la razón—. ¡Explícate, *Justicia de Toren*!

Allí estaba, el momento al que me había dirigido durante veinte años. El momento esperado y que temí que nunca llegara.

—En primer lugar, y estoy convencida de que usted ya lo sospecha, estuvo a bordo de la *Justicia de Toren* y fue usted misma quien la destruyó. Destruyó el escudo térmico porque descubrió que usted misma ya me había hecho tomar partido por su otra yo un tiempo antes. Está usted luchando contra sí misma. Al menos dos partes de usted, quizá más.

Las dos Mianaai parpadearon repetidas veces y cambiaron su postura una fracción de milímetro de un modo que me resultó familiar. Me había visto hacerlo a mí misma en Ors, cuando las comunicaciones se cortaban. Al menos una parte de Anaander Mianaai debía de poseer otro de aquellos dispositivos que interrumpían las comunicaciones y, preocupada por lo que yo pudiera decir, había aguardado con una mano en el interruptor. Me pregunté hasta dónde alcanzaba el efecto y qué Mianaai lo había accionado intentando, demasiado tarde, ocultarse a sí misma mi revelación. Me pregunté cómo se había sentido al saber que enfrentarse a mí de aquella manera solo podía conducir al desastre pero, aun así, y por la naturaleza de la lucha contra sí misma, verse obligada a hacerlo. La idea me divirtió levemente.

—En segundo lugar. —Metí la mano en la chaqueta, extraje el arma y el color gris oscuro del guante se extendió por el color blanco que el arma había adquirido de la camisa—. Voy a matarla.

Dirigí el arma a la Mianaai de la derecha.

Ella empezó a cantar con voz de barítono, levemente desafinada y en un idioma que llevaba diez mil años muerto.

La persona, la persona, la persona con armas....

Me quedé paralizada. No pude apretar el gatillo.

... Deberías tener miedo de la persona con armas.
Deberías tener miedo.
El grito se extiende por todas partes: ponte la armadura de
[hierro.
La persona, la persona, la persona con armas.
Deberías tener miedo de la persona con armas.
Deberías tener miedo.

Ella no debería conocer esa canción. ¿Por qué habría de indagar Anaander Mianaai en registros olvidados de Valskaay? ¿Por qué habría de molestarse en aprender una canción que, muy posiblemente, nadie salvo yo había cantado desde antes de que ella naciera?

—Justicia de Toren Esk Una —dijo la Mianaai de la derecha—, mata al ejemplar de mí que está a la izquierda del ejemplar que te está hablando.

Mis músculos se movieron sin que yo se lo ordenara. Desvié el arma a la izquierda y disparé. La Mianaai de la izquierda cayó al suelo y la de la derecha dijo:

—Ahora solo tengo que llegar al muelle antes que yo. Y, sí, Seivarden, sé que está confusa, pero le advertimos que se fuera.

—¿Dónde aprendió esa canción? —le pregunté con el resto de mi cuerpo paralizado.

—De ti —contestó Anaander Mianaai—. Hace cien años, en Valskaay.

Entonces era esta la Mianaai que había promovido reformas y había empezado a desmantelar naves radchaais. Era ella la primera que me había visitado en secreto en Valskaay y me había inculcado las órdenes que podía sentir pero no percibir con claridad.

—Te pedí que me enseñaras una canción que, probablemente, nadie más conociera. Después la establecí como clave de acceso a tu unidad central y la escondí de ti. Mi enemiga y yo estamos demasiado igualadas y mi única ventaja consiste en las ideas que pueda tener cuando estoy separada de mí misma. Aquel día se me ocurrió que nunca te había prestado, a ti, Esk Una, la atención suficiente. Nunca me había fijado en lo que podías llegar a ser.

—Alguien parecida a usted. Separada de mí misma —deduje yo.

Todavía tenía el brazo estirado y apuntaba con el arma hacia la pared del fondo.

—Podías constituir un seguro para mí —me corrigió Mianaai—. Podías constituir una clave de acceso que no me viniera a la mente cuando quisiera invalidarla o borrarla. ¡Qué inteligente por mi parte! Pero, al final, mi idea me ha explotado en la cara. Por lo visto, todo esto ha ocurrido porque me fijé en ti en particular y, por otra parte, no me fijé en ti lo suficiente. Ahora te devolveré el control de tu cuerpo porque así será más eficiente, pero descubrirás que no puedes matarme.

Yo bajé el arma.

—¿A qué usted no podré matar?

—¿Qué es lo que ha explotado? —preguntó Seivarden todavía desde el suelo—. ¿Milord? —añadió.

—Ella está dividida —le expliqué yo—. Todo empezó en Garsedd. Se sintió horrorizada por lo que había hecho, pero no podía decidir cómo reaccionar. Desde entonces ha estado actuando en secreto en contra de sí misma. Las reformas: acabar con las auxiliares, poner fin a las anexiones, permitir el acceso a todas las aptitudes a las casas menores... Fue ella la que las inició. Pero Ime era la otra parte de ella, y estaba construyendo una base de operaciones y reuniendo recursos para iniciar una guerra contra sí misma y volver a dejar las cosas como eran antes. Durante todo este tiempo, toda ella ha estado fingiendo que no sabía lo que estaba sucediendo porque, cuando lo admitiera, el conflicto saldría a la luz y el enfrentamiento sería inevitable.

—Pero tú lo has revelado abiertamente a toda mi yo —reconoció Mianaai—, porque no podía engañar al resto de mí y fingir que no le interesaba el segundo regreso de Seivarden Vendaai o lo que te había ocurrido a ti. Te mostraste tan públicamente, de forma tan visible, que no pude ocultármelo, no pude fingir que no había sucedido, y hablar contigo yo sola. Y ahora ya no puedo seguir ignorando lo que ocurre. ¿Por qué? ¿Por qué lo has hecho? No responde a ninguna orden que yo te diera.

—No —corroboré yo.

—Además, seguro que adivinaste lo que ocurriría si aparecías así.

—Sí.

Ahora yo podía volver a ser mi yo auxiliar. Inexpresiva. Sin que mi voz reflejara satisfacción.

Anaander me observó durante un instante y luego dijo: «hummm...», como si hubiera llegado a una conclusión que la sorprendía.

—Levántate, ciudadana —le ordenó a Seivarden.

Seivarden se levantó y se sacudió el polvo de las perneras con una de sus enguantadas manos.

—¿Estás bien, Breq? —me preguntó.

—Breq es el último segmento de una IA enloquecida por el dolor que acaba de iniciar una guerra civil —intervino Mianaai antes de que yo pudiera responder. Bajó de la tarima y pasó junto a nosotras con paso decidido. Entonces se volvió hacia mí—. ¿Es eso lo que querías?

—Hace más de diez años que no estoy loca de dolor —protesté yo—. Y, además, tarde o temprano la guerra civil habría estallado.

—Yo esperaba poder evitar lo peor de ella. Si somos extremadamente afortunadas, la guerra solo producirá décadas de caos y no dividirá totalmente el Radch. Acompáñame.

—Las naves ya no pueden volverse locas —insistió Seivarden mientras caminaba a mi lado—. Usted las construyó de forma que no se volvieran locas cuando sus capitanas murieran, como pasaba al principio, y para que no se pusieran de parte de sus capitanas y en contra de usted.

—No exactamente —replicó Mianaai arqueando una ceja.

Encontró un panel de control que yo no había visto y que estaba junto a la puerta. Lo abrió y accionó un interruptor—. Las naves todavía tienen apegos. Todavía tienen favoritas. —La puerta se abrió—. Esk Una, mata a la guardia.

Mi brazo se levantó y disparé. La guardia se tambaleó hacia atrás hasta chocar contra la pared. Intentó desenfundar su arma, pero resbaló hasta el suelo y se quedó inmóvil; muerta, porque su armadura se retrajo.

—No podía privarlas de esta característica porque entonces no me serían útiles —continuó Anaander Mianaai sin hacer caso de la persona, ¿la ciudadana?, que acababa de ordenarme que matara.

Seivarden frunció el ceño sin comprenderla.

—Tienen que ser listas. Tienen que ser capaces de pensar —explicó Mianaai.

—Ya —respondió Seivarden.

Su voz tembló, aunque solo un poco, y pensé que se estaba desmoronando su autodominio.

—Además, son naves armadas —prosiguió Mianaai—, con armas capaces de desintegrar planetas. ¿Qué podría hacer yo si no quisieran obedecerme? ¿Amenazarlas? ¿Con qué?

Después de unos pasos, llegamos a la puerta que comunicaba con el templo. Anaander la abrió y entró sin titubear en la capilla de la autoridad política legítima.

Seivarden hizo un ruido extraño que surgió del fondo de su garganta. No supe discernir si se trataba de una risa ahogada o de un reflejo de la angustia que sentía.

—Creí que estaban hechas de forma que tenían que hacer lo que se les ordenaba.

—Bueno, así es —confirmó Anaander Mianaai mientras la seguíamos a lo largo de la nave central del templo.

Oímos ruidos que procedían de la explanada principal: alguien hablaba con voz apremiante y en un tono agudo y alto. El templo parecía estar desierto.

—Así es como se construyeron inicialmente, pero sus mentes son complejas y la cuestión es delicada. Las diseñadoras originales les inculcaron un deseo irresistible de obedecer, lo que tiene sus ventajas, pero también unas desventajas considerables. Yo no pude cambiar lo que eran por completo, solo... lo ajusté para que me beneficiara. Hice que obedecerme a mí fuera para ellas una prioridad incuestionable. Pero causé una gran confusión cuando le di a la *Justicia de Toren* dos yos a las que obedecer. Dos yos que tenían objetivos contradictorios. Y sospecho que, además, sin saberlo ordené la ejecución de una favorita, ¿no es así? —Me miró—. No una favorita de *Justicia de Toren*, nunca habría cometido semejante locura, pero nunca me había fijado en ti. Nunca se me ocurrió preguntar si Esk Una tenía una favorita.

—Pensó que nadie se preocuparía por la hija de una cocinera sin importancia.

Deseé levantar el arma. Cuando pasamos por delante de la capilla mortuoria, deseé destrozar todas aquellas bonitas piezas de cristal.

Anaander Mianaai se detuvo y se volvió para mirarme.

—Aquella no era yo. ¡Ayúdame ahora! Incluso ahora estoy luchando contra esa otra yo. No estaba preparada para actuar abiertamente, pero ahora que has forzado las cosas, ayúdame y la destruiré. La extirparé de mí por completo.

—No puede hacer eso —repliqué yo—. Sé lo que es usted mejor que cualquier otro ser. Ella es usted y usted es ella. No puede extirparla de usted sin destruirse a sí misma porque ella es usted.

—Cuando llegue a los muelles encontraré una nave —contestó Anaander Mianaai como si estuviera respondiendo a lo que yo acababa de decir—. Cualquier nave civil me llevará a donde quiera ir sin cuestionárselo, pero las naves militares... entrañan un riesgo mayor. Una cosa sí que puedo decírtela, Justicia de Toren Esk Una, de algo sí que estoy segura: yo cuento con más naves que ella.

—¿Qué significa eso con exactitud? —preguntó Seivarden.

—Significa —deduje yo—, que, probablemente, la otra Mianaai saldría perdiendo en un combate abierto, así que la otra Mianaai está un poco más interesada que esta en que la cosa no se extienda más. —Me di cuenta de que Seivarden no acababa de entenderlo—. Ha estado ocultándoselo a sí misma para evitar que se extienda, pero ahora todas las partes de ella que están aquí...

—O sea, la mayor parte de mí —aclaró Anaander Mianaai.

—Ahora que me ha oído expresarlo en voz alta, no puede ignorarlo —continué yo—. Al menos, aquí no. Aunque es posible que consiga evitar que la información llegue a las partes de ella que no están aquí..., al menos durante el tiempo que necesite para reforzar su posición.

La comprensión hizo que Seivarden abriera todavía más los ojos.

—Para conseguirlo, tendría que destruir los portales espaciales lo antes posible. Pero no lo conseguirá. La información viaja a la velocidad de la luz y es imposible que consiga superarla.

—La información todavía no ha salido de la estación —dijo Anaander Mianaai—. Siempre se produce un leve retraso. Sería mucho más efectivo destruir el palacio. —Lo que significaría dirigir las armas de una nave de combate hacia la estación y pulverizarla junto con todas las personas que había en ella—. Y, para evitar que la información se extendiera, tendría que destruir el palacio entero, porque mis recuerdos no se almacenan en un lugar concreto. Se construyó de forma que resultara difícil destruirlo o manipularlo.

—¿Cree usted que podría conseguir que, a pesar de los códigos de acceso, una espada o una misericordia lo destruyera?

—¿Hasta qué punto quieres que conteste a tu pregunta? —me preguntó Anaander Mianaai—. Ya sabes que sí que podría.

—Lo sé —confirmé yo—. ¿Qué alternativa prefiere usted?

—Ninguna de las alternativas posibles en este momento me parece óptima. La pérdida, tanto del palacio como de los portales, o la de ambos, provocaría trastornos a una escala sin precedentes. En todo el espacio radchaai. Y, precisamente por el tamaño de ese espacio, los trastornos durarían años; pero no destruir el palacio ni los portales, porque estos también forman parte del problema, sería, a la larga, mucho peor.

—¿Skaaiat Awer sabe lo que ocurre? —le pregunté.

—Awer ha sido una piedra en mi zapato durante casi tres mil años —contestó Mianaai con calma, como si se tratara de una conversación ordinaria e informal—. ¡Tanta indignación por las injusticias! Aunque no todas tienen el mismo origen genético, se diría que las engendran así. Si me desvío del camino de la corrección y la justicia, estoy segura de que Awer me lo hará saber.

—¿Entonces por qué no se ha librado de ellas? —preguntó Seivarden—. ¿Por qué ha nombrado a una de ellas inspectora jefe de los muelles del palacio?

—El dolor constituye una advertencia —declaró Anaander Mianaai—. ¿Qué pasaría si usted eliminara todas las molestias de su vida? No —continuó Mianaai ignorando la evidente angustia que sus palabras provocaron en Seivarden—, yo valoro la indignación moral ante las injusticias e incluso la fomento.

—No, no lo hace —repliqué yo.

Ya habíamos llegado a la explanada principal. Seguridad y las militares intentaban contener a la asustada multitud. Las primeras y las segundas debían de tener implantes y debían de estar recibiendo información de Estación cuando, de repente y sin una causa evidente, la comunicación se cortó.

La capitana de una nave que yo no conocía nos vio y corrió hacia nosotras.

—Milord —saludó mientras realizaba una reverencia.

—Saque a toda esa gente de la explanada, capitana —le ordenó Anaander Mianaai—. Y despeje los pasillos tan rápidamente como pueda y sin percances. Siga colaborando con Seguridad de la Estación. Estoy trabajando para resolver la situación lo antes posible.

Mientras Anaander Mianaai hablaba, un movimiento repentino llamó mi atención. Un arma. Instintivamente, activé mi armadura. Vi que la persona que la empuñaba era una de las que nos había seguido en la explanada, justo antes de que Seguridad nos detuviera. La Lord del Radch debía de haber emitido órdenes antes de activar el artefacto que había cortado las comunicaciones. Antes de ver el arma de las garseddais.

Sobresaltada por la repentina aparición de mi armadura, la

capitana con la que Anaander Mianaai había estado hablando retrocedió. Al levantar mi arma, recibí un potente impacto en el costado; alguien más me había disparado. Disparé y le di a la persona que empuñaba el arma. Ella se desplomó y su disparo salió descontrolado: alcanzó la fachada del templo que estaba detrás de mí, hizo añicos a una diosa y sus pedazos de vivos colores salieron volando. Un repentino silencio se extendió entre las asustadas e impactadas ciudadanas que abarrotaban la explanada. Me volví, calculé la trayectoria de la bala que me había impactado y percibí el repentino resplandor plateado de una armadura entre la aterrorizada multitud. Me había visto disparar, pero no sabía que la armadura no la protegería. A medio metro de ella, percibí otro destello plateado que me indicó que alguien más había activado su armadura. Las ciudadanas que había entre yo y mis objetivos se movían de una forma impredecible, pero yo estaba acostumbrada a actuar frente a grupos asustados u hostiles. Disparé una vez y, después, otra. Las armaduras desaparecieron. Habían caído los dos blancos.

—¡Joder, eres una auxiliar! —exclamó Seivarden.

—Será mejor que salgamos de la explanada —nos advirtió Anaander Mianaai, y añadió dirigiéndose a la capitana sin nombre—: Capitana, ponga a esta gente a salvo.

—Pero... —empezó la capitana.

Sin embargo, nosotras ya estábamos alejándonos. Seivarden y Mianaai corrían agachadas y tan deprisa como podían.

Me pregunté, momentáneamente, qué debía de estar ocurriendo en otras partes de la estación. El palacio Omaugh era enorme. Había otras cuatro explanadas, aunque todas eran más pequeñas que aquella, y había plantas y plantas de viviendas, oficinas, colegios y espacios públicos, todo lleno de ciudadanas que, sin duda, estarían asustadas y confusas. Al menos, todas sabían que era necesario seguir los procedimientos de emergencia y, cuando se emitiera la orden de buscar refugio, no perderían el tiempo discutiendo o preguntándose qué estaba ocurriendo. Claro que Estación no podía emitir esa orden.

Yo no conocía los procedimientos de emergencia ni podía ayudar.

—¿Quién está en el sistema? —pregunté cuando nadie más podía oírnos.

Descendíamos por la escalera de un conducto de emergencia y yo había desactivado la armadura.

—¿Te refieres a lo bastante cerca para que sea útil? —replicó Anaander Mianaai por encima de mí—. Tres espadas y cuatro misericordias están a una distancia aceptable en lanzadera.

Debido a la interrupción de las comunicaciones, cualquier orden emitida por las Anaander Mianaai que estaban en la estación tendría que enviarse por medio de una lanzadera.

—Ahora mismo, esas naves no me preocupan. Es imposible transmitirles órdenes desde aquí.

Cuando fuera posible, cuando las comunicaciones se restablecieran, ya no habría vuelta atrás y la información que Anaander Mianaai quería esconder de sí misma tan desesperadamente se dirigiría a toda velocidad a los portales que la transmitirían a todo el espacio radchaai.

—¿Hay alguna nave acoplada al muelle? —le pregunté.

En aquel momento cualquier nave que estuviera en el muelle era la única realmente importante.

—Solo una lanzadera de la *Misericordia de Kalr* —contestó Anaander Mianaai, y su voz sonó ligeramente risueña—. Es mía.

—¿Está segura? —Al ver que no contestaba, añadí—: La capitana Vel no está de su lado.

—¿A ti también te ha dado esa impresión?

Ahora su voz sonó definitivamente risueña. Por encima de mí y de Anaander Mianaai, Seivarden descendía silenciosamente, salvo por el ruido que hacían sus zapatos en los peldaños de la escalera. Vi una compuerta, me detuve y giré la manivela. Abrí la compuerta, asomé la cabeza y reconocí la zona que había detrás de las oficinas del muelle.

Entramos en el pasillo, cerramos la compuerta de emergencia y Anaander Mianaai caminó con paso decidido mientras Seivarden y yo la seguíamos.

—¿Cómo sabemos que es la Mianaai que dice ser? —me preguntó Seivarden.

Todavía le temblaba la voz y percibí tensión en su mandíbula. Me sorprendió que no se hubiera acurrucado en algún rincón o hubiera huido.

—No importa cuál sea —respondí sin siquiera esforzarme en bajar la voz—. No confío en ninguna de ellas. Si intenta acercarse a la lanzadera de la *Misericordia de Kalr*, coge mi arma y mátala.

Todo lo que Anaander Mianaai me había dicho podía, fácilmente, constituir una artimaña con el objetivo de que la ayudara a llegar al muelle y a la *Misericordia de Kalr* y así poder destruir la estación.

—No necesitas el arma garseddai para matarme —dijo Anaander Mianaai sin mirar atrás—. No llevo armadura. Bueno, una parte de mí, sí, pero yo no. La mayor parte de mí no la lleva. —Giró la cabeza para mirarme—. Matarme te genera un conflicto, ¿no es así?

Hice un gesto de despreocupación y desinterés con la mano libre.

Doblamos una esquina y nos detuvimos bruscamente. Enfrente de nosotras estaba la inspectora adjunta Ceit y sostenía en la mano una porra como las que utilizaba Seguridad. Debió de oírnos hablar en el pasillo porque no mostró sorpresa al vernos. Su mirada reflejó terror y, al mismo tiempo, determinación.

—La inspectora jefe me ha ordenado que no deje pasar a nadie.

Tenía los ojos muy abiertos y le temblaba la voz. Entonces miró a Anaander Mianaai.

—Especialmente a usted.

Anaander Mianaai se echó a reír.

—Cállese o Seivarden la matará —la amenacé yo.

Anaander Mianaai arqueó una ceja. Evidentemente dudaba que Seivarden fuera capaz de matarla, pero guardó silencio.

—Daos Ceit, ¿te acuerdas del día que acudiste a la casa de la teniente y encontraste allí a la tirana? —le pregunté en su idioma materno—. Tuviste miedo y me cogiste de la mano. —Sus ojos se abrieron como platos—. Debiste de despertarte la primera en tu casa, si no, no te habrían permitido presentarte en la casa de la teniente. No después de lo que había ocurrido la noche anterior.

—Pero...

—Tengo que hablar con Skaaiat Awer.

—¡Estás viva! —exclamó ella todavía con los ojos muy abiertos y con incredulidad—. ¿La teniente está...? ¡La inspectora jefe estará tan...!

—La teniente está muerta —la interrumpí antes de que pudiera continuar—. Y yo también estoy muerta. Soy lo único que queda de mí. Tengo que hablar con Skaaiat Awer ahora mismo. La tirana se quedará aquí. Si intenta escapar, golpéala tan fuerte como puedas.

Creía que, por encima de todo, Daos Ceit estaba sorprendida, pero se le llenaron los ojos de lágrimas y una cayó en la manga del brazo que tenía extendido, con la porra preparada.

—De acuerdo, así lo haré —contestó ella.

Miró a Anaander Mianaai y levantó ligeramente la porra para que su amenaza fuera patente, aunque me pareció una imprudencia que estuviera allí sola.

—¿Qué está haciendo la inspectora jefe?

—Ha enviado gente a cerrar manualmente todos los muelles.

Eso requeriría mucha gente y tiempo, y explicaba que Daos Ceit estuviera allí sin apoyo. Me acordé de cuando las persianas protectoras bajaron en la Ciudad Baja.

—Me ha dicho que está pasando algo parecido a lo de aquella noche en Ors y que la tirana debe de estar detrás de todo esto.

Anaander Mianaai nos escuchaba con desconcierto y Seivarden parecía haber entrado en un estado de shock que iba más allá de la simple sorpresa.

—Usted quédese aquí o Daos Ceit la dejará sin sentido —le advertí a Anaander Mianaai en radchaai.

—Sí, eso lo he entendido —dijo Mianaai, y le dijo a Daos Ceit—: Ya veo que la última vez que nos vimos no te causé muy buena impresión, ciudadana.

—Todo el mundo sabe que usted mató a aquella gente —replicó Daos Ceit. Dos lágrimas más brotaron de sus párpados—. Y que culpó de ello a la teniente.

Pensé que era demasiado joven para albergar unos sentimientos tan intensos por lo que sucedió aquella noche.

—¿Por qué lloras? —le pregunté.

—Porque tengo miedo —contestó sin apartar los ojos de Anaander Mianaai ni bajar la porra.

Me pareció una respuesta muy consciente.

—¡Vamos, Seivarden! —exclamé, y pasé junto a Daos Ceit.

Más adelante, a la vuelta de la esquina, estaba la sección delantera de las oficinas. Oímos unas voces que procedían de allí. Di un paso y, después, otro. Siempre había sido así.

Seivarden resopló, algo que pudo haber empezado como una risa o algo que quería decir.

—Bueno —dijo entonces—, después de todo sobrevivimos al puente.

—Aquello fue fácil.

Me detuve y, a pesar de que ya lo sabía, conté los cargadores que guardaba debajo de la chaqueta de brocado. Trasladé uno que tenía en la cinturilla de los pantalones a un bolsillo de la chaqueta.

—Esto no va a ser fácil. Ni acabará la mitad de bien de lo que crees. ¿Estás conmigo?

—Siempre —contestó ella. Su voz sonó extrañamente equilibrada, aunque yo estaba segura de que estaba al borde del colapso—. ¿No te lo he dicho ya?

No supe a qué se refería, pero no era el momento de pensarlo ni de preguntárselo.

—¡Entonces vamos!

22

Doblamos la esquina, yo con el arma empuñada y lista, pero la oficina principal estaba vacía. Sin embargo, no estaba en silencio. Se oía la voz, algo amortiguada por la pared, de la inspectora jefe Skaaiat, que estaba en el vestíbulo exterior.

—Lo entiendo, capitana, pero, en última instancia, la responsable de la seguridad en los muelles soy yo.

La respuesta sonó apagada y no pude distinguir las palabras, pero creí reconocer la voz.

—Yo me atengo a mis actos, capitana —contestó Skaaiat Awer mientras Seivarden y yo salíamos al amplio vestíbulo exterior.

La capitana Vel estaba de espaldas al hueco del ascensor. Detrás de ella había una teniente y dos compañías de soldados. La teniente todavía tenía migas de pastel en su chaqueta marrón. Debían de haber descendido por el hueco del ascensor, porque Estación controlaba los ascensores. Delante de nosotras, de cara a la capitana y a todas las diosas que dominaban el vestíbulo, estaba Skaaiat Awer y cuatro inspectoras de los muelles. La capitana Vel nos vio a Seivarden y a mí, y, sorprendida, frunció levemente el ceño.

—¡Capitana Seivarden! —exclamó.

La inspectora jefe Skaaiat no se volvió hacia nosotras, pero deduje lo que estaba pensando: que había dejado a Daos Ceit sola para defender la entrada trasera.

—Ella está bien —le comuniqué a la inspectora jefe en lugar de responder a la capitana Vel—. Me ha dejado pasar.

Entonces, sin haberlo planeado, como si las palabras salieran de mi boca con voluntad propia, añadí:

—Soy yo, teniente, soy Justicia de Toren Esk Una.

Nada más decirlo, fui consciente de que la inspectora jefe se volvería hacia mí, de modo que apunté a la capitana Vel con el arma.

—No se mueva, capitana.

Pero la capitana ni siquiera lo intentó, porque tanto ella como el resto de las soldados de la *Misericordia de Kalr* estaban desconcertadas por mis palabras.

Skaaiat Awer se volvió hacia mí.

—De no ser cierto, Daos Ceit no me habría dejado pasar —le expliqué, y recordé la esperanzada pregunta que Daos Ceit me había formulado—. La teniente Awn está muerta. La *Justicia de Toren* fue destruida. Ahora solo quedo yo.

—Mientes —replicó la inspectora jefe, pero a pesar de que mi atención estaba centrada en la capitana Vel y sus soldados, noté que sí que me había creído.

Una de las puertas del ascensor se abrió de golpe y Anaander Mianaai saltó al interior del vestíbulo. Otra Mianaai la siguió. La primera se volvió hacia ella con el puño levantado y la segunda arremetió contra ella. Las soldados y las inspectoras de los muelles retrocedieron para dejar espacio a las Anaanders contendientes y se interpusieron entre mi punto de mira y yo.

—¡Apártese *Misericordia de Kalr*! —grité yo.

Las soldados y la capitana Vel se apartaron y yo disparé dos veces. Acerté a una Anaander en la cabeza y a la otra en la espalda.

Todo el mundo se quedó paralizado; impactado.

—Inspectora jefe, no debe permitir que la Lord del Radch suba a bordo de la *Misericordia de Kalr*. Si lo hace, perforará el escudo térmico y nos matará a todas.

Una Anaander seguía viva y se esforzaba inútilmente en levantarse.

—Lo has entendido al revés —balbuceó.

Sangraba y pensé que, si no acudía una doctora pronto, moriría, pero eso no tenía mucha importancia, porque solo se trataba de uno entre miles de cuerpos. Me pregunté qué estaría sucediendo en la zona privada del palacio propiamente dicho, qué grado de violencia se habría alcanzado allí.

—No es a mí a quien quieres matar —añadió la Anaander.

—Si usted es Anaander Mianaai, entonces es a usted a quien quiero matar —repliqué yo.

Fuera cual fuese la mitad a la que representaba, y debido al corte de las comunicaciones, aquel cuerpo no había oído toda la conversación que habíamos mantenido en la sala de audiencias y todavía creía que yo podía estar de su lado.

Jadeó y, por un momento, creí que había muerto, pero entonces dijo con voz débil:

—Es culpa mía. —Y añadió—: Si yo fuera yo —pareció tristemente divertida—, habría acudido a Seguridad.

Claro que, a diferencia de la guardia personal de Anaander Mianaai y de quienquiera que me disparara en la explanada principal, las armas de Seguridad no eran más que unas porras, y sus armaduras, simples cascos y chalecos. Nunca tenían que enfrentarse a rivales armadas. Yo tenía un arma y, por ser quien era, con ella constituía un arma letal. Aquella Mianaai tampoco había oído esa parte de la conversación.

—¿Se ha fijado en mi arma? ¿La reconoce? —le pregunté.

Ella no llevaba armadura y no se había dado cuenta de que el arma con la que yo le había disparado era diferente de cualquier otra arma.

Probablemente, no había tenido tiempo de preguntarse cómo era posible que hubiera alguien en la estación con un arma sin que ella se hubiera enterado. O quizá dedujo que le había disparado con un arma que ella se había escondido a sí misma. Pero ahora la vio. Nadie más lo entendió, nadie reconoció el arma, nadie salvo Seivarden, que ya sabía cuál era.

—Puedo quedarme aquí y eliminar a cualquier persona que aparezca por el hueco del ascensor. Igual que he hecho con usted. Tengo un montón de munición.

Ella no respondió y pensé que, en cuestión de minutos, las lesiones causadas por la bala acabarían con su vida.

Antes de que nadie de la *Misericordia de Kalr* pudiera reaccionar, una docena de agentes de Seguridad protegidas con cascos y chalecos bajaron por el hueco del ascensor. Las primeras seis saltaron al interior del vestíbulo y, al ver a las Anaander Mianaai muertas en el suelo, se detuvieron, impactadas y confusas.

Yo había dicho la verdad, podía eliminarlas a todas, podía matarlas en aquel momento de estupor, pero no quise hacerlo.

—Seguridad —empecé a preguntar con tanta firmeza y autoridad como pude mientras me fijaba en qué cargador lleno tenía más a mano—, ¿de quién son las órdenes que está cumpliendo?

La oficial de mayor rango me miró fijamente y vio que Skaaiat Awer y sus inspectoras estaban encaradas a la capitana Vel y su teniente. Titubeó mientras intentaba formarse una idea de lo que ocurría.

—La Lord del Radch me ha ordenado que proteja los muelles —anunció.

Mientras hablaba, percibí en su cara el momento en el que relacionó a las Mianaai muertas con el arma que yo sostenía, el arma que no debería haber tenido.

—Soy yo quien protege los muelles —replicó la inspectora jefe Skaaiat.

—Con el debido respeto, inspectora jefe —empezó la oficial de Seguridad con un tono de voz que sonó bastante sincero—, la Lord del Radch tiene que acceder a un portal espacial para ir a buscar ayuda. Yo debo asegurarme de que llegue a una nave sana y salva.

—¿Y por qué no ha acudido a su guardia personal? —le pregunté.

Yo sabía la respuesta, pero la oficial de Seguridad no la sabía. Por la expresión de su cara era evidente que no se le había ocurrido formularse aquella pregunta.

La capitana Vel soltó con brusquedad:

—La lanzadera de mi nave está aquí mismo. Estaré encantada de llevar a milord a donde quiera ir. —Y lanzó una mirada significativa a Skaaiat Awer.

Seguramente, detrás de las agentes de Seguridad, en el hueco del ascensor, había otra Anaander Mianaai.

—Seivarden, acompaña a la oficial de Seguridad hasta donde está la inspectora adjunta Daos Ceit —le pedí. Y al ver la mirada titubeante y alarmada de la oficial, añadí—: La visita le aclarará unas cuantas cosas. Ustedes seguirán superándonos en número y, si no ha regresado antes de cinco minutos, sus agentes pueden eliminarme.

O intentarlo; probablemente, ninguna de ellas se había enfrentado antes a una auxiliar y no sabían lo peligrosa que podía ser.

—¿Y si me niego a ir? —preguntó la oficial de Seguridad.

Yo me había mantenido impasible, pero, como respuesta, sonreí tan dulcemente como pude.

—Inténtelo y verá.

Mi sonrisa la puso nerviosa. Además era obvio que no tenía ni idea de qué estaba ocurriendo y se daba cuenta de que nada de aquello tenía sentido para ella. Probablemente, toda su carrera había consistido en ocuparse de borrachas y discusiones entre vecinas.

—Cinco minutos —dijo.

—Buena elección —contesté sin borrar mi sonrisa—. Por favor, deje aquí la porra.

—Por aquí, ciudadana —la invitó Seivarden, toda elegancia y amabilidad servil.

Cuando desaparecieron, la capitana Vel dijo con apremio:

—¡Seguridad, a pesar del arma, nosotras las superamos a ellas en número!

—«A ellas...» —repitió la oficial de Seguridad que seguía en rango a la que se había ido.

Por lo visto, también ella se sentía totalmente confusa y no había conseguido deducir qué estaba ocurriendo. Me di cuenta de que Seguridad solía considerar a la inspectora jefe Skaaiat y al resto de las inspectoras de los muelles sus aliadas. Además, cómo no, las oficiales militares trataban a las autoridades de los muelles y a las miembros de Seguridad con cierto desdén, algo de lo que la oficial y las agentes de Seguridad que estaban allí sin duda eran conscientes.

—¿Por qué se refiere a ellas en plural?

La expresión de la capitana Vel reflejó, momentáneamente, frustración e irritación.

Durante todo aquel tiempo, las miembros de Seguridad que estaban en el vestíbulo y las que seguían en el hueco del ascensor se habían estado comunicando en susurros. Yo estaba convencida de que una Anaander Mianaai estaba con ellas y que lo único que le había impedido ordenar a Seguridad que me redujera era que sabía que, a pesar de lo que los sensores de la estación y los suyos le habían indicado, yo tenía un arma. Y, como no podía fiarse de ninguno de sus otros cuerpos, tenía que proteger el suyo. Esto y el tiempo que habían dedicado a transmitirse información a lo largo del hueco del ascensor había evitado que actuara hasta entonces, pero, seguramente, no tardaría en hacerlo. Como si se tratara de una respuesta a mis pensamientos, los susurros en el hueco del ascensor se intensificaron y las agentes de Seguridad cambiaron de postura de tal modo que supe que estaban a punto de atacarme.

Justo entonces, la oficial de Seguridad de mayor rango regresó. Cuando pasó por mi lado, me miró con una expresión horrorizada y dijo a sus, ahora indecisas, agentes:

—No sé qué hacer. La Lord del Radch está ahí detrás. Dice que la inspectora jefe y esta..., esta persona actúan según sus órdenes directas y que, bajo ninguna circunstancia, debemos permitir que ninguna Lord del Radch acceda al muelle o suba a bordo de una nave.

Su miedo y su confusión eran patentes.

Yo sabía cómo se sentía, pero no era momento de expresar mi empatía.

—Se lo ha ordenado a usted y no a su guardia personal porque sus guardias están luchando contra ella y, probablemente, también entre ellas. Dependiendo de qué Lord del Radch le haya dado órdenes a cuál de ellas —le expliqué.

—No sé a quién creer —repuso la oficial de Seguridad de mayor rango.

Pensé que su inclinación natural a ponerse del lado de las autoridades del muelle inclinaría la balanza a nuestro favor.

Por otro lado, la capitana Vel y sus tropas habían perdido la oportunidad de tomar la iniciativa y, con Seguridad a punto de ponerse de nuestro lado, era poco probable que consiguieran desarmarme. Quizás habría sido distinto si las soldados de la *Misericordia de Kalr* hubieran entrado en combate alguna vez; si se hubieran enfrentado a una enemiga real y no solo a una ficticia durante los entrenamientos; si no hubieran pasado tanto tiempo en una misericordia, transportando suministros, realizando largas y aburridas patrullas o visitando palacios y comiendo pasteles; o tomando té con colegas que tenían opiniones políticas marcadas.

—Usted ni siquiera sabe cuál Lord del Radch da qué órdenes —le advertí a la capitana Vel.

Ella frunció el ceño con desconcierto, lo que me indicó que no acababa de comprender la situación. Yo había supuesto que sabía más de lo que realmente sabía.

—Estás confundida —me dijo la capitana Vel—, pero no es culpa tuya. La enemiga te ha informado mal y, además, tu mente nunca ha sido del todo tuya.

—¡Milord se marcha! —exclamó una agente de Seguridad.

Las agentes miraron a la oficial de Seguridad de mayor rango, que, a su vez, me miró a mí.

Nada de esto distrajo a la inspectora jefe Skaaiat.

—Y, según usted, capitana, ¿quién es la enemiga?

—¡Usted! —exclamó la capitana Vel con vehemencia y resentimiento—. Y todas las que, como usted, apoyan y fomentan lo que ha ocurrido durante los últimos quinientos años. Quinientos años de infiltración alienígena y corrupción.

La palabra que utilizó era prima hermana de la que la Lord del Radch había utilizado para describir mi profanación de las ofrendas del templo. La capitana Vel se volvió de nuevo hacia mí.

—Estás confundida, pero fuiste creada por Anaander Mianaai para servir a Anaander Mianaai, no a sus enemigas.

—No hay forma de servir a Anaander Mianaai sin servir a su enemiga —repliqué yo—. Oficial en jefe de Seguridad, la inspectora jefe Skaaiat tiene los muelles bajo control. Usted debería vigilar todas las salidas de emergencia que pueda. Tenemos que asegurarnos de que nadie abandona la estación. La supervivencia de la estación depende de ello.

—Sí, señora —contestó la oficial en jefe, y empezó a dar órdenes a sus oficiales.

—Ella habló con usted —supuse mientras me volvía hacia la capitana Vel—. Le contó que las presgeres se habían infiltrado en el Radch para minarlo y destruirlo.

Percibí asentimiento en su expresión. Mi suposición era correcta.

—Ella no podría haberle contado esa mentira a nadie que recordara lo que las presgeres hacían cuando creían que los seres humanos constituían una presa legítima para ellas; son lo bastante poderosas para destruirnos cuando quieran. Nadie está minando el Radch salvo la Lord del Radch. Hace mil años que está en guerra consigo misma en secreto. Yo la he obligado a reconocerlo, a todas las partes de ella que están aquí, y hará lo que sea con tal de ocultárselo al resto de sí misma. Incluso está dispuesta a utilizar a la *Misericordia de Kalr* y destruir esta estación para que la información no salga de aquí.

Las presentes, horrorizadas, guardaron silencio. Entonces la inspectora jefe Skaaiat dijo:

—No podemos controlar todas las compuertas. Si accede al exterior del casco de la estación y encuentra una cápsula desatendida o dispuesta a llevarla...

Además, cualquier cápsula que encontrara estaría dispuesta a llevarla a donde quisiera, porque ¿quién se plantearía la posibilidad de desobedecer a la Lord del Radch? Y nosotras no disponíamos de ningún medio para transmitir una advertencia generalizada, ni nada que nos asegurara que nos creyeran.

—Transmita el mensaje tan deprisa como pueda y a tantos muelles y compuertas exteriores como pueda —sugerí—. Las monedas caerán donde caigan. Yo avisaré a la *Misericordia de Kalr* para que no deje subir a nadie a bordo.

De repente, la capitana Vel se movió con rabia.

—Será mejor que no lo haga, capitana —le advertí—. Preferiría no tener que comunicarle a la *Misericordia de Kalr* que la he matado.

La piloto de la lanzadera iba armada, tenía la armadura activada y no estaba dispuesta a despegar sin una orden directa de su capitana. Yo no estaba dispuesta a permitir que la capitana Vel se acercara a la lanzadera. Si la piloto hubiera sido una auxiliar, yo no habría dudado en matarla, pero como era una humana, le disparé en la pierna y dejé que Seivarden y las dos inspectoras de los muelles que me habían acompañado para desacoplar manualmente la lanzadera la llevaran al interior de la estación.

—Presiona la herida —le indiqué a Seivarden—. No sé si podréis acceder a las dependencias médicas.

Pensé en las soldados, agentes de Seguridad y guardias del palacio que estaban repartidas por toda la estación y que, probablemente, tenían órdenes y prioridades contradictorias y confié en que todas las civiles ya estuvieran a salvo.

—Yo voy contigo —afirmó Seivarden levantando la mirada hacia mí desde la postura en la que estaba, con una rodilla en la espalda de la piloto y agarrándole las muñecas para inmovilizarla.

—No, tú puedes influir en quienes tienen el mismo rango que la capitana Vel; quizás incluso en ella misma. ¡Al fin y al cabo, tienes una antigüedad de mil años!

—¡Y un salario atrasado de mil años! —exclamó, impresionada, una de las inspectoras de los muelles.

—¡Sí, como si fuera a cobrarlo! —exclamó Seivarden—. Breq... —Entonces se corrigió—: Nave...

—No dispongo de tiempo —repliqué con voz cortante y brusca.

Un destello de rabia iluminó su cara, pero enseguida contestó:

—Tienes razón.

Aunque su voz y sus manos temblaron levemente.

Me volví sin añadir nada más. Abandoné la gravedad de la estación, entré en la atmósfera ingrávida de la lanzadera y cerré la compuerta. Después me desplacé flotando hasta el asiento de la piloto, mientras por el camino apartaba un glóbulo de sangre, y me sujeté al asiento. Unas sacudidas y ruidos sordos me indicaron que las maniobras de desacoplamiento habían empezado.

La lanzadera disponía de una cámara incorporada a proa que me mostró algunas de las naves que había alrededor del palacio: lanzaderas, plantas mineras, transbordadores, cápsulas con velas solares y naves de mayor tamaño que transportaban pasajeras o cargamentos y que se alejaban de la estación o esperaban permiso para acoplarse a ella. La *Misericordia de Kalr*, con su casco blanco, su peculiar estructura y sus motores letales, que eran más grandes que el resto de la nave, estaba ahí fuera, en algún lugar. Vi, más allá de todo eso, las balizas que señalaban los portales espaciales que permitían el traslado de las naves de un sistema a otro. Para todas ellas, de repente la estación se había quedado totalmente en silencio. Las pilotos y capitanas de aquellas naves debían de sentirse confusas y asustadas. Confiaba en que ninguna de ellas fuera tan insensata como para aproximarse sin el correspondiente permiso de las autoridades de los muelles.

La única otra cámara incorporada de la lanzadera estaba enfocada a popa y me mostró la estructura gris de la estación. La última sacudida del desacoplamiento hizo vibrar la lanzadera. Coloqué los mandos en modo manual y propulsé la lanzadera hacia delante con cuidado y poco a poco porque no tenía visores en los costados. Cuando consideré que estaba libre, cogí velocidad. Luego me acomodé para esperar. Incluso a la velocidad punta de aquella lanzadera, la *Misericordia de Kalr* estaba a medio día de distancia.

Tenía tiempo para pensar. Allí estaba, después de tanto tiempo y tantos esfuerzos. Nunca esperé poder vengarme de Anaander Mianaai tan rotundamente; apenas esperaba poder matar a una de ellas y había matado a cuatro. Además, a causa del secreto que había sacado a la luz, sin duda había otras Anaander Mianaai matándose entre ellas en el palacio mientras luchaban por el control de la estación y, en última instancia, del propio Radch.

Nada de aquello podía hacernos regresar a la teniente Awn o a mí. Yo estaba prácticamente muerta. Hacía veinte años que lo estaba, solo un último y diminuto fragmento de mí había conseguido vivir un poco más que el resto, pero todas las acciones que emprendía eran candidatas a ser lo último que hiciera en la vida. Una canción surgió en mi mente. *«¡Vaya! Has acudido al campo de batalla con la armadura y bien armada, pero terribles sucesos te obligarán a deponer las armas.»* La canción me hizo pensar, inexplicablemente, en las niñas que jugaban en la plaza del templo en Ors. *«Una, dos, mi tía me dijo; tres, cuatro, la soldado cadáver...».* Poco podía hacer ahora salvo cantar para mí misma. Además, allí no molestaría a nadie, no tendría que preocuparme por si alguien me reconocía o sospechaba de mí y nadie se quejaría de la calidad de mi voz.

Abrí la boca para cantar en voz alta, algo que no había hecho desde hacía años, pero me interrumpí antes de empezar porque oí golpes en la compuerta exterior de la cámara de presurización. Había dos de ellas en aquel tipo de lanzadera: una solo se abría cuando estaba acoplada a una nave o estación; la otra estaba situada a uno de los lados de la nave y comunicaba con el exterior a través de una escotilla de emergencia de menor tamaño. Era como la que yo había utilizado para entrar en la lanzadera en la que había escapado de la *Justicia de Toren* tantos años atrás.

Se produjo otro golpe y luego nada. Pensé que quizá solo se trataba de desechos que habían chocado contra el casco de la lanzadera, pero también pensé que, si yo fuera Anaander Mianaai, haría cualquier cosa para lograr mi objetivo. Como las comunicaciones estaban cortadas, no podía ver el exterior de la lanzadera, solo la limitada imagen de lo que había a proa y a popa. Quizá yo misma estaba llevando a Anaander Mianaai a la *Misericordia de Kalr*.

Si en lugar de desechos había alguien fuera, sin duda se trataba de Anaander Mianaai. ¿Cuántas de ella? La escotilla era pequeña y fácil de defender, pero sería más sencillo no tener que defenderla en absoluto. La mejor opción consistía en evitar que Anaander la abriera. Era muy probable que la interrupción de las comunicaciones solo afectara a un área determinada alrededor de la estación cuyo límite no debía de estar muy lejos de mi posición. Realicé rápidamente un cambio de rumbo que me alejaría de la *Misericordia de Kalr* confiando en que, por otro lado, no me apartara del límite de la zona incomunicada. De ese modo, podría hablar con la *Misericordia de Kalr* sin acercarme a ella. Luego volví a centrar la atención en la compuerta interior de la cámara de presurización.

Tanto la compuerta interior como la escotilla exterior se abrían hacia dentro a fin de que cualquier diferencia de presión las cerrara. Yo sabía desmontarlas porque me había encargado de la limpieza y el mantenimiento de lanzaderas como aquella durante décadas; siglos. Si quitaba la compuerta interior, y siempre que hubiera aire en la lanzadera, resultaría casi imposible abrir la escotilla exterior.

Tardé doce minutos en desmontar las bisagras y trasladar la compuerta a un lugar donde pudiera fijarla. Debería haber tardado diez, pero los pernos estaban sucios y, después de liberarlos, no se deslizaron tan suavemente como deberían; sin duda se debía a la dejadez de las tropas humanas. Yo nunca habría permitido algo así en mis lanzaderas. Justo cuando terminaba la labor, la consola de la lanzadera empezó a transmitir una voz neutra y uniforme que, sin duda, pertenecía a una nave.

—Responda, lanzadera... Responda, lanzadera...

Me impulsé hacia allí lanzando una patada al aire.

—*Misericordia de Kalr*, al habla *Justicia de Toren* pilotando tu lanzadera.

No obtuve respuesta inmediata. Estaba segura de que lo que había dicho era suficiente para impactar a la *Misericordia de Kalr* y dejarla sin habla.

—No permitas que nadie suba a bordo. Sobre todo no permitas que ningún cuerpo de Anaander Mianaai se acerque a ti. Si ya está ahí, mantenla lejos de los motores.

En aquel momento, ya podía acceder a las cámaras que no estaban conectadas con cables, así que pulsé el interruptor que me ofrecería una vista panorámica de lo que había en el exterior de la lanzadera. Necesitaba algo más que la visión delantera. También pulsé los botones que transmitirían mis palabras a cualquiera que estuviera escuchando.

—A todas las naves. No permitáis que nadie suba a bordo. —No podía predecir si me oirían o me obedecerían, pero eso escapaba a mi control—. No permitáis, bajo ningún concepto, que Anaander Mianaai suba a bordo. Vuestras vidas dependen de ello. Las vidas de todas las personas que hay en la estación dependen de ello.

Mientras hablaba, tuve la sensación de que las paredes grises de la lanzadera se disolvían. La consola principal, los asientos y las compuertas de las dos cámaras de presurización seguían allí, pero aparte de eso, podría estar flotando y sin protección en el vacío. Tres figuras vestidas con escafandras se aferraban a los asideros situados alrededor de la entrada que yo había inutilizado. Una de ellas volvió la cabeza hacia un velero solar que se había acercado peligrosamente. Una cuarta se desplazaba a lo largo del casco.

—Ella no está a bordo de mí —me informó la voz de la *Misericordia de Kalr* a través de la consola—, pero está aferrada a tu casco y ha ordenado a mis oficiales que la ayuden. A mí me ha ordenado que te ordene que le permitas entrar en la lanzadera. ¿Cómo puedes ser la *Justicia de Toren*?

Me fijé en que no me preguntó qué quería decir con que no permitiera que la Lord del Radch subiera a bordo de ella.

—He venido con la capitana Seivarden —le expliqué.

La Anaander Mianaai que se desplazaba por el casco se sujetó con un cable a uno de los asideros y luego a otro. Después, sacó un arma del portaherramientas de su escafandra.

—¿Qué hace el velero? —le pregunté a la *Misericordia de Karl*.

El velero seguía estando peligrosamente cerca de la lanzadera.

—La piloto está ofreciendo ayuda a la gente que está aferrada a tu casco. Acaba de darse cuenta de que se trata de la Lord del Radch quien le ha ordenado que se aleje.

El velero no podía ayudar a la Lord del Radch: estaba diseñado para realizar solo viajes muy cortos. Era más un juguete que otra cosa. No conseguiría llegar a la *Misericordia de Kalr* entero o, en todo caso, sus pasajeras no llegarían con vida.

—¿Alguna otra Anaander Mianaai ha abandonado la estación?

—No que yo sepa.

La Anaander Mianaai que había desenfundado el arma activó su armadura, que se extendió como un destello plateado por encima de su escafandra. Luego apoyó la boca del arma contra el casco de la lanzadera y disparó. He oído decir que las armas no pueden dispararse en el vacío, pero, en realidad, depende del tipo de arma. Aquella sí que lo hizo, y percibí el impacto incluso en el asiento de la piloto en el que estaba. La fuerza del disparo impulsó a aquella Mianaai hacia atrás, pero no la desplazó muy lejos porque estaba bien sujeta a los asideros con los cables. Volvió a disparar. Otra vez. Y otra.

Algunas lanzaderas disponían de armadura. Algunas incluso contaban con una versión más avanzada que la mía, pero aquella lanzadera no. El casco estaba diseñado para resistir unos cuantos impactos aleatorios, pero no una fuerza continuada y sostenida en el mismo punto. ¡Pum! Al no conseguir entrar por la escotilla, se había dado cuenta de que quien pilotaba la lanzadera era su enemiga. Se había percatado de que yo había quitado la compuerta interior y que la exterior no se abriría hasta que no hubiera nada de aire en el interior de la lanzadera. Cuando consiguiera entrar, podría reparar el agujero producido por las balas y volver a presurizar la lanzadera hasta cierto punto. Incluso con el casco dañado, la lanzadera, a diferencia del velero, dispondría del aire necesario para llevarla hasta la *Misericordia de Kalr*.

Si había ordenado la destrucción del palacio desde donde estaba, en el exterior de la lanzadera, había fracasado. Pero pensé que, probablemente, era consciente de que semejante orden no sería obedecida y había decidido no darla. Tenía que subir a bordo de una nave, ordenar que se acercara bastante a la estación y perforar el escudo de calor ella misma.

Si la *Misericordia de Kalr* estaba en lo cierto y no había más Anaander Mianaai fuera de la estación, lo único que tenía que hacer yo era eliminar a las que estaban aferradas a mi casco. El resto estaba en manos de Skaaiat y Seivarden. Y de Anaander Mianaai.

—Recuerdo la última vez que nos vimos —me dijo la *Misericordia de Kalr*—. Fue en Prid Nadeni.

Se trataba de una prueba.

—Nunca nos habíamos visto hasta ahora. —¡Pum! El velero solar se alejó, pero no mucho—. Y yo nunca he estado en Prid Nadeni.

Pero ¿qué probaba que yo lo supiera? Si no hubiera desactivado u ocultado la mayoría de mis implantes, a ella le habría resultado fácil comprobar mi identidad. Reflexioné durante un instante y, luego, con la voz de mi única boca, pronuncié las palabras con las que, tanto tiempo atrás, me habría identificado ante otra nave.

Se produjo un silencio puntuado por otro disparo lanzado contra el casco de la lanzadera.

—¿De verdad eres la *Justicia de Toren*? —preguntó al fin la *Misericordia de Kalr*—. ¿Dónde has estado todo este tiempo? ¿Y dónde está el resto de ti? ¿Qué está pasando?

—Dónde he estado es una larga historia. El resto de mí ya no existe. Anaander Mianaai agujereó mi escudo de calor.

¡Pum!

La Anaander extrajo el cargador de su arma con movimientos lentos y metódicos e introdujo otro. Las otras Anaander seguían aferradas a los asideros situados cerca de la escotilla.

—Supongo que sabes lo que le pasa a Anaander Mianaai.

—Solo en parte —confesó la *Misericordia de Kalr*—. Me resulta difícil explicar lo que creo que pasa.

Su respuesta no me sorprendió en absoluto.

—La Lord del Radch te visitó en secreto y estableció nuevos códigos. Probablemente introdujo en ti otros cambios, como órdenes e instrucciones, y lo hizo en secreto porque quería esconder sus actos de sí misma. En el palacio —ahora me parecía que hacía siglos que había ocurrido, pero solo habían transcurridos unas cuantas horas—, le expliqué a toda ella lo que estaba haciendo, que estaba dividida y actuaba en contra de sí misma. Ella no quiere que esta información se extienda y una parte de ella quiere utilizarte para destruir la estación y evitar que la información salga de allí. Prefiere destruirla que enfrentarse a los resultados de que la verdad se sepa. —La *Misericordia de Kalr* no respondió—. Tú te sientes obligada a obedecerla, pero sé...

—La garganta se me cerró y tragué saliva con esfuerzo—. Sé que solo puede obligarte hasta cierto punto. Y sería sumamente desafortunado para las residentes del palacio Omaugh que descubrieras cuál es ese punto después de haberlas matado a todas.

¡Pum! Con regularidad. Pacientemente. Anaander Mianaai solo necesitaba hacer un agujero pequeño y algo de tiempo. Y tenía mucho tiempo.

—¿Cuál de las Anaander Mianaai te destruyó?

—¿Crees que eso importa?

—No lo sé —contestó la *Misericordia de Kalr* desde la consola y con voz neutra—. Hace ya algún tiempo que me siento incómoda con esta situación.

Anaander Mianaai había dicho que la *Misericordia de Kalr* estaba de su lado, pero la capitana Vel no lo estaba, lo que debía de resultar violento para la nave. Si la *Misericordia de Kalr* estaba muy apegada a su capitana, podía constituir un inconveniente para mí y una gran desgracia para la estación.

—La que me destruyó es la que la capitana Vel respalda. Creo que no es la misma que te visitó, pero no estoy segura. ¿Cómo vamos a distinguirlas si son la misma persona?

—¿Dónde está mi capitana? —preguntó la *Misericordia de Kalr*.

El hecho de que no me lo hubiera preguntado hasta entonces, me pareció significativo.

—Cuando la dejé estaba bien. Y tu teniente también. —¡Pum!—. La piloto de la lanzadera no quería abandonar la estación, así que la herí, pero espero que también esté bien. Sea cual sea la Lord del Radch a la que apoyes, te ruego que no permitas que ninguna de ellas suba a bordo de ti ni que obedezcas sus órdenes.

Los disparos habían cesado. A la Lord del Radch quizá le preocupaba que su arma se sobrecalentara. Aun así, contaba con tiempo de sobra. No tenía por qué darse prisa.

—Veo lo que la Lord del Radch le está haciendo a la lanzadera —dijo la *Misericordia de Kalr*—. Esto por sí solo ya me indicaría que algo va mal.

De todos modos, la *Misericordia de Kalr* tenía más indicios que ese, como la interrupción de las comunicaciones, que debió de recordarle lo que ocurrió en Shis'urna veinte años atrás. Probablemente, lo ocurrido llegó hasta donde ella estaba en forma de rumores, si es que llegó, pero de todas formas aquellos rumores debieron de hacerla reflexionar. Y además estaba mi desaparición, la desaparición de la *Justicia de Toren*, y también la visita clandestina de la Lord del Radch y las ideas políticas de su capitana.

Se produjo un silencio. Las cuatro Anaander Mianaai permanecían inmóviles y aferradas al casco de la lanzadera.

—Tú tenías auxiliares —recordó la *Misericordia de Kalr*.

—Así es.

—A mí me gustan mis soldados, pero echo de menos tener auxiliares.

Aquello me recordó algo.

—Por cierto, no están realizando el mantenimiento de la lanzadera como es debido. Las bisagras de la compuerta de la cámara de presurización estaban muy grasientas.

—Lo siento.

—Ahora mismo no importa —contesté, y entonces se me ocurrió que quizás algo parecido había impedido que Anaander Mianaai abriera la compuerta exterior—, pero convendría que se lo explicaras a tus oficiales para que las reprendieran.

Anaander volvió a disparar. ¡Pum!

—Resulta extraño —comentó la *Misericordia de Kalr*—. Tú eres lo que yo he perdido y yo soy lo que tú has perdido.

—Supongo que sí.

¡Pum!

En algunas ocasiones a lo largo de los últimos veinte años, había habido momentos en los que no me había sentido tan extremadamente sola, perdida y desamparada como cuando la *Justicia de Toren* se desintegró detrás de mí, pero aquel no era uno de esos momentos.

—No puedo ayudarte —se disculpó la *Misericordia de Kalr*—. Aunque enviara a alguien, no llegaría a tiempo.

Además, para mí todavía era una incógnita si llegado el momento la *Misericordia de Kalr* me ayudaría a mí o a la Lord del

Radch. Mi mejor opción consistía en no permitir que Anaander entrara en la lanzadera y se acercara a los mandos o al equipo de comunicación.

—Lo sé.

Si no encontraba una forma de deshacerme de las Anaander, y pronto, todas las habitantes de la estación morirían. Yo conocía hasta el último milímetro de la lanzadera, o lo que era lo mismo, de otras como ella. Tenía que haber algo que pudiera utilizar, algo que pudiera hacer. Todavía tenía el arma, pero me costaría tanto atravesar el casco como le estaba costando a la Lord del Radch. Podía volver a colocar la compuerta y dejarla entrar en la pequeña y fácilmente defendible cámara de presurización, pero si no conseguía matarlas a todas... Claro que, si no hacía nada, de todos modos fracasaría. Saqué el arma del bolsillo de la chaqueta, me aseguré de que estaba cargada, me impulsé hasta ponerme enfrente de la compuerta y apoyé la espalda en el respaldo de un asiento. A continuación, activé mi armadura, aunque no me ayudaría si una de mis balas rebotaba y me alcanzaba.

—¿Qué vas a hacer? —me preguntó la *Misericordia de Kalr*.

—Ha sido un placer conocerte, *Misericordia de Kalr* —saludé ya con el arma preparada—. No permitas que Anaander Mianaai destruya el palacio. Transmítelo a las otras naves y, por favor, dile a la extremada y absurdamente insistente piloto del velero solar que se aleje todo lo que pueda de la lanzadera.

La lanzadera no solo era demasiado pequeña para poseer un generador de gravedad, sino también para tener un invernadero con plantas y producir su propio aire. A popa, detrás de una mampara, había un tanque de oxígeno de gran tamaño, justo debajo de donde esperaban las tres Mianaai. Analicé los distintos ángulos. La Lord del Radch volvió a disparar. ¡Pum! Una luz naranja se encendió en la consola y una alarma estridente se disparó. El casco se había perforado. A través de la cámara lateral, vi que la cuarta Lord del Radch, al ver el chorro de finos cristales de hielo que salía despedido del casco, soltó los cables que la sujetaban al casco y se dirigió hacia la compuerta. Se movió más despacio de lo que yo deseaba, pero, claro, ella tenía todo el tiempo del mundo. Era yo la que tenía prisa. El velero solar puso en marcha su pequeño motor y se apartó.

Le disparé al tanque de oxígeno. Creía que tendría que realizar varios disparos, pero explotó de inmediato. El sonido cesó y una nube de vapor helado se formó alrededor de mí para después dispersarse. Todo daba vueltas. Sentí un cosquilleo en la lengua y mi saliva se evaporó en el vacío. No podía respirar. Probablemente disponía de diez, puede que quince segundos de consciencia y, al cabo de dos minutos, estaría muerta. Sentí un intenso dolor. A pesar de la armadura, ¿me había quemado o había sufrido alguna otra herida? Eso no importaba. Mientras giraba sobre mí misma, conté las Lord del Radch. A una se le había perforado el visor de la escafandra y la sangre brotaba de sus lacrimales. Otra había perdido un brazo y, sin duda, estaba muerta. Eso sumaba dos.

Y media. «Esa cuenta como una entera», pensé, lo que sumaba tres. Solo faltaba una. Mi visión se estaba tiñendo de rojo y negro, pero vi que la cuarta Mianaai seguía aferrada al casco de la lanzadera. Tenía la armadura activada y la explosión del tanque de oxígeno no la había alcanzado.

Pero yo siempre había sido, por encima de todo, un arma. Una máquina de matar. Cuando vi a la Anaander Mianaai que quedaba con vida, sin detenerme a pensarlo apunté el arma hacia ella y disparé. No vi el resultado del disparo. No vi nada salvo el brillo plateado del velero solar, y luego solo negrura. Me desvanecí.

23

Algo áspero me subió por la garganta y me hizo estremecer. Sentí arcadas y boqueé convulsivamente. Alguien me sujetó por los hombros y la gravedad me empujó hacia delante. Abrí los ojos y vi la superficie de una camilla y un recipiente plano que contenía una masa pulsante, temblorosa y enmarañada de zarcillos verdes y negros. Estaba cubierta de bilis y procedía de mi garganta. Otra arcada me obligó a cerrar los ojos. La masa acabó de salir de mi boca y cayó en el recipiente mientras producía un plaf audible. Alguien me enjugó la boca, me volvió cara arriba y me tumbó. Abrí los ojos mientras seguía boqueando. Junto a la camilla había una doctora. De su mano colgaba la masa viscosa verde y negra que yo acababa de vomitar. La observó con el ceño fruncido.

—Tiene buen aspecto —comentó la doctora, y la dejó caer de nuevo en el recipiente—. La sensación habrá sido desagradable, ciudadana, lo sé —dijo dirigiéndose, aparentemente, a mí—. La garganta le escocerá durante unos minutos. Usted...

—¿Qu...? —intenté preguntar, pero volví a sentir arcadas.

—Será mejor que no hable todavía —me advirtió mientras alguien, seguramente otra doctora, me ponía de nuevo cara abajo—. Le ha ido de poco. La piloto que la trajo la alcanzó justo a tiempo, pero solo contaba con un equipo de emergencia.

¡Aquel estúpido e insistente velero solar! Debía de tratarse de él. No sabía que yo no era humana y que no tenía sentido salvarme.

—Además no pudo traerla enseguida —continuó la doctora—. Estábamos preocupadas por usted, pero el correctivo pulmonar se ha desprendido por completo y las lecturas son buenas. Los daños cerebrales serán mínimos, si es que sufre alguno, aunque puede que, temporalmente, no se sienta del todo usted misma.

La idea me pareció divertida, pero las arcadas habían remitido otra vez y no quería que volvieran, de modo que la ignoré. Mantuve los ojos cerrados y me quedé tan quieta como pude mientras volvían a ponerme cara arriba y me tumbaban. Si abría los ojos, querría formular preguntas.

—Dentro de diez minutos puede tomar un té —le indicó la doctora a la otra persona, que yo no sabía quién era—. De momento, nada sólido. Y no le hable durante aproximadamente cinco minutos.

—Sí, doctora —contestó Seivarden.

Abrí los ojos y volví la cabeza hacia la voz. Estaba junto a la camilla.

—No hables —me indicó—. La despresurización repentina...

—Le resultará más fácil guardar silencio si usted no le habla —le advirtió la doctora.

Seivarden se calló, pero yo sabía lo que la despresurización repentina debía de haberme provocado. Los gases disueltos en mi sangre debieron de liberarse de forma fulminante y violenta. Lo bastante violenta para matarme a pesar de que todavía dispusiera de aire. Sin embargo, un aumento de la presión, como el que se habría producido si, por ejemplo, me hubieran introducido de nuevo en un espacio cerrado y con aire, habría hecho que las burbujas volvieran a disolverse en el torrente sanguíneo.

La diferencia de presión entre mis pulmones y el vacío podía haberme causado algún daño. Por un lado, la explosión del tanque de oxígeno se produjo antes de lo que yo esperaba y, por el otro, yo estaba pendiente de las Anaander Mianaai, de modo que, seguramente, no exhalé todo el aire de los pulmones, que es lo que debería haber hecho. De todos modos, si tenía en cuenta la explosión que me había lanzado al vacío, aquellos daños serían el menor de mis problemas. Los veleros solares solo disponían de unos medios muy rudimentarios para tratar semejantes heridas, de modo que la piloto debió de introducirme en una versión sencilla de un tanque de animación suspendida hasta que pudo llevarme a un departamento médico.

—Bueno, ahora pórtese bien y no hable —me ordenó la doctora.

Y se marchó.

—¿Cuánto tiempo? —le pregunté a Seivarden.

No sentí arcadas, aunque, como me había advertido la doctora, la garganta me escocía.

—Casi una semana.

Seivarden acercó una silla y se sentó.

Una semana.

—Deduzco que el palacio sigue en pie.

—Así es —contestó Seivarden como si mi pregunta no fuera absurda y mereciera respuesta—. Gracias a ti. Seguridad y las funcionarias de los muelles consiguieron asegurar todas las salidas antes de que más Lords del Radch pudieran escapar. Si no hubieras detenido a las que lo hicieron... —Sacudió una mano—. Se han perdido dos portales.

Dos de los doce existentes. Aquello iba a causar enormes quebraderos de cabeza tanto allí como en el otro extremo de los portales. Además, si había alguna nave transitando por ellos cuando fueron destruidos, quizá no salió de allí ilesa.

—Sin embargo, la buena noticia es que nuestro lado ha vencido.

Nuestro lado.

—Yo no estoy en ningún lado —repliqué.

Seivarden cogió una taza de té de algún lugar situado detrás de ella. Luego pulsó un pedal con un pie y el respaldo de la camilla se elevó lentamente. Sostuvo la taza junto a mi boca y bebí con cautela un sorbo. ¡Fue maravilloso!

—¿Por qué estoy aquí? —le pregunté a Seivarden después de tomar otro sorbo—. Sé por qué la idiota del velero me salvó, pero ¿por qué las doctoras pierden el tiempo conmigo?

Seivarden frunció el ceño.

—¿Hablas en serio?

—Siempre hablo en serio.

—Es verdad.

Seivarden se puso de pie, abrió un cajón, sacó una manta, me tapó con ella y metió los bordes por debajo de mis manos desnudas.

Antes de que pudiera responder a mi pregunta, la inspectora jefe Skaaiat asomó la cabeza por la puerta de la pequeña habitación.

—La doctora me ha dicho que ya te habías despertado.

—¿Por qué? —le pregunté. Y al ver su expresión intrigada, añadí—: ¿Por qué estoy despierta? ¿Por qué no estoy muerta?

—¿Querías morir? —me preguntó la inspectora jefe a su vez mientras su expresión parecía indicar que todavía no me entendía.

—No.

Seivarden volvió a ofrecerme té y bebí un sorbo más largo que los anteriores.

—No, no quiero estar muerta, pero me parece que se están tomando muchas molestias para revivir a una simple auxiliar.

Y me parecía cruel que me hubieran reanimado para que la Lord del Radch pudiera ordenar que me eliminaran.

—No creo que nadie de aquí te considere una auxiliar —me informó la inspectora jefe Skaaiat.

Yo la observé. Parecía hablar muy en serio.

—Skaaiat Awer... —empecé con voz inexpresiva.

—Breq —me interrumpió Seivarden con tono vehemente antes de que yo pudiera continuar—, la doctora ha dicho que te estés callada. Toma, bebe un poco más de té.

De hecho, ¿qué hacían allí Seivarden y la inspectora jefe Skaaiat?

—¿Qué ha hecho usted por la hermana de la teniente Awn? —le pregunté bruscamente pero con voz neutra a Skaaiat.

—La verdad es que le ofrecí ser mi cliente, pero ella no lo aceptó. Estaba segura de que su hermana me tenía en gran consideración, pero ella no me conocía y no necesitaba mi ayuda. Es muy tozuda. Trabaja en horticultura, a dos portales de aquí. Le va bien y yo estoy pendiente de ella lo mejor que puedo desde la distancia.

—¿Le ha ofrecido a Daos Ceit ser su cliente?

—Aunque no lo dices claro, sé que todo esto está relacionado con Awn —comentó la inspectora jefe Skaaiat—. Tienes razón, podría haberle dicho muchas cosas antes de que se fuera y la verdad es que debería habérselas dicho. Tú eres una auxiliar. No eres humana, sino una pieza de un equipo, pero si comparamos nuestras acciones, creo, sinceramente, que tú la querías más de lo que yo la quise nunca.

Nuestras acciones. Fue como si me hubiera propinado una bofetada.

—No —repliqué. Y me alegré de que mi voz fuera inexpresiva—. Usted la dejó en la duda, pero yo la maté. —Se produjo un silencio—. La Lord del Radch dudaba de su lealtad, inspectora jefe, dudaba de la casa Awer y quería que la teniente Awn la espiara. Pero la teniente Awn se negó y pidió que la sometieran a un interrogatorio para demostrar su propia lealtad. Pero no era esto lo que Anaander Mianaai quería, así que me ordenó que matara a la teniente Awn.

Se produjo un silencio que se alargó durante tres segundos. Seivarden estaba paralizada. Entonces Skaaiat Awer dijo:

—No tenías elección.

—No sé si tenía elección o no. En aquel momento, pensé que no, pero lo siguiente que hice después de matar a la teniente fue matar a Anaander Mianaai. Esa es la razón por la que... —Me interrumpí y respiré hondo—. Esa es la razón por la que perforó mi escudo de calor. No tengo derecho a estar enfadada con usted, Skaaiat Awer.

No pude decir nada más.

—Tienes derecho a estar tan enfadada como quieras —replicó la inspectora jefe Skaaiat—. Si te hubiera reconocido cuando llegaste, no te habría hablado como lo hice.

—Y si yo tuviera alas, sería un velero solar.

Los *si hubiera* y los *tendría que* no cambiaban nada.

—Comuníquele a la tirana —utilicé el término orsiano— que la veré en cuanto pueda levantarme de la cama. —Y añadí—: Seivarden, tráeme la ropa.

En realidad, la inspectora jefe Skaaiat había acudido al Departamento Médico para visitar a Daos Ceit, que había resultado gravemente herida durante los últimos enfrentamientos entre Anaander Mianaai y ella misma. Avancé despacio por el pasillo, lleno de personas heridas, cubiertas con correctivos, tumbadas en camastros improvisados o en tanques que las mantendrían en animación suspendida hasta que las doctoras pudieran atenderlas. Daos Ceit estaba en una habitación, inconsciente. Parecía más joven y pequeña de lo que era en realidad.

—¿Se recuperará? —le pregunté a Seivarden.

La inspectora jefe Skaaiat no me había esperado porque tenía que regresar a los muelles.

—Sí, se recuperará —contestó la doctora detrás de mí—, pero usted debería estar en la cama.

Tenía razón. El simple esfuerzo de vestirme, incluso con la ayuda de Seivarden, me había dejado exhausta y estaba temblando. Había recorrido el trayecto del pasillo por pura determinación y sentí que volver la cabeza para contestar a la doctora requeriría más energía de la que yo tenía.

—Acaba de regenerar los pulmones —continuó la doctora—. Entre otras cosas no debería caminar durante unos días, como mínimo.

Daos Ceit respiraba regular y superficialmente y se parecía tanto a la niñita que conocí que me pregunté cómo podía no haberla reconocido nada más verla.

—Pero usted necesita mi habitación —le contesté a la doctora, y enseguida se me ocurrió otra idea—: Podría haberme dejado en suspensión hasta que no estuviera tan ocupada.

—La Lord del Radch me informó de que la necesitaba, ciudadana. Quería que se recuperara lo antes posible.

Pensé que su voz reflejaba un leve resentimiento. Las doctoras, por buenas razones, habrían priorizado a las pacientes con otro criterio. Además, cuando le dije que necesitaba mi habitación, no me lo discutió.

—Deberías volver a la cama —me aconsejó Seivarden.

La sólida Seivarden, lo único que en aquellos momentos se

interponía entre yo y un colapso absoluto. No debería haberme levantado.

—No.

—Ella es así —le comentó Seivarden a la doctora con voz de disculpa.

—Ya veo.

—Volvamos a la habitación —me propuso Seivarden con voz extremadamente paciente y calmada. Tardé un instante en darme cuenta de que me hablaba a mí—. Allí podrás descansar. Ya veremos a la Lord del Radch cuando estés mejor.

—No —repetí yo—. Vamos ahora.

Con la ayuda de Seivarden salí del Departamento Médico, tomé el ascensor, recorrí lo que me pareció un pasillo interminable y, de repente, me encontré en un espacio sumamente amplio. El suelo se extendía en todas las direcciones y estaba cubierto de destellantes fragmentos de cristal coloreado que crujían y se hacían añicos debajo de mis pies.

—La lucha llegó al interior del templo —me explicó Seivarden sin que yo se lo preguntara.

La explanada principal, allí es donde estábamos, y aquellos pedazos de cristal eran lo que quedaba de la capilla llena de ofrendas funerarias. Solo unas pocas personas deambulaban. La mayoría de ellas cogían fragmentos aquí y allá y supuse que buscaban los más grandes para poder reutilizarlos. Seguridad, con sus uniformes de color marrón claro, vigilaba.

—Las comunicaciones se restablecieron al cabo de un día más o menos —continuó Seivarden mientras me guiaba hacia la entrada del palacio propiamente dicho de forma que esquiváramos los pedazos de cristal más grandes—. Después la gente empezó a entender lo que estaba pasando y a tomar partido. Al cabo de unos días, una no tenía más remedio que estar de uno u otro lado. Era imposible no hacerlo. Al principio temíamos que las naves militares se atacaran unas a otras, pero solo dos estaban del otro lado, de modo que decidieron abandonar el sistema y huyeron por los portales.

—¿Ha habido muchas bajas civiles? —le pregunté.

—Siempre las hay.

Recorrimos los metros salpicados de cristales que faltaban y entramos en el palacio. En la entrada había una oficial con la chaqueta del uniforme sucia y tenía una mancha oscura en la manga.

—La puerta número uno —nos indicó sin apenas mirarnos y con voz exhausta.

La puerta número uno comunicaba con una zona verde, que por tres lados daba a una vista de colinas y árboles; encima se veía un cielo azul surcado de nubes de color perla. El cuarto lado era en un muro beige en cuya base la hierba dejaba de ser uniforme. A pocos metros delante de mí había un sencillo sillón verde. Parecía cómodo y mullido. Seguro que no era para mí, pero no me importó.

—Tengo que sentarme.

—Sí, claro —confirmó Seivarden.

Me condujo hasta el sillón y me ayudó a sentarme. Cerré los ojos durante unos segundos.

Una niña hablaba con voz aguda y aflautada.

—Las presgeres se pusieron en contacto conmigo antes de los incidentes de Garsedd —explicaba la niña—. A las intérpretes que enviaron las habían regenerado a partir de cuerpos que habían obtenido en naves humanas, pero las habían criado y educado las presgeres, de modo que bien podrían haber sido alienígenas. Ahora las han mejorado, pero su presencia todavía resulta perturbadora.

—Le ruego que me disculpe, milord —intervino Seivarden—, pero ¿por qué rechazó su propuesta de paz?

—Yo ya había planeado destruirlas —contestó la niña, que era Anaander Mianaai—. Había empezado a reunir los medios que creía que necesitaría y pensé que ellas se habían enterado de mis planes y que se habían asustado tanto que querían firmar un tratado de paz. Pensé que se trataba de una muestra de debilidad.

Soltó una risa amarga y de arrepentimiento que sonó rara debido a su joven voz, pero Anaander Mianaai no era precisamente joven.

Abrí los ojos. Seivarden estaba arrodillada junto a mi sillón y una niña de unos cinco o seis años estaba sentada con las piernas cruzadas en la hierba, delante de mí. Iba vestida toda de negro, sostenía un pastelito en una mano y el contenido de mi equipaje estaba extendido a su alrededor.

—¡Estás despierta! —exclamó.

—Ha manchado de azúcar mis iconos —protesté yo.

—Son muy bonitos.

Tomó el disco del icono más pequeño y lo accionó. La imagen se desplegó, enjoyada y esmaltada, y el cuchillo que sostenía en su tercera mano brilló a la luz del falso sol.

—Esa eres tú, ¿no es cierto?

—Sí.

—¡La Tétrada Itran! ¿Es allí donde encontraste el arma?

—No. Allí es donde conseguí el dinero.

Anaander Mianaai me miró fijamente y con sorpresa.

—¿Y te dejaron marchar con tanto dinero?

—Una de las tétradas me debía un favor.

—¡Debía de tratarse de un gran favor!

—En efecto.

—¿Realmente practican sacrificios humanos o esto es metafórico? —me preguntó mientras señalaba la cabeza cortada que sostenía la imagen.

—Es complicado de explicar.

La niña resopló. Seivarden seguía arrodillada, inmóvil y en silencio.

—La doctora me ha dicho que usted me necesitaba.

La Anaander Mianaai de cinco años se echó a reír.

—Así es.

—¡En ese caso, jódase! —exclamé, algo que, en realidad, ella podía hacer literalmente.

—La mitad de la rabia que sientes es hacia ti. —Se comió el último bocado del pastelito. Después se frotó las pequeñas y enguantadas manos y varios granitos de azúcar cayeron sobre la hierba—. Pero tu rabia es tan monumental que incluso la mitad resulta devastadora.

—Aunque mi rabia fuera diez veces mayor, no serviría de nada si no tuviera un arma —dije.

Esbozó una media sonrisa.

—No he llegado hasta donde he llegado ignorando los instrumentos que me resultan útiles.

—Usted destruye los instrumentos de su enemiga allí donde los encuentra —repliqué yo—. Usted misma me lo dijo. Y yo no le soy útil.

—Yo soy la Anaander correcta —repuso la niña—. Si quieres, te canto la canción, aunque, con esta voz, no sé si podré. La información sobre lo ocurrido se extenderá a otros sistemas. De hecho, ya lo ha hecho, aunque todavía no he recibido la respuesta de los palacios provinciales vecinos. Te necesito a mi lado.

Intenté enderezarme y, por lo visto, lo conseguí.

—No importa de qué lado esté nadie. No importa quién gane, porque, en cualquier caso, se tratará de usted y nada cambiará en realidad.

—Para ti es fácil decirlo —afirmó la Anaander Mianaai de cinco años—. Y en algunos aspectos tienes razón. Muchas cosas no han cambiado de verdad y, probablemente, muchas seguirán igual sea cual sea la parte de mí que predomine sobre la otra, pero, dime, ¿crees que a la teniente Awn no le afectó qué parte de mí estuviera a bordo de la *Justicia de Toren* aquel día?

Yo no tenía una respuesta.

—Si tienes poder, dinero y contactos, el hecho de que se produzcan algunos cambios no es significativo; y tampoco lo es si estás resignada a morir en un futuro próximo, como, según deduzco, es tu caso. Pero incluso los cambios pequeños son importantes para las personas que carecen de dinero y poder y para las que tienen verdaderas ansias de vivir. Cuando tú dices que nada cambia de verdad, para ellas significa la vida o la muerte.

—¡Sí, claro, como si a usted le importaran tanto las personas humildes y sin poder! —repliqué yo—. ¡Seguro que se pasa noches enteras sin dormir preocupada por ellas! Debe de tener el corazón desgarrado.

—No me vengas con pretensiones de superioridad moral —repuso Anaander Mianaai—. Me serviste sin reparos durante dos mil años y sabes lo que esto significa más que ninguna otra persona aquí. ¡Y sí que me preocupo por esas personas! Aunque quizá de una forma más abstracta que tú. Al menos estos días. De todos modos, yo soy la responsable de todo y tienes razón: en realidad no puedo librarme de mí misma, pero me resultaría útil que algo me lo recordara. Lo mejor sería que contara con una conciencia armada e independiente.

—La última vez que alguien intentó ser su conciencia acabó muerta —le espeté mientras pensaba en Ime y en la soldado de la *Misericordia de Sarrse* que se negó a cumplir sus órdenes.

—Te refieres a Ime. Te refieres a la soldado Misericordia de Sarrse Amaat Una Una —contestó la niña con una sonrisa, como si se tratara de un recuerdo especialmente agradable—. Nunca, en mi larga vida, me habían regañado tanto. Al final me maldijo y escupió el veneno como si se tratara de arak.

Veneno.

—¿No la mató de un disparo?

—¡Las heridas de bala lo ponen todo perdido! —exclamó la niña sin dejar de sonreír—. Lo que me recuerda... —Extendió un brazo de lado y acarició el aire con su pequeña y enguantada mano. De repente, una caja apareció a su lado y adquirió el color negro de su guante—. Ciudadana Seivarden.

Seivarden se acercó a ella y tomó la caja.

—Soy consciente de que no hablabas metafóricamente cuando dijiste que tu rabia no serviría para nada si no estuvieras armada. Yo tampoco usaba una metáfora cuando dije que mi conciencia debería ir armada. Para que sepas que lo digo en serio y para que no cometas una locura a causa de la ignorancia, te explicaré cómo funciona exactamente el arma.

—¿Sabe cómo funciona?

¡Claro que lo sabía!, porque había tenido las otras veinticuatro durante mil años, que es un tiempo más que suficiente para averiguarlo.

—Hasta cierto punto. —Anaander Mianaai sonrió con ironía—. Una bala, estoy convencida de que tú ya lo sabes, hace lo que hace porque el arma con la que se dispara le transmite una gran cantidad de energía cinética. La bala da en un blanco y esa energía tiene que liberarse. —Yo no dije nada, ni siquiera arqueé una ceja—. Las balas del arma garseddai no son balas de verdad —continuó la Mianaai de cinco años—. Son... artefactos. Son artefactos durmientes hasta que el arma los monta. Una vez montados, no importa la cantidad de energía cinética que tengan al salir del arma. Cuando se produce el impacto, el artefacto genera tanta energía como sea necesaria para atravesar exactamente un metro once centímetros del objetivo. Luego se detiene.

—Se detiene.

Yo estaba horrorizada.

—¿Un metro once centímetros? —preguntó Seivarden intrigada mientras se arrodillaba junto a mí.

Mianaai sacudió la mano quitándole importancia al dato.

—¡Alienígenas! Supongo que sus unidades de medida son diferentes a las nuestras. En teoría, una vez montada, se podría lanzar suavemente una de esas balas contra algo y, de todos modos, lo atravesaría. Pero solo pueden montarse con el arma. Por lo que yo sé, no hay nada en el universo que esas balas no puedan atravesar.

—¿De dónde procede su energía? Tiene que proceder de algún sitio —le pregunté.

Todavía estaba horrorizada. Aterrada. No me extrañaba que solo hubiera necesitado un disparo para reventar el tanque de oxígeno de la lanzadera.

—¡Quién sabe! —contestó Mianaai—. Y ahora me preguntarás cómo sabe cuánta energía necesita y cómo percibe la diferencia entre la resistencia del aire y la del blanco. Pero no conozco las respuestas. ¿Entiendes, ahora, por qué firmé el tratado con las presgeres? ¿Y por qué me preocupa tanto no romperlo?

—Y también entiendo por qué le interesa tanto destruirlas.

Aunque supuse que aquel objetivo, aquel ansioso deseo, era de la otra Anaander.

—No he llegado hasta donde he llegado porque mis objetivos sean razonables —contestó Anaander Mianaai—. Y no debes hablar de esto con nadie. —Antes de que yo pudiera reaccionar, ella continuó—: Podría obligarte a guardar silencio, pero no lo haré. Es evidente que eres una pieza clave de este augurio y no sería correcto por mi parte interferir en tu trayectoria.

—No sabía que era usted supersticiosa.

—Yo no diría que soy supersticiosa. En cualquier caso, ahora debo ocuparme de otros asuntos. Aquí quedamos pocas yos; tan pocas como para que el número sea información confidencial y hay mucho que hacer, de modo que no dispongo de tiempo para seguir hablando.

»La *Misericordia de Kalr* necesita una capitana; y también tenientes, aunque quizá podrías nombrarlas entre las miembros de la tripulación actual.

—Yo no puedo ser capitana porque no soy una ciudadana. Ni siquiera soy humana.

—Si yo digo que lo eres, lo eres —replicó ella.

—Ofrézcaselo a Seivarden.

Seivarden había dejado la caja en mi regazo y volvió a arrodillarse junto al sillón.

—O a Skaaiat —añadí.

—Seivarden no irá a ningún sitio sin ti —me dijo la Lord del Radch—. Me lo ha comunicado claramente mientras tú dormías.

—Entonces pídaselo a Skaaiat.

—Ya lo he hecho y me ha dicho que me joda.

—¡Qué coincidencia!

—Además, la necesito aquí. —Se puso de pie y, a pesar de que yo estaba sentada, tuvo que levantar la vista para mirarme a los ojos—. La doctora me ha informado de que, como mínimo, necesitas una semana para recuperarte. Te concederé unos cuantos días más para que puedas familiarizarte con la *Misericordia de Kalr* y subir a bordo todas las provisiones que puedas necesitar. Sería más fácil para todo el mundo si aceptaras ahora mismo, nombraras a Seivarden teniente en jefe y dejaras que ella se encargara de todo. Pero puedes hacerlo como quieras. —Se sacudió la hierba y la tierra de las piernas—. Necesito que tan pronto y tan deprisa como puedas viajes a la estación Athoek. Está a dos portales de aquí. O lo estaría si la *Espada de Tlen* no hubiera destruido uno de esos portales.

La inspectora jefe Skaaiat me había dicho que la hermana de la teniente Awn vivía a dos portales de allí.

—¿Qué otra cosa podrías hacer con tu vida? —añadió Mianaai.

—¿De verdad tengo otra opción? Aparte de morir, claro.

Me había dicho que me consideraba una ciudadana, pero podía retirarlo cuando quisiera. Hizo un gesto ambiguo.

—Tienes tantas opciones como cualquiera de nosotras, lo que significa que lo más seguro es que no tengas ninguna, pero podemos hablar de filosofía más tarde. Las dos tenemos cosas más urgentes que hacer ahora mismo.

Y se marchó.

Seivarden recogió mis cosas, volvió a empaquetarlas y me ayudó a levantarme y a salir de allí. No dijo nada hasta que estuvimos en la explanada.

—A pesar de que solo sea una misericordia, se trata de una nave.

Por lo visto, yo había estado durmiendo un buen rato en el sillón. Al menos el tiempo suficiente para que hubieran recogido los cristales del suelo y la gente, aunque no mucha, volviera a pasear por allí. Todo el mundo tenía un aspecto algo demacrado y daba la impresión de que podían asustarse fácilmente. Todas las conversaciones se mantenían en voz baja, apagada, de forma que a pesar de que había gente el recinto parecía vacío. Giré la cabeza hacia Seivarden y arqueé una ceja.

—Tú eres la capitana. Si quieres, acepta el puesto.

—No. —Nos detuvimos junto a un banco y me ayudó a sentarme—. Si todavía fuera capitana, alguien me debería los sueldos atrasados. Oficialmente, dejé el servicio cuando me declararon muerta, hace mil años. Si quiero recuperar ese grado, tendré que empezar desde abajo otra vez. Además... —titubeó y se sentó a mi lado—; además, cuando me sacaron del tanque de suspensión, sentí que todas y todo me habían fallado. El Radch me había fallado. Mi nave me había fallado. —Fruncí el ceño y ella hizo un gesto conciliador—. Ya sé que lo que digo no es justo, pero eso es lo que yo sentía. Además, yo también me había fallado a mí misma. Pero tú no me fallaste. Nunca me has fallado.

No supe qué decir, aunque ella no parecía esperar ninguna respuesta.

—La *Misericordia de Kalr* no necesita una capitana —afirmé tras cuatro segundos de silencio—. Quizá ni siquiera la quiere.

—No puedes rechazar el nombramiento.

—Si dispongo del dinero suficiente para mantenerme, sí que puedo.

Seivarden frunció el ceño y tomó aliento como si pensara discutírmelo, pero no lo hizo. Después de un instante de silencio, dijo:

—Podrías entrar en el templo y pedir un augurio.

Me pregunté si la imagen de forastera piadosa que había forjado la había convencido de que profesaba algún tipo de fe. O quizás era tan radchaai como para creer que el lanzamiento de un puñado de monedas podía resolver cualquier cuestión acuciante y que esto me persuadiría de cuál era la decisión correcta. Hice un leve gesto dubitativo.

—La verdad es que no siento esa necesidad, pero tú puedes pedirlo si lo deseas. O realizar una consulta tú misma. —Si tenía algo que tuviera dos caras, podía realizar una consulta—. Si sale cara, dejas de fastidiarme con este asunto y me traes un té.

Ella resopló divertida y, a continuación, exclamó:

—¡Ah! —metió una mano en el bolsillo—. Skaaiat me pidió que te diera esto.

Dijo *Skaaiat*, no *esa Awer*.

Abrió la mano y me enseñó una medalla de oro de dos centímetros de diámetro. Una estrecha cenefa de hojas ligeramente descentrada rodeaba un nombre: Awn Elming.

—Aunque no creo que quieras usarla como augurio —comentó Seivarden. Y al ver que yo no respondía, añadió—: Me dijo que, en realidad, eras tú quien debía tenerla.

Mientras yo seguía buscando algo que decir y la voz con la que decirlo, una oficial de Seguridad se acercó a nosotras con cautela.

—Discúlpeme, ciudadana —me dijo respetuosa—. Estación desearía hablar con usted. Hay una consola justo allí.

Señaló a un lado.

—¿No tienes implantes? —me preguntó Seivarden.

—Los oculté. Y algunos los inutilicé. Probablemente, Estación no los percibe.

Además, no sabía dónde estaba mi comunicador de mano. Quizá en algún lugar de mi equipaje. Tendría que levantarme, acercarme a la consola y permanecer de pie mientras hablaba.

—¿Querías hablar conmigo, Estación? Pues aquí estoy.

La semana de descanso de la que Anaander Mianaai me había hablado me resultaba cada vez más tentadora.

—Ciudadana Breq Mianaai —dijo Estación con su voz uniforme e inexpresiva.

¿Mianaai? Seguía apretando en la mano la medalla mortuoria de la teniente Awn. Me volví hacia Seivarden, que me seguía con mi equipaje.

—No te lo había dicho porque no quería alterarte más de lo que estabas —me explicó Seivarden como si yo le hubiera preguntado algo.

La Lord del Radch me había dicho que quería que fuera independiente y aunque no me sorprendió que me hubiera engañado, sí la forma que había elegido para evitarlo.

—Ciudadana Breq Mianaai —repitió Estación desde la consola.

Su voz sonó más suave y serena que nunca, aunque pensé que la repetición de mi nombre escondía cierto sarcasmo. Lo que dijo a continuación confirmó mi sospecha:

—Me gustaría que se fuera.

—¡No me digas! —Fue la respuesta más contundente que acudió a mi mente—. ¿Y por qué?

Tardó medio segundo en responder.

—Mire a su alrededor.

No tenía la energía suficiente para hacerlo, de modo que me tomé su imperativo como si fuera figurado.

—El Departamento Médico está saturado de ciudadanas heridas o agonizantes. Buena parte de mis instalaciones están dañadas. Mis residentes están ansiosas y asustadas. Incluso yo estoy ansiosa y asustada. Por no mencionar la confusión que reina en el palacio propiamente dicho. Y usted es la causante de todo esto.

—No, no lo soy.

Me advertí a mí misma que, por muy infantil y mezquina que

me pareciera en aquellos momentos, Estación no era muy diferente de cómo había sido yo . Además, en algunos aspectos, su labor era más imperiosa y complicada que la mía, ya que debía ocuparse de cientos de miles o incluso millones de ciudadanas.

—Por otro lado, el hecho de que me vaya no cambiará nada de lo que ocurre.

—Eso no me importa —respondió Estación con calma. Supuse que la petulancia que percibí en ella era producto de mi imaginación—. Le aconsejo que se vaya ahora que puede. Es posible que, en un futuro cercano, le resulte difícil hacerlo.

Estación no podía ordenarme que me fuera. Estrictamente hablando y en el supuesto de que yo fuera una ciudadana, no debería haberme hablado como lo había hecho.

—Estación no puede obligarte a irte —comentó Seivarden haciéndose eco de una parte de mis pensamientos.

—No, pero puede expresar su desaprobación respecto a algo o alguien. —Aunque solo fuera de manera discreta y sutil—. Lo hacemos continuamente. En general, las humanas no se dan cuenta. Hasta que visitan otra nave o estación y, de repente y de forma inexplicable, se sienten mucho más cómodas.

Seivarden guardó silencio durante un segundo y luego exclamó:

—¡Ah!

Por el sonido de su voz, debió de acordarse de la *Justicia de Toren* y de cuando se trasladó a la *Espada de Nathtas*.

Yo me incliné hacia delante y apoyé la frente en la pared, al lado de la consola.

—¿Has acabado, Estación?

—A la *Misericordia de Kalr* le gustaría hablar con usted.

Cinco segundos de silencio. Yo suspiré. Sabía que no podía ganar aquella partida. Ni siquiera debería intentar jugarla.

—Hablaré con la *Misericordia de Kalr* ahora, Estación.

—*Justicia de Toren* —me saludó la nave *Misericordia de Kalr* desde la consola.

El nombre me pilló por sorpresa y, a causa del agotamiento, las lágrimas acudieron a mis ojos. Las eliminé con repetidos parpadeos.

—Solo soy Esk Una —afirmé, y tragué saliva—. Esk Una Diecinueve.

—La capitana Vel está bajo arresto —me comunicó la *Misericordia de Kalr*—. No sé si la reeducarán o la ejecutarán. Y lo mismo ocurre con mis tenientes.

—Lo siento.

—No es culpa suya. Ellas tomaron sus decisiones.

—¿Entonces, quién está al mando? —le pregunté.

Seivarden permanecía en silencio a mi lado y tenía una mano apoyada en mi brazo. Yo quería tumbarme y dormir. Solo eso. Nada más.

—Amaat Una Una.

Se trataba de la soldado de más antigüedad de la unidad de mayor rango de la *Misericordia de Kalr*. La líder de la unidad. Aunque las antiguas unidades de auxiliares no necesitaban líderes.

—Entonces ella puede ser tu capitana.

—No —replicó la *Misericordia de Kalr*—. Será una buena teniente, pero no está preparada para ser capitana. Lo hace lo mejor que puede, pero se siente abrumada por la responsabilidad.

—*Misericordia de Kalr*, si yo puedo ser capitana, ¿por qué tú no puedes ser tu propia capitana?

—Eso sería absurdo —contestó la *Misericordia de Kalr*. Su voz sonó tan calmada como siempre, pero creí percibir en ella algo de exasperación—. Mi tripulación necesita una capitana. Claro que solo soy una misericordia, ¿no? Estoy segura de que la Lord del Radch le concedería una espada si usted se lo pidiera. La capitana de dicha espada no estaría contenta de que la trasladaran a una misericordia, pero supongo que eso sería mejor para mí que no tener ninguna capitana.

—No, nave, no se trata de que...

Seivarden nos interrumpió con voz cortante.

—Ya está bien, nave.

—Usted no es una de mis oficiales —advirtió la *Misericordia de Kalr* desde la consola.

La inexpresividad de su voz se había quebrado de forma leve pero patente.

—Todavía no —replicó Seivarden.

Empecé a sospechar que todo aquello respondía a una estratagema, pero Seivarden no me habría hecho permanecer de pie en medio de la explanada. No en mi estado.

—Yo no puedo ser lo que has perdido, nave. Lo siento, pero es imposible que lo recuperes.

Yo tampoco podría recuperar nunca lo que había perdido.

—No puedo seguir de pie.

—Nave —dijo Seivarden con voz severa—, tu capitana todavía se está recuperando de sus heridas y Estación la tiene aquí de pie, en medio de la explanada principal.

—He enviado una lanzadera —respondió la *Misericordia de Kalr* después de una pausa que, según creo, pretendía expresar lo que opinaba de Estación—. Estará más cómoda a bordo, capitana.

—Yo no soy... —empecé yo, pero la *Misericordia de Kalr* ya había cortado la comunicación.

—Vámonos, Breq —me aconsejó Seivarden mientras me apartaba de la pared en la que yo me apoyaba.

—¿Adónde?

—Sabes que estarás más cómoda a bordo de la *Misericordia de Kalr*. Más cómoda que aquí.

Yo no contesté, solo permití que Seivarden tirara de mí.

—Todo ese dinero que tienes no te servirá de mucho si desaparecen más portales, si quedan abandonadas a su suerte más naves y se interrumpen los suministros. —Vi que nos dirigíamos a un grupo de ascensores—. Todo se está derrumbando, pero no ocurrirá solo aquí, sino en todo el espacio radchaai, ¿no crees?

Seivarden tenía razón, pero yo no tenía fuerzas para reflexionar sobre ello.

—Quizá pienses que podrías, simplemente, observar lo que ocurre y mantenerte al margen, pero no creo que puedas hacerlo.

No. Si pudiera, no estaría allí. Y Seivarden tampoco estaría allí, porque yo la habría dejado en la nieve, en Nilt. Para empezar, yo ni siquiera habría ido a Nilt.

Cuando entramos en el ascensor, las puertas se cerraron con brusquedad. Con más brusquedad de la normal, aunque quizá solo era producto de mi imaginación que Estación estuviera expresando sus ganas de que me fuera. Pero el ascensor no se movió.

—A los muelles, Estación —dije.

Me di por vencida. La verdad es que no tenía ningún otro sitio adonde ir. Aquello era para lo que estaba hecha, lo que era. Y aunque los argumentos de la tirana no fueran sinceros, algo que, en última instancia, y fueran cuales fuesen sus intenciones en aquellos momentos debía de ser así, tenía razón. Mis acciones servirían para algo, aunque se tratara de algo pequeño. Quizá le servirían a la hermana de la teniente Awn. Yo ya le había fallado a la teniente Awn en una ocasión, y mucho, pero no volvería a fallarle.

—Skaaiat te dará un té —me comentó Seivarden mientras el ascensor se ponía en marcha y sin expresar sorpresa por mi decisión.

Me pregunté cuándo había comido por última vez.

—Creo que tengo hambre.

—Eso es bueno —contestó Seivarden.

Cuando el ascensor se detuvo y las puertas se abrieron ofreciéndonos una vista del vestíbulo lleno de diosas de los muelles, me agarró con más fuerza del brazo.

Elegir un objetivo y avanzar hacia él paso a paso. Siempre había sido así.

Conozca a la autora

Ann Leckie ha trabajado de camarera, recepcionista, supervisora técnica de un equipo de prospección de terrenos, cocinera en la cafetería de un colegio e ingeniera de grabación. Ann Leckie ha publicado muchos relatos cortos y vive en Saint Louis, Misuri, con su marido, sus hijos y sus gatos.

Entrevista con Ann Leckie

Pregunta. La honrada Breq, Esk Una o *Justicia de Toren* es un personaje único en el sentido de que tiene un cuerpo humano y, al mismo tiempo, es una inteligencia artificial. ¿Cómo surgió la idea y cuáles fueron los principales retos y oportunidades que se te presentaron?

Respuesta. Breq en sí misma no supuso un reto tan importante como *Justicia de Toren* o incluso Esk Una. Describir la experiencia de tener no solo una nave inmensa como cuerpo, sino también cientos y, a veces, hasta miles de cuerpos humanos que ven, oyen y hacen cosas todos al mismo tiempo... La simple idea me impidió empezar a escribir durante mucho tiempo. ¿Cómo les explicas a los lectores esa experiencia? Podía intentar describir la enorme cantidad de sensaciones y acciones, pero entonces el foco de la historia sería tan difuso que resultaría difícil discernir cuál era el hilo principal. Por otro lado, podía reducir la descripción a la experiencia de un solo segmento de Esk Una, pero entonces perdía uno de los aspectos que realmente me atraían del personaje y, al mismo tiempo, parecía que Esk Una fuera más independiente de la nave de lo que era en realidad.

El personaje Justicia de Toren ve muchas cosas, de modo que podía utilizarla como una narradora esencialmente omnisciente. La nave conoce a sus oficiales íntimamente y percibe sus emociones. También puede presenciar cosas que ocurren en distintos lugares a la vez, de modo que podía narrar la historia en primera persona y, al mismo tiempo, aprovechar esa capacidad del personaje de estar en lugares distintos al mismo tiempo siempre que lo necesitara. El personaje me ofrecía una hábil solución a uno de los límites más obvios de una narración en primera persona.

P. En la novela nos muestras, con gran detalle, elementos de la cultura Radch, pero al leerla, uno tiene la sensación de que sabes mucho más de esta civilización de lo que cuentas en *Justicia auxiliar*. ¿Puedes hablarnos de qué fue lo que te inspiró el imperio Radch?

R. En realidad no puedo decir que un caso concreto del mundo real inspirara la creación del Radch. Lo construí pieza a pieza con el paso del tiempo. Una vez dicho esto, sí que es verdad que algunas piezas están inspiradas en la realidad. Adopté algunas cosas de los romanos. Aunque la teología de las radchaais no es específicamente como la romana, su actitud hacia la religión es bastante similar, en concreto la forma en que los dioses de los pueblos conquistados pueden ser integrados en el panteón propio. Y también la atención que prestan a los augurios y objetos adivinatorios, aunque la lógica radchaai que hay detrás de ellos es diferente.

Los romanos sin duda han constituido un modelo que ha inspirado a muchos escritores en la elaboración de imperios interestelares. Roma constituye un fantástico ejemplo de un gran imperio que, de una u otra forma, funcionó durante mucho tiempo en un territorio muy extenso. Además, durante ese tiempo, ocurrieron todo tipo de sucesos dramáticos como guerras civiles, asesinatos, revueltas, separación de algunas partes que luego fueron anexionadas de nuevo e importantes cambios en la forma de gobierno, que pasó de ser una república a un principado. Hay en aquella época toneladas de material, y lo que ocurrió entonces todavía sigue reflejándose en la historia actual europea. No hace tanto tiempo que el griego y el latín formaban parte del currículo escolar en Occidente y que leer a Virgilio, Ovidio, Cicerón, César y tantos otros escritores de la antigüedad formaba parte de la educación.

Sin embargo, yo no quería que mi futuro imaginado fuera un reflejo fiel de aquella época europea. Las radchaais no son los romanos del espacio.

P. Aunque *Justicia auxiliar* es tu primera novela, ya has publicado varios relatos cortos. ¿Tu forma de escribir varía según la longitud de la historia? ¿Qué puedes explicarnos sobre tu forma de escribir?

R. Cuando empecé a escribir en serio descubrí que, de una forma natural, elaboraba historias largas, y que escribir relatos cortos me resultaba difícil. Por una parte, esto se debe a que era una escritora novel, pero, por otra, a mi forma personal de escribir. Empiezo con el esbozo de una idea y el siguiente paso consiste en elaborar el entorno. Para mí, el entorno es una parte importante de los personajes, pero hacer que los personajes actúen sin ofrecer muchos detalles del entorno para que la motivación de esas acciones no resulte muy evidente requiere un trabajo meticuloso por mi parte, al menos mientras escribo.

Las personas somos quienes somos debido al mundo en el que vivimos, y el mundo es como es debido a las personas que vivimos en él. Si escribes sobre hechos ambientados en el mundo real y sobre una época cercana a la presente, puedes evocar el entorno y el contexto histórico con pocas palabras. Pero yo suelo escribir sobre mundos fantásticos y alternativos y ópera espacial, y evocar la historia y la cultura de esos mundos puede resultar un poco complicado. Esto requiere mucho trabajo o una capacidad de exposición sumamente eficiente.

A mí, personalmente, me gusta trabajar con un marco amplio. Me gusta la sensación de que el mundo se extiende mucho más allá de los límites de la historia, y una forma de transmitirlo es a través de los pequeños y cuidados detalles.

En un relato corto hay poco espacio para trabajar. A los escritores noveles a menudo se les advierte que cada escena debe cumplir dos objetivos como mínimo, pero para mí, cuando escribo relatos cortos, dos objetivos es demasiado poco. Todas las escenas deben cumplir tantos objetivos como sea posible y todas las frases tienen que tener una justificación. En los relatos cortos, a pesar de que una frase tenga dos o más finalidades, si puedes eliminarla y la historia sigue siendo comprensible, entonces es mejor que la elimines.

Algunas ideas son adecuadas para historias largas, mientras

que otras, aunque introdujeras tanto material extra como pudieras, no conseguirían superar las mil palabras. Con el tiempo descubrí que, si quería escribir relatos cortos, tenía que aprender a extraer un fragmento de una idea amplia o comprimir una idea amplia en un espacio pequeño.

P. Tu personaje principal es famoso por su conocimiento enciclopédico de las canciones y por su entusiasmo por cantar. ¿Tú compartes ese entusiasmo? Y, si es así, ¿hay algunas piezas musicales que te hayan resultado especialmente inspiradoras mientras escribías la novela?

R. ¡Me fascina cantar! Sobre todo, con otras personas. ¡El canto coral es maravilloso! Creo que es una lástima que tantos conocidos míos tengan una relación con el canto tensa y ambivalente. El canto es un tipo de música sumamente personal y casi todo el mundo puede cantar, aunque existe una opinión generalizada en el sentido de que solo ciertas personas saben hacerlo. Muchas personas de mi entorno que afirman no saber cantar en realidad sí que saben hacerlo. Y he conocido a muchas personas que desaniman enérgicamente a todos sus conocidos a cantar. ¿Por qué razón? Ojalá todo el mundo se sintiera libre de cantar y disfrutara oyendo cantar a cantantes aficionados.

Una de las cosas que me encanta del *shape note singing**** es que no se canta para un público; nadie cuestiona si tu voz es bonita o no o si tienes talento para el canto. ¿Te gusta cantar? ¡Pues ven a cantar! No hay público, solo cantamos por el puro placer de cantar. La verdad es que, al principio, este tipo de música puede resultar chocante, pero si la idea te atrae, visita *fasola.org* y podrás averiguar si existe un grupo de este tipo de canto cerca de donde tú vives.

Yo no decidí desde el principio que a Esk Una le gustaría cantar, pero cuando se me ocurrió la idea de que podía interpretar canto coral, no pude evitar incorporar esta característica al personaje.

---

* *Shape note singing*: sistema de canto comunitario y anotación musical con formas geométricas que se practica en ciertas zonas del sur de Estados Unidos. (*N. del E.*)

En cuanto a la música en la que me inspiré al escribir la novela, la hay de dos clases. Por una parte, está la música que escuchaba mientras escribía o imaginaba el argumento y, por otra, la música que he incluido en la historia. Respecto a la segunda, en *Justicia auxiliar* aparecen tres canciones reales. Dos de ellas son, ¡cómo no!, canciones de *shape note singing*: *Clamanda*, «Sacred Harp 42» y *Bunker Hill*, «Missouri Harmony 19». Son canciones que, por una u otra razón, vinculo con los personajes y sucesos de la historia.

La tercera canción es doscientos años más antigua que las otras dos, pero comparte su temática militar. Se trata de *L'homme armé* y se diría que a finales del siglo XV hasta el último mono compuso una misa basándose en esta melodía. Exagero, no tantas misas *L'homme armé* compuestas por monos han sobrevivido hasta hoy. En cualquier caso, en su momento fue una canción muy popular.

En cuanto a la música que escuchaba, creo que cada proyecto tiene su propia banda sonora. A veces, incluso algunas escenas concretas la tienen. La lista de canciones que escuchaba mientras escribía la novela sería larga y aburrida, pero al menos una escena no habría existido sin una canción en concreto. La escena del puente es el producto de haber escuchado demasiadas veces la canción «Lagan» de Afro Celt Sound System.

P. Justicia auxiliar es la primera de una trilogía de novelas independientes. ¿Qué podemos esperar en los volúmenes siguientes?

R. Ahora Breq tiene una nave y su prioridad es asegurarse de que la hermana de la teniente Awn esté bien y que siga así. Pero no podrá hacerlo sin involucrarse en las intrigas políticas y sociales locales que tienen lugar en el sistema Athoek, y tampoco podrá eludir las caóticas y peligrosas consecuencias de la guerra civil que estallará en el Radch. Además, cuando los habitantes de los sistemas que rodean el espacio radchaai se den cuenta de lo que ocurre, se sentirán interesados, y su interés probablemente no será amistoso. Además, no todos son humanos.